JENNY COLGAN

Amandas Hochzeit

Buch

Melanie, Fran und Amanda sind seit Kindertagen befreundet. Doch mittlerweile hat die attraktive, langbeinige Amanda Karriere als PR-Frau gemacht und lässt sich nur noch selten zu einem Treffen mit Melanie und Fran herab. Jetzt freilich ist es wieder einmal soweit, denn Amanda hat wichtige Neuigkeiten: Sie wird heiraten. Als Melanie den Namen des glücklichen Bräutigams hört, kann sie es kaum glauben: Amanda hat sich ausgerechnet Fraser geangelt, Melanies großen Schwarm aus College-Tagen, der sie leider immer nur als guten Kumpel betrachtet hatte. Zu Amanda scheint der zurückhaltende Schotte allerdings überhaupt nicht zu passen, trotz seiner unbestreitbaren Qualitäten, zu denen auch ein Schloss in Schottland und ein veritabler Adelstitel gehören. Dass hier der Hauptgrund für Amandas Hochzeitspläne liegt, befürchtet nicht nur Angus, der Bruder des Bräutigams. Er ist überzeugt, dass Amanda nur aus Prestigegründen in die Adelsfamilie einheiraten möchte, und will die Hochzeit um jeden Preis verhindern. Unterstützung ist jederzeit willkommen. Im Gedenken an all die Gemeinheiten, die ihnen Amanda während der Schulzeit angetan hat, lassen sich Melanie und Fran nicht zweimal bitten. Und obwohl Melanie längst mit dem attraktiven Alex zusammen ist, könnte auch eine Spur Eifersucht im Spiel sein. Allerdings ist auch Angus bei genauerem Hinsehen keineswegs zu verachten ...

Autorin

Jenny Colgan, geboren 1972 in Ayrshire, studierte in Edinburgh und lebt mittlerweile in London. Sie arbeitete sechs Jahre lang als Angestellte im englischen Gesundheitswesen, hatte aber erheblich mehr Spaß an ihren beiden Nebenbeschäftigungen: Cartoons zeichnen und als Komödiantin in Clubs auftreten. Seit dem überwältigenden Erfolg von »Amandas Hochzeit«, ihrem Debüt als Autorin, widmet sich Jenny Colgan nun ganz dem Schreiben. Ein zweiter Roman ist bereits bei Goldmann in Vorbereitung.

Jenny Colgan

Amandas Hochzeit

Roman

Aus dem Englischen von
Marieke Heimburger

GOLDMANN

Die Originalausgabe erschien 1999 unter dem Titel
»Amanda's Wedding«
bei HarperCollins, London

Umwelthinweis:
Alle bedruckten Materialien dieses Taschenbuches
sind chlorfrei und umweltschonend.

Taschenbuchausgabe Juni 2002

Umschlaggestaltung: Design Team München
Umschlagfoto: Stone, Andy Whale
Druck: Elsnerdruck, Berlin
Titelnummer: 45262
AB · Herstellung: HN
Made in Germany
ISBN 3-442-45262-7
www.goldmann-verlag.de

1 3 5 7 9 10 8 6 4 2

Für
Andrew McConnell Scott

1

Die meisten richtig lästigen Dinge im Leben fangen nicht wirklich irgendwann irgendwo an – sie entwickeln sich ganz heimlich, wie zum Beispiel die Folgen eines nie geputzten Badezimmerbodens (Algenpilze, Cholera etc.).

In diesem Fall war es aber anders. Diese Geschichte fing zu einem klar benennbaren Zeitpunkt an, und ich kann mich sogar genau an ihn erinnern. Na ja, irgendwie benebelt vielleicht doch.

Gott sei Dank – mein Bett. Also war ich erstens überhaupt in einem Bett, und zweitens in meinem eigenen. Das sah doch schon mal ganz gut für mich aus.

Ich quälte eins meiner verklebten Augen auf und versuchte herauszufinden, wo dieser Geruch herkam. Außerdem sah es ganz so aus, als wäre ich zwischen der Wand und etwas unglaublich Großem und Unidentifizierbarem eingezwängt. Die Entdeckung ließ mich entsetzt hochfahren.

Irgendwie war alles total verdreht. Vielleicht war ich immer noch betrunken. Ich betastete das klebrige Zeug in meinem Augenwinkel. Nein, irgendwas stimmte hinten und vorne nicht. Kaum war ich zu diesem bahnbrechenden Schluss gekommen, da wollte sich auch noch eine unwillkommene Hand auf mir niederlassen. Sie war in etwa so groß wie mein Bauch, und mein Bauch ist nun nicht gerade dafür bekannt, besonders zierlich zu sein ... da schlich sich auch schon ein Gedanke in meine Hirnwindungen.

Den Gedanken kannte ich schon, und ich versuchte, ihn so lange wie möglich zu unterdrücken, aber im Chor mit der Katerstimme, die »Durst! Durst!« jaulte, flüsterte der Gedanke: »Oh, mein Gott ... Nicholas ... Schon wieder!«

Ich verzog das Gesicht, als hätte ich gerade etwas ganz Ekliges runtergeschluckt, was ich – seien wir ehrlich – wahrscheinlich auch getan hatte.

Ich kroch langsam vom Futon, während mir immer schlechter wurde, und schleppte mich auf der Suche nach Aspirin und Cola Light in die Küche. Fran lag natürlich schon auf der Lauer. Sie wohnte eigentlich woanders, fühlte sich hier aber heimischer als ich. Sie selbst hatte eine drei Quadratmeter große Dachwohnung gemietet, die akute Klaustrophobie auslöste, also hatte ich mich daran gewöhnt, dass sie bei mir ein und aus ging.

»Guten Morgen!«, trällerte sie lebhaft und unbeschwert. Aber das war bestimmt nur Show. Durch einen merkwürdigen Nebel hindurch – womöglich klitzekleine Reste von Alkohol – bot sie im Vergleich zu mir allerdings einen ganz passablen Anblick. Ihren verwuschelten Haarschopf sah ich zwar nur verschwommen, aber ich konnte eindeutig erkennen, dass sie eines von meinen T-Shirts anhatte, das über ihren Oberschenkeln aufhörte, die sich nicht berührten. Oh, Hass.

Ich nahm meine ganze Kraft zusammen und krächzte: »Hallo!«

»Kater?«

»Nein, nein, mir geht's prima, mir war nur ganz plötzlich nach einer halben Flasche warmer, abgestandener Cola, okay?«

»Oh, okay.«

Pause. Dann sagte sie:

»Ich schätze, du brauchst zwei Gläser?«

»Aaaaaaaaaaah!« Ich legte den Kopf auf die Küchenanrichte.

»Mel. Mel Mel Mel Mel Mel!«

»Hm?«

»*Nicholas*!«

»Hm-mm …«

»Zum *zweiten* Mal …!«

»Aaaaah!«

Fran wich einen Schritt zurück.

»Ich weiß, ich weiß, ich weiß«, gab ich zu. »Oh, mein Gott. Vielleicht sollte ich umziehen, am besten jetzt sofort.«

»In einem Handtuch?«

»Stimmt – meine ganzen Sachen sind im Schlafzimmer, und in mein Schlafzimmer setze ich nie wieder einen Fuß! Wie wär's, wenn ich Feuer lege?«

»Na ja, etwas riskant, außerdem glaube ich nicht, dass Nicholas ins Feuerwehrauto passen würde.«

»Das ist schon in Ordnung! Er könnte sterben! Das wäre eigentlich sogar klasse.«

Fran schenkte uns Tee ein und sah mich besorgt an.

»Komm schon, mach' dir nichts draus. Sieh's mal von der positiven Seite.«

»In meinem Bett liegt ein zwei Meter vierzig großer Steuerberater, der stinkt wie ein Iltis und mit dem ich nun schon zum ZWEITEN Mal aufgewacht bin, das heißt, KEINE Entschuldigung zieht mehr, und du sagst mir, ich soll es von der *positiven* Seite sehen?«

»Ähmmm, wie wär's mit … wenn du jetzt Tee verschüttest, macht es gar nichts, weil du gleich ein Handtuch zur

Hand hast? Okay, also … dann nimm die ganze Sache doch als Zeichen dafür, dass du kein Mädchen für One-Night-Stands bist. Das spricht für dich.«

»Oh, GOTT, was soll ich denn bloß tun? Ist Linda zu Hause?« Linda war meine unförmige Mitbewohnerin, die ich ungefähr einmal alle zwei Wochen sah. Wahrscheinlich versteckte sie sich vor mir.

»Ist vor zwanzig Minuten vorbeigehuscht. Sah ziemlich müde aus. Vielleicht waren wir etwas laut gestern Abend. Sag mal, hat Nicholas versucht, so zu tun, als könnte er Trompete spielen, oder was?«

Ich musste grinsen. »Das war keine Trompete.«

Fran erwiderte mein Grinsen.

»An allem ist nur Amanda schuld!«, sagte ich. Fran nickte heftig. Immer, wenn etwas wirklich Schlimmes passierte, hing Amanda irgendwie mit drin.

Fran, Amanda und ich sind als Kinder zusammen zur Schule gegangen, in Woking, einem dieser langweiligen, endlosen Vororte Londons, die weder Stadt noch Land sind und wo die Leute sich an Bushaltestellen treffen und sich fragen, ob ihnen wohl etwas entgeht. Ich hatte Fran kennen gelernt, als sie vier Jahre alt war und meinen großen Bruder mit einem Kricketschläger um unser Haus jagte.

Amanda wohnte nebenan und hatte denselben Schulweg wie Fran und ich. Sie war für gewöhnlich im Besitz der neuesten Barbiekleider und einer Extraportion Süßigkeiten von dem Mann im Kiosk an der Ecke, der etwas zweifelhafte Absichten hegte. Trotz ihrer blauen Augen, den strohblonden Locken und ihrer pinkfarbenen Aura war Amanda durch und durch schlecht und spielte uns mit der Hinterlist einer Medici-Giftmischerin gegeneinander aus.

Unser größter Wunsch damals war es, berühmt zu werden und bei *Celebrity Squares* zu erscheinen. Zwanzig Jahre später arbeiteten wir immer noch an der Erfüllung dieses Wunsches: Fran hielt sich an die altbewährte Methode und ging zur Schauspielschule, um dann Jahr für Jahr für Jahr herumzuhängen, meistens bei mir. Ich hatte beschlossen, einen sehr gut aussehenden und berühmten Mann zu heiraten. Also studierte ich aufmerksam meine Lieblingsklatschzeitschrift *Hello*, um sofort informiert zu sein, wenn irgendwelche Stars sich scheiden ließen. Und Amanda hatte uns schon völlig übertrumpft, als wir noch zur Schule gingen, indem sie ihren Vater dazu brachte, eine neue Milchkartonöffnung zu erfinden und über Nacht stinkreich zu werden.

Wir hatten das zuerst gar nicht recht bemerkt, obwohl sie sich das ganze letzte Schuljahr hindurch beklagte, wie langweilig alles sei – aber gut, in unserem Alter gehörte das dazu. Dann sahen wir das neue Haus mit der eingebauten Bar im Wohnzimmer und dem Pool im Garten, und uns wurde klar, dass hier mächtig was im Busch war. Zu diesem Zeitpunkt hatte ihr Vater bereits ihre Mutter verlassen und war viel zu sehr damit beschäftigt, Busenwundern im Alter seiner Tochter nachzusteigen, als dass es ihn gekümmert hätte, was wir machten. Also schmissen wir eine Party nach der anderen, gingen einkaufen und betranken uns in dem neuen Whirlpool mit den goldenen Wasserhähnen. Es war ein tolles Jahr.

Dann ging Fran zur Schauspielschule und tat drei Jahre lang gar nichts. Amanda fing auf der Uni in Durham an zu studieren, und da ich nicht besonders viel Fantasie hatte – und noch weniger Verstand –, schrieb ich mich auch dort ein.

Ich erkannte Amanda kaum wieder, als wir uns am ersten

Tag der Einführungswoche trafen – hauptsächlich, weil sie eine neue Haarfarbe hatte und ganz anders redete. Sie fuhr mich in dem Cabrio nach Hause, das sie von ihrem Vater zum Studienantritt geschenkt bekommen hatte, und raste durch die Stadt, als wäre die im Geschenk inbegriffen gewesen.

Als sie mich in meiner Zwanzig-Quadratmeter-Bude in dem fürchterlichen Wohnheim ablieferte, wo die Feuchtigkeit die Wände hinunterkroch, und »Alles klar, Süße! Wir telefonieren!« rief, wusste ich, dass die Zeiten sich geändert hatten. Und das hatten sie. Seitdem hat sie nicht mehr mit mir gesprochen, außer wenn sie sich etwa jedes halbe Jahr dazu herabließ, mich zu einem Drink einzuladen, um mich daran zu erinnern, wie klasse bei ihr alles lief und wie sehr sich alles doch geändert hatte. Ich glaube, ihr Erfolg würde ihr nur halb so viel Spaß machen, wenn sie niemanden hätte, den sie damit quälen könnte. Und diese Rolle fiel mir zu. Ich fiel jedes Mal wieder darauf herein: am nächsten Tag ignorierte sie mich auf dem Gang.

Wenn das Leben gerecht ist, dachte ich, wird bei ihr irgendwann alles schief laufen. Aber fürs Erste machte sie einen guten Abschluss, ergatterte mit ihren blonden Haaren einen PR-Job und wurde nun ständig zu Partys der Promiszene eingeladen. Ich für meinen Teil habe einen fürchterlichen Abschluss gemacht (wahrscheinlich wegen der Kraftausdrücke in meiner Klausur) und bin als Korrektorin bei einer langweiligen Marketingfirma in Holborn gelandet.

Aber wir trafen uns immer noch. Sie rief immer mal wieder an; Fran und ich trafen uns mit ihr, sie gab mächtig an, und wir brachten sie dazu, die Rechnung zu bezahlen. Und genau so hatte es auch gestern Abend angefangen, als das Telefon klingelte.

»Melanie, *Süße.*«

Irgendwann hatte ich auch herausgefunden, dass *Süße* der PR-Code für *Bekanntschaft niederen Ranges* ist.

»Hi, Mandy.«

Das konnte sie nicht leiden.

»Hör zu, wie wär's, wenn du, Francesca und ich heute Abend ein winziges Gläschen zusammen trinken?«

Heute Abend? Als ob wir nichts Besseres zu tun hätten.

»Ich habe Neuigkeiten!«, trällerte sie.

»Wirklich? Was denn?«

»Oh, nein, ohne Gläschen keine News!«

»Okay. Fran!« Fran lag auf dem Sofa und malte sich einen Schnurrbart.

»Hast du Lust, heute Abend mit Amanda ein Gläschen zu trinken?«

Fran gab einen Knurrlaut von sich, schüttelte wild den Kopf und verzog das Gesicht zu einer Pumafratze. So etwas lernt man wohl auf der Schauspielschule.

»Super«, log ich ins Telefon. »Gerne. Wo?«

»Im *Atlantic*?«, flötete sie. Vergiss es. Cocktails und Yuppies. Das Problem war nämlich, dass sie im piekfeinen Norden Londons wohnte und wir in Kennington, einem der netten, wenn auch schmuddeligen Stadtteile in Südlondon. Eine Verabredung mit ihr ihm *Atlantic* kam dem Versuch gleich, eine intergalaktische Allianz herbeizuführen.

Ich konterte mit *The Ship and Shovel* – sowohl schmutzig als auch potenziell gefährlich.

»Ich bitte dich, Melanie. Na gut, dann eben im *Ozone.*«

»*Pitcher and Piano*, mein letztes Wort.«

Tiefer Seufzer am anderen Ende der Leitung.

»Also gut, wenn du meinst …«, schmollte sie vernehmlich, was mich völlig kalt ließ, da ich ja keinen Penis habe.

»Was sollte das denn jetzt?«, stöhnte Fran, als ich aufgelegt hatte. »Wahrscheinlich ist sie bloß befördert worden, oder irgendeine Schwuchtel aus einem West-End-Musical hat sie auf einen Drink eingeladen oder so.«

»Man kann nie wissen«, sagte ich. »Vielleicht ist was fürchterlich schief gelaufen. Vielleicht ist sie schwanger von ein paar Matrosen, und wir, ihre ältesten Freundinnen, sind die Einzigen, die sie trösten können. Hehehe.«

»Hat sie sich schwanger angehört? Oder eher affektiert und hämisch?«

Ich dachte kurz nach. »Eher affektiert und hämisch.«

»Na, dann ist ja alles klar. Wahrscheinlich hat Sean Connerys Sohn sie zum Essen eingeladen. Und wir müssen uns zwei Stunden lang anhören, wie toll alles bei ihr läuft, und werden uns so langweilen, dass wir uns aus Verzweiflung betrinken, und dann fährt sie stocknüchtern woandershin, wo mehr los ist, und wir bleiben sitzen und geben uns verbittert dem Alkohol hin, ekeln uns vor uns selbst und können uns tagelang nicht ausstehen.«

»Hm-mm. Also, was ziehen wir an?«

Amanda rauschte pünktlich in die Bar. Sie war ein typisches High-Society-Püppchen – aufreizend, hübsch und zierlich.

»Hi, ihr Süßen!«, jubelte sie über die Theke hinweg. Ich vergaß: seit sie zu den oberen Zehntausend gehörte, war sie nicht mehr zu überhören.

»Weißwein?«

»Wenn's sein muss«, kommentierte Fran.

Nachdem sie sich nach eventuellen Bekannten umgesehen hatte, schlenderte sie mit den Drinks zu uns herüber, machte es sich auf ihrem perfekten Hintern bequem und schenkte uns ihr schönstes Zahnpastalächeln.

»Also, was gibt's Neues?«, fragte ich hilfsbereit.

»Da kommt ihr nie drauf!«

»Okay, du hast im Lotto gewonnen? Du bist eigentlich ein Mann? Du bist schwanger von vierzig Matrosen?« Die letzte Variante flüsterte Fran nur noch.

»Ich bin VERLOBT!«

»Oh, Gott! Mit wem?«, riefen wir aus einem Mund.

»Du kennst ihn, Mel. Weißt du noch – Fraser McConald. Er war mit uns auf der Uni in Durham.«

»Fraser wer?«, sagte Fran. Aber ich konnte mich sehr wohl noch an ihn erinnern. Der süße, große, sanfte Fraser mit dem dünnen Haar und den alten Klamotten. Ich war total in ihn verknallt damals, aber er hatte das natürlich gar nicht bemerkt, also war ich ihm auf Schritt und Tritt gefolgt und hatte so getan, als wären wir einfach nur gute Freunde. Nicht gerade eine meiner Sternstunden. Gott, musste diese Frau denn immer Glück haben?

»Du und Fraser! Nicht zu fassen!«, sagte ich. »Ich meine natürlich, hey, super, du heiratest! Herzlichen Glückwunsch, das ist ja toll! Ging ja ziemlich schnell!« Ich glaubte mich daran zu erinnern, dass Fraser niemals etwas schnell tat. Ich sah ihn plötzlich vor mir, wie er durch die Gänge schlurfte und nach einer Sitzgelegenheit suchte, um seine unglaublich langen Beine auszustrecken.

»Ach, ich weiß.« Sie spreizte ihre zierlichen Fingerlein, um den Ring besser zur Geltung zu bringen. »Er sagt, ich hätte ihn einfach total umgehauen! Süß, nicht?«

Umgehauen? Oder mit der Dampfwalze platt gemacht? Fraser kann es überhaupt nicht leiden, umgehauen zu werden, dachte ich aufsässig. Fraser war jemand, der gerne Bergwanderungen machte, Satire-Magazine las und durch seine Ingenieurprüfungen fiel.

»Ich kann mich auch noch an ihn erinnern«, sagte Fran. »Hab ihn ein, zwei Mal gesehen. Hagerer Kerl. Ziemlich hager. Schien mir gar nicht dein Typ zu sein …«

»Tja, nun …« Amanda lächelte affektiert.

»Wie hast du ihn kennen gelernt? Im Schachclub?«

»Nein, eigentlich war es wahnsinnig komisch … Ich habe pe-ert …«

»Du hast was?«, fragte ich.

»Ach, mein Job, Süße. PR – du weißt schon.«

Grrrrr.

»Ich habe also gearbeitet, und zwar für Kunden in Edinburgh, die einen Führer über alte Schlösser herausgeben wollten. Na, egal – und wen sehe ich in dem Faltblatt? Meinen alten Studienfreund Fraser.«

Ich sagte jetzt nicht, dass sie während des gesamten Studiums höchstens zwei Worte mit ihm gewechselt haben konnte, weil er ständig rot wurde und jeden Tag die gleichen Turnschuhe anhatte.

»Na, egal, und da dachte ich mir, ich lade ihn mal auf einen Drink ein.«

»Moment mal«, unterbrach Fran. »Was hatte er denn in einem Faltblatt zu suchen? War das eine Werbebroschüre für Turnschuhe?«

Amanda lachte glockenhell.

»Nein, eigentlich – ihr werdet es nicht glauben, ich, die kleine Amanda Phillips von der Portmount Gesamtschule …«

O-oh.

»Was?« Fran wurde ungeduldig.

»Na ja, also … Er ist ein Laird!«

»Ein was?!«

Mir war allerdings klar, wovon sie sprach.

»Ach, ich weiß, ist das nicht süß? Also, das ist so was wie ein Lord – nur schottisch!«

»Stimmt das?« Fran sah mich an.

»Ich wusste, dass sein Onkel einer war. Und wenn sein Vater gestorben ist, könnte es natürlich sein …«

Amanda sah mich entsetzt an. »Melanie, du wusstest es die ganze Zeit und hast mir nichts gesagt!«

»Amanda, du hast ihn mal auf einer Party getroffen und gesagt, er würde seltsam riechen.«

»Neeeein, so was habe ich nie gesagt!« Sie lachte schon wieder. »Na, egal.«

»Hat er denn komisch gerochen?«, fragte mich Fran.

»Nur, wenn es geregnet hat.«

»*Ihr Süßen*!«, sagte Amanda leicht gereizt. »Eigentlich wollte ja ich euch etwas erzählen!«

Wir hielten die Klappe, und sie setzte wieder ihr falsches Lächeln auf.

»Na, egal, ich habe jedenfalls mit den Leuten von dieser Schloss-Broschüre gesprochen, und die haben mir die Telefonnummer von Frasers Mutter gegeben, und die hatte seine Privatnummer. Natürlich habe ich ihn gleich angerufen, wir haben uns getroffen und sofort gemerkt, dass wir *so* viel gemeinsam haben, wir kamen aus dem Lachen gar nicht mehr heraus … Kurz darauf war er in London, und wir haben gemeinsam einen Blick in seine Grundbucheinträge geworfen. Und auf dem Schottenball hat dann eben eins zum anderen geführt, und jetzt werde ich Lairdess Amanda Phillips-McConald!«

»Oh, er heißt auch Phillips?«, spöttelte Fran.

»Nein, nein, wisst ihr, ich behalte meinen Namen *und* nehme seinen an. Das ist so was wie ein feministisches Statement. Habt ihr nicht den *Tatler* gelesen?«

Fran sagte später, ich hätte Augen wie Untertassen gemacht. Also fragte sie:

»Ist er reich?«

»Unsinn, was hat Schottland denn schon zu bieten?«

»Geschichte? Eine atemberaubende Landschaft? Mel Gibson?«

»Schafe und Alkoholiker, Süße. Nein, er hat keine müde Mark ... und dann ist da ein Schloss, das renoviert werden muss – was glaubt ihr denn, wie er das schaffen soll mit seinem mickrigen Gehalt?«

Und dann legte Amanda richtig los mit ihren innenarchitektonischen Plänen für das Schloss. Ich kannte das traurige Gemäuer (Fraser hatte mal eine ganze Horde von uns eingeladen, obwohl ich immer so getan habe, als wäre ich allein mit ihm dort gewesen). Es handelte sich dabei weniger um ein Schloss als um eine eindrucksvolle steinerne Kulisse, hinter der sich gerade mal zwei bewohnbare Räume befanden nebst einem klapprigen Gasofen. Aber das wusste Amanda offensichtlich noch nicht, denn sie war fest entschlossen, metallene Wände einziehen zu lassen.

»Ich dachte an einen coolen postindustriellen Look«, erklärte sie.

Ich musste jetzt einfach etwas einwerfen, egal was. Also hielt ich mich an die altbewährte Methode und sagte einfach das, was mir als Erstes einfiel.

»Wow, das Ganze ist also eine richtige Geld-heiratet-Adel-Geschichte! Das ist ja geradezu ...«

Ich wollte »klassisch« sagen, aber da war es schon zu spät. Ich erntete einen vernichtenden Blick und eine sehr lange Pause. Schließlich sagte Amanda:

»Selbstverständlich können wir Phillips unsere Ahnen ziemlich weit zurückverfolgen.«

»Ach was, bis nach Woking?«, sagte Fran.

»Haha, sehr witzig.« Sie drehte sich um. »Heiratest du auch, Fran? Ach, nein, ich vergaß, du hast ja keinen Freund, oder? Denn wenn du jemals heiraten solltest, könnten wir zur Abwechslung mal dich auf den Arm nehmen.«

Fran verdrehte die Augen und ging zur Theke, um Nachschub zu holen.

Amandas Wut war verpufft, und sie rückte ungewohnt vertraut näher.

»Fraser und du, ihr wart euch ziemlich nah, oder?« Sie lächelte dabei so unschuldig, als sollte diese Bemerkung im Leben nicht »BENEIDE MICH! BENEIDE MICH!« bedeuten.

»Eigentlich nicht«, sagte ich und meinte damit: ›Ich war in ihn verknallt, und er hat mich links liegen lassen.‹

»Ach, du musst einfach zur Hochzeit kommen. Es wird so traumhaft! Daddy *besteht* einfach darauf, einen Riesenwirbel zu veranstalten.«

Amandas Vater hatte mindestens viermal geheiratet, seit wir sechzehn waren. Der kriegte Rabatt.

»Gerne.« Ich wollte großzügig sein. Sie war die erste von meinen Freundinnen, die heiratete, noch dazu einen richtig netten Kerl. Warum sollte ich mich nicht freuen? Völlig unvermittelt schoss mir Alex durch den Kopf, und ich zuckte zusammen.

»Super! Ach, tut mir Leid, Brautjungfer kannst du nicht werden, Larissa und Portia sind *sooo* gute Freundinnen von der Uni, ich musste einfach sie fragen.«

»Oh, alles klar.«

»Du wirst auch jemand Nettes kennen lernen, Melanie, weißt du. So ein Ärger aber auch, dass Alex einfach so abgehauen ist. Das war vielleicht einer, was? Und er hatte so gute Verbindungen.«

Was wollte sie denn damit sagen? Ich stellte mein Glas etwas zu entschlossen ab.

»Das ist mir völlig egal, und Alex kann mir gestohlen bleiben.«

»Aber *sicher*, natürlich kann er das«, sagte sie und tätschelte mir die Hand, dass mir fast der Kragen platzte.

Ich vergaß immer wieder, wie groß Amandas Potenzial an purer Bosheit eigentlich war. Ich revidierte meinen Vorsatz von vorhin und wünschte ihr eine grässliche Hochzeit und dass sie die Scheidung einreichen würde, bevor wir noch die Torte aufgegessen hatten.

Fran kam mit den Drinks, aber Amanda sprang sofort auf und sagte, sie müsste noch woandershin. Sie warf ihr blondes Kunsthaar zurück, wiegte ihren aufreizenden kleinen lederbehosten Hintern zur Tür hinaus in ihr neuestes Cabrio, klemmte sich das Handy ans Ohr, winkte uns fröhlich zu und brauste davon, irgendwohin, wo es an einem Freitagabend unendlich viel aufregender und schicker war als in einem Pub.

Fran und ich schwiegen eine Weile, bis Fran »So ein verdammter Mist« sagte und wir Amandas und unseren Weißwein austranken, dann noch ein Glas bestellten, um uns aufzuheitern, dann noch ein paar, und schon kurze Zeit später interessierte es uns überhaupt nicht mehr, dass Amanda Phillips ihren gut aussehenden – wenn auch schmuddeligen – Prinzen gefunden hatte und demnächst in einem Schloss wohnen würde. Na ja, jedenfalls nicht sehr.

Sehr, sehr viel später unterhielten wir uns über den letzten Kerl, dem Fran im übertragenen Sinne einen Tritt in den Hintern verpasst hatte – obwohl, wenn ich es mir recht überlegte, hatte sie ihm *buchstäblich* einen Tritt in den Hintern verpasst, und er hatte humpelnd die Flucht ergriffen –, als ich quer durch den überfüllten Pub ein mir bekanntes Paar Knie erspähte. Ich ließ den Blick höher wandern und kombinierte, dass es sich um Nicholas handelte, den größten Steuerberater der Welt. Wo hatte ich den noch mal kennen gelernt? Egal. Er war jedenfalls groß, und ich stand nun mal auf große Männer.

Ich zupfte Fran am Ärmel.

»Guck mal … Nicholas.«

Fran sah kaum rüber.

»Wichser«, sagte sie. Hätte Fran in den letzten eineinhalb Stunden nicht jeden Typen, den wir auch nur erwähnt hatten, Wichser genannt, hätte ich vielleicht auf sie gehört und mir das folgende Drama erspart. Aber nein, ich winkte ihm so überschwänglich, als würde ich Fliegen fangen.

»Die Frau ohne Slip!« Ich fing haltlos an zu kichern. Er stürzte zu mir und küsste mich. Na, dann müssen wir wohl alte Freunde gewesen sein.

»Melanie, *fabelhaft*, dich hier zu sehen. Ich habe gerade mit ein paar von meinen Steuerberater-Kumpels die Gegend unsicher gemacht.«

Ich schielte zum anderen Ende der Bar, um den Rest der fidelen Truppe zu beäugen, aber die hatte sich auf wundersame Weise in Luft aufgelöst.

»Mann, wir hauen heute richtig auf den Putz. Schätze mal, dass wir nicht ohne Polizeiverweis nach Hause kommen … Hua, hua, hua!«

»Komm, Nicholas, lad uns auf einen Drink ein! Du hast es doch!«

»Null Problemo, Baby!« Und schon eilte er mit einer Beflissenheit zur Bar, die verriet, dass er nur zu genau wusste, wie viel Alkohol er einer Frau normalerweise einflößen musste, um sie ins Bett zu kriegen.

Unter normalen Umständen hätte ich zehn Kilometer Abstand von Nicholas gehalten, mit dem ich mal aus Versehen auf einer Party im Bett gelandet war, weil er – na ja, weil er groß war. Seitdem hatte er mich ständig angerufen, und ich hatte gemerkt, dass er – und wenn er noch so groß war – die langweiligste Schlafmütze unter der Sonne war. Genau genommen war er der langweiligste *Steuerberater* unter der Sonne. Fran hatte mich natürlich furchtbar in die Mangel genommen, als er mich das erste Mal in ausgewaschenen Karotten-Jeans und pinkfarbenen Cowboystiefeln abgeholt hatte, und ich hatte Linda einen Monat lang ans Telefon gehen lassen. Und da war er wieder: Er gierte nach Sex, und ich gierte nach Aufmerksamkeit – eine fatale Mischung.

Fran sah aus, als würde sie gleich einschlafen, warf mir aber mit letzter Kraft noch einen warnenden Blick zu, der bedeutete, dass sie mir ins Gesicht springen würde, wenn ich auch nur daran dachte, etwas mit Nicholas anzufangen. Er hatte es sich mittlerweile in der Ecke neben Fran bequem gemacht und damit angefangen, mir von den neuesten Streichen seiner tollen Steuerberaterclique zu berichten. An der Stelle, wo sie dann tatsächlich in den Bus *ein*stiegen, den sie eigens gemietet hatten, um zum Bryan-Adams-Konzert zu fahren, war ich kurz davor, vor Verzweiflung in die Tischkante zu beißen. Mit der bestechenden Logik einer Betrunkenen beschloss ich, ihn zu küssen, damit er endlich seine verdammte Klappe hielt. Allerdings war das nicht so einfach. Genauso gut hätte ich versuchen können, einen Baum zu erklettern. Und das leicht angetrunken. Darum beschloss ich, als ich einmal oben war, auch dort zu bleiben, bis der

Baum einschlief und ich am nächsten Morgen unter ihm hervorkriechen konnte.

»Was soll ich denn jetzt bloß tun?«, beklagte ich mich bei Fran. »In meinem Schlafzimmer liegt ein großer, stinkender Mann, den ich nicht ausstehen kann, und wenn ich reingehe und ihn wecke, erzählt er mir wieder irre komische Steuerberater-Anekdoten.«

»Ja, und?«

»Ja, und? Könntest du nicht reingehen und ihm sagen, dass er gehen soll?«

»Ich! Wieso denn ich? *Du* hast ihn doch angeschleppt! Und überhaupt, was, wenn er nackt ist?«

»Ach, stimmt, du hast ja noch nie einen nackten Mann gesehen ...«

»Jedenfalls keinen, der zwei Meter groß ist. Der Anblick wäre so früh am Morgen einfach zu viel für mich.«

Auf einmal schrillte die unglaublich laute Türklingel und ließ uns beide zusammenfahren. Fran und ich sahen einander an, und ich schleppte mich missmutig zur Tür, um diesen Höllenlärm zu stoppen.

SCHWUPPS! Da kam ein splitternackter, völlig verkaterter Zwei-Meter-Mann panisch aus meinem Schlafzimmer geschossen, der nicht so aussah, als hätte er auch nur die geringste Ahnung, in welcher Galaxie er sich befand.

»BRENNT'S?!«

Einen Moment lang standen wir nur da und sahen uns in die Augen wie Kaninchen und Schlange. Dann sagte ich so ruhig und gefasst wie möglich: »Nein, Nicholas, natürlich brennt es nicht. Zieh dich jetzt bitte an! Sofort! Bevor ich die Wohnungstür aufmache.« Meine Güte, ich klang wie meine eigene Mutter.

Er guckte verwundert, zog sich dann aber wortlos Richtung Schlafzimmer zurück, machte allerdings in letzter Sekunde eine abrupte Kehrtwende und sprintete zum Klo, wo man ihn kurz darauf aus schwindelnder Höhe pinkeln hörte. Entweder das, oder es hatte sich unbemerkt ein Pferd eingeschlichen. Ein Problem hatte ich also gelöst – ihn aus meinem Schlafzimmer zu kriegen –, aber da stand ich schon vor dem nächsten. Vielleicht konnte ich ihn auf ewig im Bad einsperren und in Zukunft die Dusche unserer Nachbarn benutzen.

Als ich endlich die Tür aufmachte, setzte ich ein zuckersüßes Lächeln auf, das den fetten Postboten aber gar nicht interessierte.

»Paket.«

Ich quittierte den Erhalt und versuchte, angesichts dieses riesigen Pakets ruhig zu bleiben. Vielleicht hatte ich einen heimlichen Verehrer, der mir auf diskrete Weise teure Geschenke machte, weil er nicht nur unglaublich reich war, sondern auch wahnsinnig berühmt.

Fran tauchte auf und wollte aufs Klo. *Sie* bemerkte der Postbote – alle Männer bemerkten sie. Selbst Schwule wollten sie als Ikone benutzen.

»Hallo, mein Dicker«, sagte sie. »Mel, ist das für dich?« Sie zeigte auf das Paket. Gespannt drehte ich es um.

»Nein! Für Linda. Verdammt.«

»Gott, was ist denn da drin? Die neuesten Ausgaben der Prinzessin-Diana-Krieg-der-Sterne-Tellersammlung samt hölzernen Präsentationsgestellen?«

»Nee, zu schwer.« Der Postbote wackelte davon. Und wieder einmal fragten wir uns, wie ein Mensch, der fünfzehn Kilometer am Tag lief, so fett werden konnte.

»Bücher?«

»Linda liest keine Bücher. Sie isst sie.«

»Stimmt das wirklich, oder sagst du das nur, weil du sie nicht magst?«

Ich sah nach unten.

»Ich sag das nur, weil ich sie nicht mag.«

»Gut, können wir es dann aufmachen?«

»Natürlich nicht!«

»Warum denn nicht? Macht ihr doch nichts aus.«

»Fran, ich glaube, es würde ihr schon etwas ausmachen.«

Ehrlich gesagt, hatte ich keine Ahnung, ob es ihr etwas ausmachen würde oder nicht. Schließlich kannte ich sie kaum. Linda war klein, rund, trug einen schicken Damenbart und arbeitete in einer Bank – in welcher, hatte ich vergessen. Sie war ein Einzelkind und hatte vor einiger Zeit Geld von ihrer Großmutter geerbt. Davon hat sie sich dann diese schöne Wohnung gekauft und über und über mit pastellfarbenem Leinen dekoriert. All das hatte ich bei meinem Vorstellungsgespräch als Untermieterin erfahren, bei dem ich versucht hatte, ein wahnsinnig interessiertes Gesicht aufzusetzen. Schließlich befand ich mich damals in einer Notlage, ich war nämlich auf der Flucht vor einer intriganten Gruppe von Physiotherapeuten, die mich aus der gemeinsamen Wohnung in Edmonton herausterrorisierten – ein Abschnitt meines Lebens, an den ich mich normalerweise um vier Uhr morgens erinnerte, hellwach und schweißgebadet.

Als hätte sie gehört, was wir dachten – noch wahrscheinlicher war, dass sie mit dem Ohr an der Tür geklebt und unser ganzes Gespräch belauscht hatte –, stampfte Linda aus ihrem Schlafzimmer in den Flur und schaffte es dabei, keiner von uns in die Augen zu sehen, nicht einmal, als sie mir das Paket aus der Hand riss. Dann stampfte sie wortlos zurück in ihr Zimmer, und Fran und ich wechselten unseren typischen »Linda-Blick«.

»Juhu, Mädels ... haha ...«, ließ sich eine erstickte Stimme aus dem Bad vernehmen, »kann ich, äh, kann ich jetzt rauskommen?«

Fran rollte die Augen zum Himmel. »Jederzeit, Süßer. Wir stehen parat.«

Ich fing an zu kichern.

»Gut, okay, gut ...«, sagte die Stimme. Dann trat eine kurze Pause ein, während derer wir nicht zurück in die Küche gingen.

Schließlich und endlich ging die Tür auf, und Nicholas trat heraus. Er hatte die Zeit genutzt, um massenweise Klopapier über sein bestes Stück zu drapieren. Ich betone, *massenweise.*

»Huah, ha! Knorker Abend, was, Ladys!«, brüllte er und überspielte die peinliche Situation recht gut, muss ich sagen. »Was gibt's zum Frühstück?«

»Für dich die Buslinie 38«, sagte Fran. »Die hat sogar Zustellservice.«

»Har, har, har – ich zieh nur eben meine Tanzhosen an und bin gleich wieder bei euch. Und wie geht es *dir*, mein Schatz?«

Fran und ich drehten uns um, bis mir klar wurde, dass er mit mir sprach.

»Super«, sagte ich vornübergebeugt, immer noch im Handtuch. »Super beschissen.« Plötzlich sah ich etwas auf dem Boden liegen, das ich vorher nicht bemerkt hatte. Ich hob es auf. Es war eine Postkarte, und die war für mich.

»Fraaaan!«, meine Stimme zitterte, als ich ihr ins Wohnzimmer folgte. »Eine Postkarte.«

»Das sehe ich. Oh, und guck mal da, Nicholas: eine Tür!«

»Harg, harg!«, machte die Stimme aus dem anderen Zimmer. »Wartet nur, bis ich das den Jungs im Büro erzähle! Das wird ein echter Brüller!«

Ich seufzte. »Schau doch mal«, drängelte ich. »Schau doch mal, von wem die ist.«

Auf der Postkarte hätte man das Empire State Building sehen können, wenn es nicht fast vollständig von der Großaufnahme einer üppigen Oberweite verdeckt gewesen wäre. Auf der anderen Seite stand schlicht: »Darling. Tut mir so Leid – großer Fehler. Ich komme zurück. Alex.«

Lange, dramatische Pause. Nein, es *wäre* eine lange, dramatische Pause *gewesen*, aber Nicholas musste ausgerechnet in dem Moment in seinen lilafarbenen Hosen ins Zimmer springen (Ich hatte gar nicht bemerkt, dass sie lila waren. Das Ding sah aus wie ein schrecklicher Unfall in der Pflaumenkonservenfabrik.) und rufen: »Hey, ich weiß was, was einfach irre komisch wäre – wir machen uns French Toast!«

Fran bedachte ihn mit einem starren Blick à la Paddington-Bär. »Hol uns Schokolade, Nicholas.«

Ich befand mich in einem Schockzustand und bekam kaum mit, dass Nicholas verschwand und gehorsam mit einem Dutzend Milka Tender Minis wiederkam. Ich war viel zu sehr damit beschäftigt, Löcher in die Luft zu starren und das alles zu begreifen: Alex, Alex, Alex – für mich die »einzig wahre Liebe«. Alex, Alex, Alex – für Fran und so ziemlich alle anderen auf der Welt die »widerwärtigste Mistkröte, seit es Männer gibt«.

Als ich Alex das erste Mal sah, dachte ich »Wow, den würde ich nicht von der Bettkante stoßen.« Und er sah mich an und dachte genau das Gleiche: Es war echte Seelenverwandtschaft. Oh! Diese elende Westlondon-Party. Ja, ja, ich hätte mich hüten sollen, auf Partys in Westlondon zu gehen und zu erwarten, dass ich mich dort amüsieren könnte, aber dieses eine Mal hat es sich tatsächlich gelohnt.

Ich war gerade auf der Suche nach dem etwas teureren Bier, das Gastgeber für gewöhnlich ganz hinten im Kühlschrank verstecken.

»Liegt das an mir«, knurrte eine große Stimme, »oder sehen die hier wirklich alle so aus, als würde ihnen ein Furz quer im Arsch hängen?«

»Das ist *cool*«, klärte ich ihn auf. »Du musst sie jetzt *beneiden*. Sie tun nur so, als würden sie sich langweilen.«

»Oooohhh. Jetzt verstehe ich. Klar. Also kann ich entweder versuchen, dieser Bande Snobs zu entkommen …«

»Keine Chance«, sagte ich.

»… oder – du hast Recht – ich könnte mir fürchterlich die Kante geben, etwas Unaussprechliches tun und später jegliche Verantwortung von mir weisen.«

Das war so deutlich, dass ich schluckte und mir dieses einen Meter fünfundachtzig große, dunkelhaarige, ziemlich wild aussehende Wesen etwas genauer betrachtete: Es hatte braune Augen unter schweren Lidern und die dichtesten Wimpern, die ich je gesehen hatte.

»Das«, sagte ich, »klingt, als würde es überhaupt nicht zu dir passen.«

Achtzehn erstaunliche Stunden später – ich lag durchgeschwitzt und mit einem Mordshunger in einem unbekannten Schlafzimmer, wo mir jemand mit einem Teebeutel den Bauch kitzelte – wusste ich, dass sich hier etwas anbahnte.

Zwölf Monate später schwebte ich immer noch auf Wolke sieben. Ich zog mit Alex, der es in der Musikindustrie zu etwas bringen wollte und einfach jeden kannte, um die Häuser. Wir landeten regelmäßig auf irgendwelchen Partys, und seine Freunde waren alle etwas eigenartig und undurchsichtig, stammten aber zweifellos aus besseren Kreisen. Ich gehörte dazu, es war klasse. Alex war zwar nicht gerade das romantischste Wesen auf der Welt, aber das war mir egal. Denn an seiner Seite fühlte ich mich einfach großartig: Melanie Pepper, sechsundzwanzig und immer live dabei, wenn aufstrebende Popsternchen sich in dunklen Ecken schmutziger Nachtclubs übergaben. Das Leben war cool.

Aber es war mehr als das. Ich vergötterte Alex. Ich liebte sein langes, strähniges Haar und seine traurigen braunen Hundeaugen und war süchtig nach seiner Aufmerksamkeit. Ich hüpfte vor ihm auf und ab und wedelte mit den Armen, damit er mich bemerkte, und er schenkte mir ein breites, selbstzufriedenes Grinsen, um dann erst einmal alle anderen Gesprächspartnerinnen in Augenschein zu nehmen. Gelegentlich verwöhnte er mich aber auch mit seiner Zuwendung, und ich benahm mich prompt wie eines von diesen Mitleid erregenden süßen Hündchen, die in den Reportagen über den Tierschutzbund immer gerettet wurden. Dann wieder flirtete er ausgiebig mit anderen Frauen, und ich war außer mir. Kurz gesagt, er war nicht gerade der ideale Freund, kein Zweifel. Aber wenn er dann in seinen Lederhosen ... na ja, man kennt das ja, ich bin halt auch nur ein Mensch, und Lederhosen und Popstarfreunde sind nun mal Lederhosen und Popstarfreunde. Also habe ich natürlich genau das getan, was coole Mädchen NIEMALS tun, nämlich sich in die coolen Jungs zu verlieben. Macht alles kaputt.

Aber Alex wurde langsam weich. Ich entdeckte eine seltsame Zärtlichkeit in seinem Blick. Er rief mich an, völlig grundlos. Oder kam früher von einem Gig nach Hause. Er war allmählich fast zu einer Art Beziehung bereit, das konnte ich spüren. Er liebte mich. Er bestand sogar den »Könntest du mir bitte eine Packung Tampax mitbringen?«-Test. Also wollte ich gerade vorschlagen, dass wir … gegebenenfalls … unter Umständen … darüber nachdenken könnten zusammenzuziehen – gar nichts Endgültiges, Ernstes, nur so zusammenziehen eben, um endlich mit den horrenden Zahnpastakosten Schluss zu machen, ha, ha –, als er verschwand. Vom Erdboden verschluckt.

Ein ganzes Wochenende hatte ich gewartet, dass er mich anriefe, aber nichts passierte. So einfach war das. Ich ging davon aus, dass es sich um einen Akte-X-artigen Zwischenfall handelte und ganz sicher nichts mit mir zu tun hatte. Nach vierundzwanzig Stunden rief ich schließlich bei seinem Mitbewohner Charlie in Fulham an. Charlie war nicht gerade begeistert, mit Alex' Privatangelegenheiten belästigt zu werden, und zu versnobt, um wenigstens freundlich zu sein. Genervt informierte er mich darüber, dass Alex in die Staaten geflogen war, um sich selbst zu finden, und dass es ihm Leid täte, es mir nicht selbst gesagt zu haben, aber so war es nun mal leichter.

Und das war alles, keine Grüße, kein Nichts! Alex ließ mich sitzen, indem er sich auf einen anderen Kontinent verzog und bei einem kurz angebundenen Freund eine Nachricht hinterließ!

Wochenlang lief ich wie ein Zombie durch die Gegend, ich konnte nicht einmal weinen. Ich fühlte mich, als hätte mir jemand mit einem kalten Löffel die Innereien herausgeschabt. Fran war damals wirklich eine Hilfe. Noch nie war ich jemandem begegnet, der über ein so großes und vielfältiges Repertoire an bösartigen Beinamen und dramatischen

Verwünschungen verfügte. Sie spuckte Gift und Galle für mich, während ich in der Ecke saß und wie ein traumatisiertes Kind vor und zurück schaukelte. Es war mir peinlich, ein Geschäft zu betreten, um eine Tüte Chips zu kaufen, weil ich überzeugt war, dass mir die Erniedrigung ins Gesicht geschrieben stand. Es tat so weh wie noch nie irgendetwas vorher in meinem Leben, mehr noch als das Kaugummi-Papier, das mal in meiner Nase gesteckt hat. Da war ich übrigens vier, ich bin nicht meschugge oder so.

Im Laufe der Monate flaute das Ganze zu einem dumpfen Schmerz ab, der sich gelegentlich meldete und den ich zuletzt mittels jenes Herrn zu lindern versuchte, der jetzt Milka Tender Minis verschlang, als wären sie Kaviar.

»Okay«, sagte Fran. »Ich nehme jetzt dieses Stück Junkmail und tu es da hin, wo es hingehört …«

Ich schnappte es ihr aus der Hand.

»Komm schon, Mel! Das hier ist hochkarätige Arschlochpost. Wenn du willst, lasse ich dir sogar das Vergnügen, sie zu verbrennen.«

»Hey, Leute, was ist denn los?«, fragte Nicholas der Fettnapftreter mit vollem Mund. Wenn der nicht täglich seine 15.000 Kalorien zu sich nahm, musste er wahrscheinlich jämmerlich zugrunde gehen. Ich riss die Augen auf.

»Hör mal, ich will ja wirklich nicht unhöflich sein, aber hättest du wohl die Güte, jetzt endlich zu GEHEN!!«

Aber natürlich tat er mir gleich wieder Leid. »Es ist nur so, dass bei Fran und mir heute etwas wirklich UNGLAUBLICH WICHTIGES auf dem Programm steht, ist schon ewig geplant …«

»Ja, genau. Erster und einziger Programmpunkt: Wie-werde-ich-Nicholas-los-und-zwar-pronto«, sagte Fran gerade so laut, dass er es hören konnte.

»Klar, ey, null Problemo, Baby. Wie wär's, wenn ich dich heute Abend um sieben abhole und wir auf Kosten meines Klienten so richtig megamäßig teuer essen gehen, hua, hua, hua?«

»Leider dauert das, was Mel und ich vorhaben, EWIG«, sagte Fran. »Tut mir FURCHTBAR Leid. Aber du musst jetzt gehen. JETZT.«

»Hey, mach dich locker. Oder hat irgendjemand behauptet, Nicholas Snodley würde einen dezenten Wink nicht verstehen? Na, dann werde ich mal die Hühner satteln, was?«

Auf dieses Stichwort hin begann ich hastig Lindas alphabetisch sortierte CD-Sammlung durcheinander zu bringen – womöglich würde er auf die Idee kommen, mich zum Abschied zu küssen! Lindas CDs: *The Greatest Love Songs Ever 1*, *The Greatest Love Songs Ever 2* und zur Abwechslung *The Greatest Love Songs in the World – Ever!* Und ein paar Delfingeräusch-CDs.

»Mel, Baby. Ich ruf dich an, ja? Wegen der Brian May Appreciation Party?«

»UNBEDINGT«, sagte ich. »TSCHÜSS!«

Er versuchte, den Coolen zu markieren. »Ach so, ja – wie war noch mal deine Nummer?«

Eigentlich wollte ich ihm ja eine falsche Nummer geben, aber ich war so durcheinander, dass ich ihm aus Versehen die richtige gab.

»Na, dann ciao, Babys«, schleimte er, tauchte unter dem Türrahmen hindurch und verschwand. Ich schwöre es, ich konnte sein »hua, hua, hua« noch im Korridor hallen hören.

Noch mal davongekommen, dachte ich und nahm die Postkarte wieder zur Hand. Ich ging zurück zum Sofa, ließ mich neben Fran in die Kissen plumpsen und lehnte den Kopf an ihre Schulter.

»Bitte tu mir diesen Nicholas nie wieder an«, sagte sie.

»Aber du hast doch immer so viel Spaß mit ihm.«

»Mel, du weißt genau, dass ich mich lieber aufhängen würde, als dich noch einmal in der Nähe dieser zweieinhalb Meter hohen Schleimsäule zu sehen.«

Ich hielt zaghaft die Postkarte hoch.

»Ich hab ihn so vermisst.«

»Ich weiß.«

»Ich vermiss ihn immer noch.«

»Ich weiß. Aber welcher Mann würde dir das antun, was er dir angetan hat, ohne ein riesiges Arschloch zu sein?«

»Weiß *ich* doch nicht. Jungs sind eben seltsam.«

»Ganz genau. Und zwar alle. Und sie denken, wir sind seltsam. Aber manche von ihnen sind nett-seltsam und andere nicht. Alex ist eine männliche Amanda, sieh's doch mal so. Er hat dich genauso schlecht behandelt wie diese schrappige Ziege, als sie plötzlich mit ihren neuen Yuppiefreunden losgezogen ist und dich fallen gelassen hat wie eine heiße Kartoffel.«

»Und ich treffe mich immer noch mit ihr.«

Fran seufzte. »Und hast hinterher tagelang schlechte Laune. Was wahrscheinlich bedeutet, dass du sowieso nicht auf mich hörst.«

»Wahrscheinlich.«

»Okay, dann vergiss meinen gut gemeinten schwesterlichen Rat. Ist noch Schokolade da?«

Unser Blick fiel auf zwölf leere Milka-Tender-Mini-Papierchen auf dem Boden.

»Der Kerl macht mich fertig«, murmelte Fran.

Ich streckte mich auf dem Sofa aus und stöhnte.

»Oh, Gott. Erst Fraser, dann Nicholas und jetzt das. Ich muss ein schauriges Karma erwischt haben.«

Dann kam mir ein ungeheuerlicher Gedanke.

»Du glaubst doch nicht, dass Amanda Fraser nur heiratet, um mir eins auszuwischen, oder?«

»Wahrscheinlich«, sagte Fran, streckte sich faul und schaltete den Fernseher ein. »Keine Sorge. Wenn Alex zurückkommt, kann sie ja stattdessen den heiraten.«

Meine Begeisterung hielt sich in Grenzen.

2

Völlig niedergeschlagen trottete ich am Montag zur Arbeit. Da ich bei der Arbeit eigentlich immer niedergeschlagen war, fiel das zum Glück niemandem auf. Na gut, dazu hätte ich wahrscheinlich auch mit irgendjemandem sprechen müssen, aber das tat ich nie. So gesehen begann die Woche wie jede andere.

In meinem schmutzig grauen Büro türmten sich neben der toten Topfpflanze riesige Papierstapel. Und in diesem heimeligen Ambiente sollte ich die inspirierten Texte eines Schreibwarenherstellers in Holborn durchsehen. Es war ein grausamer Job, der mir in keiner Hinsicht etwas brachte. Dafür wurde allerdings nur minimaler Gehirneinsatz gefordert und obendrein mehr bezahlt als bei McDonalds, also saß ich die Sache aus. Vor meinem Büro trieb sich das Sekretariatspersonal herum und rümpfte argwöhnisch die Nase. Da mein Job einzig daraus bestand zu lesen, wogegen sie auch tippten und Telefondienst machten, betrachteten sie meine Anwesenheit mit gehöriger Skepsis. Ich hätte schwören können, dass sie jedes Mal, wenn ich hereinkam, ihre extralangen Fingernägel wetzten. Ansonsten ignorierten sie mich weitgehend. Aber selbst sie wurden irgendwann neugierig, als ich Stunde um Stunde an meinem winzigen, schmutzigen, nicht zu öffnenden Bürofenster stand und mit einer Postkarte in der Hand herzzerreißend sehnsuchtsvoll zum Holborn-Viadukt hinausstarrte.

»Was ist denn los, Liebchen?«

Shirley war die Königin unter den Sekretärinnen, Ende dreißig, und ihr Haar war so gespalten wie ihre Zunge. Da Fran mich angewidert aufgegeben hatte und Amanda nur gesagt hätte: »Ach, Süße, du willst ihm wirklich noch eine Chance geben? Na ja, du weißt es natürlich am besten, aber wenn ich dir einen Tipp geben darf ...«, musste ich mich dringend jemandem anvertrauen.

»Also, es dreht sich um meinen Freund. Ex-Freund. Der ist nämlich vor zehn Monaten einfach nach Amerika verschwunden, ohne mir Bescheid zu sagen, und jetzt kommt er wieder, und ich weiß nicht, was ich tun soll.«

»Kinder?«

»Was? Gott, nein.« Ich war überrascht, fühlte mich auf einmal schrecklich spießig und war gleichzeitig sauer, dass sie mich offenbar für alt genug hielt, um Kinder zu haben.

»Hatter Geld?«

»Ich ... also, nein, nicht viel.«

»Dann soller sich verpissen. Is doch ganz einfach, oder? Warum sollste dich mit ihm rumärgern, wenner dich so behandelt?«

Das klang einleuchtend.

»Das würden Sie wirklich tun?«, fragte ich.

»Das würd ich nich nur, genau das mach ich. Jedes Mal, wenn mein Stan sich verpisst. Er weiß nämlich, dass er mich liebt. Also kommt er immer wieder angekrochen. Und ich lasse ihn dafür büßen, das kannste aber glauben.«

»Oh.« Ich war etwas verwirrt. »Also soll ich Alex doch nicht sagen, dass er sich verpissen soll, sondern ihn nur büßen lassen?«

»Musst du wissen, Liebchen.«

»Klar. Sicher. Guter Tipp. Danke.«

Oh, Gott, ich schaffte es ja noch nicht mal, mich morgens zwischen Honig und Marmelade zu entscheiden. Viel weniger war ich in der Lage, eine vernünftige Entscheidung bezüglich des Scheißkerls zu treffen, der mir das Herz aus dem Leib gerissen hatte, fröhlich darauf herumgetrampelt war und mich so weit gebracht hatte, dass ich es richtig toll fand, einen Abend mit Nicholas zu verbringen.

Ich machte mir eine köstliche Tasse Kaffee aus drei verschiedenen Pulversorten, die ich aus den fast leeren Dosen anderer Leute kratzte, und hörte meine Voicemail ab. Ich liebte diese segensreiche Erfindung, die es mir ersparte, jemals ans Telefon zu gehen und mit jemandem aus der Firma direkt zu sprechen. So wurde man auch von jeder Menge Arbeit verschont. Ich hatte fünf Nachrichten. Wow, man könnte meinen, ich sei beliebt. Das baute mich etwas auf.

Ich unverbesserlicher Trottel hoffte natürlich, dass Alex angerufen hatte. Seit er abgehauen war, hatte ich mich auf der Karriereleiter nicht gerade nach oben katapultiert, er wusste also, wo er mich finden konnte. Ich wurde wieder ganz aufgeregt und kippte den Kaffee herunter, ohne ihn zu schmecken - ein großer Fortschritt.

»Hallo, Melanie, *Süße*, es war *so* schön, euch beide letztens zu sehen – sah ganz so aus, als wärt ihr in richtiger Partystimmung gewesen, als ich gegangen bin!«

Super. Amanda-»alles herhören, ich heirate den Mann, den ich liebe, und wir kriegen fünfzehn entzückende, perfekt erzogene Kinder und wohnen in einem umwerfenden, unter Denkmalschutz stehenden Schloss«-Phillips.

Den Rest tat ich mir jetzt nicht an, ich spulte nach vorn. Es war ganz eindeutig zu früh, um sich damit zu quälen.

»Mel.« Puh. Das war Fran. Sie würde mir bestimmt sagen, was ich tun sollte.

»Ich habe nochmal gründlich nachgedacht. Wenn du ihm verzeihst, musst du sterben. Und ruf mich an ... wir müssen uns entscheiden, ob wir zu der Phillipsschen Horror-Verlobungsparty gehen, und dann beschließen, dass wir hingehen und dann einen schauerlichen Abend verbringen.«

Ach, deshalb hatte Amanda angerufen. Ob ich sie wohl samt all ihren piekfeinen, hassenswerten Freunden ertragen könnte? Ich wusste genau, dass ich ein paar alkoholische Getränke benötigen würde, um die Feier durchzustehen, geschweige denn mich am Small Talk zu beteiligen. Am Ende würde ich mir die ganze Gesellschaft schöntrinken und womöglich sogar mit einem der erwähnten piekfeinen Freunde in einer verfänglichen Situation landen, was meinen schändlichen Leidensweg nur verlängern würde. Aber eine Party war eine Party, ganz egal, wie demütigend.

PIEP

»Melanie, ja, guten Morgen ... äh ... Sie hätten wohl nicht zufällig noch die Korrekturfahnen von der Broschüre, die ich Ihnen vor sechs Wochen gegeben habe? Die Jungs im Marketing schwören, dass sie sie noch nicht haben, aber bei Ihnen sind sie doch ganz bestimmt nicht mehr, oder? Ich melde mich dann später noch einmal. Bye.«

Verdammt. Mein Chef, Barnie, war schrecklich höflich, von hohen moralischen Grundsätzen geleitet und sah in jedem nur das Gute. Darum nahm ihn auch keiner richtig ernst. Trotzdem durchwühlte ich jetzt die Papiere auf meinem Schreibtisch. Allerdings ohne große Hoffnung – was auch immer vor sechs Wochen hier deponiert worden war, es war mit Sicherheit längst vermodert.

PIEP

»Melanie, hier ist Flavi aus dem Marketing. Melanie, dein Chef war gerade hier, und ich glaube wirklich nicht ...«

PIEP. *Ich* wiederum glaube, Flavi, dass es zur Zeit durchaus Wichtigeres gibt, oder? Schwerwiegende emotionale Lebenskrisen, zum Beispiel?

Noch eine Nachricht. War mir das Glück hold?

PIEP

»Mel! Super, hey, also, war doch eine steile Nacht letztens, was?«

Nicholas' näselndes Gewinsel. Meine Gesichtszüge entgleisten mit einer Geschwindigkeit, die mir deutlich machte, wie sehr ich auf eine Nachricht von Alex gehofft hatte. Natürlich nur, um ihm meine Meinung zu sagen. Oder ihn zu Kreuze kriechen zu lassen. Wo, zum Teufel, hatte Nicholas überhaupt diese Nummer her? Ich dachte an Linda. Mit solchen unzähligen kleinen Gemeinheiten ließ sie mich dafür bezahlen, dass ich in der Teeküche nie spülte.

»Na, jedenfalls, eh, bin ich ständig unterwegs mit meinen ganzen Freunden, ja, heute ist mal wieder Steuerberaternacht, Gott, die sind vielleicht durchgeknallt, aber, hey, am Dienstagabend hätte ich vielleicht Zeit ...«

Nicholas, heute ist *Montag*, du Idiot. Nicht, dass ich schon etwas vorhätte, aber, lieber Gott, so lange im Voraus sage ich doch noch nicht zu!

»... oder am Mittwoch vielleicht ... wir könnten ja irgendwo schick ausgehen. Ruf mich doch einfach an, 5 55 89 23 – frag einfach nach dem verrückten Nick, die kennen mich hier alle! Also, bis denne! Tschüssikowski!«

Tschüssikowski? Ich war so deprimiert wie noch nie in meinem Leben, oder zumindest in den letzten ein, zwei Monaten. Das war's dann also. Man würde im Büro an mir herumnörgeln, obwohl mir dieser erbärmliche Job nun wirklich gestohlen bleiben konnte, ich durfte zu den großartigen Verlobungspartys meiner so genannten Freunde gehen, mit jemandem zusammenleben, der im Staubsaugen eine echte Lebensaufgabe sah, Bodensatz statt Espresso trinken und mich mit Männern treffen, die »tschüssikowski« sagten, bis ich zu alt und hässlich war, mich überhaupt noch mit Männern zu treffen.

Ich brach auf meinem Schreibtisch zusammen – die Papierberge verhinderten schlimmere Prellungen – und wollte gerade die Voicemail ausschalten.

»Sie haben eine neue Nachricht«, verriet die mechanische Stimme.

Ich wusste es sofort.

Ich drückte auf Zwei. Eine idiotische Stimme in meinem Kopf sang: »Er kommt zurück, er kommt zurück, Alex kommt zurück, er kommt zurück ...«

PIEP

»Mel, hi, ich bin's, ja, wie geht's dir?« Im Hintergrund waren Leute zu hören. Ich konnte spüren, wie sich jenes breite, selbstzufriedene Grinsen auf sein Gesicht legte – und grinste genauso. »Es ist vier Uhr morgens, wir sind unterwegs ... wo sind wir hier eigentlich, verdammt noch mal?« »*The Village*« – sagte eine Frauenstimme mit amerikanischem Akzent. »Ja, also, es ist total klasse, und ich koooooooomme« – jetzt fing er an zu singen – »zurüüüüüück zuuuuu diiiiiiiir.« Im Hintergrund wurde gelacht und gejohlt, dann eine kurze Pause, dann: »Hey, Baby – ich lande in Heathrow. Heute.« Und dann legte er auf.

Oh. OH. Scheibenkleister. Jede einzelne Zelle in meinem Körper arrangierte sich neu, und ich zitterte am ganzen Leib. Oh, Gott. Da war nun tatsächlich der Ernstfall eingetreten, und irgendwie war ich gar nicht auf ihn vorbereitet. Als Erstes musste ich mein Schlafzimmer sauber machen. Und mir eine neue Hose kaufen. Und wieder anfangen zu kochen, buhuhu. Ob ich wohl noch etwas von meinem Hintern abtrainieren konnte bis – wann? Wann war sein »heute«? War das heute oder morgen? Verdammt! Langsam überkam mich echte Panik. Warum konnte er mir denn nicht sagen, wann sein bescheuerter Flieger ankommt? War er inzwischen so neben der Spur, dass er nicht mal die einfachsten Informationen durchgeben konnte?

Ich musste natürlich zum Flughafen. Etwas anderes kam mir gar nicht in den Sinn. Das Adrenalin rauschte durch meinen Körper: Ich hatte das Gefühl, einen gewaltigen Sieg errungen zu haben – gegen Amerika, gegen Alex' Wanderlust und, na ja, vielleicht auch andere Arten von Lust, die ihn eventuell befallen haben könnten. Er kam zurück. Ich tanzte auf einem Zeh durch mein Büro – bildlich gesprochen – und beschloss, mich sofort Richtung Heathrow auf den Weg zu machen. Es würde schon keinem auffallen, dass ich plötzlich verschwunden war. Und selbst wenn. Schließlich blieb ich ja nicht ständig wegen emotionaler Krisen der Arbeit fern! Na gut, vielleicht gelegentlich.

Alex kam zurück! Alex kam zurück! Er liebte mich! Er liebte mich! Mitleidig betrachtete ich die wunderschöne handschriftliche Notiz, die mein Chef mir zur heiklen diplomatischen Lage zwischen uns und der Marketingabteilung hingelegt hatte, und beschloss, mich aus dem Staub zu machen. Ich atmete tief durch, schritt würdevoll an den Sekretärinnen vorbei, verkündete einen Tick zu laut: »Oh, Gott, den ganzen Tag Termine! Hach, aber wem sag' ich das!«, flitzte hinaus und überließ sie ihrem Getuschel. Frei!

Während der ganzen Fahrt nach Heathrow hopste ich auf meinem Sitz herum wie eine Vierjährige. Auf Terminal vier drängelten sich wahre Menschenmassen, so dass ich mich absetzte, um mir einen Haufen Schminksachen und ein paar Zeitschriften zu kaufen. Es konnte ja eine Weile dauern, bis er kam. Ich dachte gerade darüber nach, ob ich mir auch noch Shampoo kaufen und die Haare waschen sollte, als es mir wie Schuppen von den Augen fiel.

Er hatte um neun Uhr angerufen. Aus New York. Da war es dort vier. Jetzt war es zwanzig nach elf. Halb sieben morgens? Er war wahrscheinlich noch nicht einmal ins Bett gegangen, geschweige denn aufgestanden, reisefertig, über seinen Kater hinweg, zum Flughafen gefahren, eingecheckt (dauert zwei Stunden), an Bord gegangen, hatte zwei Filme gesehen, sich wieder besoffen und England erreicht. Ja, es sah ganz so aus, als hätte ich ausreichend Zeit, mir die Haare zu waschen.

Ich war wieder auf dem Planeten Alex, und wie immer drehte ich völlig durch.

AAAAAAAAAH! Ich war doch wirklich das armseligste Würstchen im ganzen Universum. Wie konnte ich nur so unglaublich dämlich sein? Ich rechnete es mir an den Fingern aus. Er könnte allerfrühestens um sechs Uhr abends hier sein. Ich wand mich in unentschlossener Qual. Einerseits wollte ich hier ausharren und mich nicht vom Fleck rühren, bis Alex ankam. Andererseits hätte ich mich am liebsten in das nächste Flugzeug Richtung New York gesetzt, um auf halber Strecke rauszuspringen und in seine Arme zu sinken. Natürlich könnte ich auch mit eingezogenem Schwanz zurück ins Büro schleichen, aber das kam nicht in Frage. NIEMALS! Am allerliebsten hätte ich allerdings die Zeit zurückgedreht, damit ich mich erst gar nicht in diese Situation manövriert hätte. Ich krallte mich am eigenen Po fest, während ich weiter auf- und abhopste und mich fragte, was ich jetzt machen sollte.

Keine Frage: Bei einem Problem sollte man immer seine engsten Vertrauten anrufen, um Rat, Unterstützung und ein liebes Wort zu erhalten.

»Meine Güte, Mel, das Beste, was du jetzt tun kannst, ist, beim Flughafensicherheitsdienst einzubrechen, wo die ganzen konfiszierten Schusswaffen rumliegen, dir eine davon zu schnappen und ihm aus dem Hinterhalt eine Kugel zu verpassen, bevor er überhaupt die Gepäckausgabe erreicht.«

»Fraaaaaann! Ich muss den ganzen Tag warten und weiß nicht, was ich machen soll!«

»Erwachsen werden? Dein Leben in Ordnung bringen? Lernen, bewusste Entscheidungen zu treffen?«

»Ich dachte, ich könnte ein paar Frauenzeitschriften lesen«, murmelte ich.

»Na, das ist doch mal eine prima Idee für so einen bedauernswerten Idioten wie dich. Die stecken ja voller Artikel à la ›Wie mache ich den rücksichtslosen, untreuen, hinterletzten Schweinehund in meinem Leben glücklich?‹.«

Ich schnieftc. Sie hatte ja gar nicht so Unrecht, aber das würde ich im Leben nie zugeben.

»Hör mir bloß mit dieser blöden Schnieferei auf! Ich weigere mich, Mitleid mit dir zu haben, weil du einen Mann mit offenen Armen wieder aufnimmst, der dir nur wehtun wird. Und du willst es noch nicht einmal anders!«

Ich verabschiedete mich und schlenderte mit dem Gefühl, einsam und ungeliebt zu sein, zurück zum Terminal. Das Gefühl wurde verstärkt durch all die herzzerreißenden Szenen ringsum, junge Paare, die sich in Zeitlupe in die Arme fielen, wieder vereinte Familien, die sich in einer Tour küssten, umarmten und ganze Sturzbäche von Freudentränen vergossen.

Aber wenn er erst einmal ausgestiegen war …

Ich beschloss, aus meiner Situation das Beste zu machen, und brach zu einem Erkundungstrip durch den Erlebnispark Flughafen auf. Ich ging zum Friseur und ließ mir die Haare machen – nicht *schneiden*, nur *machen*. Es war ein wunderbares Gefühl, so zu tun, als gehörte ich zu jenen Menschen, die sich die Haare machen ließen. Auch wenn der ganze Aufwand in gewissem Widerspruch zur Laufmasche an der Innenseite meines Oberschenkels stand. Viel kann man mit meinem Schopf aus glanzlosen braunen Locken ohnehin nicht anfangen, aber sie gaben sich Mühe. Ich fühlte mich wie eine Fernsehmoderatorin vor dem Auftritt. Die Friseuse machte außerdem lauter interessiert klingende Geräusche, als ich erwähnte, ich wäre hier, um meinen *Freund* abzuholen, der aus *Amerika* wiederkam.

Beim Warten fielen mir immer wieder alte Geschichten ein. Einmal war Alex um elf Uhr vormittags direkt an der Geierbrigade vorbei in mein Büro marschiert, hatte das Rollo runtergezogen und es mir an Ort und Stelle besorgt. Ein anderes Mal haben wir versucht, in die St. Paul's Cathedral einzubrechen. Einmal ist die Heizung ausgefallen, und wir haben uns beide geweigert, aufzustehen und etwas zu essen zu holen, sind neun Stunden im Bett geblieben und haben aus dem Fenster gepinkelt. Einmal war er drei Tage lang »einen alten Freund trösten«, und ich habe nie erfahren, wen und wo. Einmal habe ich seine Eltern kennen gelernt und – ach, nein, habe ich ja gar nicht. Ich verbannte die schlechten Erinnerungen aus meinem Gedächtnis und beschloss, dass es in Zukunft gewisse Grundregeln geben würde. Wenn er zu mir zurückkommen wollte, dann zu *meinen* Bedingungen. Fran würde stolz auf mich sein.

Okay. Wir werden sehr viel Zeit miteinander verbringen.

Keine mysteriösen Ausflüge mit seinen Kumpels mehr. Aber was, wenn ich mich wieder zu sehr an ihn klammerte und ihn nicht in Ruhe lassen konnte und er sich tierisch langweilte und ich mich auch und wir irgendwann einfach nur noch zu Hause blieben und Sachen sagten wie: »Ähm, möchtest du vielleicht ins Kino gehen?« – »Mir egal.« – »Was möchtest du denn sehen?« – »Egal.« Bis wir uns gegenseitig umbrachten. Na gut, vergessen wir das.

Okay. Wir werden auch in der Öffentlichkeit zärtlich zueinander sein. Nicht unbedingt knutschen, aber ein bisschen Händchenhalten könnte nicht schaden. Schon damit er nicht aussah wie mein Cousin vom gut aussehenden Zweig der Familie, wenn ich mal jemanden traf, den ich kannte.

Und er könnte wenigstens versuchen, sich mit meinen Freunden zu verstehen. Auch wenn sie ihn alle hassten.

Ich rief noch einmal bei Fran an.

»Lass mich bloß in Ruhe. Du bist nicht mehr meine Freundin. Du fraternisierst mit den Unberührbaren.«

»*Fraaaaan.*« Inzwischen war mir die Panik anzumerken.

»Okay. Kleiner Test. Er ist zehn Monate weg gewesen, richtig?«

»Exakt. Ich hab mir die Haare machen lassen.«

»Nein, wie raffiniert. Also, er ist zehn Monate weg gewesen. Nachdem er Hals über Kopf verschwunden war und sich nie wieder bei dir gemeldet hat.«

»Du vergisst die Postkarte.«

»Klar, die Postkarte, die du vor sechs Tagen bekommen hast, als ihm bewusst wurde, dass er Charlie mit der ganzen Scheiße allein gelassen hatte und jetzt irgendwo unterkommen muss.«

»Hmmm.«

»Okay. Das sind die Fakten. Du bist blöd genug, nach all dem auch noch am Flughafen zu stehen und auf ihn zu warten. Jetzt meine Hypothese: Man könnte doch vielleicht meinen, das Mindeste wäre jetzt, dass er dir ein Geschenk mitbringt, oder?«

»Ach, Alex hält nicht viel vom Geschenkeschenken. Das findet er spießig.«

Was gab es denn da zu seufzen?

»Mein GOTT, Mel, bist du so blöd oder tust du nur so? Sag mir, dass du ihn nicht bei dir wohnen lassen wirst.«

»Hmmm.«

»Super. Hast du Linda schon von der Erweiterung eurer fröhlichen kleinen Kuschel-WG erzählt?«

»Ach, das geht schon in Ordnung. Sie wird nichts sagen.«

»Und das bedeutet das Gleiche?«

Langsam wurde ich zu nervös für diese Art Unterhaltung. Ich meine, was wusste meine beste Freundin seit Kleinkindtagen denn schon über mein Leben?

»Mel, du weißt, dass ich nichts sagen würde, wenn ich mir nicht Sorgen um dich machen würde und wenn du mir nicht verdammt wichtig wärst, okay?«

»Ja«, murmelte ich undankbar.

»Ruf mich an, wenn er ankommt, ja? Wann ist das ungefähr?«

»Öööh, irgendwann in den nächsten fünfzehn Stunden.«

»Okay. Cool. Bis dann.«

Sie hatte ja Recht. Alex benahm sich mir gegenüber einfach unmöglich. Aber ich weiß ja, dass, ach, Alex hat solche Probleme – wo soll man da anfangen? Privatschule, Eltern, die sich früh scheiden ließen, traurige Kindheit, was man eben so hat. Ich lief zu psychologischer Hochform auf, wenn es um Alex ging. Als ich ihn das letzte Mal gesehen hatte,

hatte er gerade seine letzte Anusfindungsphase in Goa abgeschlossen. Na, ich stand ihm jedenfalls nicht mehr als Fußabtreter zur Verfügung.

Puh, gut, nur noch sechs Stunden.

Da ich keine Lust hatte, mir noch eine telefonische Abfuhr zu holen, aber unbedingt mit jemandem sprechen musste, rief ich Amanda an. Ein Typ ging dran.

»Hallo, ist Amanda zu Hause?«

»Nein, kann ich ihr etwas ausrichten?«

Den Akzent kannte ich doch!

»Frase, hi, ich bin's, Melanie!«

Pause.

»Melanie …«

»Melanie Pepper. Weißt du nicht mehr? Mel!«

Herrgott.

»Oh, hi, klar, hi. Ja. Was treibst du denn so?«

Ach, ich sitze bloß ein wenig auf dem Flughafen rum, weil ich versehentlich fünfzehn Stunden zu früh hier war, um meinen egoistischen Ex-Freund abzuholen, der mich vor fast einem Jahr auf die ganz linke Tour hat sitzen lassen und über den ich immer noch nicht hinweg bin und der – wahrscheinlich – aus Amerika wiederkommt. Und das alles, nachdem ich heute Morgen ohne irgendeine Erklärung meinen Arbeitsplatz verlassen habe. Danke der Nachfrage.

»Ach, weißt du … das Übliche halt.«

»Gut, super.« Gott, geistreicher ging's wohl kaum.

»Na dann, herzlichen Glückwunsch!«, sagte ich ehrlich freundlich. »Du heiratest meine gute alte Freundin!«

Ich versuchte mir vorzustellen, wie er sich über Amanda beugte und sie küsste, aber ich kriegte es einfach nicht hin. Seine Locken würden ihr in die Augen fallen. So was kann sie nicht ausstehen.

Er lachte nervös. »Sieht so aus.«

»Und du bist ein Laird!«, fügte ich hilfsbereit hinzu.

»Ja, stimmt, ja. Also, kann ich ihr was ausrichten?«

»Ooooh, nein, eigentlich nicht. Wollte nur ein bisschen plaudern.«

»Gut. Okay. Bye.«

Ich hing manchmal romantischen Tagträumen nach, in denen ich irgendeinem früheren Schwarm über den Weg lief. Natürlich würden ihm endlich die Augen aufgehen, und er würde mein wahres, strahlendes Ich erkennen: charmant, weltgewandt und unglaublich begehrenswert. Obwohl ich diese Begegnungen immer an allen möglichen exotischen Orten inszenierte, blieben zwei Dinge immer gleich: Der ehemalige Schwarm wusste sofort, wer ich war, und interessierte sich immer noch nicht die Bohne für mich. Irgendwie schaffte ich es nie, diesen Fantasien ein Happy End zu verpassen.

Egal. Ich hatte im Moment ganz andere Probleme, und da außergewöhnliche Situationen außergewöhnliche Maßnahmen erforderten, rief ich meine Mutter an. Immerhin schuldete ich ihr einen Anruf. Genau genommen sogar um die neun. Meine Mutter war süß – richtig süß, ich meine, sie backt Kuchen und solche Sachen –, aber sie war nicht gerade der Prototyp einer modernen Frau. Sie sah aus wie die Mutti des Jahres, und das, obwohl sogar die Muttis des Jahres nicht mehr so aussahen wie die Mutti des Jahres. Ich war der festen Überzeugung, dass sie in Wirklichkeit erst um die vierzig war, zutiefst frivol und bloß zur Tarnung jeden Tag ein Mütterchen-Kostüm anzog und das Nudelholz herausholte. Jedenfalls ließ sich meine Existenz nur so erklären.

»Hi, Mum, wie geht's dir?«

»*Melanie*! Ich habe gerade von dir gesprochen.«

Da Gespräche über mich – wahlweise auch über meinen großen Bruder Stephen – gleich nach Kuchen backen die absolute Lieblingsbeschäftigung meiner Mutter waren, überraschte mich dies nicht. Wie es mich auch nicht überrascht hätte, wenn ich sie gerade beim Fernsehen unterbrochen hätte, beim Bridgespielen oder dabei, wie sie ohne Pause auf meinen Vater einredete, der zwischendurch höchstens grunzte. Ich telefonierte ziemlich selten mit ihm, da Gespräche am Telefon sich nur schlecht für begleitende erläuternde Gesten eigneten: Chips, Bier, Fernbedienung. Im Ernst, mein Vater war Homer Simpson ohne dessen ausgeprägte Fähigkeit zur Selbstanalyse.

»Stimmt das, dass Amanda Phillips den netten jungen Mann heiratet, den du mal mit nach Hause gebracht hast?«

»Ja. Übrigens, was ich erzählen wollte: Alex kommt aus Amerika zurück.«

»Nein, was für ein *reizender* Junge. Schotte, nicht wahr? Und so ein nettes Lächeln. Und so gute Manieren.«

»Er ist kein Kind mehr«, sagte ich sauer. »Er braucht keine gute Manieren zu haben. Und überhaupt, Alex kommt zurück.«

»... das wird bestimmt eine große Hochzeit – die Familie hat noch nie halbe Sachen gemacht. Letztens haben sie sogar den Swimming-Pool vergrößern lassen. Ich selbst habe es ja noch nicht gesehen, aber der Pool soll jetzt fast so groß sein wie das Haus!«

»Hört sich toll an. Wie dem auch sei, Alex kommt also zurück und ...«

»Wirst du Brautjungfer? Vielleicht kommen zur Hochzeit ja noch mehr höfliche junge Schotten, und du könntest EINEN NETTEN MANN kennen lernen.«

Meine Mutter nahm wirklich kein Blatt vor den Mund.

»Ich werde nicht Brautjungfer. Ich werde womöglich nicht einmal eingeladen. Aber ich bin gerade am Flughafen ...«

»Aber natürlich wirst du eingeladen. Ihr drei wart doch schon damals in der Schule so eng befreundet. Wie geht's Fran? Hat sie schon einen netten jungen Mann kennen gelernt?«

»Nein. Aber ...«

»Na ja, vielleicht könnt ihr ja beide zu der Hochzeit gehen und ENDLICH MAL GLÜCK HABEN. Okay, Liebes, ich muss Schluss machen, ich habe Rosinenbrötchen im Ofen, und du weißt ja, was für eine Temperamentalität die haben. Ich ruf dich an. Bye, Liebes.«

Es machte mich wahnsinnig, wenn meine Mutter das Wort Temperamentalität benutzte. Es war nicht mal ein richtiges Wort. Sie machte das nur, um mich zu ärgern. Vielleicht – dachte ich, als ich das Gespräch noch mal im Geiste durchging – machte sie *alles* nur, um mich zu ärgern. Das würde eine *Menge* erklären.

Jemand von der Reinigungskolonne, der mir vorher schon aufgefallen war, starrte mich neugierig an. Am liebsten hätte ich ihm eine schriftliche Erklärung überreicht: ja, ich habe ein Zuhause, nein, ich bin keine Terroristin (obwohl es mir irgendwie geschmeichelt hätte, wenn er mir das zugetraut hätte), und ich bin freiwillig hier, um ein paar Anrufe zu erledigen, Konsumgüter zu kaufen und AUF JEMANDEN ZU WARTEN, DER MICH LIEBT, VERDAMMT NOCH MAL! Also schenkte ich ihm mein gewinnendstes Lächeln und versenkte mich dann in die Betrachtung meiner weiterlaufenden Laufmasche. Wo, zum Teufel, sollte ich in dieser Flughafen-Ladengalerie denn bloß eine neue Strumpfhose auftreiben?

Drei quälend lange Stunden später war mir alles egal, und ich machte mich daran, meine Kreditkarte bis zum letzten Penny auszuquetschen. Ich war tipptopp frisiert, trug Clinique-Lippenstift, ein neues Oberteil, hippe Hosen, halterlose Strümpfe, aber immer noch die gleichen Schuhe, da selbst ich es nicht fertig brachte, so weit zu gehen. Leider hatten die Damen in der Parfümerie meine alten Treter nicht rechtzeitig gesehen, dafür aber die feinen Klamotten. Darum hatten sie mich gemeinschaftlich in einen Hinterhalt gelockt, so dass ich jetzt roch wie die Jahresversammlung der Nuttengewerkschaft.

Nach weiteren zwei Stunden hatte ich es geschafft, mehr Geld für Kaffee und Törtchen auszugeben als für die ganzen Klamotten zusammen, war ziemlich unruhig, starrte aus dem Fenster und las »Ihr Partner hat alle Ihre Freundinnen gevögelt und bereits ein Auge auf den Hund geworfen? Hier erfahren Sie, was er damit ausdrücken will«. Mittlerweile war ich so weit, a) mich umzubringen, b) in die Spielhalle zu gehen, c) die verdammten Schuhe zu kaufen. Ich war sehr versucht gewesen, mich mit dem Putzmann anzufreunden, aber der hatte inzwischen Feierabend gemacht. Hatte mich bis zuletzt angestarrt und den Kopf geschüttelt.

Ich habe die Schuhe gekauft. Dann bin ich in die Spielhalle gegangen.

Fünfhundert Jahre später konnte ich langsam daran denken, mich Richtung Ankunftshalle auf den Weg zu machen. Ich kaufte eine Zahnbürste und Zahnpasta und bereitete mich vor.

Vier New-York-Flüge später löste sich mein aufgesetztes Lächeln langsam vor Verzweiflung auf. Wie hielten das bloß diese Leute aus, die orientierungslose Pauschaltouristen einsammeln und in den richtigen Bus verfrachten mussten? Standen wahrscheinlich alle unter Drogen.

Am Ende dachte ich schon, ich hätte ihn verpasst. Vielleicht war er schon längst von Bord gegangen und war auf dem Weg sonst wohin – hatte einen seiner Kumpel angerufen und war in einem Taxi zu irgendeiner teuren Adresse unterwegs. Vielleicht war er an mir vorbeigelaufen, als ich das Mädchen mit dem riesigen Stoffelefanten beobachtet hatte. Vielleicht, als ich wieder mal etwas von dem verdammten Kaffee loswerden musste. Oh, Gott. Einen lieben langen Tag am Flughafen für nichts und wieder nichts.

Ich wurde immer unruhiger und war schon drauf und dran, Alex ausrufen zu lassen, damit ich wenigstens versuchen konnte, ihn irgendwo abzufangen, als er endlich, endlich, endlich aus der automatischen Schiebetür stürmte.

Im selben Moment war es um mich geschehen. Er sah fantastisch aus. Ich setzte ein angemessen freundliches, aber dennoch leicht bitteres Gesicht auf und wandte mich grob in seine Richtung. Er sah mich nicht (lag bestimmt an der Frisur), so dass ich schließlich auf meinen neuen supersexy hohen Absätzen hinter ihm herrennen und ihn von hinten anfallen musste wie ein Straßenräuber.

Er fuhr herum, als wolle er mich mit einem gezielten Karatehieb ausschalten, erfasste die Lage aber zum Glück noch in letzter Sekunde.

»Mel!«

Ich war ganz außer Atem vom Rennen und vor Wiedersehensaufregung.

»He … hey … Alex!«

Er breitete seine bärenstarken Arme aus, wirbelte mich

herum und zog eine filmreife Begrüßungsszene ab. Wenn nur der Putzmann noch da gewesen wäre, um das zu sehen.

»Du … du blöder Mistkerl!«, keuchte ich.

Er vergrub das Gesicht in meinem Haar.

»Gott, hab ich dich vermisst.«

3

Wir redeten und redeten während der ganzen Fahrt vom Flughafen in die Stadt und waren beide ehrlich begeistert, uns wieder zu sehen. Er erzählte mir von seiner Reise durch Amerika, was er in New York alles erlebt hatte, von dem englischen Popstar, der ihm in einem einsamen Nest in Montana über den Weg gelaufen und jetzt ein guter Kumpel war, von seinen Gelegenheitsjobs und allen möglichen schrägen Typen. Ein leichter amerikanischer Akzent hatte sich in seine Sprache geschlichen. Ich erwähnte nicht, dass ich immer noch den gleichen Job hatte, immer noch die gleiche Wohnung und dass ich – obwohl ich im Augenblick nicht so aussah – im Grunde gar nichts auf die Reihe gekriegt hatte, seit er verschwunden war. Stattdessen berichtete ich mit ausschweifender Fantasie vom Liebesleben diverser gemeinsamer Bekannter, machte aus langweiligen Partys rauschende Feste und erfand witzige Anekdoten mit Frans imaginärer Superkatze (ein Akt der Verzweiflung). Keiner von uns erwähnte die fragwürdigen Umstände seiner Abreise. Es war, als sei er nur eben weg gewesen, geschäftlich vielleicht, zwei Wochen vielleicht, vielleicht im Gefängnis.

Um halb ein Uhr nachts waren wir endlich zu Hause. Die Wohnung war bedenklich still, was bedeutete, dass Linda hellwach war und jeden unserer Schritte belauschte. Wie dem auch sei, es handelte sich um einen besonderen Anlass, also mopste ich ihre Wodkaflasche, meldete mich telefonisch krank und ließ mich mit meinem großen – okay, nicht gerade nach Rosenwasser duftenden – Schatz ins Bett fallen, wo er es schaffte, mich bis zur letzten Faser zum Beben zu bringen, ehe er für vierzehn Stunden ins Koma fiel. Am nächsten Tag sah ich ihm einfach nur beim Schlafen zu, und die Stunden vergingen wie im Flug. Vielleicht sollte man die Wartebereiche der Flughäfen mit schönen schlafenden Männern ausstatten.

Etwas benommen wachte er auf, sah einen Moment verwirrt an die Decke, rollte sich dann zu mir herüber und packte mich mit einem Grinsen.

»Ach, Mel, Liebling. Ich bin für immer dein …«

Das hörte sich schon besser an.

»… wenn du mir ein Baconsandwich machst. Zwei Baconsandwiches. Und ein paar Spiegeleier. Ich *sterbe* vor Hunger.«

»Das«, sagte er zwanzig Minuten später, nachdem ich sämtliche Vorräte meiner Mitbewohnerin aus dem Kühlschrank geklaut hatte, »war das beste Baconsandwich, das ich je gegessen habe. Die Amerikaner können einfach keine Baconsandwiches machen. Die legen den Schinken auf braunes Brot und begraben ihn unter allem möglichen Scheiß.«

»Wie, Gemüse, oder was?«

»Ja!«

»Recht hast du – die Scheiß-Amis mit ihrem Gesundheitsessen. Deswegen sind die auch alle in der weltbekannten körperlichen Topform.«

Er kicherte, dann nahm er mein Gesicht zwischen die Hände. Jetzt kam's.

»Mann, Mel, es ist so schön, wieder hier zu sein. Die

Amerikaner … die meinen nie, was sie sagen. Ich kann mit niemandem so schönen Stuss reden wie mit dir.«

»Das ist so ziemlich das Netteste, was man mir je gesagt hat«, erwiderte ich ernst.

Er lachte und strubbelte mir durch die Haare.

»Ich meine … Ich habe mich aufgeführt wie der letzte Idiot. Es tut mir Leid. Ehrlich. Was ich dir angetan habe, war eine ganz große Schweinerei. Weißt du, ich wusste gar nicht, was ich tat. Die Sache mit meinen Eltern und so … Mir fällt es tierisch schwer, mich zu öffnen … und ich hab Schiss bekommen. Ich hatte solche Angst, dass du mich … einfach ignorieren würdest. Was ich wahrscheinlich verdient hätte.«

»Ja, das hättest du.«

»Du bedeutest mir sehr viel, weißt du.«

»Ich weiß. Und wenn du *jemals* wieder irgendetwas in der Art tun solltest, werde ich deine Hoden auf einer offenen Schere aufspießen und dann ordentlich losschnippeln.«

Er zuckte zusammen. »Tut das gut?«

»Wirst schon sehen.«

Und das war das. Ich war oberhappy.

An die folgende Woche habe ich keine klare Erinnerung – sie kam und ging inmitten schmutziger Laken, blöden Gekichers und nicht überwundenen Jetlags. Irgendwann riss ich mich wieder zusammen und ging ins Büro, und da ich von morgens bis abends strahlte und lächelte, ließ man mir sogar noch mehr durchgehen als sonst. Nicht mal die Sekretärinnen konnten mir etwas anhaben. Kein Mensch auf der ganzen Welt war jemals so glücklich gewesen wie wir, und darum konnte sich auch niemand vorstellen, wie das war. Ich schwebte durch die Gegend und ließ mich manchmal dazu herab, Leute zu bemitleiden, denen es nicht so gut ging wie mir.

Zu Hause ging ich nicht mehr ans Telefon und verpflichtete Linda zum Telefondienst, was ziemlich gemein war, weil sie das nicht leiden konnte und meine Freunde *sie* nicht leiden konnten. Schließlich stand Fran außer sich vor Wut auf der Matte, nachdem sie ganz richtig geschlossen hatte, dass sich die Dinge nicht ganz nach ihren Vorstellungen entwickelten. Ihre Vermutung bestätigte sich, als Alex ihr die Tür öffnete, also offenkundig nicht von mir zu Brei geschlagen worden war.

»Hallihallo, Fran«, begrüßte er sie freundlich. »Schön, dich wieder zu sehen.«

Ich fragte mich, was sie wohl tun würde. Einen Moment lang sah sie so aus, als würde sie ihn vollkommen ignorieren, doch dann schüttelte sie ihre Mähne und lächelte.

»Hallo! Wie schön, dich zu sehen, altes Sackgesicht! Wirklich nett!«, sagte sie, schritt geradewegs an ihm vorbei und küsste mich auf die Wange.

Alex verzog das Gesicht, aber ich zuckte nur mit den Schultern. Dass ich ihn nicht hatte auflaufen und büßen lassen für das, was er getan hatte, bedeutete nicht, dass ich etwas dagegen hatte, dass Fran es tat.

Ich setzte Wasser auf. Aus dem anderen Zimmer hörte ich Frans umwerfend höfliche geschulte Schauspieler-Stimme.

»Und, hast du viele interessante Sachen gesehen ... Schwanzlutscher?«

»Äh, ja ...«, stammelte Alex. »Ja, ich bin ein bisschen rumgereist, hab mir ein paar Staaten angeguckt. Hab meistens ziemlich abgehangen.«

»Ach, ja? Wie ungewöhnlich ... für so einen umtriebigen Mistkerl.«

»MEL!«, rief Alex und kam in die Küche. »Wie lange muss ich mir das noch anhören?«

»Bis es vorbei ist, mein Schatz. Und jetzt halt die Klappe und trag den Tee rein. Und versuch, dich mit Fran zu vertragen.«

»Ich habe Fran überhaupt nichts ge*tan*.«

»Willst du etwa ihre schlechte Seite kennen lernen? Sei lieb.«

Er seufzte, ließ den Kopf hängen und trug mit mir den Tee rein.

»Der neue künstliche Akzent von diesem Trottel gefällt mir«, sagte Fran, an mich gewandt. »Weißt du noch, als er aus Goa wiederkam? Da hat er die ganze Zeit von seinem Karma gefaselt und wollte Hippie werden. Herrje, war das nicht unglaublich komisch? Was für ein Schwachstruller!« Sie lachte ein glockenhelles Amanda-Lachen.

»Fran, lass mich in Ruhe!«, sagte Alex. »Es tut mir Leid. Es tut mir *Leid*, verdammt noch mal!«

»Lass mich in Ruhe! Es tut mir Leid, verdammt noch mal!«, äffte sie seinen amerikanischen Tonfall nach.

»Herrgott, hör auf!«

»Hör auf!« – äff, äff.

»Okay, okay, okay.« Er stand auf und wollte das Zimmer verlassen. Aber Fran war noch nicht fertig.

»Also erzähl schon, was hast du jetzt vor, unwürdige Analwarze?«

Er sah erst mich an und dann den Boden.

»Mich mit Melanie zu vertragen und nie wieder einfach so abzuhauen und ein guter Mensch zu werden und einen guten Job zu finden und anständig zu werden. HA!«

Fran nickte bedächtig, zwinkerte mir zu und lächelte Alex an, der sich langsam wieder hinsetzte. Dann ließ sie den neuesten Klatsch vom Stapel, und es sah aus, als wäre die Welt im Döschen.

Und das war sie. Alex und ich zogen durch London und machten all das, worauf wir sonst keinen Nerv hatten, wie zum Beispiel Kunst angucken. Ich bekochte uns gourmetmäßig und fragte Linda höflich, ob sie mitessen wollte. Wollte sie aber nicht. Sie hatte übrigens noch ein großes Paket bekommen und hielt sich meistens in ihrem Zimmer auf, wodurch sie mir fast keine Chance gab, ihr dafür zu danken, dass sie wieder einmal den Abwasch gemacht hatte.

Alex hatte tatsächlich etwas vor. Dieser Popstarkumpel hatte ihm anscheinend versprochen, ihm hier einen Job im Plattengeschäft zu besorgen, sah also alles ziemlich cool aus, und vielleicht würde er sogar versuchen, eine Band zusammenzukriegen. Ich nickte unterstützend … im Moment war ich voll und ganz damit zufrieden, Hoseverstecken zu spielen, und alles andere war mir relativ egal.

Irgendwann rief ich dann endlich Amanda wegen der Party zurück. Okay, ich war happy, aber das hielt mich nicht davon ab, ein gewisses Verlangen danach zu verspüren, auch mal mit etwas Häme um mich zu schmeißen.

»*Hi*, Schätzchen! Ich habe gerade noch jemanden auf der anderen Leitung – kleinen Moment eben!«

Mist. Das hieß, dass sie es schon gehört hatte und in die Defensive gegangen war, was wiederum hieß, dass ich nicht in den Genuß kam, ihr die neuesten Entwicklungen selbst unter die Nase zu reiben.

»*So*«, sagte sie. »Also, was habe ich da über Alex gehört? Ich konnte es kaum glauben. Also, *wirklich*, Melanie, hast du noch nie etwas davon gehört, dass man sich nicht zu billig verkaufen soll?«

Jedes Mal.

»Nein, es ist toll«, sagte ich. »Wir sind wirklich … glücklich, wieder zusammen zu sein. Jetzt haben wir über alles geredet und festgestellt, dass wir zusammenbleiben wollen.«

»Oh!«, quietschte sie. »Na, komm, *sag* schon, dass du auch heiratest! Wir könnten eine Doppelhochzeit arrangieren!«

Sie wusste sehr wohl, dass das nicht zur Debatte stand.

»Nein, natürlich nicht. Das ist was für Erwachsene. Wobei mir einfällt, dass wir am Samstag zu eurer Party kommen.«

»Okay … na, Alex kennt ja wahrscheinlich alle, schätze ich. Du weißt, dass Abendgarderobe angesagt ist?«

»Hmhmm.«

»Gut, Süße, dann improvisiere eben, so gut du kannst. Ich muss los. Bei uns ist ein Teletubby im Aufzug stecken geblieben. Bye, Süße!«

Bis zum darauf folgenden Samstag war ich restlos davon überzeugt, dass die Welt hundertprozentig in Ordnung war, und bereit, mich Amandas Verlobungsfeier zu stellen. Ich hatte mir alles schon ausgemalt. Bestimmt würde eine Menge Leute uns aufziehen – vielleicht würde sogar jemand sagen: »Hey, und ihr beiden seid als Nächstes dran!«, und ich würde ganz dezent erröten und ein scheues Lächeln aufsetzen, und Alex würde mich zärtlich ansehen und sagen: »Na ja, man weiß ja nie … vielleicht, eines Tages, wenn ich Glück habe!«, und das würde auf der Party die Runde machen, und ich wäre der Star des Abends! Als meine Fantasie dann auch noch eine riesige Wendeltreppe herbeizauberte, die wir unter tosendem Applaus herunterschreiten konnten, musste ich so tun, als wäre ich Fran, und mich ermahnen, nicht so albern zu sein – aber, ach! Wir passten soooo gut zueinander! Wir hatten uns die ganze Woche nicht gestritten. Er hatte um Verzeihung gefleht, er hatte sich reuig gezeigt, er war wieder zu Hause, er war schön und er war mein. Alles lief ausgezeichnet.

Amandas Party war eine todschicke Angelegenheit. Dem Leistungssport im Bett und dem gesunden Feinschmeckeressen sei Dank, passte ich gerade so in das graue Seidenkleid vom letzten Jahr, und wenn ich mich mit der rechten Seite an der Wand entlangdrückte, konnte man den Weinfleck auch kaum sehen. Alex zog das übliche T-Shirt zu seinen Jeans an, sah aber wie immer umwerfend aus.

Ich hatte Fran angebettelt, auch zu kommen, aber sie hatte sich standhaft geweigert mit der Begründung, dass ich den ganzen Abend mit Alex herumknutschen würde und alle anderen bescheuerte Pappnasen waren.

Die Party fand in einem exklusiven Club an der Themse in Westlondon statt. Auf dem unglaublich lauten Kies und um gigantische Gestecke künstlich aussehender gelber Blumen drängelte sich ein Haufen blökender Männer und perfekt geschminkter Frauen. Alle anderen waren größer als ich und kannten sich untereinander, und noch bevor ich zwei Schritte in die geheiligten Hallen getreten war, setzte mein mühsam aufgepäppeltes Selbstvertrauen zum Sturzflug an. Ehe ich mich versah, war ich wieder Melanie Pepper, die aufsässige Rotznase aus der 2c, die mit ihrem Babyspeck kämpfte und sich fragte, was wohl passieren würde, wenn George Michael sie doch nicht heiraten wollte.

Diese Horde magersüchtiger, selbstgefälliger, aufgedonnerter Schmarotzer musste von einem anderen Planeten sein als ich. In einem goldgetönten Riesenspiegel konnte ich mich inmitten des Glitzerclans betrachten. Ich sah aus, als hätte ich die Schuhe meiner Mutter an und wäre auf dem Weg zum Zahnarzt.

Ich drehte mich um und wollte mich damit trösten, dass ich den bestaussehenden Mann des Abends zum Begleiter hatte. Aber da sank mir schon wieder das Herz. Wie hatte ich das nur vergessen können? Alex' Haare hingen ihm ins Gesicht! Er konnte Ski fahren! Seine Eltern hatten seinen Vornamen vergessen! Er war Einer Von Ihnen! Noch bevor ich mir das erste Glas Champagner gekrallt hatte (nicht krallen, Mel! Du *darfst* hier sein, vergessen?), wurde er bereits von allen Seiten bedrängt.

»Al! Al, mein Schatz! Wo WARST du denn bloß so lange?«

»Alex! Sara hat mir erzählt, dass sie dich in L. A. getroffen hat – ihr hattet bestimmt ein paar klasse Tage, was?«

»Ach, komm doch vorbei, damit du Benedict und Claire mal wieder triffst – wir haben dich ja schon seit der Poolparty nicht mehr gesehen!«

Auch ich war bei jener Poolparty gewesen und hatte einen unvergesslich beschissenen Abend durchlitten. Auch ich hatte einige dieser blasierten Wichtigtuer seitdem nicht gesehen. Ich setzte einen höflich-interessierten Blick auf und wartete darauf, dass Alex mich ihnen erneut vorstellte.

»Hey, Leute, ihr erinnert euch doch bestimmt noch an Melanie, oder?«

Ein blondes Pferd warf mir einen flüchtigen Blick zu, und ich wünschte mir, dass mein Name verdammt noch mal nicht ganz so gewöhnlich wäre.

Die Unterhaltung verstummte gerade so lange, wie es dauerte, mir ein affektiertes Lächeln zu schenken und mich fragend anzusehen – dann wandten sie sich kommentarlos wieder Alex und seinen zum tausendsten Mal erzählten Abenteuern in den Staaten zu und bogen sich vor Lachen. Alex warf mir einen entschuldigenden Blick zu, stürzte sich dann in eine minuziöse Analyse der Rugbysaison und kippte fröhlich einen Drink nach dem anderen hinunter.

So viel zu dem grauen Seidenkleid. Der gesamte Kreis schien mir, die Gesetze der Physik missachtend, den Rücken zuzuwenden und schloss mich komplett aus. Das war also mein großer Auftritt auf Amandas Party, den ich mir so schön ausgemalt hatte. Am liebsten hätte ich mich verabschiedet und wäre gegangen, aber da war niemand, bei dem ich mich hätte verabschieden können, also setzte ich mich ab, tat, als suchte ich die Toiletten, und überlegte, ob ich mich irgendwo hinsetzen und ein Ründchen heulen sollte.

Während ich alle meine Möglichkeiten im Geiste durchging, entdeckte ich Amanda. Ha! Sie war die Gastgeberin, sie *musste* sich mit mir unterhalten! Ich schlenderte in bester »Ich fühl mich wohl, ich kann mich gar nicht *entscheiden*, mit wem ich mich unterhalten soll«-Manier zu ihrem Grüppchen hinüber.

»Hallo, Süße!«, hauchte Amanda. Ihr Seichtheitslevel war in diesem Moment einmal genau das Richtige für mich, und ich war ihr sehr dankbar dafür. Sie trug ein Kleid in Barbiegröße aus irgendeinem pastellfarbenen, mädchenhaften Spitzengedöns, das fast, aber nur fast, durchsichtig war. ›Ziemlich exhibitionistisch, wenn man bedenkt, dass sie hier die Verbindung mit dem Mann feiert, den sie den Rest ihres Lebens lieben wird‹, dachte ich gehässig, als ein Kellner sich fast den Hals verrenkte, um einen Blick auf ihre Brustwarzen zu erhaschen. Aber ich beschloss, lieber nichts zu sagen.

»Ähmmm … gefällt dir die Party?« Eine unglaublich geistreiche Gesprächseröffnung von mir.

»Schätzchen, es ist fantastisch! Da drüben steht ein Fotograf von *Hello*!«

Eine tolle Party war eben eine Sache, eine *richtig* tolle Party eine ganz andere.

Amanda sah noch zierlicher und süßer aus als sonst. Ihre durchtriebene kleine Figur strahlte im goldenen Licht des Raumes, als sie wieder mal ihr Spiegelbild überprüfte und – ich schwöre es! – sich selbst ein affektiertes Lächeln zuwarf.

»Ho!«, posaunte ich, »vielleicht will er ja ein Foto von mir und Alex machen – auferstanden von den Toten!«

Das sollte eigentlich ein (zugegebenermaßen flacher) Witz sein, doch da ich so offenkundig nicht als Bildmaterial für *Hello* in Frage kam, rutschte die Bemerkung ins Tragikomische ab.

»Na, dann – erzähl endlich!«, forderte Ihre Strahlende Winzigkeit mich deutlich gelangweilt auf, nachdem sie sich vergewissert hatte, dass niemand sehen konnte, wie sie mit mir sprach.

Ich fing tatsächlich an, ihr die ganze Geschichte zu erklären, aber das glückliche Liebesleben anderer Leute ist so unglaublich langweilig – wir hatten Sex, wir haben uns tief in die Augen gesehen, und dann war da noch dieser wirklich komische Insiderwitz, bei dem der Kopfkissenbezug ein singendes Tier darstellte –, und Amanda verbarg noch weniger als alle anderen, wie egal ihr das alles war. Dass die andere Hälfte dieses angeblich unzertrennlichen Paares meilenweit entfernt aus dem Lachen gar nicht mehr herauskam, war auch nicht gerade eine Hilfe. Meine Schilderungen wurden daher immer kleinlauter, bis sie zu ein paar Hmms, Achs, Tolls, Jas, Supers geschrumpft waren. Dann trat eine kleine Pause ein. Man sah mir über die Schulter. Ich wusste, ich hätte mich längst empfehlen und gehen sollen, aber da hörte ich ein so GRÖHLENDES Lachen von Alex' Clique, ein Lachen, in das ich wieder einmal nicht einstimmen konnte, so dass meine Alternativen darin bestanden, mich entweder verzweifelt wie eine Klette an Amanda zu klammern oder doch in der Toilette eine Runde zu heulen.

»Und«, versuchte ich abzulenken, »wo ist Fraser?«

»Hallo auch«, ertönte der Wohlklang schottischer Sprachmelodie hinter mir. Ich drehte mich um und konnte zum ersten Mal an diesem Abend richtig ehrlich erfreut lächeln. Er konnte sich also doch noch an mich erinnern!

»Frase!«

Allerdings war die angesprochene Person trotz des Kilts ganz bestimmt nicht Fraser, und er sah mich auch gar nicht an – er sah zu Amanda, die ihm einen eiskalten Blick zuwarf. Ich kam mir total bescheuert vor.

»Angus«, flötete Amanda, »kennst du schon meine alte Schulfreundin Melanie? Melanie, das ist Frasers kleiner Bruder.«

Ich glotzte ihn an wie ein überraschter Fisch.

»Hallo auch«, wiederholte er.

Ein ziemlich rotbackiger Junge glotzte zurück. Er war genauso groß wie Fraser, sah ihm ansonsten aber überhaupt nicht ähnlich. Er hatte rötlich braune Haare und Sommersprossen. Hmm.

»Hallo«, sagte ich lässig. »Bist du Frasers Trauzeuge?«

Uuuuups. Das war offenbar die falsche Frage. Ongas, oder wie auch immer er hieß, errötete bis zu den Wurzeln seiner in diesem Licht flammend roten Haare (die Ähnlichkeit mit einem herkömmlichen Streichholz war frappierend) und murmelte: »Ähm, na ja, ich glaube nicht, äh, nein.« Amanda guckte sauer. »Na ja, wir mussten ja sooo viele Entscheidungen treffen, was die Kirche und so anging.« Diese Äußerung war so nichts sagend, dass ich sofort begriff und nicht weiter nachfragte. Amanda hatte sich schon während dieser »Erklärung« angeschickt, ihre Koordinaten zu verändern, und ließ uns nun tatsächlich mit dem »Auf Partys unbeliebt«-Syndrom zurück. Wir wussten beide, dass wir der unerwünschte Rest waren, und wollten ganz bestimmt nicht miteinander reden, aber leider hatten wir ja auch niemand anderen, mit dem wir uns unterhalten konnten.

»Und, Angus, was machst du so?« Herrje, ich hörte mich an wie die Queen.

»Ich bin Maschinenbauingenieur.«

»Ach, wie dein Bruder?«

»Äh, nein, etwas langweiliger.«

Diese Bemerkung wurde – konnte man die Demütigung noch steigern? – unterstrichen von einer erneuten Lachsalve aus Alex' Grüppchen, das anscheinend einen solchen Spaß hatte, wie noch nie irgendwer irgendwo irgendwann jemals gehabt hatte. Ich sah, dass jemandem mit einer Serviette die Augen verbunden worden waren.

Schon wieder eine lange Pause. Ich betete, dass Fran hereinplatzen möge oder dass Alex zu mir gerannt käme und erklärte: »Es tut mir so Leid, so lange von dir getrennt gewesen zu sein, mein Liebling. Gott, diese schrecklichen Langweiler, die wollen mich einfach nicht in Ruhe lassen. Komm, ich will dich im Pavillon schänden, du kleine Sexbombe!« Dann würde ich wenigstens auch mal erfahren, wo der Pavillon überhaupt war.

»Und du bist also aus Schottland angereist?« Diese Bemerkung erreichte den Gipfel der Hirnlosigkeit, bevor ich sie noch ganz ausgesprochen hatte – schließlich trug er ja einen Kilt. Eigentlich hätte ich ihn am liebsten gefragt, warum er und der anbetungswürdige Fraser sich nicht vertrugen, und warum sie sich zerstritten hatten, aber als ich bemerkte, wie fassungslos er angesichts meiner idiotischen Bemerkung war, entschied ich mich doch dagegen.

»Ja, ja, in der Tat.«

Gequält erörterten wir die zahllosen Transportmöglichkeiten von Schottland nach London, um gleich darauf wieder in peinliches Schweigen zu verfallen. Ich beschloss, dass die Option auf Toilettentränen ungleich verlockender war als dieses Trauerspiel, und bereitete meinen Abgang vor. Ich spielte meine letzte Small-Talk-Karte aus.

»Und, was hältst du von deinem Bruder und der kleinen 'manda?«

Auf einmal sah er mir direkt ins Gesicht und schaffte es, kalt und wütend auszusehen, ohne dabei rot zu werden – zum ersten Mal. Er hatte strahlend blaue Augen. Völlig unvermittelt sagte er:

»Ich finde, er führt sich auf wie ein Vollidiot, und so Leid es mir tut, ich finde, deine Freundin ist eine Hexe. Entschuldigung.«

Ich sah ihn mit großen Augen an. So viel zum Thema harmloses Partygeplänkel.

»Könntest du das wohl näher erläutern?«

»Sie behandelt unsere Mutter wie ein Dienstmädchen, sie behandelt Fraser wie den letzten Dreck, sie tut so, als wäre der beschissene Adelstitel ein Wundermittel gegen Krebs, und sie will aus dem alten Kasten so eine Art King's-Road-Puff machen. Es tut mir furchtbar Leid, aber eigentlich bin ich gar nicht in der Stimmung, mich mit ihrer Mischpoke herumzuplagen. Entschuldige mich bitte.«

Und damit dampfte er ab. Ließ mich einfach so stehen! Verdammt noch mal, so ein Arschloch!

Insgeheim war ich aber ganz schön beeindruckt. Irgendwo hatte er ja Recht. Amanda *war* eine Hexe. Fraser *führte* sich auf wie ein Vollidiot. Aber trotzdem! Da stand ich nun, nachdem ich versucht hatte, nett zu diesem armen Kerl zu sein, der hier offensichtlich niemanden kannte. Da kann man doch nicht einfach bei der erstbesten Gelegenheit verschwinden! Er hätte mir zumindest den Vortritt lassen müssen! Ich starrte hinter ihm her, lenkte meinen angestrengt interessierten Blick dann aber auf den Kronleuchter für den Fall, dass irgendjemand auf die Idee kommen könnte, ich würde jemandem hinterherstarren, der mich gerade hatte stehen lassen, wo ich doch in Wirklichkeit intensive Kronleuchterstudien betrieb.

Na ja, wenigstens gab es köstliche, teure Horsd'œvres. Ich genehmigte mir ein paar und wünschte, ich hätte mir was zu lesen mitgebracht – dann hätte es ein richtig netter Abend werden können.

Alex' Grüppchen war inzwischen komplett bezecht und lachte hysterisch über gar nichts – na gut, nicht ganz gar nichts, über einen Typen namens Biffy und einen angeblich brutalen Sportlehrer, aber um ehrlich zu sein, konnte ich nicht ganz folgen. Alex schlang besoffen einen Arm um mich und brüllte »Baby!«. Ich tat, als würde ich lachen, und hatte plötzlich aus Versehen Blickkontakt mit Frasers Bruder. Sein Gesichtsausdruck machte sehr deutlich, dass er uns alle für einen Riesenhaufen Wichser hielt. In einer Ecke erspähte ich Joan, Amandas ausgesprochen angeheiterte Mutter, die an Alex' früherem Mitbewohner Charlie herumfummelte, der seinerseits offenkundig betrunken war, aber sein Bestes tat, sich mit ihr auszutauschen. War kein schöner Anblick.

Die Reden stellten eine willkommene Abwechslung dar, da alle still sein mussten, nicht nur ich. Fraser war sehr eloquent, Amanda klimperte und errötete kleidsam. Amandas

Vater sagte auch etwas, ich weiß aber nicht, was, da ich seine missglückte Klonung aus gewollt gewähltem Neo-Oxford-Englisch und Downtown-Prolo-Slang nicht verstand, und dann legte eine irische Samba-Band los – anscheinend der letzte Schrei auf den Partys der Großkotze. Unter ohrenbetäubendem Gekreische stürzte sich die Masse von dreihundert edlen Gästen auf die Tanzfläche. Ich tat so, als sei mir schlecht, setzte mich und versuchte blass und tapfer auszusehen, in der Hoffnung, dass jemand auf mich zukommen und mich fragen würde, was los sei. Dann könnte ich ein bisschen darüber jammern, dass mir etwas schwindelig sei, ich aber nicht den anderen die Party verderben wollte, um auf diese Weise mitleidige Aufmerksamkeit auf mich zu ziehen. Ich saß ziemlich lange da, bis – ENDLICH! – Alex auf mich zukam und mir unter die Arme griff.

»Na, amüsierst du dich?«

Ich versuchte, mich zu befreien. »Hmmhmm.«

Er ignorierte diesen eklatanten Schrei der Verzweiflung und fing an, mich zu kitzeln.

»Komm schon, komm, tanz mit mir!«

Vielleicht konnte der Abend ja doch noch gerettet werden. Aber leider dauerte meine Vorstellung von einem romantischen Pas de deux, mit dem wir unsere Zusammengehörigkeit hätten demonstrieren können und mit dem ich allen (na ja, Frasers blödem Bruder) hätte vorführen können, was für eine begehrte Frau ich doch war, nur etwa zwei Sekunden. Dann wurde ich nämlich unsanft daran erinnert, dass Alex ein grauenvoller Tänzer war: Er zählte den Takt mit, allerdings falsch, und hüpfte dazu von einem Fuß auf den anderen. Doch nicht nur das, er hatte außerdem so derartig einen sitzen, dass er sich ablenken ließ und vergaß, mit wem er eigentlich tanzte, so dass er durch den Saal hüpfte wie Tigger, bevor er seine Medizin nimmt, während ich wie ein Mädchen in einem Human-League-Video allein vor mich hin schaukelte. Als ich auf die Uhr sah, war es erst Mitternacht.

Ich hätte mich ohrfeigen können, dass ich meinen vorgetäuschten Schwächeanfall vor zwanzig Minuten nicht genutzt hatte, um zu gehen. Dann hätte ich nämlich wenigstens noch eine Bahn bekommen. Ich wandte mich zu Alex um und lenkte sanft, aber bestimmt, seine Aufmerksamkeit auf mich.

»Ich gehe nach Hause.« Ich lächelte ihn süß an.

»Was?«

Bei dem Lärm konnte man unmöglich etwas verstehen.

»ICH GEHE NACH HAUSE! ICH BIN TIERISCH ANGEÖDET UND GEHE NACH HAUSE!«, brüllte ich gerade in dem Moment, in dem die Musik verstummte. Und alle drehten sich um, um »Wo ist das Miststück?« zu spielen. Ich zuckte zusammen, grinste halbherzig und beschloss, abzuhauen.

»Danke, Amanda, war wirklich eine *fantastische* Party, schön, dich zu sehen, wir telefonieren, ja? Ciao!« Endlich war ich es einmal, die sich überstürzt verabschiedete.

Fluchtartig steuerte ich die Tür an, wobei mir ein extrem verwirrter und betrunkener Alex folgte, und rannte förmlich Fraser über den Haufen, der einige seiner Gäste verabschiedet hatte. Fragend sah er mich an. Verdammt. Ich würde ihn jetzt bestimmt nicht noch einmal daran erinnern, welch untergeordnete Rolle ich in seinem Leben gespielt hatte.

Alex knirschte mir über den Kies voraus. Die vorbestellten Taxis würden natürlich erst in ein paar Stunden aufkreuzen, also durften wir eineinhalb Kilometer die Einfahrt hinunterlaufen und dann in diesem verdammten Fulham versuchen, an einem regnerischen Samstagabend kurz nach der Sperrstunde ein Taxi zu ergattern.

»Melanie?«, hörte ich hinter mir, als ich davonstapfte.

Ich drehte mich um. Er trug den gleichen Kilt wie Angus, machte darin allerdings eine bessere Figur, und seine Locken waren ihm beim Tanzen malerisch ins Gesicht gefallen. Ich unterdrückte das Verlangen, auf ihn zuzurennen, ihn ganz feste zu knuddeln und ihm unsanft über den Kopf zu rubbeln, um ihm zu zeigen, wie sehr ich mich freute, ihn wieder zu sehen.

»Hi«, sagte ich cool. »Ähm … tolle Party.«

»Wahrscheinlich. Ja. Ja, natürlich. Tut mir Leid, dass ich dich am Telefon nicht erkannt habe.«

Warum erwähnst du es dann überhaupt, du herzloser Trampel?

»Ach, ich hab dich ja auch nicht erkannt«, stotterte ich … klar, deswegen hatte ich ja auch gleich »Frase!« gerufen.

»Na ja, ist schon ’ne ganze Weile her, was?«

»Ja, allerdings.«

»Na, dann – man sieht sich.«

Um uns herum war alles still. Seine Silhouette hob sich gegen das große Haus ab, er war größer, aber nicht mehr so eine Bohnenstange wie früher, und kam mir gleichzeitig extrem vertraut und extrem fremd vor.

»Bestimmt.« Geistreich.

»Komm schon, Schatz!«, brüllte Alex, der sich etwas besorgt anhörte. Ich lächelte Fraser schwach an und folgte Alex den Weg hinunter. Nachdem er von mir aus dem Gebäude gescheucht worden war, wusste er jetzt nicht, ob er etwas falsch gemacht hatte oder nicht – und ich im Grunde auch nicht. Auf wen war ich denn eigentlich sauer? Auf ihn? Auf seine Freunde? Auf meine Eltern, weil sie nicht mehr Geld hatten? Auf die Vorfahren meiner Eltern, weil sie nicht mit dem König befreundet waren? Ich konnte sehen, wie sein benebeltes Hirn versuchte, sich einen Reim auf das alles zu machen. Glücklicherweise entschied er sich für die Alternative, dass er etwas falsch gemacht hatte. Versöhnlich fragte er:

»Alles in Ordnung?«

Ich musste mir ganz schnell eine Strategie zurechtlegen. Was ich sagen *wollte*, war:

»Nein, ich hasse alle deine Freunde, sie sind alle total ekelhaft zu mir, nein, sie sind nicht mal ekelhaft, sie ignorieren mich ganz einfach, weil ich nicht auf die richtige Schule gegangen bin und die falschen Eltern habe, ich bin also vielmehr neidisch, als dass ich sie nicht mag, obwohl ich das gar nicht will, wäääääääh!«

Aber da ich ja eine aufgeklärte, coole Frau der Neunziger mit eigener Meinung war, sagte ich:

»Ja, mir geht's super, ich konnte es nur nicht mehr abwarten, dich nach Hause zu bekommen!« Und schob ein mädchenhaftes Kichern hinterher.

Als die strahlenden goldenen Lichter der Villa hinter den Bäumen verblassten und ich meinen großen, starken, leicht schwankenden Mann betrachtete, fühlte ich mich wieder etwas besser.

Wir verbrachten einen herrlichen Sonntagvormittag im Bett und »pflegten« seinen Kater. Dann traf er sich mit seinen Kumpels, nachdem er begriffen hatte, dass ich nicht sonderlich daran interessiert war, den fantastischen gestrigen Abend im Detail zu erörtern, »vor allem den Moment, wo Barfield sich die Serviette in den Arsch gesteckt hat, ha, ha, ha.«

Ich habe den ganzen Tag Zeitung gelesen.

Alex kam ziemlich spät nach Hause und veranstaltete einen solchen Lärm, dass Linda wahrscheinlich wach wurde – ich auf jeden Fall. Offensichtlich stellte er auf der Suche nach etwas Eßbarem die Küche auf den Kopf. (Seit der ersten Woche, in der ich mächtig mit meinen Kochkünsten angegeben hatte, hatte ich eigentlich nie etwas zu essen im Haus, also weiß der Himmel, was er gefunden hat. Linda sah zu dieser Zeit allerdings *noch* genervter aus als sonst, vielleicht bestand da ein Zusammenhang. Man sollte meinen, dass sie es schön fände, einen Mann im Haus zu haben – also ehrlich, *ich* fand es schön!). Schließlich kam er in mein Zimmer, setzte sich ans Bettende, gab mir einen keuschen Kuss auf die Nase und verkündete: »Hey, rate mal, was passiert ist! Ich habe eine Wohnung gefunden! Oder besser gesagt, ich habe meine alte Wohnung gefunden – Charlie hat mir verziehen, und ich ziehe wieder bei ihm ein!«

Ich setzte mich auf. Ich hatte zwar noch nicht darüber nachgedacht, aber jetzt wurde mir klar, dass ich unsere gemeinsame Zukunft schon geplant hatte: Wir würden uns erst ein nettes Zimmer suchen und irgendwann etwas eigenes kaufen, wenn er erst mal diesen Job im Musikgeschäft hatte. Oder wir würden beide da bleiben, wo wir waren – Linda würde das nichts ausmachen. Vielleicht würde sie sogar ausziehen – ach, nein, die Wohnung gehörte ja ihr. Wie auch immer, ich hatte nicht damit gerechnet, dass unsere Zweisamkeit enden würde, und erst recht nicht, dass er sich darüber wie ein Kind freuen würde. Ich wusste, es waren erst zehn Tage, aber schon jetzt war es geradezu lebensnotwendig für mich, morgens neben ihm aufzuwachen.

»Super!«, sagte ich ganz cool. »Wohnt Charlie denn immer noch in …?« – als hätten Charlie und ich stundenlange, tiefschürfende Gespräche über unser jeweiliges Privatleben geführt.

»Fulham, ja. Klasse Wohnung.«

»Aber kilometerweit weg! Und außerdem ist das in Westlondon … du hasst Westlondon!«

»Na ja, aber ich kann dir hier schließlich nicht ewig auf den Wecker fallen, oder?«

Dochdochdoch!

Ich setzte mein nettestes Schmollmündchen auf und hoffte, ihn damit zu erweichen.

»Ich hätte nichts dagegen.«

Er sah mich an und zerstrubbelte mir mal wieder die Haare. Allerdings nicht ganz so ausgelassen wie früher.

»Komm schon. Du bist immer noch mein Lieblingshase. Oder?« Ja. Wir verschwanden unter die Bettdecke. Thema beendet. Na ja, bis auf jenen Zwischenfall um drei Uhr nachts, als ich aufstand, um mir ein Glas Wasser zu holen, und beim Anblick meines Spiegelbilds im Küchenfenster völlig unvermittelt anfing zu heulen. Ich ging wieder ins Bett, versuchte, die ganze Scheiße zu vergessen, und klammerte mich die ganze Nacht an Alex.

4

Montag Abend kam Fran zu mir, bevor wir in den Pub gingen.

»Na, schöne Party gehabt?«

»Ha, ha. Man hat dich schwer vermisst.«

»›Man‹ heißt wohl du und Alex' gräßlicher Kumpel Charlie, der zu glauben scheint, er hätte das Recht, mir jedes Mal, wenn er besoffen ist, den Hintern zu betatschen.«

»Ach, übrigens, gute Neuigkeiten von Charlie ...«

Ich erzählte ihr alles. Sie sollte nur sagen: »Mel, bloß weil er auszieht, heißt das noch lange nicht, dass er dich nicht liebt. Er will nur vorerst seine eigenen vier Wände haben, damit ihr euch später ganz bewusst dafür entscheiden könnt, eine gemeinsame Wohnung zu suchen. Das ist dann das perfekte Glück.«

»Mein Gott, Mel!«, schrie sie. »Er brauchte nur jemanden, bei dem er eine Weile unterkommen konnte, er hatte Schiss, allein nach Hause zu kommen, und der Sex war ihm sicher auch ganz recht. Amerika war wahrscheinlich nur halb so toll, wie er allen erzählt. Ich meine, hat sein toller Popstarkumpel ihm denn schon einen Job besorgt? Mann, wie kannst du dich nur so ausnutzen lassen? Warum verkaufst du dich so billig? Bist du komplett bescheuert?«

Linda kam ins Wohnzimmer. Ihr fettes Gesicht entgleiste.

»Ähmmmm, ich wusste gar nicht, dass du Besuch hast.«

»Ja, aber Fran kennst du doch, oder?«

»Hallo! Wie geht's?«, begrüßte Fran sie freundlich und unterbrach für einen Moment das Gezeter, das für sie offenbar zu den lästigen Pflichten einer besten Freundin gehörte.

»Gut.« Linda zog sich zurück. Ich hörte Stimmen, dann verließ sie offenbar in Begleitung die Wohnung.

»Verdammt! Meinst du, das waren Lindas Eltern?«

Die Tür fiel krachend ins Schloss.

»Gott, fühl ich mich furchtbar. Aber heute ist doch *Montag*. *Sonntag* ist Elternbesuchstag. Das weiß doch *jeder*!«, brummte ich vor mich hin. »Warum *sagt* sie mir denn so was nicht?«

»Steht das nicht im Kalender?«

»Wer, zum Teufel, führt denn einen beschissenen Kalender?«

Fran zeigte mir das riesige, mit Katzen bedruckte Teil an der Rückseite der Küchentür. Ich hatte gedacht, Linda hätte damit bloß die Küche künstlerisch gestalten wollen. In großen pinken Buchstaben stand »Eltern kommen« neben dem heutigen Datum. Es war die einzige Eintragung im ganzen Monat.

»Was ist denn bloß *los* mit dem Mädchen?«, fragte ich etwas kleinlaut. »Warum kann sie denn nicht einfach mit ihren Freunden ausgehen und sich betrinken wie alle anderen auch?«

»Hat sie denn Freunde?«

»Nein. Glaube nicht.«

»Bist du schon mal auf die Idee gekommen, sie zu fragen, ob sie mitkommen will, wenn wir weggehen?«

Ich konnte es nicht fassen! Fran spielte die Heilige!

»Frag du sie doch!«

»Sie ist doch *deine* Mitbewohnerin!«

Damit das alles nicht noch kindischer wurde, seufzte ich nur und zuckte lässig mit den Schultern, was so viel heißen sollte wie »okay«, aber ohne mich wirklich festzulegen. Da Alex vorübergehend vergessen war, fiel mir noch etwas ein.

»Ich frage mich schon dauernd, was eigentlich in diesen riesigen Paketen ist, die sie ständig kriegt.«

»Okay, also, wenn wir ihr schon den Elternbesuch vermiest haben, dann könnten wir doch eigentlich auch noch gleich in ihren Sachen schnüffeln …«

»Du hast angefangen damit!«

»Gar nicht!«

»Wohl! Als Nicholas hier war!«

»Oh.«

Wir sahen uns fragend an.

»Na ja …«

»Das wäre ausgesprochen … *ungezogen*«, kicherte Fran nervös.

»Ach, wir haben ihr doch sowieso schon den Tag versaut …«

Wir sahen uns an und stürmten aus dem Zimmer. Lindas Privatgemach hätte an einem Wettbewerb für keimfreies Wohnen teilnehmen können – so etwas hatte ich noch nie gesehen. Selbst ihr Teddy sah aus, als wäre er beim Teddyausstatter und beim Teddyfriseur gewesen. Alles war entweder in Pink oder in Pfirsich gehalten, nur die Wand schaffte es dank einer Borte, die man sonst nur aus Autobahnhotels kennt, in beiden Farben zu erstrahlen. Überall hatte sie Nippes herumstehen und -liegen: Haarbänder, Potpourrischälchen, Zierschweinchen. Das Zimmer sah aus wie der feuchte Traum einer Siebenjährigen.

»Wow«, sagte Fran und nahm ein Bürstenset vom Frisiertischchen, dessen Oberfläche durch eine Glasplatte geschützt war, unter der ein Zierdeckchen plattgedrückt wurde – selbstverständlich alles im gleichen Design. »Da hat sich Miss Havisham aufräumtechnisch doch deutlich zu ihrem Vorteil verändert.«

Da ich das gesuchte Paket nicht sehen konnte, steuerte ich den Schrank an. Fran nahm sich eines von den Laura-Ashley-Trägerkleidchen, die Linda so liebte, tänzelte damit durchs Zimmer und sang: »Ich bin Linda, bitte entschuldigen Sie, dass ich existiere, ich will auch weiter gar nicht stören, bin ohnehin schon auf dem Sprung, ach nein, natürlich nicht, ich geh ja nie aus ...« Ich grinste. Auf einmal klingelte das Telefon. Wir zuckten zusammen, als wären wir beim heimlichen Schnüffeln im Zimmer einer Mitbewohnerin ertappt worden. »Geh du dran!«, zischte ich Fran absurderweise zu und riss ihr das Kleid aus der Hand. Fran war so perplex, dass sie ohne Protest das Zimmer verließ.

Ich ging zurück zum Schrank, um das Kleid wieder aufzuhängen, und erspähte dabei in der hintersten Ecke den Karton. Ich hatte zu diesem Zeitpunkt bereits ein so schlechtes Gewissen, dass der Bruch des Paketgeheimnisses mich jetzt auch nicht mehr schrecken konnte – ich klappte den Karton auf. Schicht um Schicht stapelten sich darin riesige Tafeln Schokolade – Cadburys, Traubennuss, diese Mega-Toblerones, die man nur im Duty Free bekam. Dazwischen massenweise leeres Papier und fettiges Stanniol, von Ordnung keine Spur – das sah Linda nun gar nicht ähnlich!

»Ach, du heilige Scheiße!«, stieß ich hervor, als Fran wieder hereinkam.

»Wie konntest du denn auf die Entfernung hören, dass es Nicholas war?«

»Sieh dir das an!«

»Oh, mein Gott. Kleiner Gruß von der Essstörungsfront. Herrje.«

»Ich weiß. Sie wird einfach nur fetter und fetter. Wahrscheinlich isst sie immer nur heimlich.«

»Was machst du jetzt?«

»Was *ich* jetzt mache? Na, ich übernehme natürlich die volle Verantwortung für die baldige Genesung des Patienten, was denkst du denn? Ich *weiß* es nicht! Wir wünschen uns nicht mal guten Morgen!«

Wir sahen uns an.

Auf dem oberkitschigen Nachttisch stand neben der in einem gehäkelten Überzug steckenden Kleenexbox nur ein einziges Bild von Linda: ein pummeliges Kind neben einem bösartig aussehenden Pony. Oh, Gott, was sollte ich jetzt machen? Sie darauf ansprechen? Niemals! Was wurde einem doch gleich auf den einschlägigen Kummerkastenseiten geraten? »Lassen Sie wie zufällig ein paar Informationsbroschüren zum Thema herumliegen.« Ich wusste allerdings nicht, ob es welche gab zum Thema »Wir haben in deinem Zimmer herumgeschnüffelt und etwas gefunden, das du offenbar verzweifelt zu verbergen versuchst«. Was trinken gehen? Ich ließ eine angemessene Betroffenheitsphase verstreichen, ehe ich den Mund aufmachte, um eben dies vorzuschlagen. Frans Blick nach zu urteilen war die Zeit nicht lang genug gewesen.

»Hm? Sorry, ich habe über Linda nachgedacht.«

»Was meinst du denn, was wir tun sollten …«

»Keine Ahnung.«

Pause.

»Ich schätze, ich könnte versuchen, etwas netter zu ihr zu sein«, schlug ich vor.

»Na ja, ihr wohnt ja schließlich auch zusammen.«

»Du wohnst doch quasi auch hier, und du bist zu niemandem nett.«

»Aber doch nur, weil die meisten Leute langweilig sind. Aber Linda ist, na ja, du weißt schon, krank oder so.«

»Ja, ja. Schon gut.«

Schwerfällig stand ich auf und machte mich daran, etwas von Alex' und meinem Geschirr zu spülen. Mit irgendetwas musste ich ja anfangen.

»Dann, ähm, war das also Nicholas – am Telefon?« Und nicht zum Beispiel Alex (von dem ich wusste, dass er Möbel kaufen war), der einen Sinneswandel erlebt hatte und mich nun auf Knien bat, mit ihm nach Fulham zu ziehen?

»Ja, du scheinst ganz schön gefragt zu sein.«

Na, toll!

»Aber ich habe ihm gesagt, dass du nicht zur Verfügung stehst, und da hat er mich gefragt, ob ich mit ihm weggehen will.«

Buh! Okay, ich konnte den Kerl nicht leiden, aber ich hätte es doch ganz nett gefunden, wenn er mich von den anderen Vertreterinnen meines Geschlechts hätte unterscheiden können.

»Hm. Hast du ja gesagt?«

»Was glaubst du denn?«

»Ich glaube, du hast ja gesagt und dass du ihn immer und ewig lieben wirst und dass er dir noch ein paar von seinen todkomischen Steuerberaterstorys erzählen soll.«

»Ach, und er hat noch gemeint, du solltest dich vielleicht auf irgend so eine Krankheit hin testen lassen.«

»WAS?«

»Melanie, da du wahrscheinlich die Einzige bist, die jemals mit ihm gepennt hat, würde ich mir an deiner Stelle gar keine Sorgen machen.«

Nachdem dieser kurze Moment der Spannung verstrichen war, erzählte ich ihr, wie schrecklich die Party gewesen war, und wusste, dass ich ihr damit eine Freude machen würde. Angus interessierte sie ganz besonders.

»Faszinierend. Fraser hat ihn nie erwähnt, oder? Sieht er gut aus?«

Typisch – immer auf der Pirsch.

»Äh, weiß nicht. Hast du ›Ein Schweinchen namens Babe‹ gesehen?«

»Er sieht aus wie ein Schweinchen?«

»Lass mich doch ausreden ...«

»Farmer Hoggett?«

»Nein! Kannst du dich an den Hund erinnern, der so böse wird und anfängt, die Leute zu beißen?«

»Er sieht aus wie ein Hund?«

»Na ja, er strahlt irgendwie gekränkte Würde aus.«

»In Hundeform.«

»Ähm ...«

Wir seufzten.

»Gott, es sind wirklich keine Männer mehr übrig«, beklagte Fran sich zum hunderttausendsten Mal.

Ich konnte nichts dafür, ich muss wohl aus Versehen irgendeine Art Amanda-Blick aufgesetzt haben, jedenfalls tat Fran so, als ob sie mir das Knie in die Brust rammen wollte. Leider klappte das mit dem »so tun als ob« nicht so gut, und sie traf mitten ins Schwarze. Fran war manchmal etwas wild.

Und dann kam Linda nach Hause, allein. Fran und ich wurden ziemlich nervös. Wie immer ging Linda schnurstracks in ihr Zimmer. Ich hielt die Luft an vor Angst, sie könnte uns auf die Schliche kommen ... vielleicht hatte sie ja ein Haar an Türrahmen und Tür befestigt oder Puder verteilt oder so und würde uns jetzt umbringen? Fran warf mir einen viel sagenden Blick zu, also erhob ich mich schwerfällig.

»Ähm, Linda, möchtest du eine Tasse Kaffee?«

Schweigen. Bestimmt hatte ich sie mit diesem unerwarteten Annäherungsversuch furchtbar erschreckt. Es war mir schrecklich peinlich, und ich schämte mich. Dann, endlich:

»Nein, danke.«

»Ich glaube, du hast sowieso nur noch ein halbes Pfund Zucker übrig«, flüsterte die fiese Fran.

»Okay!«, rief ich. »Wir gehen was trinken. Hast du Lust mitzukommen?«

Linda kam aus ihrem Zimmer und sah mich misstrauisch an.

»Warum?«

»Äh, nichts Besonderes, nur so, Montagabend ...« Meine Stimme erstarb.

»Nein, danke, ich muss meinen Kleiderschrank ausmisten.«

»Ja dann. Ich meine, klar, viel Spaß.« Und damit flüchteten Fran und ich uns in den Pub, wo wir uns mit Alex und Charlie verabredet hatten. Die »Amanda & Fraser GmbH« hatte auch angerufen und sich großzügigerweise dazu herabgelassen, sich zu uns zu gesellen: Die Anwesenheit zweier gut aussehender Westlondoner Jungs schien unsere Popularität schlagartig zu steigern.

Als wir in den Pub kamen, warf ich Fran einen kurzen Seitenblick zu. Es sah nicht gut aus. Amanda saß zwischen den drei Männern und war ganz in ihrem Element. Fraser beobachtete sie pflichtbewusst – oder himmelte sie mit großen Augen an, ich war mir nicht sicher, was der Realität entsprach und was meine Gehässigkeit dazudichtete –, und Alex und Charlie kicherten und stupsten sich ständig an.

Alex gab mir einen Kuss, und ich ging ein paar Bier holen, während Amanda etwas sagte und alles lachte. Ich betrachtete das wunderschön geschnittene Profil des Mannes, den ich liebte, und fühlte mich mit einem Mal ganz leer, gerade, als er rief:

»Mel, du prachtvolles Prachtweib, komm sofort hierher und setz dich auf meinen Schoß!«

Wie konnte er bloß so wunderbar sein und trotzdem zu Charlie nach Fulham ziehen wollen? Ich setzte mich auf seinen Schoß und versuchte, mich nicht hängen zu lassen. War aber gar nicht so einfach.

»Na, egal«, kreischte Amanda, »ich habe also mit der Designerin gesprochen, und *die* hat gesagt, sie hat noch nie in ihrem Leben eine so winzige Taille gesehen, das muss alles sonderanfertigungsmäßig per Hand genäht werden, und das kostet dann noch mal zweitausend Pfund extra! Könnt ihr euch das vorstellen!«

»Meine Fresse!«, kommentierte Alex pflichtschuldigst.

Die anderen Jungs nickten nur. Das brachte mich echt auf die Palme: Sie hörten ihr nur zu, weil sie hübsch war. Selbst bei vorgehaltener Pistole hätten sie nicht sagen können, wie viel ein Hochzeitskleid kostet. Dann sah Amanda zu Fraser und schnippte mit den Fingern. Er stand sofort auf und holte ihr noch etwas zu trinken. Fran und ich blickten uns erstaunt an.

Um mich wenigstens ein kleines bisschen interessant zu machen, erzählte ich dann brühwarm von Linda. Fran sah mich missbilligend an, aber sicher nur, weil sie nicht selbst auf die Idee gekommen war. Alle hörten mir wie gebannt zu, darum versuchte ich, nicht zu dick aufzutragen. Na ja, alle außer Fran, die meinen Beitrag weiter missbilligte, und Charlie, der Frans Busen anglotzte. Und Amanda, die versuchte, mir die Show zu stehlen mit einer Geschichte über die bei ihr vermutete Magersucht, die sie als ziemlich coole, schicke Krankheit darstellte.

Und dann kam auf einmal Angus herein, und der Pub verwandelte sich in einen Kühlschrank. Fraser lächelte ihn zur Begrüßung scheu an, Amanda dagegen bedachte ihn mit einem sehr scharfen Blick aus dem sorgfältig geschminkten Augenwinkel und schenkte ihm eins von den wohl kalkulierten Lächeln, die eigentlich gar keine waren.

»Ach, hallo, Angus. Wie schön, dass du kommen konntest.«

»Aye.«

Guter Gott, was war er denn, einer der einsilbigen Bauern aus *Cold Comfort Farm*? Ungerührt setzte sich Angus zu uns.

Fraser sah sich um. »Ihr kennt Angus?« Alle hmmmten, selbst wenn sie ihn (wie Fran) noch nie gesehen hatten, nur damit jetzt keine Vorstellungsrunde veranstaltet werden musste. Ich hatte es wieder einmal geschafft, bei jemandem auf dem Schoß zu sitzen und zu vergessen, mich wenigstens mit den Zehen selbst abzustützen, so dass diesem Jemand inzwischen mindestens ein Bein gnadenlos eingeschlafen war, worauf er mich mit größtmöglichem Taktgefühl hinwies.

»Hey, Elefantenbaby, Schatz, ich bete dich wirklich an, aber wenn du nicht *sofort* aufstehst, breche ich zusammen und sterbe«, verkündete mein Geliebter laut vernehmlich.

Amanda schrie vor Lachen, da sie sich als das komplette Gegenteil zu Elefant verstand, während ich in ihren Augen ganz klar ein Synonym darstellte.

Da kein Stuhl mehr frei war, schob ich mich mit hochrotem Kopf, aber scheinbar amüsiert, noch mit auf die Bank, direkt neben den von Natur aus mit einem hochroten Kopf ausgestatteten Angus, der mürrisch in sein Bierglas glotzte. Diese Aktion war ziemlich ungeschickt, denn als ich meine leichte Verstimmung überwunden hatte und mich wieder ins Gespräch einklinken wollte, war das Thema »durchgeknallte Mitbewohnerin« abgehakt, und es wurde stattdessen wieder über die verdammte *Hochzeit* geredet.

»Wir werden«, erklärte Amanda, »das ganze Schloss mieten und Heidekraut und Haggis und Schottentuch und Dudelsäcke ...«

»... aus *meinem Arsch* paradieren lassen«, raunte mir eine Stimme ins Ohr, die Amandas gestelzte Sprechweise gar nicht schlecht imitierte. Ich kicherte, bevor ich begriffen hatte, dass es Angus der Schmollende gewesen war, der dies geäußert hatte. Außer mir hatte niemand etwas mitbekommen.

»Hallo auch«, sagte ich etwas wärmer, als es eigentlich hätte klingen sollen.

»Hallo.«

»War's noch nett am Samstag?«

»Hmmm«, machte er und warf einen scharfen Blick auf das zukünftige Paar.

Betretenes Schweigen.

»Bist du eigentlich älter oder jünger als Frase?« Kaum hatte ich die Frage ausgesprochen, fiel mir ein, dass ich das ja schon wusste. Gott, mein Small-Talk-Radar funktionierte auch nicht mehr.

»Immer noch jünger.« Er deutete ein Lächeln an. Ich fragte mich, wie er wohl aussehen würde, wenn er richtig lächelte.

Jemand stellte noch einen Drink vor mir auf den Tisch, und ich schloss die Augen, als ich Alex' Aftershave roch.

»Ach, äh – kennt ihr euch?« Alex und der Schweinchenjunge schüttelten sich genau so argwöhnisch die Hand, wie Männer es nun mal machen, wenn ihre Freundin sie einem anderen Typen vorstellt.

»Hi. Äh – bist du Frasers kleiner Bruder?«

Mann, *natürlich* war er das, Idiot!

»Ja, ja genau.«

»Du warst doch auch bei der Verlobungsparty? Brillanter Abend, was?«

Dann geschah etwas Merkwürdiges. Angus und ich sahen uns in die Augen, und meine Mundwinkel zuckten eindeutig nach oben.

»Ja. Ja, war nicht schlecht.«

»Und, was treibst du hier fern von Schottland? Arbeiten?«

»Ja, ich habe hier einen befristeten Vertrag. Wenn es mir gefällt, bleibe ich vielleicht.«

»Aber fühlst du dich denn nicht einsam hier ohne die ganzen Schafe? Bei euch auf der Heide dudelt doch der Sack, wie man hört …«

Gott, wie peinlich.

»Nö, eigentlich gar nicht. Hier gibt's weiß Gott genug belämmerte Torfnasen.«

Ich war fassungslos! Das war ja wohl das Letzte! Was erlaubte der sich eigentlich? Zum Glück hatte Alex sich schon wieder Charlie zugewandt, um noch einen Schafwitz zu reißen, und hatte nicht gehört, was Angus gesagt hatte. Aber ich war entsetzt und verwirrt zugleich: Was *hatte* dieser kleine Schweinchen-Dick-Verschnitt eigentlich gegen uns? Und warum war er überhaupt hier, wenn er uns alle so schrecklich fand?

Im Laufe des Abends passierte nichts, was meine Meinung geändert hätte. Angus ließ sich so was von gar nicht von Alex' Geschichten aus Amerika beeindrucken, die ich – obwohl ich sie schon mehrmals gehört hatte – immer noch komisch fand. Wir tranken ein Bier nach dem anderen und redeten in einer Tour, doch Angus fühlte sich nicht bemüßigt, auch nur einen einzigen Kommentar, eine Bemerkung oder gar ein Lachen beizusteuern – nicht mal, als Alex beschloss, Rodeostar zu werden!

Ich hielt Ausschau nach Fran. Sie hatte es geschafft, sich von Charlie, dessen Augen mittlerweile genauso rund waren wie Frans wohlgeformter Busen, in die Enge treiben zu lassen. Er hatte sie am anderen Ende des Tisches an die Wand gedrängt, und wir schwebten in so benebelten Sphären, dass wir nicht recht mitbekamen, was um uns herum vorging (außer Amanda, die Aqua minerale trank, aber ohnehin nie etwas mitbekam, was sie nicht direkt betraf).

»Schätzchen«, nuschelte er, »du bist echt so oberscharf ...«

»Verpiss dich, Charlie.« Fran klang gefährlich.

»Komm schon, gib Charlie einen kleinen Kuss ...«, er langte nach ihr, sie warf abwehrend die Arme hoch und schlug ihm – unabsichtlich – ins Gesicht. Augenblicklich kippte die Atmosphäre.

»Sag mal, hast du mir vielleicht gerade eine runtergehauen, du Miststück?«

Der anerzogene Privatschulencharme reichte offenbar nicht besonders weit.

Fran erhob sich und baute sich in voller Größe vor ihm auf. Sie kochte vor Wut.

»Nein, aber ich hätt's verdammt noch mal tun sollen, du notgeiler Wichser!«

»Du miese Schlampe!« Und dann sah es wirklich so aus,

als würde er auf sie losgehen. Als hätte jemand auf »Standbild« gedrückt, beobachteten alle wie vom Donner gerührt das Geschehen, außer Fran, die sich wie in Zeitlupe rückwärts bewegte. Und dann schoss auf einmal Angus wie ein roter Blitz auf Charlie zu, packte ihn an den Armen und schmetterte ihn mit aller Kraft gegen die Wand.

»HÖRT AUF!« Langes Schweigen und tiefes Keuchen. Der Wirt bahnte sich einen Weg zu uns, während Angus und Charlie sich anstierten. Schließlich wagte Alex einen Vorstoß. »Komm schon, Charles, hör auf«, sagte er ruhig. Es dauerte noch ein paar qualvolle Sekunden, bis Charlie den Blick senkte, seine Zähne ent-fletschte und aus dem Pub stampfte. Wir sahen einander an, hin- und hergerissen zwischen Besorgnis und prickelnder Aufregung.

»Was für eine Missgeburt«, sagte Fran. Und das war ein Wort, das wir sonst NIE benutzten.

Charlie wartete draußen und wollte ganz offensichtlich gehen, aber Alex drückte sich noch bei uns herum und wollte mir was sagen.

»Ähm, ich bring Charlie wohl besser nach Hause. Ich bleib dann da.«

Ich wollte nicht, dass er ging, schon gar nicht mit diesem … Scheißkerl.

»Also, gute Nacht.« Und damit verschwand Alex, um Charlie zu trösten.

Wir anderen standen ziemlich ratlos herum und wussten nicht, was wir tun sollten. Fran bedankte sich bei Angus, aber irgendwie war es fast peinlich, so als hätte er gesehen, wie sie vergewaltigt worden war. Fraser steuerte mit besorgter, ernster Miene auf uns zu, als Amanda ihn entschlossen am Arm packte und fröhlich verkündete: »Wir müssen dann leider!« Als hätten sie gerade einen Nachmittag auf dem

Dorffest verbracht. Sie scheuchte ihn zu ihrem Wagen. Fraser sah über die Schulter zu Angus, der ein wenig verlegen wirkte, und grinste ihn unbeholfen an, als wolle er Scham, Entschuldigung, Stolz und generelles Wohlwollen auf einmal ausdrücken. Angus erwiderte dieses Grinsen, und plötzlich sahen sie sich sehr ähnlich.

»Okay, also, gehen wir alle zu mir?«, fragte ich, als wäre nichts gewesen. Fran und ich brannten natürlich darauf, die Geschichte durchzuhecheln, aber es wäre irgendwie einfacher, wenn Angus nicht mitkäme. Aber der verschwand sowieso schon in die entgegengesetzte Richtung.

»Ach, schau ihn dir an«, sagte Fran, als er außer Hörweite war. »Mein Schweinchen ohne Furcht und Tadel. Mein einsamer Sauboy. Mein rothaariger …«

»Sei still, Fran. Er hat verdammt noch mal für Ruhe gesorgt, okay?«

»Ach, bitte, Mel, findest du nicht, dass ich heute Abend schon ausreichend attackiert worden bin?«

Jetzt war Fran richtig schlecht gelaunt.

»Komm schon, Franster, reg dich nicht auf. Dass dieser widerliche Arsch dich begrapscht hat … würg … na los, wir trinken noch ein Glas Wein, reg dich ab.«

Wir trollten uns zurück zur Wohnung und schafften es ausnahmsweise, nicht im Treppenhaus zu gackern. Fran stand immer noch ein bisschen unter Schock, also pflanzte ich sie auf einen Stuhl, schenkte ihr ein großes Glas Whisky ein (ja, es war der, den Linda mal bei einer Tombola gewonnen hatte, aber es handelte sich hier um einen medizinischen Notfall) und ließ sie die ganze Geschichte erzählen, als wäre ich nicht selbst dabeigewesen.

Ich konnte mich allerdings nicht zurückhalten, laut zu denken.

»Für mich hat das alles aber auch sein Gutes«, äußerte ich nach einer für mein Empfinden angemessenen Weile.

»Was??«

»Na, Alex wird jetzt ja wohl kaum noch bei Charlie einziehen, oder? Jetzt, wo er weiß, dass der quasi ein Vergewaltiger ist. Hmmm, vielleicht suchen wir uns was Eigenes ... und ziehen richtig zusammen.«

»Na, klasse, freut mich, dass ich wenigstens deine wohnungstechnischen Probleme lösen konnte.« Ihre Augen funkelten. »Soll ich vielleicht zu King's Cross runtergehen und ein paar Nummern schieben? Dann könntet ihr eventuell gemeinsam eine Hypothek aufnehmen.«

»Nein! Ich meinte doch bloß ...«

»Wenn er bei Charlie einzieht« – Fran bleckte die Zähne. Das verhieß nichts Gutes. »Wenn er bei Charlie einzieht, nach dem, was heute passiert ist, dann machst du mit ihm Schluss, oder?«

Verdammt! Moralische Zwickmühle!

»Er zieht nicht bei ihm ein, ganz bestimmt nicht.« Was sollte die ganze Aufregung?

»Aber angenommen, er tut es.«

»Er tut es *nicht.*« Herrgott noch mal.

»In einem hypothetischen Universum würdest du doch mit einem Kerl Schluss machen, der mit dem Kerl zusammenzieht, der deine beste Freundin sexuell belästigt hat, oder?«

»Willst du mich emotional erpressen? Und überhaupt, *technisch* gesehen hat er dich gar nicht belästigt.«

Noch im gleichen Moment wurde mir klar, wie unverzeihlich diese Bemerkung war und dass ich eine Schande für den Feminismus darstellte. Zum zweiten Mal an diesem Abend standen wir wie unter Schock, und ich führte mich schlimmer auf als Charlie. Auf einmal schlug der Alkohol durch – ich fühlte mich betrunken, hätte am liebsten losgeheult und war hundemüde.

»Lass uns nicht mehr drüber reden«, sagte Fran nach langem Schweigen. Ich zog die Gästematratze hervor, und wir gingen ohne ein weiteres Wort ins Bett. Linda hätte stolz sein können auf mich.

5

Am nächsten Morgen tappten wir durch die Wohnung und taten viel verkaterter, als wir eigentlich waren, nur um nicht miteinander reden zu müssen. Fran hatte einen Vorsprechtermin, für den ich ihr viel Glück wünschte, ehe ich mich auf den Weg zur Arbeit machte. Dort wartete schon mein Chef auf mich – in meinem Büro. Das war kein gutes Zeichen. Soweit ich mich erinnern konnte, war er vorher noch nie in meinem Büro gewesen. Hoffentlich hatte er nicht in meinem Schreibtisch herumgeschnüffelt, der war nämlich bis obenhin voll mit »I love Alex«-Kritzeleien.

»Ah, ja, guten Morgen, Melanie.« Er lächelte mich noch höflicher an als sonst. Er war ungefähr einsachtzig groß, aber perfekt proportioniert – man musste bloß immer dem Bedürfnis widerstehen, ihm die Glatze zu tätscheln.

»Also, in der Marketingabteilung hat es einen ziemlichen Ärger gegeben wegen der neuen Broschüre. So, wie es aussieht, ist das Wort ›Fabricon‹ durchgehend falsch buchstabiert worden.«

Ich seufzte.

»Fabricon ist ein künstliches Marketingwort, richtig?«, fing ich an, ihn aufzuklären. »Es ist doch ganz egal, wie man es buchstabiert, es hat so oder so keine Bedeutung. Und im Wörterbuch kann ich ja wohl kaum nachschlagen, oder?«

»Nichtsdestoweniger«, oh, nein, wie schwülstig, »nichtsdestoweniger handelt es sich um den Markennamen unseres neuesten Produktes, für das wir bereits Werbebroschüren im Wert von 45.000 Pfund haben drucken lassen. Der Etat sah sogar Ausgaben in Höhe von 48.000 Pfund vor, aber wir waren gezwungen, die Produktion einzustellen, weil Sie – und es tut mir wirklich Leid, dass ich das so sagen muss –, weil Sie offen gesagt unterdurchschnittliche Arbeit geleistet haben.«

Auf einmal fühlte ich mich unglaublich klein. »Unterdurchschnittliche Arbeit«? Schwups, saß ich wieder in der neunten Klasse. Allerdings war diesmal nicht mein mangelndes Begreifen von Wellenbewegungen das Problem, sondern meine eigene verdammte Faulheit. Fieberhaft ging ich im Geiste eine ganze Reihe von Ausreden durch und entschied mich für die schlimmste, gemeinste und pathetischste von allen.

»Gott, es tut mir so Leid. Es ist nur … also, meine Mitbewohnerin hat Bulimie, und es ist alles so … *schwierig.*«

Ich schaffte es, ein Gesicht zu machen, als könnte ich jeden Moment in Tränen ausbrechen. Ich war das Letzte. Ich war der allerletzte Abschaum vom Abschaum. Sollte eigentlich ein Kündigungsgrund sein, ehrlich.

»Oh, mein Gott, das muss ja furchtbar für Sie sein.« Mein Chef sah mich so mitfühlend und besorgt an, dass ich fast wirklich anfing zu heulen. »Meine Schwester hatte das auch.« Großer Gott, das war's. Jetzt konnte ich endgültig einpacken. Einpacken und verschwinden. Er legte mir die Hand auf die Schulter.

»Das kann für das Umfeld genauso schlimm sein wie für den Betroffenen. Es ist so wahnsinnig frustrierend, nicht?«

Ich nickte traurig und schmückte die Geschichte etwas aus. Wir lobten noch etwa zehn Minuten unser beider Samariterpersönlichkeiten, und ich glaubte gerade noch einmal ungeschoren davongekommen zu sein, als er sagte:

»Es tut mir wirklich Leid, Mel, und ich weiß, dass Ihnen das auch nicht gerade helfen wird, aber die Marketingabteilung hat darum gebeten, dass Sie nach unten in deren Büro ziehen, damit Sie alle etwas enger zusammenarbeiten können, sozusagen. Sie gehören also ab sofort zum Marketing.«

Er schien das wirklich zu bedauern. Ich konnte kaum etwas sagen und nickte bloß sorgenvoll.

»Wir werden Ihre Sachen so bald wie möglich runterbringen lassen. Es war mir ein Vergnügen, mit Ihnen zu arbeiten.« Das glaubte ich ihm nicht, aber ich nahm seine ausgestreckte Hand wie betäubt an, während sich bereits zahllose Horrorszenarien vor meinem inneren Auge abspielten. Die Marketingabteilung! Oh, Gott, die Wände da unten waren orange! Und die Leute benutzten das Wort ›begrifflich‹! Und jetzt war ich gezwungen, mich auf der Weihnachtsfeier zu betrinken und mich zum Affen zu machen! Ach was, das tat ich ja ohnehin schon. Wie dem auch sei, von jetzt an hieß es arbeiten, arbeiten und noch mal arbeiten, den lieben langen Tag, so wie andere Leute auch! Ich stöhnte innerlich auf. Das Telefon klingelte.

»Sie sind beschäftigt, da will ich Sie gar nicht weiter aufhalten.« Mein Chef erhob sich würdevoll und schwebte auf seinen handgemachten Schuhen davon. Es war natürlich Fran.

»Und? Hast du mit ihm gesprochen?«

»Fran! Ich werde versetzt! Die stecken mich ins Marketing!«

»Oh, mein Gott, ist das gut oder schlecht?«

Fran waren die Vorgänge in der Arbeitswelt überhaupt kein Begriff. Körperschaftsangelegenheiten hielt sie für Techtelmechtel mit Geschäftsmännern.

»Na ja, ich muss dann den ganzen Tag arbeiten und kann

nie mehr mit dir telefonieren, weil ein Haufen Leute um mich rumsitzt, die es alle echt cool finden, im Marketing zu arbeiten, und ich werde in einer Zelle statt an einem Schreibtisch sitzen und in der Mittagspause den Geruch der Baked Potatoes meines Nachbarn und das ständige Gelaber über Zielgruppen ertragen müssen, man wird mich ständig beobachten und sich abfällig darüber äußern, dass ich nie Orange trage, aber abgesehen davon wird es bestimmt *klasse.*«

»Ach so. Na ja. Hast du schon mit Alex gesprochen?«

»Fran! Das hier ist WICHTIG!«

»Wichtiger als die Tatsache, dass dein Freund mit einem Vergewaltiger zusammenzieht?«

»Ja, eigentlich schon!«

Sie schwieg einen Moment. Fran konnte sich nicht vorstellen, dass es etwas Wichtigeres geben sollte als die Irrungen und Wirrungen unseres Privatlebens, und normalerweise war ich da ganz ihrer Ansicht. Also begriff sie jetzt wohl, dass die Sache wirklich ernst war.

»Tut mir Leid. Bist du gefeuert?«

»NEIN, sie haben mich nicht gefeuert, verdammt noch mal. Ach, vergiss es.«

»Verdienst du jetzt weniger?«

»Fran, ich werde jetzt mit Alex sprechen, OKAY?«

Mist. Na, wenigstens war das Vorsprechen wohl kein Erfolg gewesen, sonst hätte sie es mir erzählt. Ich lebte mit der ständigen Angst, dass sie unglaublich berühmt werden könnte und nie mehr mit mir ausgehen würde, dass ich die verkrachte Existenz in der Kneipe sein würde, die Fremden, die es gar nicht hören wollten, erzählte, dass Fran mal ihre beste Freundin gewesen war.

Ich war ziemlich aufgewühlt und frustriert und müde und

genervt, und das Letzte, was ich jetzt tun wollte, war, Alex anzurufen und ihm schwierige Fragen zu stellen. Ich wünschte mir, *er* würde *mich* anrufen und mir sagen, dass ihm gestern Abend die Augen aufgegangen waren, was diesen Mistkerl anging, und mich bitten, doch mit ihm zusammenzuziehen, weil er mich SO SEHR LIEBTE. Dann entdeckte ich im Fenster mein Spiegelbild, das schonungslos mein käsiges Gesicht und die verschmierte Wimperntusche präsentierte. Ich bemerkte, dass ich erstens tatsächlich ein wenig heulte und dass ich zweitens, wenn ich Alex wäre und mich so sehen würde, sofort die Flucht ergreifen würde. Zum Glück war ich aber nicht er, weil nämlich das Telefon klingelte und er dran war.

»Hey, Zuckerschnäuzchen.«

»Hey, Widerlicher-Freund-Schnäuzchen.«

»Gott, ja, Charlie war gestern ein bisschen daneben, was?«

»Fran war fix und fertig, ist dir das klar?«

»Fran? Die verspeist Charlie doch zum Frühstück. Wenn der Rote Ritter nicht eingegriffen hätte, hätte sie ihm die Eier abgebissen.«

Der Einwand war nicht von der Hand zu weisen.

»Du willst also immer noch bei diesem Wichser einziehen?«

»Ja, entweder das, oder ich durchforste die nächsten zwei Monate sämtliche Wohnungsanzeigen und lande am Ende in einem türkischen Wohnklo.«

»Aber Fulham … das ist doch das reinste Snob-Viertel.«

»Ach, so schlecht ist es gar nicht, wenn man die Leute erst mal kennt.«

»Ich kann sie aber nicht kennen lernen! Weil sie alle so damit beschäftigt sind, ihre Nase hoch zu tragen, dass sie mich gar nicht bemerken würden!«

Er seufzte.

»Regst du dich jetzt wieder über die Sache mit der Privatschule auf? Ich dachte, aus dem Alter wärst du langsam raus?«

»Ja, klar, weißt du, ich will finanziell abgesichert sein, einen lauen Job im Verlagswesen haben und lange blonde Haare.«

»Ach, komm schon, Mel, sei nicht so blöd. Und außerdem *muss* ich ja schließlich irgendwo wohnen. Es ist ja nun nicht so, als könnten *wir* zusammen wohnen oder so.«

Es verschlug mir eine Sekunde zu lang die Sprache.

»Nein, natürlich nicht.« Oh, Gott, diese Stimme hörte sich nicht einmal an wie meine.

Es herrschte kurzes Schweigen. Dann sagte er:

»Weißt du, es tut mir Leid, dass ich dir wehgetan habe, als ich nach Amerika abgehauen bin. Aber das war wegen genau solcher Sachen, du hast es einfach viel zu eilig. Ich meine, ich bin schließlich erst seit zwei Wochen wieder hier. Könntest du dich nicht, äh, ein bisschen locker machen?«

»Klar. Kein Problem. Ähm, ich ruf dich später an.«

»Nein, Mel, jetzt sei nicht so. Du steigerst dich in etwas rein. Ich sage ja nur, dass wir nichts überstürzen –«

Ich legte auf. So ein verdammter Mist! Vielleicht sollte ich mir ein T-Shirt bedrucken lassen: »Bemitleidenswerte Frau – regt sich wahnsinnig auf, wenn konstante Zuwendung und sofortige Bindungsbereitschaft fehlen. Hang zu theatralischen Auftritten. Unfähig, ein selbst bestimmtes Leben ohne Mann zu führen. Illoyal gegenüber Freundinnen. Fängt bei jeder Gelegenheit an zu heulen.«

Ich fing an zu heulen.

Ich wusste, dass es erst zehn Tage waren, aber eigentlich auch wieder nicht, wenn man die zehn Monate vor seinem Verschwinden – das nun offenbar auch meine eigene Schuld war – mitrechnete.

Mein Chef schwebte wieder vorbei.

»Ach, liebes Kind, es tut mir so Leid. Im Marketing werden Sie sich bestimmt wohl fühlen, alle werden Sie mögen. Betrachten Sie das nicht als einen Rückschritt, betrachten Sie es als Chance. Nanana.«

Er reichte mir ein keimfreies Taschentuch.

»Und machen Sie sich nicht zu viele Gedanken wegen Ihrer Mitbewohnerin.«

Ich verrenkte mir das Hirn, um darauf zu kommen, weshalb ich mir Gedanken wegen ihr machen sollte. Glücklicherweise fiel es mir wieder ein.

»Sie können nicht alle Last der Welt auf Ihren Schultern tragen, wissen Sie. Ich sag Ihnen was.«

Er sah mich verschwörerisch an.

»Na, los, machen Sie heute blau. Ich verrate niemandem was.«

Ich tat erst schockiert, signalisierte dann aber mit einem traurigen Halblächeln meine Einwilligung in dieses Vergehen.

»Ich weiß, normalerweise würde ich so etwas nie tun. Aber gehen Sie schon. Ich glaube, Sie brauchen das jetzt.«

Also wirklich, der süßeste Mann der Welt. Er begleitete mich sogar noch bis zur Tür und faselte für alle gut hörbar etwas von irgendeinem imaginären neuen Projekt. Ich hatte so was wie ein Déjà-vu und entwischte an die frische Luft – hurra!

Ein freier Tag in London, wenn auch in niedergeschlagener Stimmung, unter anderem, weil mein Freund nach Fulham zog. Was tun? Na ja, ich könnte Shoppen gehen. Oder ich könnte Shoppen gehen. Ich beschloss, dass ich wirklich schwere Zeiten durchmachte und daher ein bisschen Shopping verdient hatte. Linda hatte die Miete seit zwei Jahren nicht erhöht, also war ich einigermaßen solvent. Und obwohl ich mich nicht unter den Armen rasiert hatte und auch nicht meine Shopping-Unterhosen anhatte, machte ich mich auf den Weg in die Regent Street.

Die Weihnachtsbeleuchtung in der Innenstadt erinnerte mich daran, dass es Oktober war. Das hieß, es lagen noch endlose Monate Winter vor mir. Ach, und Alex war drauf und dran, mit mir Schluss zu machen, weil ich zu schnell zu viel verlangte. Und meine beste Freundin konnte ihn nicht ausstehen. Und meine Erzrivalin heiratete und würde ein perfektes Leben führen. Und sie hatte Schuhgröße 36! Ich fing auf offener Straße beinahe wieder an zu flennen, riss mich aber doch noch mit dem üblichen Trick zusammen (indem ich mir vorstellte, ein inzwischen tierisch erfolgreicher Mitschüler würde vorbeilaufen, mich sehen und lachen) und verschwand in ›Dickens and Jones‹.

Die Parfumschwaden hatten sofort eine beruhigende Wirkung auf mich. Ich stöberte in der Hobbs-Abteilung herum und dachte, es wäre wirklich an der Zeit, mein Image etwas aufzupeppen. Aber Braun, die momentan angesagte Modefarbe, stand mir mit meinen fusseligen braunen Haaren und meinen braunen Mausaugen und den braunen Sommersprossen nun mal nicht. Ich würde aussehen wie ein Kuhfladen auf Beinen. Ich nahm in der »Reduziert«-Ecke das eine oder andere Teil zur Hand, unter anderem eine unmögliche, dreiviertellange pinkfarbene Hose, die mir eine Nummer zu klein war. Aber sie war von £ 79,99 auf £ 14,99 reduziert, und man konnte ja nie wissen, ob einen nicht vielleicht genau *diese* Hose einfach super aussehen lassen würde. Ich weiß auch nicht, warum ich auf einmal dachte, ich sähe Fran ähnlich, deren Arme und Beine früher, als wir

Kinder waren, viel zu lang und knochig waren, jetzt aber gnadenlos sexy. Wie dem auch sei, es war tierisch warm in der Umkleidekabine, und bei dem Versuch, mir die Hose über die Beine zu zerren, stolperte ich ständig gegen den Vorhang. Als ich mich dann endlich hineingezwängt hatte und mein Hinterteil im Spiegel betrachtete, ging es mir so schlecht, wie es jemandem nur gehen konnte, der nicht ernsthaft krank war.

»Sieh dich an!«, sagte ich zu mir selbst. »Dir geht es schlecht, und darum kommst du hierher und verkleidest dich als rosa Würstchen! Was ist denn bloß *los* mit dir?« Ich wackelte heraus, um zu sehen, ob der größere Spiegel gnädiger war – ha, ha –, und starrte hilflos auf meine strähnigen Haare, mein schweißglänzendes rotes Gesicht, die ausladenden Hüften und die schwarzen Flecken verlaufender Wimperntusche.

»Na ja, wenigstens wird jetzt wohl kaum Alex hier vorbeilaufen«, tröstete ich mich gedanklich.

Angus lief vorbei.

In einem Anorak, der sämtlichen Moderichtungen der letzten Jahre getrotzt hatte. Einen Moment lang glaubte ich, er würde mich übersehen, aber dann sah er hoch und entdeckte mich im Spiegel. Erst schien er sich richtig zu freuen, doch dann fiel ihm wieder ein, dass ich eine Freundin von Amanda und Alex war, und er stelzte ziemlich steif herüber.

»Hallo.«

»Was, zum Teufel, machst du in der Damenabteilung?«, kreischte ich und versuchte, mit der altbekannten »Angriff ist die beste Verteidigung«-Technik meine eigene Verlegenheit zu vertuschen.

»Ich suche ein Geburtstagsgeschenk für meine Mutter. Was ist denn mit dir los?«

»Nichts. Mir geht's PRIMA.«

»Die Hose find ich gut.«

»Halt die Klappe. Ach, Gott, tut mir Leid.« Ich hatte plötzlich keine Lust mehr, gemein zu sein. »War nicht so gemeint. Der ganze Tag war nur ein einziger Albtraum, und dabei habe ich sogar freibekommen und dachte, das wäre echt cool, aber in Wirklichkeit ist es zum Kotzen, und mir steht's BIS HIER.«

»Oh.«

Dann standen wir ein Weile stumm da, ich in der oberpeinlichen pinkfarbenen Hose, deren Reißverschluss ich nicht mal zubekam, er in seinem *Anorak.*

»Wie wär's mit einer Tasse Tee und einem Stück Kuchen?«, bot er mir höflich an.

Ich schniefte ein wenig. »Gerne.«

Etwas verlegen saßen wir in dem Café, umgeben von reichen, lauten Frauen. Ich fragte mich, ob die Leute uns wohl beobachteten und sich fragten, in welcher Beziehung wir zueinander standen. Das machte ich jedenfalls immer. Aber vielleicht konnte man ihm ja auch ansehen, dass er der verbitterte kleine Bruder des Verlobten meiner Nicht-Freundin war.

Ich sah wieder einigermaßen präsentabel aus, nachdem ich die schlimmsten Mascaraspuren abgerubbelt, meine Haare kopfüber gebürstet und meinen marineblauen Hosenanzug wieder angezogen hatte, der meinen dicken Hintern ziemlich gut kaschierte. Leider brachte er auch meinen Busen praktisch zum Verschwinden, und wenn ich ihn zuknöpfte, sah ich ein bisschen aus wie Mr. Bean.

»Kaufst du deiner Mutter öfter Damenwäsche?«

»Nein, das war nur Spaß. Ich weiß nie, was ich ihr schenken soll, also lasse ich mich treiben in der Hoffnung, dass mir irgendwas ganz Tolles ins Auge springt, und letztendlich kaufe ich dann eine Badematte oder so.«

Das kam mir bekannt vor. Ich wusste nicht, wie viele Delia-Smith-Bücher ich meiner Mutter noch antun konnte, aber sie hielt sich wacker.

»Warum tust du dich nicht mit Fraser zusammen, dann könntet ihr ihr eine Kreuzfahrt oder so schenken?«

»Ich weiß nicht … wie viel gibst du denn für deine Mutter aus?«

»So dreißig Pfund ungefähr, glaube ich.«

»Oh.«

Es folgte eine lange Pause, und ich fürchtete schon, dass ich seine Mutter beleidigt hatte – ich wusste doch, wie die Schotten waren. Außerdem war es genau das, was ich jetzt noch gebrauchen konnte: einem weiteren armen Mitmenschen auf den Schlips treten. Im Beliebtheitswettbewerb verlor ich haushoch gegen das Ebola-Virus.

Er legte die Stirn in Falten. »Damit würde sie in etwa halb über die Themse kommen, oder?«

»Na ja, ihr könntet ja noch einen Außenbordmotor an ihr befestigen.«

Er lachte sogar über diesen grottenschlechten Witz, was bewies, dass er genauso unsicher und nervös war wie ich.

»Dreißig Pfund gebe ich schließlich nicht so mir nichts, dir nichts aus«, machte ich weiter.

»Das habe ich mir fast gedacht, als ich die pinkfarbene Hose gesehen habe.«

Zum ersten Mal an diesem Tag lächelte ich.

»Ach, vielen Dank auch für die Modeberatung, Anorakmann.«

Er lächelte halb.

»Was?«, wollte ich wissen.

»Ach, nichts.«

»Was denn, ist das etwa ein, sagen wir, *magischer* Anorak?«

»Nein.« Aber jetzt grinste er.

»Doch, natürlich! Das ist ein magischer Anorak, der dir die übernatürliche Fähigkeit verleiht, Zuglärm in Notenschrift zu verwandeln.«

»Also eigentlich gehört mein wunderbarer Anorak zur Standardausrüstung bei Einsätzen in der Nordsee. Ich hatte heute einen Termin mit den BP-Leuten, und die nehmen einen ernster, wenn sie glauben, man sei gerade aus dem Hubschrauber ausgestiegen.«

»Wow, du bist *Hubschrauber* geflogen?« Oh, Gott. Wer war ich denn? Amanda?

»Ja«, sagte er bierernst, »genau wie Noel Edmonds.«

»Das wusste ich gar nicht, dass du Hubschrauber fliegen musst. Ich dachte, du würdest dich mit Rohren und solchen Sachen befassen.«

»Mach ich ja auch. Aber ich brauche einen Hubschrauber, um zu den Rohren zu kommen. Und die Rohre liegen unter Wasser.«

Ich war beeindruckt, wollte es aber nicht zeigen.

»Das heißt also, das hier ist so was wie dein *James-Bond*-Anorak?«

Er sah mir direkt in die Augen.

»Ja, Schüsche, dasch ischt mein Jamesch-Bond-Anorak.«

Verrückterweise war das der Moment, in dem ich Angus McConald ins Herz schloss.

Eineinhalb Stunden später hatten wir seiner Mutter im Disneyshop ein paar scheußliche, unnütze Golfutensilien besorgt (Sie spielte tatsächlich Golf. Ich hatte mich immer gefragt, ob das so eine Art Schottenpflicht war, aber anscheinend war das wirklich ihr Hobby.). Und ich hatte eine richtig bequeme, dunkelblaue Hose Größe 42 von Racing Green erstanden, was wieder einmal bewies, dass ich älter wurde. Aber ich musste einfach *irgendetwas* kaufen. Außerdem hatte sich meine Laune spürbar gebessert, da ich offensichtlich eines der Mädchen war, die Jungs genug mochten, um mit ihnen einkaufen zu gehen, selbst wenn diese Jungs rote Haare hatten. Wir plauderten ganz entspannt über Gott und die Welt – bis wir in der Haushaltswarenabteilung an einem riesigen Porzellanarrangement vorbeikamen. Ein junges, schick angezogenes Pärchen studierte es und hakte Posten auf einer ellenlangen Liste ab.

»Marcus, nun beeil dich doch endlich, und such die Gedecke aus«, kommandierte die Frau ihren Begleiter herum. Marcus, der haargenau so aussah, wie er mit sechs ausgesehen haben musste, nur etwas größer, zog einen Flunsch und wurde rot.

Angus neigte sich zu mir: »Ist das eigentlich so üblich unter Londoner Frauen, dass man sich einen kleinen Lord ausguckt, dessen Vater vor fünf Minuten gestorben ist, und ihn sich dann wie ein Piranha einverleibt?«

Überrascht drehte ich mich zu ihm um. »Du kennst ihn?«

»Ich kenne die Sorte«, sagte er finster mit Blick auf die Frau. Das kotzte mich ganz schön an.

»Ach, *entschuldige* bitte. Ich wusste gar nicht, dass heute Internationaler Sexistentag ist. Und nur zu deiner Information, die Antwort lautet ja. Ich für meinen Teil schlage mit dir nämlich bloß die Zeit tot, bevor ich meinen nächsten Verführungsangriff auf Prinz William starte.«

»Hm«, machte er und sagte dann etwas freundlicher: »So war das nicht gemeint.« Und dann verstummte er wieder mal.

Nun gut, es war sowieso Zeit, nach Hause zu gehen, und ich war ausgesprochen entspannt.

»Es war schön, dich zu treffen«, sagte ich lahm, als wir Piccadilly Circus erreichten.

»Die memorable Fortüne war ganz meinerseits.« Er grinste durch seinen Anorak.

»Oh, gleich zwei Fremdwörter in einem Satz – soll mich das anturnen?«

Gott, WARUM habe ich das gesagt? Angus wurde rot, und wir wussten beide nicht, was wir sagen sollten.

»Ähm, nein, nein, eigentlich nicht. Ich … wir sehen uns.«

Und damit verschwand er in der vorweihnachtlichen Menge.

»Angus!«, schrie ich ihm hinterher.

Ich erhaschte noch einen Blick auf seinen neonorangen Schopf, der auf dem Weg zum Bahnsteig auf- und abtauchte, und er drehte sich gerade noch rechtzeitig um.

»Danke«, brüllte ich. »Danke für gestern Abend. Fran wusste das wirklich zu schätzen.«

Da grinste er schon wieder, diesmal regelrecht ansteckend. »Stets zu Ihren Diensten, Ma'am«, rief er und verneigte sich tief, mitten im Gewühl von Piccadilly Circus.

Alex hatte mir eine Nachricht hinterlassen, dass er zum Fußball gegangen war, also sah ich fast genauso zerknirscht aus wie Linda, als wir uns im Flur über den Weg liefen. Ich erinnerte mich an meine Nettigkeits-Kampagne.

»Hallo, Linda, wie geht's? Gehst du weg?«

Gott, konnte ich denn *nie* das Richtige sagen?

»Nein, äh …«, sie zögerte, »ich wollte mir bloß den ›Englischen Patient‹ ansehen.«

Diese Frau war so *seltsam*. Aber was sollte es, es gab

schließlich noch mehr im Leben als Alkohol, bindungsunfähige Männer und Kräche mit allen Freunden, also gesellte ich mich mit einem großen Glas Weißwein zu ihr (wenn man dabei zu Hause fernsieht, zählt es nicht als Alkoholkonsum).

Den Großteil des Filmes war ich damit beschäftigt, auszuknobeln, warum Kristen Scott Thomas Kristen Scott Thomas sein durfte, während ich nur ich war, doch dann sah ich zu Linda. Ihr Gesicht war tränenüberströmt, ihr lief die Nase, das volle Programm.

»Geht's dir gut?«

»Es ist so trauuuuurig!«, schniefte sie.

»Aber du hast ihn doch schon mindestens *zweihundert* Mal gesehen. Glaubst du etwa, hey, vielleicht schafft er es *dieses Mal* bis zur Höhle?«

»Sei still, du verdirbst nur alles. Es ist mein Film, dir ist das alles egal. Und allen anderen auch.« Sie senkte den Blick auf ihre Zehen; ihr Gesicht sah aus, als würde es schmelzen. Vor dem Film hatte ich ein Kitkat-Papier im Mülleimer bemerkt und nicht für exzessiv befunden – aber wer wusste das schon?

Oh, Gott, was für eine Situation. Wenn Fran hier wäre, würde sie bestimmt etwas Schlaues sagen, etwas, das Linda ein wenig aufbauen würde, aber leider war ich ja allein. Irgendjemand hatte mal gesagt, dass es sich nur die jungen Leute leisten können, egoistisch zu sein, was bedeutete, dass ich noch etwa zweieinhalb Jahre egoistisch sein durfte, aber darüber wollte ich mir jetzt nicht auch noch Gedanken machen.

»Geht's dir gut?«, fragte ich noch einmal. »Machst du das jedes Mal, wenn du den Film siehst?«

Sie schniefte laut. »Vielleicht. Wo ist Alex?«

Das brachte mich ein bisschen aus dem Konzept. »Äh, zum Fußball mit seinen Kumpels. Er zieht zu Charlie nach Fulham.« Wenn *ich* sie schon nicht aufheitern konnte, dann vielleicht diese Nachricht.

»Oh.« Sie sah mich durch ihre dicken, vom Weinen beschlagenen Brillengläser an. »Da wird er dir sicher fehlen.«

»Ja, ganz bestimmt.« Meine Herren, wir wurden vertraulich.

»Wir sind noch zusammen, es ist nur, bis wir was für uns beide gefunden haben, verstehst du?«

Etwas zurückhaltend nickte sie. Oh, nein, hoffentlich suchte sie sich jetzt keine neue Untermieterin, das wäre gar nicht gut. Wie dem auch sei, als ich sie wieder ansah, bemerkte ich, dass sie überhaupt nicht zuhörte, sie war wieder voll in das Drama eingetaucht. Ich fragte mich, welche Rolle sie wohl darin spielte, hinter ihrer dicken Brille und der Psoriasis. Ich wusste so gut wie nichts über Linda, obwohl ich doch mit ihr zusammenwohnte. Dann dachte ich mir, egal, und da ich (korrekterweise) annahm, dass ich keine Aufnahmen von Ralph Fiennes' Hintern mehr zu sehen bekommen würde, interessierte mich der Film nicht weiter. Ich machte mir eine Tasse Tee und ging endlich einmal früh ins Bett. War aber auch ein anstrengender Tag gewesen.

6

Am nächsten Morgen wachte ich mit folgenden Erkenntnissen auf: Erstens hatte ich ausnahmsweise mal keinen Kater, ein ziemlich merkwürdiges Gefühl. Zweitens musste ich ab heute im Marketing arbeiten. Und drittens war Fran stinksauer auf mich, und viertens musste ich Alex gegenüber so tun, als herrschte Friede, Freude, Eierkuchen, und fünftens lag Alex nicht neben mir und flehte mich nicht an, liegen zu bleiben, er hielt mich nicht fest und roch nicht gut. Wo, zum Teufel, war er?

Regnete es? Oh, perfekt.

Etwas überheblich stapfte ich fast, aber nicht ganz zu spät, in mein Büro. Ex-Büro. Zwei fremde Männer machten sich schon an meinem Schreibtisch zu schaffen und fummelten an meiner toten Topfpflanze herum. Barney ließ sich wohlweislich nicht blicken.

»Ich ziehe also schon um, ja?«, bemerkte ich bitter.

»Keine Sorge, Liebchen«, tröstete mich der größere der beiden Kerle mit mitleidigem Blick – als würden sie jeden Tag die Schreibtische anderer Leute abtransportieren. Was sie wahrscheinlich auch taten. Mein Gott, die mussten ja Experten menschlichen Elends sein. Ich dachte, er würde jetzt noch sagen »Es gibt Schlimmeres«. Tat er aber nicht.

»In Null Komma nichts haben wir Sie hier raus.«

Wär' das schön. Auf einmal wurde mir bewusst, dass sein Kollege mit den lustigen Ohren und dem Tipp-Ex am Kinn die Hand nach meiner »Nicht-zu-Hause-gewesen-aber-zur-Arbeit-gemusst«-Notfallschublade ausstreckte, in der sich Unterhosen, Tampons und diverse andere, allgemein anerkannte Erfrischungsutensilien befanden.

»Äääähm – das mach ich«, rief ich in einem Ton, der hinreichend Panik verriet.

Der erste Kerl warf dem Ohrenkerl einen »Kenn ich«-Blick zu.

»Wissen Sie, Liebchen, eigentlich müssen wir die Schubladen gar nicht aufmachen, um das Ding wegzutragen.«

»Ach so, okay, klar.« Mist. Ich sah mich nach etwas anderem um, womit ich Hilfsbereitschaft vortäuschen konnte, entschied mich dann aber für den »Mir ist da gerade was wahnsinnig Wichtiges eingefallen«-Blick und verduftete.

Auf dem Weg nach unten in die Marketingabteilung blieb ich kurz stehen, um mich von all meinen Freundinnen im Redaktionsbüro zu verabschieden. Dann fiel mir ein, dass ich gar keine hatte.

»Schon so früh Schluss?«, hörte ich von Shirley.

»Die arbeitet doch sowieso nur Teilzeit, oder?«, sagte eine andere. Ich schnitt eine Grimasse (allerdings nur so vor mich hin, da ich nicht die Absicht hatte, mir von langen, künstlichen Fingernägeln mit Schmucksteinchen drauf die Augen auskratzen zu lassen) und verschwand nach unten in die Katakomben.

Die Marketingabteilung war wieder mal neu gestrichen worden – Limonengrün und Türkis, wie trendy. Irgendjemand hier wollte, dass man seine Arbeit als Vergnügen empfand – sonst setzte es womöglich was. Ich hatte jetzt schon Angst.

»Hallo! Du musst Melanie sein!«, sprudelte es aus einer weiblichen Person hervor, die sich so sehr darüber zu freuen schien, mich kennen zu lernen, dass ich annahm, sie sei eine lang verschollene Verwandte, die mich für ihre reiche Tante aus Amerika hielt. »Ich bin Flavi!«

Das war also Flavi, die dämliche Schnepfe, mit der ich mich seit fast einem Jahr über Voicemail stritt? Da konnte man mal sehen. Sie sah aus wie eine übermäßig geschminkte Avon-Beraterin.

»Toll, dich kennen zu lernen. Bringen Tony und Elvis deine Sachen?«

Woher weiß sie denn, wie die heißen?, fragte ich mich gehässig.

»Ja, ich glaube schon. Ich hab sie oben gesehen …«

»Super, super, hier drüben haben wir ein Plätzchen für dich.«

Hör auf, so nett zu mir zu sein! Was sollte das hier werden, Urlaub im Club Med?

Ich ging zu dem Plätzchen hinüber, sah es mir an und wusste nicht recht, was ich tun sollte. Der Typ rechts von mir in dem billigen Anzug und den Goldkettchen nickte mir kokett zu. Ich erkannte das Cockney-Gesicht wieder – am Schwarzen Brett tauchten nach den jährlichen Weihnachtsfeiern immer wieder unscharfe, aber garantiert anzügliche Fotos von ihm auf. Wahrscheinlich würde ich sogar noch andere Körperteile wieder erkennen. Er war etwa einundzwanzig, dünn wie ein Windhund und trug das Haar mit Gel nach vorn gekleistert.

Auf der anderen Seite lächelte mich ein pummeliges, nett aussehendes Mädchen etwas schief an, und mir wurde klar, dass sie wahrscheinlich meinen eigenen Gesichtsausdruck imitierte. Aus dem Augenwinkel erspähte ich eine Laufmasche in ihrer Strumpfhose, was sie mir sofort sympathisch machte.

»Hallo auch«, begrüßte ich sie freundlich und machte ein tapferes Gesicht, wie damals bei den Majoretten, als Amanda auserkoren wurde, die Marschkapelle anzuführen. Der kokette Cockneyjunge grinste mich blöde an.

»Alles klar, ey? Wozu haben sie dich denn verdonnert?«

»Fünf bis zehn Jahre, je nachdem, wie ich mich führe.«

»Cool«, sagte er mit einem kurzen, schrägen Seitenblick. Er fragte sich ganz offensichtlich, ob ich den Klugscheißer spielen und ihm seine Position streitig machen wollte – und wenn ja, warum?

Ich drehte mich nach links, doch das Mädchen mit der Laufmasche war offenbar in ein höchst privates Telefongespräch vertieft. Also tat ich beschäftigt, indem ich hier und da ein wenig aufräumte – als würde ich das sonst auch dauernd machen –, damit Flavi nicht rüberkam, um sich nett mit mir zu unterhalten. In der Mittagspause ging ich auf die Suche nach einer Telefonzelle. Ich wollte ja nicht gleich am ersten Tag einen schlechten Eindruck machen.

Draußen war es eiskalt. Ich wollte nicht einmal ansatzweise darüber nachdenken, wo Alex die Nacht verbracht hatte. Als ich das letzte Mal bei Charlie angerufen hatte, war Alex fünfzehntausend Kilometer weit weg gewesen.

Und er hatte mich nicht mal angerufen, der Mistkerl. Ich wollte mich gerade tierisch aufregen, als mir einfiel, dass Elvis und Tony den ganzen Vormittag das Telefon ausgestöpselt hatten, also hätte er mich gar nicht erreichen können, selbst wenn er gewollt hätte. Wenn er es versucht hätte, brummelte ich. Aber ich beschloss, im Zweifel für den Angeklagten zu stimmen, und rief erst mal bei mir an. Zu meiner Überraschung ging Linda ans Telefon. Mit der wollte ich nun wirklich nicht sprechen. Ich focht einen kurzen innerlichen Kampf aus, ob ich einfach mit chinesischem Akzent »Solly … velwählt« sagen und auflegen sollte, aber dann fragte ich doch direkt nach Alex, allerdings ohne meine Identität preiszugeben.

»Nein, der hat seine Sachen abgeholt. Melanie, bist du das?«, fragte sie verwundert.

»Nein! Tschuldigung! Bye.« Ich legte auf und ließ mich gegen die Wand fallen. Er hat seine Sachen abgeholt. Schon wieder so eine Nacht-und-Nebel-Aktion. Wo er wohl dieses Mal hinwill?, fragte ich mich. Tibet? Indien? Er konnte sich ja mal die Eiserne Säule in Delhi in den Arsch schieben und ausprobieren, ob er sich damit finden konnte. Scheiße! Wie konnte er nur? Schon wieder!

In der Telefonzelle klemmte die ausgesprochen anzügliche Karte einer Prostituierten. Eine Frau stand vornüber gebeugt, die Hände an die Füße gefesselt. Über der in Kinderschrift gekritzelten Telefonnummer stand: »Melanie, neu in der Gegend, lässt sich unterwürfig bestrafen. Erfüllt jeden Wunsch.« Das war ein Zeichen, eindeutig. Aber wofür?

Ich aß ein wenig tröstliches Sandwich und schlenderte zurück zu meinem neuen Zuhause, wo der rattengesichtige Mann rechts neben mir mit großem Appetit einen stark duftenden Hamburger verzehrte. Kleine Fetzen Salat und ein unbeschreibliches Pappzeug tropften auf mein … was so aussah wie mein … na, egal, jedenfalls lag ein riesiger Blumenstrauß mitten auf meinem Schreibtisch. Ich ging alle Möglichkeiten durch. David Duchovny, das Emergency-Room-Team, Alex aus Delhi … Aus dem Augenwinkel sah ich, dass das Mädchen mit der Laufmasche versuchte, unauffällig zu weinen.

Ich nahm den Strauß wie ein rohes Ei in die Hand. »Hey,

Mel«, stand auf der Karte. Kurz und bündig wie immer. Ich entspannte mich.

»Na, hast du dir wieder selbst Blumen geschickt?«, hustete die Ratte und beglückte mich mit ein paar Bröseln Burger.

»Nein, eigentlich sind die für dich. Ach, hast du auch einen Verehrer, der Alex heißt? Was für ein Zufall!«

»Sehr witzig«, brummte die Ratte und konzentrierte sich dann wieder aufs Kauen.

Ich drehte mich zu dem Mädchen um.

»Alles in Ordnung?«

»Ja, ja, mir geht's gut«, wimmerte sie. »Sind bloß meine Kontaktlinsen.«

Dann endlich kam der Mann mit dem Tipp-Ex am Kinn mit meinem Telefon herunter. Die Voicemail war anscheinend ausgeschaltet gewesen, und als ich Charlies Telefonnummer in meinem Adressbuch nachschlug, war sie wütend ausradiert worden – ob von mir oder von Fran, konnte ich nicht sagen –, also blieb mir nichts anderes übrig, als weiter sinnlos aufzuräumen und darauf zu warten, dass das Telefon klingelte. Es klingelte.

»Na, du«, sagte Alex mit sanfter Stimme. Das besänftigte mich.

»Du hast deine Sachen abgeholt«, sagte ich.

»Na ja, hatte doch keinen Sinn, da noch länger rumzuhängen, oder? Deine Mitbewohnerin hatte mich schon dauernd mit dem bösen Blick fixiert.«

»Sie schielt. Der böse Blick gilt *mir.*«

»Ah.«

Pause.

»Hast du …«

»Ich hab …«

– sagten wir gleichzeitig.

»Ich hab die Blumen bekommen. Danke. Sie sind wunderschön.«

»Ich wollte mich bloß entschuldigen. Ich wollte dich nicht verletzen oder so, ich hätte dich anrufen sollen, als ich gestern Nacht bei Charlie geblieben bin. Ich will die Sache nur nicht überstürzen. Wir haben doch so viel Zeit. Um wieder zueinander zu finden. Ganz.«

»Ich weiß«, seufzte ich. »Es wäre dumm gewesen. Viel zu schnell. Und so weiter.«

Nach einem Moment des Schweigens fragte er zögernd:

»Wieder Freunde?«

»Nur Freunde?«

»Nein, nein. Kommst du mich denn mal besuchen in Fulham?«

»Nö.«

»Auch nicht, wenn ich dich darum bitte?«

»Nein, aber du kannst es gerne versuchen und mich ein bisschen bitten, wenn du willst.«

»Bitte!«, schrie er. »Allerliebste Melanie, mein bester Schatz, mein Ein und Alles, fahr eine halbe Ewigkeit mit der District Line und beehre mich in meinem Reich der Freude!«

Ich kicherte.

»Nö.«

»Heute Abend?«

»Nö.«

»Also gegen sechs?«

»Nö.«

»Super. Bis später dann. Und bring Wein mit.«

Er legte auf, und ich lächelte in mich hinein.

»Wer war'n das – deine lesbische Freundin?«, mopperte der Cockneyjunge.

»Ja. Und deine Mutti lässt dich auch schön grüßen.«

»Ach, halt die Klappe.«

Jetzt musste ich noch Fran verarzten. Ich erwischte sie bei sich zu Hause (oder besser, bei sich zu Wohnklo). Sie wohnte ziemlich karg ganz in meiner Nähe in Kennington.

»Franster?«

»Du hörst dich schon so schleimig an. Lass mich raten: Du willst, dass ich für dich eine Fahrradtour um die Welt zur Rettung der Dachse sponsere? Ich soll Knochenmark spenden? Oder ist Alex bei diesem Arschloch von Charlie eingezogen, und du hast nichts dagegen unternommen?«

»Äääh m ... sind das alle Möglichkeiten?«

»Yes.«

»Es tut mir Leid! Ich konnte nicht, nicht deswegen! Das hätte er nicht verstanden! Ach, Fran, bitte, mach mich nicht ...«

»Mein Gott, was ist das hier, *Sophies Entscheidung*? Gut, okay. Du willst mit dem Wichser zusammensein, der mit einem anderen Wichser zusammenwohnt, okay, so ist es halt, Blumen oder keine Blumen.«

»Du weißt von den Blumen?«

»Was? Ja, klar, ich hab von Charlie einen Riesenstrauß bekommen. Widerlicher kleiner Schleimscheißer.«

»Oooh. Ich habe von Alex Blumen bekommen.«

»Wie nett, die gab's wohl auf dem Wühltisch.«

»Hmm. Wie groß war dein Strauß?«

»RIESIG. Und deiner?«

»Durchschnitt. Bisschen größer.«

»Ha, ha, ha. Hör mal, Amanda hat mich schon wieder angerufen.«

»Wow, hat *die* sich jetzt in dich verliebt?«

»Die wollte nur über Charlie tratschen. Und sie wollte

wissen, ob wir ihr helfen würden, ein Diadem auszusuchen.«

»Da würde ich mir lieber eine Frikadelle ans Knie nageln.«

»Ich auch.«

7

Wir saßen in einer *All Bar One*, nachdem wir geschlagene sechs Stunden damit verbracht hatten, mit Amanda ein verdammtes Diadem auszusuchen – ihre Mutter hielt sich nämlich in der Priory auf, einer Alkoholentzugsklinik, die Amanda als derartig exklusiv beschrieb, dass man meinen könnte, es sei eine absolute Ehre, dort zu landen, und ihre Brautjungfern waren auf Barbados oder so. Ich hatte nicht nur ständig bewundernde Geräusche in Amandas Richtung machen müssen, während sie viertausend identische Filigranteile aufprobierte, die mehr kosteten, als ich in drei Monaten verdiente, sondern auch noch Fran davon abhalten müssen, aus purer Langeweile dies und das in die Tasche gleiten zu lassen. Es war ein anstrengender Tag gewesen.

»Also, wann steigt dein Jungfernabend?«, fragte Fran.

Seltsamerweise fing Amanda nicht sofort an loszuplappern. Stattdessen lief sie rot an.

»Ähm ... Ich weiß gar nicht, ob ich überhaupt ... wisst ihr, gar nichts Großes.«

»Aber du hast doch gesagt, dass du mit allem Drum und Dran heiraten willst!«, protestierte ich, da sich mir der tiefere Sinn ihrer Äußerung noch nicht erschlossen hatte. »Und ein Jungfernabend gehört nun mal dazu!«

»Ähm, ja, ich weiß ...«, meinte sie kleinlaut. »Also, äh, genau genommen gibt es einen, aber im ganz kleinen Kreis, nur ein paar Freundinnen von der Uni.«

Ich war ehrlich entsetzt.

»Was?!«, sagte Fran. »Wann? Warum hast du uns denn nicht eingeladen?«

»Ähm, in zwei Wochen. Also, es tut mir Leid. Ich wollte euch nicht verletzen.«

Ja, klar.

»Es tut mir wirklich Leid. Aber wisst ihr, ich hab euch deswegen nicht eingeladen, weil ihr wahrscheinlich zu viel trinken und Streit anfangen würdet, ihr zwei macht doch immer so einen Blödsinn. Ich meine, *stimmt* doch, oder, ihr Süßen?«

Sie lachte kurz auf.

»Fraser und ich, na ja, in der Position, in der wir jetzt sind, haben wir nun mal einen anderen Umgang. Also erst gehen wir ins *Quagis*, das ist ja so *wahnsinnig* teuer, und dann ins *Yassa's*, und es sind wirklich nur meine engsten Freundinnen eingeladen. Das versteht ihr doch, oder?«

»Engste Freundinnen! Amanda, in der sechsten Klasse bist du heulend zu uns gekommen, als du mit nur drei Tagen Abstand deine Tage hattest!« Fran schäumte vor Wut. »Und als Vincent McGuire behauptet hat, du hättest mit ihm rumgemacht, und alle es geglaubt haben, da haben wir sie alle vom Gegenteil überzeugt, obwohl es wahr war!«

Das war *wahr*?

»Himmelherrgott, Francesca! Siehst du, das ist genau der Grund, weshalb ich euch nicht einlade. Auf einmal fangt ihr an, solchen … solchen *Mist* vor all meinen Freundinnen zu erzählen! Ihr würdet mich total blamieren! Wir sind eben … die Dinge haben sich nun mal *geändert*.«

»Nein, das haben sie nicht«, fauchte Fran. »Du bist immer noch die gleiche verzogene kleine Zicke wie immer. Gott, tut Fraser mir Leid. Komm, Mel, wir gehen.«

Sie zog mich am Ärmel hoch.

»Sind … sind wir immer noch zur Hochzeit eingeladen?«, musste ich dämlicherweise dann doch noch fragen, als wir gingen.

»Ja. Aber zu der ist auch *jeder* eingeladen«, höhnte Amanda und wandte sich von uns ab.

Draußen konnte ich sehen, wie Frans Nüstern bebten.

»So eine blöde Kuh«, sagte ich gleichgesinnt.

»Ach, das ist mir doch komplett egal«, sagte Fran. »Ich habe sowieso keine Lust, zu dieser bekloppten Hochzeit zu gehen. Was interessiert mich das schon? Sind doch ohnehin bloß hirnlose Lackaffen da und irgendein blaublütiger Schwachmat, dessen Leben sie ruinieren wird!«

»Fraser ist kein blaublütiger Schwachmat.«

»Nee, natürlich nicht, und Alex ist auch kein hinterfotziger Pisser.«

Mürrisch schweigend gingen wir eine Weile nebeneinander her. Dann kam mir eine brillante Idee. Eine wirklich brillante Idee.

»Was wir natürlich tun könnten …«, begann ich tückisch.

Fran sah mich von der Seite an. »Was?«

»Nein, nein, du hältst wahrscheinlich gar nichts von der Idee.« Hehehe. Meine psychologische Trickkiste! Auflaufen lassen, um Interesse zu wecken!

»Gut, dann vergiss es.«

Schweigend marschierten wir weiter.

Ich fing noch mal an.

»Wir *könnten* natürlich …« – und dann sprudelte es nur so aus mir heraus – »… Angus fragen, ob wir stattdessen zum Junggesellenabschied kommen können – das würde sie so richtig auf die Palme bringen.«

»Da fällt mir meine psychologische Trickkiste ein«, sagte Fran. »Aber weißt du was?«

»Was?«

»Ach, nein, das interessiert dich sowieso nicht.«

»*Was?*«, fragte ich.

»Das ist gar keine so schlechte Idee.«

»Danke«, sagte ich stolz.

»Wir könnten die Jungs so richtig aufmischen. Was so ein paar kleine Worte in Frasers Ohr … vielleicht sollten wir ihn darüber aufklären, wie das gnädige Fräulein *tatsächlich* ist, bevor er ihr sein Schloss und alles in den Rachen wirft.«

Entsetzt sah ich sie an.

»Wie, du meinst, mit ihm über *Amanda* reden?«

»Warum denn nicht? Du bist doch mit ihm befreundet, oder?«

»Ich glaub schon.«

»Und wenn du sehen würdest, dass dein Freund gleich von einem Krokodil verschlungen wird, dann würdest du ihn doch warnen, oder?«

»Hmm.« Das hörte sich doch etwas suspekt an.

»Ein großes, *giftiges* Krokodil, Mel!«

»Gibt es giftige Krokodile?«

Ein Blick auf Fran überzeugte mich, dass es welche gab.

»Na ja«, pflichtete ich ihr bei. »Dann wohl schon.«

»Jamesch Bond?«

»Hallo auch, Moneypenny.«

»Du kennst doch den blonden Teufel, den dein Bruder partout heiraten will?«

»Die in Rede stehende Person ist mir nicht unbekannt.«

»Gut, ich habe nämlich eine geheime Mission für dich, von der sie Zustände kriegen wird.«

»Schieß los.«

Ich berichtete von ihrem niederträchtigen Verrat, und er

meinte, es sei gar kein Problem, uns zu Frasers Junggesellenabschied einzuladen.

»Ich bin zwar nicht sein Trauzeuge, aber ich habe trotzdem die Organisation übernommen. McLauchlin würde ohne Hilfe nicht mal aus einer Papiertüte herausfinden.«

»Hast du für Stripperinnen gesorgt?«

»Warum, wollt ihr beiden das übernehmen?«

»Meinst du, Fraser würde sich freuen?«

»Och, du kennst ja meinen Bruder. Der verkriecht sich sowieso unterm Tisch. Ja, wahrscheinlich kommt eine Stripperin, aber nichts … du weißt schon …«

»Was?«, fragte ich unschuldig. Ich konnte durchs Telefon merken, wie sein rosa Gesicht noch rosafarbener wurde.

»Nun hör schon auf! Es wird nett. Samstagabend, wir fangen im *Dog and Fox* an. Und sag deiner dünnen Freundin, sie soll sich nicht wieder in Schlägereien verwickeln lassen.«

»Ha! Sag du ihr das mal! Ich sammel dann hinterher deine Zähne auf.«

Alex war leicht irritiert, dass wir zum Junggesellenabschied eingeladen waren und er nicht.

»Du kennst ihn doch nicht mal«, erklärte ich. »Du hast ihn doch erst zweimal gesehen.«

»Aber ich kenne Amanda und ihre Freundinnen.«

»Na, dann geh doch zu ihrem Jungfernabend.«

»Nein, danke. Ein Haufen kreischender Aasgeier. Wieso gehst du denn nicht hin?«

Ich verdrehte genervt die Augen.

»Lange Geschichte. Na gut, dann komm halt einfach mit uns mit. Wird schon niemanden stören.«

Außer Angus, der dich unerklärlicherweise hasst, dachte ich. Ach so, und Fran, die dich kaum ertragen kann.

»Hm, na gut«, sagte er zögernd, als ob wir ihn alle stundenlang bekniet hätten, mitzukommen.

Er streckte die Beine auf der Chaiselongue aus. Charlies Wohnung war wunderschön und augenfällig sehr teuer, die Einrichtung zeugte von einer interessanten mütterlichen Jungenhaftigkeit – oder war es jungenhafte Mütterlichkeit? Ohne Zweifel vom Landsitz übrig gebliebene Polstermöbel gruppierten sich neben Mountainbikes; die teure und überladene Stereoanlage stand auf teuren und überladenen Beistelltischchen. Und über all dem schwebte ein Hauch von Rugbyausrüstung. Und doch nahm ich die zweistündige Reise nach Westlondon immer öfter auf mich, weil Alex jetzt, wo es nicht absolut notwendig war, immer weniger Neigung zeigte, den Fluss zu überqueren. Es war Sonntagnachmittag.

Charlie kam herein und ignorierte mich wie immer.

»Kohlkopf!«, brüllte er Alex an.

»Schnarchsocke!«, erwiderte Alex, und beide fingen herzlich an zu lachen.

»Ich hab Tickets für die Twickers am Samstag.«

Alex sprang auf. »Wie geil! Wie hast du das denn hingedreht, Alter?«

Charlie tippte sich an die Hugenottennase. »Man muss nur die richtigen Leute kennen.«

»Am Samstag ist doch Frasers Junggesellenabend«, sagte ich.

Charlies schwere, halb geschlossene Augenlider schnellten nach oben. »Junggesellenabend! Hohoho!«

»Und du bist NICHT eingeladen«, fügte ich hinzu.

»Woher willst du das wissen? Das ist ein Junggesellenabend! Wein, Weib und Gesang, hey!«

»Weil ich eingeladen bin und Fran auch und – ach, ja – eine ganze Menge Leute, die den Bräutigam sogar *kennen*.«

Dass ich Fran erwähnte, ärgerte Charlie offensichtlich, aber er fegte einfach an uns vorbei in die Küche und sagte »Frauen auf einem Junggesellenabend? Sollte verboten werden. Hört sich nach einem verdorbenen Abend an, wenn du mich fragst.«

»Sollen wir was essen *gehen*?«, fragte ich Alex spitz.

Alex sah mich schuldbewusst an und trottete mir hinterher zur Tür hinaus.

»Hat dich schon ganz schön unterm Pantoffel, was, Kumpel?«, hörte ich, als wir die Wohnung verließen.

»Ich glaube nicht«, sagte ich, als wir die Straße hinuntergingen, »dass ich diesen Kerl noch weniger leiden könnte, als ich es bereits tue. Er ist so ein … *Hornochse.*«

»Charlie ist kein Hornochse!«, sagte Alex und sah mich wütend an. »Und er mag dich auch nicht.«

»Buhuuhuu«, machte ich. »Der Sittenstrolch mag mich nicht!«

»Du wirst deiner Freundin Fran mit jedem Tag ähnlicher«, sagte er. Eingeschnappt lasen wir während des Essens Zeitung. Schließlich trat ich ihn unterm Tisch und grinste ihn an. Er grinste zurück und zog die Augenbrauen hoch, dann wandten wir uns in relativer Harmonie wieder den Zeitungen zu und lasen uns unsere Lieblings-Skandalgeschichten der Woche vor.

Meine Freundin Fran wartete schon draußen auf mich, als ich am späten Nachmittag nach Hause kam.

»Ich versteh nicht, warum du mir nicht einfach einen Schlüssel gibst«, schnaubte sie.

»Ich versteh nicht, warum du meinst, dass du bei mir wohnst.«

Fran erhob sich und geruhte, die restlichen Stufen zu meiner Wohnung zu erklimmen. Sie sah immer noch gut aus, wenn sie schmollte. Bei den meisten von uns hatte die Wirkung ab dem zwanzigsten Lebensjahr erheblich abgenommen.

»Also«, sagte sie, setzte sich und zündete sich eine Zigarette an. Das war in Lindas Wohnung streng verboten, aber Fran sah nicht so aus, als würde sie darüber jetzt diskutieren wollen.

»Dieser notgeile Arschlochfreund von deinem ganz persönlichen Arschlochfreund hat mich angerufen und auf einen Drink eingeladen.«

»Was? Charlie? NEIN! Wann?«

»Vor zwei Stunden ungefähr.«

»Herrje. Dann will er dir dieses Mal wenigstens einen ausgeben, bevor er versucht, über dich herzufallen.«

»Sieht so aus«, sagte Fran und kniff die Augen zusammen.

»Gott. Das ist ja wohl echt die Höhe. Kein Wunder, dass du so einen Riesenblumenstrauß bekommen hast. Was hast du geantwortet?«

»Gar nichts, er hat auf meinen Anrufbeantworter gesprochen, und ich interpretiere seine Äußerungen als eine Einladung. Du weißt ja, wie diese wohlerzogenen Jungs sind. Er hat gesagt: ›Vielleicht mal irgendwann was trinken oder so, ja, okay, also, ja, sorry auch, okay, also, ja, ciao dann, ja‹, rein hermeneutisch gesehen hätte es also alles heißen können.«

»Und, was hast du vor?«

»Weiß noch nicht. Ich meine, ich könnte ihm natürlich *sofort* sagen, er soll sein Telefon nehmen, es sich sonst wohin schieben und mit seinem Schwanz eins eins null wählen, ich könnte aber auch auf eine Gelegenheit warten, ihm das irgendwo in der Öffentlichkeit um die Ohren zu hauen.«

Den Gedanken fand ich gar nicht so schlecht. Ich fand ihn sogar ausgesprochen gut.

»Oooh, ich bin für das zweite. Aber wo ist die Öffentlichkeit, in der du ihn abservieren könntest, am größten?«

»Na ja.« Sie atmete sehr schauspielermäßig aus und lehnte sich nach vorne. »Erst hatte ich mir überlegt, welche Sendung wohl die höchsten Einschaltquoten hat. Dann wurde mir klar, dass wir uns eigentlich für diese gigantische Playback-Show ›Stars in their Eyes‹ qualifizieren müssten.«

»Du meinst doch nicht ... Sonny und Cher?«

»Keith Harris und Orville.«

»Iiih! Und wer soll Orville sein?«

»Was glaubst du denn?«

Ich zuckte zusammen. »Na ja, ich schätze mal, er müsste dran gewöhnt sein.«

»Eben.«

»Du würdest ihn also in ›Stars in their Eyes‹ abservieren?«

»Nein, nein. Wir würden gewinnen, eine Coverversion rausbringen, in unzähligen Talkshows eingeladen werden – und *dann* würde ich ihn abservieren.«

»Wow! Ein fast perfekter Plan!«

»Was meinst du denn mit ›*fast* perfekt‹?«

Ich legte den Arm um sie.

»Tut mir Leid, Schatz. Aber ich glaube, nicht einmal der *echte* Keith Harris könnte bei der Show gewinnen.«

Melodramatischer Seufzer. »Ich weiß. Es sei denn, wir würden gegen den Joe-Dolce-Verschnitt antreten.«

»Wie sieht Plan B aus?«

Sie kicherte boshaft. »Plan *B* ist der Tisch neben Amandas Haufen Speichel leckender, arroganter Hexen an ihrem Jungfernabend. Ich hatte mir gedacht, ich könnte ein bisschen rumschreien und vielleicht ein paar Sachen anzünden.«

Dieser Plan war *genial.*

»Oh, ja, bitte, *bitte* Plan B, bitte!«

»Aber leider ist das ja ein Freitagabend, und das *Quagis* ist schon ausgebucht.«

»Du hast dich schon *erkundigt*?«, fragte ich voll Bewunderung.

»Ja, sicher, ich heiß doch nicht …« – sie hielt inne. »Wie nennt man mich?«

Die männermordende Femme fatale von Südlondon – verkniff ich mir.

»Ähm … keiner nennt dich irgendwie. Außer Fran natürlich.«

»Hm. Ja, also, dann eben Plan C.«

»?«

»Du wirst die Einzelheiten sicher in der Zeitung lesen können.«

»*Was*?«

Fran hob ihr Profil dramatisch wirksam an.

»Ich werde ihn zu Tode ficken.«

Oh, *nein.* Das wäre nicht das erste Mal. Und es war immer wieder schrecklich. Für den betroffenen Mann wurde es meist eine unvergessliche Nacht mit einer Frau, von der er nicht im Traum geglaubt hätte, dass sie sich mit ihm einlassen würde – das heißt, mit Fran. Diese Nacht hatte in der Regel zur Folge, dass der Kerl sich völlig lächerlich machte, weil er Fran wochenlang hinterherrannte und sie um eine zweite Chance anwinselte. Bis jetzt hatte das immer funktioniert, und diese Strafe war den allerschändlichsten aller Missetäter vorbehalten.

»Bist du dir sicher?«, fragte ich. »Das ist ganz schön hart.«

»Das ist ausgleichende Gerechtigkeit«, verkündete sie überzeugt und griff nach dem Telefon.

»*Charlie*! Hallo! Das war aber nett, von dir zu hören!«

Ich führte einen kleinen Tanz vor ihr auf, bei dem ich immer heftiger und immer gekonnter vorgab zu kotzen. Sie antwortete mit Wichsbewegungen, während sie mit Charlie sprach.

»Ja, das wäre *super*.«

Ich konnte einfach nicht *nicht* lachen.

»Halb neun? Gut, wir sehen uns ... okay, bye.«

Sie legte auf, und ich prustete los.

»Er ist tot!«, sagte ich. »Er ist mausetot!«

»Ich bezweifle, dass er ihn überhaupt aus der Hose rauskriegen wird«, sagte Fran. »Eigentlich ist es fast zu einfach.«

Am nächsten Tag stieg ich aus Versehen in den Aufzug – dann fiel mir ein, dass ich jetzt rechtmäßig in den limonengrünen Keller gehörte. Der Cockneyjunge war gut in Form.

»Hey, Schnuckelchen«, rief er mir zu. Ich schenkte ihm meinen verächtlichsten Blick. Plötzlich hatte ich das ungute Gefühl, ich würde meine ganzen Karriereängste an ihm auslassen. Dann sah ich mir die Flut von unversehrten Eiterpickelchen unterhalb seiner Rasurgrenze an und dachte, wenn ich meine Ängste schon an jemandem auslassen muss, dann an ihm.

»Schnuckelchen«, sagte er noch einmal. »Bin letzte Nacht mit diesem Mädel abgezogen, ey. Konnte gar nicht genug von mir kriegen.«

»Ich weiß«, sagte ich und lächelte süß. »Man kann das Hunde-Make-up noch sehen.«

»Ha«, sagte er humorlos. »Du bist wahrscheinlich zu Hause gewesen und hast Fernsehen geguckt, was?«

»Ja, ganz genau. Ich wusste gar nicht, dass du als Nebenjob den Trottel in meiner Lieblingsserie spielst.«

Er grinste mich höhnisch an und ließ mich in Ruhe. Janie zu meiner Rechten hatte wieder rote Augen. Ich fragte sie wie üblich, ob alles in Ordnung sei, obwohl ein Blinder hätte sehen können, dass es das nicht war, was sie wie üblich mit Nachdruck bejahte, wobei ihr die Tränen in den Augen standen. Ich holte ihr einen Kaffee, dem Cockneyjungen aber nicht, und ihre Augen glänzten ob diesen Aktes menschlicher Grundgüte.

In der Mittagspause wollte ich mich mit einem Buch und einem Ciabattabrötchen (dessen cooler Effekt von einer Tüte Barbecuechips zerstört wurde) in einen Alkoven setzen, den ich hinter dem Empfangstresen entdeckt hatte, und war ziemlich sauer, dass er bereits besetzt war. Janie saß da und schniefte in ein ekeliges grünes Papiertaschentuch. Ich seufzte und verabschiedete mich innerlich von meiner geruhsamen Mittagspause.

»Okay, komm schon, was ist los?« Solange es sich nicht um eine lebenslange Schwäche für den ›Englischen Patienten‹ handelte, müsste ich doch durchaus in der Lage sein, *irgendetwas* zu tun. Oh, Gott, hoffentlich war es nicht Krebs oder sonst etwas wirklich Schlimmes. Oder vielleicht lagen ihre Eltern im Sterben! Das wäre ja *schrecklich*. Schon der Gedanke daran ließ mich schaudern. Ich hatte mich immer für eine nette Person gehalten, aber jetzt erkannte ich, dass ich mich da gründlich getäuscht hatte. Ich war nämlich eigentlich eine Person, die den Weg des geringsten Widerstands liebte. Verdammt, so konnte man sich täuschen. Langsam ebbte das Schluchzen ab. Ich tätschelte ihr zaghaft die Schulter und murmelte ein ermutigendes »Jetzt beruhige dich erst mal«, was leider den gegenteiligen Effekt hatte. Mein leckeres Brötchen mutierte vor meinem geistigen Auge zu einem verwaisten, vertrockneten Brotkanten. Endlich stotterte sie:

»Es ist James … mein Freund … Es ist … buhuuhuu …«

Na gut, wenigstens war es etwas, womit ich umgehen konnte. Nicht ganz den Erwartungen entsprechende Freunde waren meine Spezialität.

»Na, dann erzähl mir mal die ganze Geschichte«, ermunterte ich sie. »Ist er in Fulham mit jemandem zusammengezogen, den du absolut nicht ausstehen kannst?«

»Nein.« Sie sah kurzzeitig überrascht zu mir auf.

»Uuuups, ach, nein, das war ja meiner«, entsann ich mich. »Also, was hat er getan?«

»Er war letzte Nacht nicht zu Hause … und er hat mich nicht mal *angerufen* …« Der letzte Teil dieses Satzes wurde zwischen melodramatischen Schluchzern hervorgebracht.

»Ähm, ja, und?«, sagte ich fröhlich. »Wo ist jetzt das Problem? Wahrscheinlich war er nur mit jemandem ein Bierchen trinken.«

Sie schniefte laut und vernehmlich. »Warum hat er mich dann nicht angerufen?«

»Wieso, seid ihr verheiratet?«

»Nein.«

»Habt ihr Kinder? Haustiere? Läuse?«

»Nein.«

»Und warum sollte er dich dann anrufen? Ihr seid doch beide unabhängig.« Mann, war das ein toller Rat. Ich war unschlagbar.

Sie schniefte noch einmal.

»Hast du ihn angerufen?«

»Ja«, sagte sie leise.

»Mehr als einmal?«

»Ja.«

»Wie oft?«, fragte ich, obwohl ich die Antwort gar nicht hören wollte.

»Ach, äh … ich hab eigentlich bloß …«

»… die ganze Nacht immer wieder auf Wahlwiederholung gedrückt?«, unterbrach ich sie.

Sie nickte stumm.

»Pff. Ganz schlecht. Wie lange seid ihr denn schon zusammen?«

»Sechs Wochen.«

›Psycho‹ ließ grüßen.

»Oh … okay.«

Ich machte es mir in der Topfpflanze bequem. Die Geschichte war offenbar länger.

Das war sie tatsächlich, aber nichts Besonderes. Ihr Verlobter hatte sie zu einem Zeitpunkt verlassen, als sie bereits gemeinsames Geschirr aussuchten, und seitdem hatte sie sich an alles geklammert, was an ihr vorbeigetrieben war. James war Börsenmakler und hörte sich hundertprozentig langweilig und nett an. Überhaupt kein Problem.

»Überhaupt kein Problem«, sagte ich. »Er hört sich hundertprozentig … nett an. Und er ist reich.«

»Ich weiß.« Sie zog eine kleine Schnute. »Wenn wir heiraten, könnten wir, glaube ich, eins von diesen netten Häusern in Chapham kaufen … falls er jemals wieder mit mir spricht.«

Moment mal!

»Er weiß wohl gar nicht, dass ihr heiratet, was?«

»Nein.«

»Dann lass ihn um Gottes willen in Ruhe, Janie! Er wird das tun, was er sowieso tun wird, ob du nun deswegen heulst oder nicht.«

Sie sah aus, als würde sie gleich wieder anfangen zu heulen.

»Komm schon. Hör auf. Du weißt, dass das stimmt. Lass

ihn in Ruhe. Er hört sich nett an, und wenn du so weitermachst, vertreibst du ihn bloß.«

Sie schniefte abschließend und sah zu mir auf.

»Ich weiß. Tut mir Leid. Ich bin manchmal richtig bescheuert.«

»Ach! Mach dir darüber keine Sorgen«, sagte ich forsch und wollte gerade nach meinem Sandwich greifen.

»Und du?«, sagte sie auf einmal. »Was macht dein Liebesleben?«

»Oh.« Ich zog fragend die Augenbrauen hoch. »Das ist prima. Echt gut. Nein, wirklich, ich meine, es ist okay, meistens jedenfalls, also, haha, du weißt ja, wie das ist.«

»Na, dann«, sagte sie, »lass mich wissen, wenn du darüber reden willst – jederzeit.«

Moment mal, dachte ich. War das nicht … ich meine …

»Klaro!«, sagte ich. (Ich sage sonst *nie* ›Klaro‹!)

Ich sah durch das Atrium hinaus in den Regen.

»Chips?«

»Danke«, sagte Janie und langte zu.

8

Am gleichen Abend rief Alex mich an.

»Hey, Mel.«

»Hey, Alex.«

»Und, was treibst du so?«

»Ach, weißt du, ich hänge nur in meiner schwarzen Spitzenseidenwäsche hier rum – puh, ist das warm! Ich glaube, ich muss mir das Negligé ausziehen.«

»Yeah, yeah, yeah!«

»Hm? Ich glaub, es hat an der Tür geklingelt. Ach, der Klempner! Sie sind bestimmt gekommen, um … meine Rohre zu reinigen?«

»Mel, halt doch mal einen Moment die Klappe.«

»Na, gut … großer Junge.«

»Hör mal. Ähm, Charlie würde wirklich gerne mitkommen am Samstag.«

»Nein, würde er nicht. Er hat gesagt, das hört sich nach einem verdorbenen Abend an.«

»Ja, aber als ich wieder nach Hause kam am Sonntag, hat er gesagt, dass er wirklich gern mitkommen würde und ob ich dich nicht fragen könnte.«

»Mein Gott, was ist denn los mit dem Jungen? Hat der keine Freunde? Ist das die erste Party, zu der er jemals eingeladen wurde? Ach, nein, Quatsch, ich meine, ist das die erste Party, zu der er nicht eingeladen wurde?«

»Ich weiß auch nicht, was es ist. Aber er liegt mir ständig

in den Ohren damit, und ich hab gesagt, ich würde dich anrufen, das ist alles.«

»Aha! Jetzt dämmert mir etwas.«

»Was? Was dämmert dir?«

»Das verrat ich nicht. Und nein, er darf nicht mitkommen. Er nervt.«

»Ach, komm schon, Mel, bitte. *Bitte.* Einem guten Kumpel zuliebe.«

»Einem guten Kumpel? Wem? Dir?«

»Na ja, du weißt schon, was ich meine.«

»Du bist mein *Kumpel?*«

»Ja«, sagte er. »Dein Seelenkumpel. Jetzt komm – bitte, bitte, kannst du dafür sorgen, dass Charlie eingeladen wird?«

»Alex, schmeißt er dich raus, wenn du es nicht schaffst, ihn auf diese Party zu kriegen?«

»Äääähm … ja?«

»Gut. Nein, er darf auf gar keinen Fall kommen.«

»Ich … wasche auch ab.«

»Ich würde es wahrscheinlich gar nicht merken.«

»Ach, komm schon, Mel. Das wird bestimmt lustig.«

Ich seufzte.

»Na, gut, wenn es dir soooo wichtig ist.«

»Super!« Und dann wurde er neugierig. »Und warum will er unbedingt mitkommen?«

Ha! Das musste Alex nun wirklich nicht erfahren. Fran hatte offensichtlich Plan C, Schritt 1 ausgeführt.

»Ach«, sagte ich. »Also«, sagte ich. Dann hatte ich einen zündenden Einfall.

»So, wie es aussieht, hat Charlie noch nie im Leben eine Stripperin gesehen, und so, wie es aussieht, könnte dort eine auftreten.«

»Was, im Ernst? Ich hab auch noch nie eine gesehen.«

»Mein Gott, die Privatschulen sind auch nicht mehr das, was sie mal waren, was? Aber gut. Freut mich, dass du happy bist. Wir sehen uns dann am Samstag. Es sei denn, du hättest vielleicht Lust, noch eben vorbeizukommen …?«

»Mann, Mel, zwei Stunden Fahrt!«

»Ach. Stimmt ja. Also Samstag.«

»Bye, Mel.«

»Bye, Zuckererbse.«

Ich rief Fraser an, um die erweiterte Gästeliste absegnen zu lassen. Angus hatte unser Erscheinen schon damit gesichert, dass er drohte, die Stripperin wieder nach Hause zu schicken, wenn wir nicht hereingelassen würden. Also brauchten zumindest Fran und ich uns keine Sorgen zu machen. Amanda nahm ab.

»Oh, *hi*«, sagte ich ganz cool, denn darauf war ich vorbereitet. »Ist Fraser da?« Hihihi.

»Bist du das, Mel, Süße?«

Oh-oooh – was war denn das? Griff Amanda jetzt etwa in *ihre* psychologische Trickkiste? Vielleicht wollte sie ja meine Beine in Hühnerschenkel verwandeln.

»Es tut mir *furchtbar* Leid wegen letztens, Schätzchen. Diese wahnsinnige Anspannung vor der Hochzeit …«

Ich wusste nicht, was ich sagen sollte. Diese Anspannung musste sie bereits die letzten sechsundzwanzig Jahre verspürt haben.

»Ach, schon gut«, brummte ich.

»Schätzchen, ich würde mich so freuen, wenn du zu meinem Jungfernabend kommen würdest. Wirklich.«

»Aber …«

»Kein Wenn und Aber, bitte, komm.«

»Und was ist mit Fran?« Diese Frage stellte ich weniger

aus Loyalität denn aus meiner Angst, allein da hinzugehen. Sie seufzte.

»Ja, Fran auch. Nächste Woche Freitag um acht im *Quagis*. Wir werden euch schon irgendwie reinquetschen.«

»Bist du hingefallen und hast dir den Kopf angehauen?«

»Nein, Schätzchen, es ist nur, ich dachte, ach, es wäre doch so *peinlich* für euch beide, wenn ihr zu Frasers Junggesellenabschied gehen müsstet. Ich meine, wie unangenehm ...«

»Wieso? Da gehen wir trotzdem hin. Wird bestimmt richtig lustig«, sagte ich.

»Schätzchen, nun sei doch nicht albern. Das ist doch nur was für Jungs. Die wollen euch da nicht!«

Ich wusste es. Sie konnte es einfach nicht ertragen, mal für eine Sekunde nicht im Mittelpunkt zu stehen.

»Kann ich mit Fraser sprechen, bitte? Und vielen Dank auch, dass du uns eingeladen hast ... nachträglich. Ist nett gemeint.«

»Hör zu, ich sage dir das aus reiner Freundschaft«, fing sie wieder an, Gift zu verspritzen, »aber er *will* euch gar nicht dabeihaben. Ihr seid nur eingeladen, weil sein zurückgebliebener Bruder meint, das sei komisch. Fraser glaubt auch, dass es peinlich wird für euch. Die werden sich alle totlachen über euch.«

»HALT DIE KLAPPE, BLÖDE KUH!«, hätte ich am liebsten gerufen.

»Hör zu, Amanda«, sagte ich, so ruhig ich konnte. »Es ist gar kein Problem. Wir freuen uns auf den Junggesellenabend. Mach dir keine Sorgen um uns. Würdest du jetzt bitte Fraser holen?«

In der folgenden Pause war hektisches Flüstern zu hören. Ich hätte am liebsten aufgelegt, zwang mich aber dranzubleiben.

»Ääh, hallo«, sagte eine mir vertraute, raue Stimme.

»Em, hi, Frase.« Kleine Pause. Ich sah Amanda vor mir, wie sie im Hintergrund wie die Königin aus Schneewittchen ihren Finger zackig an der Kehle vorbeiführte …

»Frase, hast du wirklich etwas dagegen, dass wir zu deinem Junggesellenabend kommen?«

Fraser wägte offenbar seine Alternativen gegeneinander ab: Mädchen *und* Stripperin oder gar nichts.

»NEIN. GANZ BESTIMMT NICHT.« Sein ernster Ton überraschte mich.

»HAST DU MICH VERSTANDEN? GANZ BESTIMMT NICHT, OKAY!«

Dann legte er auf. Ich freute mich wie ein Schneekönig. Es ging klar. Obwohl ich es doch etwas bedenklich fand, dass Fraser die Wünsche seiner Verlobten ignorierte. Ich meine, *ich* durfte sie ärgern, ich wollte sie ja nicht heiraten. Dann fiel mir auf, dass ich ganz vergessen hatte, ihn auch wegen Alex und Charlie zu fragen. Ach, na ja, die würden sicher auch noch durchgehen. Und da mein Ohr gerade so schön eintelefoniert war, rief ich auch noch Fran an, um ihr zu erzählen, was passiert war. Sie freute sich.

»Ich wäre ja gerne dabei gewesen, als du mit Fraser gesprochen hast – bei Amanda, meine ich. Ihr Gesicht hätte ich sehen wollen.«

»Tja, ein anderes Mal hoffentlich. Aber JETZT wirst du mir erzählen, was du mit Charlie gemacht hast.«

Sie lachte boshaft. »Meine Liebe, das ist etwas, das ich dir *unmöglich* am Telefon erzählen kann. Wirklich, es war abstoßend. Einfach *genital.* Eigentlich eine Schande, ihn bestrafen zu müssen, wirklich.«

»Aber du tust es trotzdem.«

»Tja, an gewisse Spielregeln muss man sich leider halten.

Wir sehen uns dann ja am Samstag. Hat er angerufen und gebettelt, dass er mitkommen darf?«

»Ja.«

»Hervorragend!«

Der Samstag rückte immer näher, und ich hatte keine Ahnung, was man zu einem Junggesellenabend eigentlich anzieht. Der Cockneyjunge war völlig überrascht, dass wir zu diesem Herrenabend eingeladen waren, und hatte mir sogar angeboten, mir beizubringen, welche Art von Cocktail sich hinter den diversen ein- bis zweideutigen Namen verbarg. Janie sah viel besser aus, fuhr aber immer zusammen, wenn das Telefon klingelte, und fragte mich, ob ich meinte, dass es noch zu früh sei, James ihren Eltern vorzustellen.

Ich dachte ein wenig nach.

»Also, meiner Erfahrung nach ist die Testamentseröffnung der weiseste Zeitpunkt. Aber vielleicht auch nur bei den Jungs, die ich so kenne.«

Sie war grün geworden, und ich hatte mir gewünscht, ich hätte die Klappe gehalten.

Zuerst überlegte ich, ob ich Jeans anziehen sollte, entschied mich aber dagegen, für den Fall, dass wir in einem dieser Nachtclubs landeten, in denen billige, glänzende Top-Shop-Anzüge echten Klamotten vorgezogen wurden. Ein schickes Kleid war aber auch nicht angesagt, weil es bestimmt irgendwann im Laufe des Abends Bier regnen würde. Enge und kurze Sachen schieden aus, wenn man nicht mit der Stripperin verwechselt werden wollte. Und bloß nicht zu schlicht, sonst würde man mich noch für eine Lesbe halten und glauben, ich hätte deswegen zu der Veranstaltung des Bräutigams gemusst. Mist. Dann blieb im

Grunde nur noch der aus einer Laune heraus gekaufte Catsuit übrig, der deswegen so hieß, weil jedes Mal, wenn ich darin an Katzen vorbeiging, diese das Fell sträubten und so etwas wie »ssssssssssssssuuuuuuuuuuuuuu« vernehmen ließen.

Fran kam mich abholen und sah umwerfend aus, sie war geschmackvoll und unglaublich trendy angezogen. O je, was tun? Aus den Tiefen meines Kleiderschranks beförderte ich meinen Kilt hervor. Fran schüttelte gebieterisch den Kopf. Gerade, als ich in schwarzen Strumpfhosen herumhüpfte und mir ein japanisches Kimonoteil ansah, das sich auf wundersame Weise unter meine Klamotten geschlichen hatte, klingelte es wieder an der Tür.

»Machst du eben auf?«, bat ich sie. »Sind bestimmt Alex und Charlie.«

»Ah, meine beiden Lieblingsmänner«, sagte sie lässig. Sie schritt aus meinem Zimmer, und dann hörte ich mehrere ruppige Stimmen. Na ja, Fran *klang*, als wäre sie freundlich. Dann drang Alex' Stimme an mein Ohr.

»BITTE, könntest du jetzt endlich aufhören, mich Schwanzlutscher zu nennen?« Ich grinste in mich hinein.

Aber etwas laut waren sie ja doch. Oh, Gott, hoffentlich waren sie nicht jetzt schon betrunken! Das wäre furchtbar. Ich entschied mich für Chinos und ein Blumenhemd, schmierte mir Mascara und Lippenstift ins Gesicht und stieß zu den anderen.

Alex und Charlie hatten sich eine von Lindas Weinflaschen unter den Nagel gerissen und stritten sich lautstark darüber, welchen amüsanten Rugbysong genau sie nun als Nächstes singen würden. Oh-ooh. Ich sah zu Fran, die die Augen gen Himmel rollte. Die beiden waren bis zum Anschlag abgefüllt.

»SODOMIE SCHADET NIE, MANN!«, brüllte Charlie, worauf Alex ohne Umschweife antwortete:

»STECK DEN SCHWANZ IN 'NE GANS, MANN!«

»STECK DIE STANGE IN 'NE SCHLANGE, MANN!«, grölte Charlie lustvoll.

»SODOMIE SCHADET NIE!«, schlussfolgerten sie gemeinsam, während sie sich aufeinander stützten.

»Oh, Gott«, sagte ich zu Fran. »Die können wir doch so nicht mitnehmen. Die benehmen sich ja unmöglich.«

»Sag du's ihnen.«

»Wieso eigentlich immer ich?«

»Jetzt tu bloß nicht so, als hätte ich Charlie eingeladen.«

Als Charlie hörte, dass Fran seinen Namen aussprach, fiel er vor ihr auf den Boden und umklammerte ihre Fußgelenke. Sie trat nach ihm.

Ich drehte mich um und sah die Jungs an. Sie hatten ziemlich rote Gesichter, und der Wein spritzte fröhlich durch die Gegend.

»Alex, du bist ja total breit«, sagte ich und versuchte, dabei nicht zu sehr nach Oberlehrerin zu klingen.

»Liebste Mel, du hörst dich genauso an wie meine alte Oberlehrerin«, lallte er und schwankte bedenklich.

»In diesem Zustand kommt ihr nicht mit zum Junggesellenabend!«

»A-BEND! A-BEND!«, skandierten sie. Charlie rappelte sich vom Boden hoch und sah sich verwirrt um. »Sind wir schon da?«

»Ach, halt die Klappe!« Meine Geduld war am Ende, ich konnte mit dieser Situation nicht umgehen. »Ihr kommt nicht mit, also könnt ihr euch jetzt genauso gut verpissen.«

»STECK DIE FLÖTE IN 'NE KRÖTE, MANN!«, fing Alex unbeirrt wieder an.

»STECK DIE LANZE IN 'NE WANZE, MANN!«, fiel Charlie ein.

»Oh, Gott«, sagte ich zu Fran. »Was machen wir denn jetzt? Abhauen?«

»Gute Idee«, sagte sie. »Und wenn Linda dann von der Singles-Party bei Tescos nach Hause kommt, liegen sie hier in ihrer Kotze und pinkeln auf den Teppich.«

»SODOMIE SCHADET NIE, MANN, SODOMIE SCHADET NIE!«

»Wir könnten sie ja mit raus nehmen und unterwegs irgendwo verlieren.«

»Gute Idee. Nur gut, dass du Alex schon deine Wohnungsschlüssel abgenommen hast.«

»Verdammt.«

»Komm, wir gehen einfach. Die werden schon nichts anstellen.«

»AUS IHRER SÜSSEN KLEINEN MÖSE SPRIESSEN ERBSEN MIT GETÖSE!«, rief Charlie auf einmal. Fran und ich verstummten und drehten uns um.

»Das ist ein anderer Song, du Idiot«, sagte Alex.

»Ich weiß!«, grölte Charlie. »Ääh ... STECK DEN PIMMEL IN 'NEN SCHIMMEL, MANN!«

»Schon viel besser«, schrie Alex. »STECK DIE NUDEL IN 'NEN PUDEL, MANN!«

»Oh, Gott.« Ich setzte mich, stand aber gleich wieder auf, als ich merkte, dass ich in der Speichelschusslinie saß.

»Toll. Ganz klasse. Erstens wird Amanda nie wieder ein Wort mit uns reden, weil wir sie hintergangen haben.«

»Ja, und a) wen interessiert's? Und b) wie soll sie denn dahinterkommen?«

»Na, wahrscheinlich aus der Zeitung, wenn die beiden hier erst mal eingelocht sind.«

»FICK IN RUH EINE KUH, MANN!«

»UND IMMER WIEDER EINEN TIGER, MANN!«

»Und dann«, fuhr ich mutig fort, »kommen wir zu dieser Party und werden rausgeschmissen, und Angus und Fraser reden nie wieder ein Wort mit uns. So dass ich innerhalb eines Tages etwa 33 % meines Freundeskreises vergrault habe. Ganz zu schweigen von Alex, wenn er morgen davon aufwacht, dass ich sein Gesicht in Matsche verwandele.«

»Warum machst du das nicht jetzt, wo er es nicht mitkriegt?«

»*Weil* er es nicht mitkriegt.«

»Komm jetzt.« Fran nahm mich beim Arm. »Bringen wir es hinter uns. Vielleicht fallen sie ja aus dem Taxi ...«

»Ja, und in eine andere Dimension. Kommt jetzt, ihr zwei, wir gehen.« Sie schwankten in Richtung Tür.

»STECK DIE LATTE IN 'NE RATTE, MANN!«

»STECK DEN STRAFFEN IN 'NEN AFFEN, MANN!«

Zu viert gingen wir die Treppe hinunter und sangen:

»SODOMIE SCHADET NIE, MANN, SODOMIE SCHADET NIE!«

Wir wurden fast aus dem Taxi geschmissen, doch dank meines unvergleichlichen Talents, Leute zu beruhigen, schafften wir es dann doch noch bis zum *Princess Louise* Pub in Holborn. Nervös warf ich Fran einen Blick zu, die einen völlig coolen Eindruck machte, obwohl Charlie ständig versuchte, sich vor sie hinzuknien, um ihr verbaldiarrhöisch seine echte und von Herzen kommende Verehrung zu erklären. Jedes Mal, wenn er ihr zu nah kam, rammte sie ihm das Knie in das Teamabzeichen auf dem Rugbyhemd. Vor der Tür atmete ich tief ein, straffte die Schultern und ging hinein.

»Nee, nee, geschlossene Gesellschaft, tut mir Leid«, sagte ein bemerkenswertes sprechendes, affenähnliches Wesen.

»Richtig«, sagte ich. »Fraser McConalds Junggesellenabend.«

»Also, Laird McConald«, fügte Fran hilfsbereit hinzu. Der Affe zog die Augenbrauen hoch.

»Ach, äh, seid ihr die …«

»Nein, die sind wir nicht. Wir sind geladene Gäste. Komm schon, Mel.« Keinen weiteren Widerspruch duldend, schob Fran uns damit hinein. Wie in diesen Werwolfstreifen verstummte der gesamte Saal, als wir ihn betraten. Eine ganze Menge junger Männer stand herum und genehmigte sich einen richtig netten, leckeren Drink, und auf einmal platzten zwei Paar Busen rein und drohten alles kaputtzumachen. Zwei von den Typen nuckelten sogar an Zigarren, Freud hätte seine helle Freude gehabt. Ich wollte gerade auf dem Absatz kehrtmachen, als uns glücklicherweise Angus zur Hilfe eilte.

»Hey, hallo auch!« Strahlend kam er auf uns zu. »Schön, dass ihr gekommen seid.«

Sein Lächeln erstarb, als er uns über die Schulter sah und den Zustand der beiden torkelnden Männergestalten messerscharf erfasste.

»Tut mir Leid!«, sagte ich sofort. »Sie sollten in einem Sack in den Fluss geworfen werden, und wir haben es nicht übers Herz gebracht, sie ihrem Schicksal zu überlassen.«

Angus lächelte wieder sein Halblächeln. »Okay, jetzt sind sie ja wohl hier. Macht der« – er deutete auf Charlie – »heute Ärger?«

Fran hatte sich irgendwoher eine Zigarre organisiert und strahlte eine katzenartige Schönheit aus.

»Oh, nein«, schnurrte sie. »Er macht keinen Ärger, stimmt

doch, großer Junge?« Und sie zwinkerte Charlie zu wie ein Dreißiger-Jahre-Vamp, bis ihm fast die Augen aus dem Kopf fielen.

Angus sah verständlicherweise verwirrt aus und wandte sich wieder mir zu.

»Soll ich dir was zu trinken holen?«, fragte er zuvorkommend.

»Ähm … ein Bier, bitte.«

»Für mich einen doppelten Wodka, bitte«, sagte Fran entschlossen.

»Einen *was?*«, fragte ich sie, als Angus Richtung Bar verschwunden war. »Was für ein Stück gibst du denn heute abend, Fran? ›Greatest Vamp of All‹?«

»Ach, hör auf, Mel!«, sagte sie. »Sieh dich doch mal um. Vierzig Kerle und wir zwei. Wann habe ich zum letzten Mal einen Typen abgeschleppt?«

»Donnerstag.«

»Das zählt nicht. Das war Pflicht. Und heute Abend ist er hoffnungslos betrunken, und ich habe Lust. Ich bin eine brünstige Löwin, also komm mir besser nicht in die Quere.« Sie zog kräftig an ihrer Zigarre und blies mir Rauchkringel ins Gesicht.

»Hm. Ich hab aber meinen *Freund* dabei …« Ich sah zu ihm hinüber. Alex hing völlig weggetreten auf dem Sofa und in den Seilen.

»Ich muss mich benehmen.«

»Ja?«

»*Ja!*«

Angus kam mit den Drinks wieder, und Fran kippte ihren sofort hinunter. Mit glänzenden Augen ließ sie den Blick durch den Raum schweifen. »Wer ist … das?«, fragte sie Angus und fixierte einen goldig aussehenden, blassen jungen

Mann, der ganz allein neben dem Punsch stand und sich großzügig daran bediente.

»Das ist Johnny McLauchlin – der Trauzeuge. Warum, möchtest du ihn kennen lernen?«

»Ja. Den würde ich mir gerne mal zur Brust nehmen …«

»Fran!«

Angus dachte, wir wären beide durchgedreht, aber er winkte Johnny McLauchlin trotzdem zu uns herüber. Der sah sich erst einmal fragend um, gab dann umständlich ein »Wer, ich?« zu verstehen und schlich schließlich in leicht geduckter Haltung zu uns.

»Johnny, das hier sind zwei Freundinnen von uns, Melanie und Fran.«

»Hi«, sagte ich.

»Sehr angenehm!«, rief Fran. »Und jetzt erzähl mir alles über dich und darüber, wie du dazu kamst, Trauzeuge des guten alten Fraser zu werden!«

»Ja, also, hallo«, sagte Johnny mit einem derart markanten schottischen Akzent, dass Angus neben ihm wie Prinzessin Anne klang. »Also, eigentlich bin ich Erdkundelehrer.«

»Wie faszinierend!« Fran lehnte sich in einer intimen Geste zu ihm herüber. Schweißperlen traten auf Johnnys Stirn. Angus und ich sahen uns in die Augen und verzogen uns unauffällig.

»Was zum Teufel ist denn mit deiner Freundin los? Ist die heiß?«

»Glaub schon.«

»Ist sie gefährlich?«

»Gefährlich? Also, wenn ich Johnny wäre, würde ich schnellstens eine Lebensversicherung abschließen.«

»Bei lebendigem Leib verschlungen?«

»Aufgeblasen und ausgesaugt.«

»Puh.« Pause.

»Aber da fällt mir ein, warum *ich* hier bin«, sagte ich. Angus sah mich fragend an.

»Bräutigam? Hochzeit? Hufeisen und so'n Kram? Weißt du nicht mehr?«

»Ach, ja. Bin ich ein schlechter Gastgeber. Lass mich dich«, und dabei verneigte er sich und bot mir seinen Arm an, »an seine Lairdschafts Tisch geleiten.«

»Zu aufmerksam.«

Fraser saß auf einer großen, gepolsterten Lederbank in der Ecke, umringt von ziemlich technisch aussehenden jungen Männern, wahrscheinlich Ingenieurskollegen. Die sahen alle ziemlich langweilig aus, jedenfalls ganz bestimmt nicht so, als würden sie urzeitliche Bindungserfahrungen machen.

»Hey«, begrüßte ich sie, noch immer an Angus' Arm hängend.

Fraser sah auf und grinste.

»Hey, Mel. Freut mich, dass du kommen konntest.«

»Mich auch. Kriegst du Ärger deswegen?«

»Ach, Fraser hat doch immer Ärger, was, Kumpel?«, sagte Angus, und der gesamte Tisch fing an zu lachen. Fraser lächelte gequält.

»Natürlich nicht. Hier haben alle ein Schweigegelübde abgelegt.«

Seine Kumpel kommentierten das umgehend mit »Ja, logisch!« und »Wieviel kriegen wir dafür?«.

»Hast du denn deine Furcht erregende Freundin gar nicht mitgebracht?«

»Doch … sie ist da drüben und erregt Furcht.«

Fraser reckte den Hals.

»Oh, mein Gott, der arme kleine Johnny. Warum hast du sie denn ausgerechnet auf den losgelassen?«

»Hat mit mir leider gar nichts zu tun. Sie hat gesagt, sie wäre heute Abend eine Löwin.«

Angus und ich tauschten viel sagende Blicke.

»Ich war mit Johnny in der Grundschule. Seitdem habe ich ihn eigentlich nicht sehr oft gesehen, aber auf der Suche nach einem Trauzeugen war er halt mein ältester Kumpel. Gott, hoffentlich krallt sie ihn sich nicht …«

Die beiden standen in einer Ecke, wo Fran noch einen Martini schlürfte und eine Hand an seinem Revers hatte. Gestenreich versuchte er, ihr irgendetwas zu erklären – wahrscheinlich Mäanderabschnürungen oder ähnlich Spannendes –, aber ich wusste, dass sie nicht zuhörte, da sie den Kopf nur in den Nacken warf und schrill lachte.

»… er ist seit acht Jahren verheiratet, und seine Frau lässt ihn nie aus dem Haus. Er durfte nur deshalb hierher kommen, weil ich versprochen hatte, dass keine Stripperinnen auftreten.«

»Sag mal, Fraser, wie viele Lügen musstest du eigentlich auftischen, um diese Party hier möglich zu machen?«

»Darüber will ich am liebsten gar nicht nachdenken. Haben wir noch ein Plätzchen frei?«

»Ja, hey!«, riefen die anderen Jungs an seinem Tisch und rutschten auf, um für mich Platz zu machen.

Dann stellte sich raus, dass die Jungs gar nicht so langweilig waren, sondern lediglich mit feierlichem Ernst nicht nur die unheimlichen Fälle des FBI analysierten, sondern auch E. E. Cummings, Politik, wüste Komödien und den allgemeinen Zustand der heutigen Welt, sofern sie mit der Welt der Ingenieure und Dr. Who zu tun hatte. Merkwürdigerweise empfand ich sie als spannende und unvoreingenommene Gesellschaft. Es war unglaublich entspannt. Dass die Getränke gratis waren, half natürlich auch. Ab und zu ließ sich ein lautes Grunzen oder ein hohles Lachen vernehmen, da Alex und Charlie sich anscheinend auf die tierische Ebene der Kommunikation verlegt hatten. Aber gerade als ich so bei mir dachte, wie nett ich doch Frasers Freunde fand, wurde es unruhig an der Tür. Eine Frau trat ein, gekleidet in einen langen Mantel, unter dem nur Stöckelsandaletten und Netzstrümpfe hervorlugten.

Augenblicklich erstarb jegliche politische oder kulturelle Debatte. Es wurde plötzlich ziemlich eng auf der Bank, da der Testosteronspiegel stieg und die Jungs auf einmal eine Menge Platz für ihre Beine brauchten.

Sie hatte einen Riesen im Schlepptau, der es fertig brachte, das Finden einer Steckdose für den Kassettenrecorder wie eine eigene Showeinlage zu inszenieren. Es ertönte »He, Big Spender«. Ohne die Zigarette abzulegen, begab sich die Frau nonchalant in die Mitte des Raumes und entledigte sich, ohne großes Interesse zu zeigen, ihres langen Mantels.

Die Jungs um mich herum, die gerade noch so charmant, wohlerzogen und reizend gewesen waren, verwandelten sich in eine Meute jaulender Tiere. Das Gebrüll war einfach unglaublich, und als die Frau zu »spend … a little time with me« völlig planlos mit den Brüsten wackelte, war sogar täuschend echtes Wolfsgeheul zu hören.

Und dann endlich kam sie auf unseren Tisch zu. Ein aufgeregtes Bellen (huohuohuo!) begleitete sie, als sie sich herunterbeugte, um sich den BH öffnen zu lassen; und der Typ, der ihn aufmachte, konnte sich nur mit Mühe und nur nach einem scharfen Blick des bulligen Aufpassers zurückhalten, das gute Stück gleich einzusacken. Der BH wirbelte durch die Luft und landete direkt neben Fran und Johnny, die in der Ecke geknutscht hatten, als ob sie es gerade erst erfunden hätten, und ziemlich überrascht guckten. Der BH wurde ausgiebig mit Applaus bedacht, aber schnell richtete sich die Aufmerksamkeit wieder auf die Hauptattraktion – die Jungs glotzten mit weit aufgerissenen Augen, als die Frau unterdrückt gähnte, mir einen dreckigen Blick zuwarf (wie ich fand) und ihr Bein auf den Tisch legte, um die Strapse zu lösen.

Auch ich unterdrückte ein Gähnen und warf einen Blick in die Richtung, in der ich Charlie und Alex zuletzt gesehen hatte. Alex versuchte torkelnd aufzustehen, und Charlie stachelte ihn dazu an. Während ich die beiden wie hypnotisiert beobachtete und die anschwellende Hysterie hinter mir ignorierte, hob Alex den Glitzer-BH auf, zog ihn sich über dem Hemd an und tanzte zu Shirley Bassey. Er pirschte sich an Fran und Johnny heran, machte immer obszönere Bewegungen und wurde von Charlie lautstark angefeuert. Als die Stripperin bemerkte, dass sich die Blicke des Publikums nicht mehr *auf* ihr versammelten, sondern *hinter* ihr, drehte sie sich um und sah, wie Alex sich mit ihrem BH wie mit einem Handtuch zwischen den Beinen rumrubbelte.

»Da!«, rief sie, offenbar das Stichwort für den Aufpasser, seinem Titel Ehre zu machen.

Er ging zu Alex und legte ihm die Hand auf die Schulter. In seinem Suff grinste Alex ihn einfach nur verständnislos an. Charlie dagegen hatte einen Anflug von Ernüchterung.

»Lass ihn in Ruhe!«, rief er gereizt.

Der Aufpasser guckte Charlie ausdruckslos an.

»Hä?«

»Nichts hä! Verpiss dich!«

Das nun folgende Schweigen wurde nur von meinem Versuch gestört, mich lautlos aus dem Staub zu machen. Oh, Gott, nicht schon wieder! Und *ich* hatte ihn mitgebracht!

Ausgesprochen bedächtig nahm der Aufpasser Alex den

BH aus der schlaffen Hand und legte ihn auf den Tisch. Dann begleitete er die Jungs ganz langsam, fast schon zärtlich, nach draußen. Keiner rührte sich, als von jenseits der Tür comicreife Schlägereigeräusche zu hören waren. Etwa drei Minuten später kam der Gorilla wieder herein und klopfte sich den Staub von den Händen.

»Kommst du, Leese?«, fragte er.

Leese war schon wieder angezogen – für ihre Verhältnisse zumindest. Sie stand vor Angus, um sich ihre Gage abzuholen, und dann stolzierte das Paar schweigend aus dem Saal.

Ich machte die Augen zu und wünschte, der Erdboden möge sich auftun. Kein Mensch sagte etwas. Dann, endlich, erklang ein einsames, wehleidiges Glasgower Stimmchen aus dem Hintergrund:

»Also, ich finde ja, unser junger Freund da eben hat besser getanzt als der angebliche Profi.«

Ich machte ein halbes Auge auf. Fraser drehte sich mit einem Funkeln in den Augen um.

»Soll das heißen, ich habe eine Menge Geld für eine Stripperin ausgegeben, und du hättest lieber die Chippendales gesehen? Bist du seit neuestem schwul, oder was?«

Die Spannung löste sich, es wurde erleichtert gelacht, man bestellte sich neue Drinks. Ich ging zu Angus.

»Oh, Gott, es tut mir so Leid. Ich meine … ach, die sind bloß so … tut mir Leid.«

»Ich weiß schon, was du meinst«, beruhigte er mich. »Aber erzähl mir doch ruhig die ganze Geschichte.«

»Gerne, ich will nur eben nachsehen, wie es Alex geht.«

»Bitte? Die kleine Abreibung hat er immerhin verdient.«

»Nein, hat er nicht! Das war doch nur Spaß.«

»Für sie ja wohl nicht.«

»Ach, komm, du weißt doch, wie Jungs sind.«

»Hm. Aber nicht alle.«

Beim Hinausgehen spürte ich seinen Blick in meinem Rücken. Fran und Johnny sahen inzwischen ausgesprochen biologisch aus, also guckte ich lieber woanders hin.

Draußen war alles still. Weder konnte ich die Jungs irgendwo sehen noch ein dumpfes Stöhnen hören. Ich dachte kurz nach, hörte schallendes Gelächter von drinnen und beschloss, mich wieder zu Wärme und Bier zu gesellen. Fran und Johnny waren nirgends zu entdecken, aber die Jungs übergaben Fraser gerade eine blonde Gummipuppe, die Amanda irgendwie verteufelt ähnlich sah. Er lief rot an und stand auf, als Angus sich von der Seite an mich heranpirschte und mir eine Flasche Bier in die Hand drückte, deren Entleerung ich mir umgehend und dankbar zur Aufgabe machte.

»Ich wollte nur sagen«, hob Fraser tapfer an.

»Zeig deine Titten!«, rief der Scherzkeks mit dem Glasgower Akzent.

»Halt die Klappe, Nash.«

Ich drehte mich um, weil ich sehen wollte, wer dieser Nash war. Ich ertappte mich bei dem Gedanken »Huch, na, schwarz *anhören* tut er sich aber nicht« und schämte mich im gleichen Moment für meine bodenlose Dummheit.

»Ich wollte nur sagen«, fuhr Fraser fort, »dass ich mich freue, so viele von euch heute Abend hier zu sehen.«

»Außer deinem Trauzeugen!«, rief jemand und löste eine anzügliche Lachsalve aus.

»Ja, also, außer – ähem – Mr. McLauchlin, der anscheinend anderweitig beschäftigt ist.«

»Genau, mit irgendeinem scharfen Flittchen nämlich!«

»Hey!«, beschwerte ich mich bei Angus. »Die reden von meiner Freundin!«

»Ja, und, war das nicht deine Freundin, die sich hier wie ein Flittchen aufgeführt hat?«

»Hm. Kann sein.«

»Okay, beruhigt euch.« Fraser sah etwas verunsichert aus. »Ich wollte mich nur bei euch bedanken, dass ihr alle gekommen seid. Ich weiß, dass manche von euch von ziemlich weit her gekommen sind. Heiraten ist ziemlich schrecklich, aber nicht so schrecklich, wie euch alle gleichzeitig unter der Dusche stehen zu sehen.«

Freundliches Murmeln.

»Nein, wirklich. Klasse, dass ihr alle da seid. Ich möchte meinem Bruder für dic Organisation danken, Mr. Flaherty für den Raum und – na ja, halt einfach euch allen, Jungs.«

»Und Mädels!«, quietschte ich.

»Und Ehrenjungs«, sagte Fraser und verneigte sich in meine Richtung. Ich grinste.

»Also, dann ölt mal eure Kehlen. Ach, ja, und sorry wegen der Stripperin«, und damit war seine kleine Ansprache abgeschlossen.

»Auf Fraser!«, rief Angus.

»Auf Fraser!«, riefen alle anderen. Ich glaube, ich war die Einzige, der aufgefallen war, dass er die Braut in seinem Toast nicht erwähnt hatte.

»Auf die Stripperin!«, rief jemand anders.

»Auf das Miststück, das Johnny abgeschleppt hat!«

»Was?«, fragte ich Angus. »Ist das unverschämt?«

»Lass gut sein.«

Wir schlenderten wieder zu Frasers Tisch hinüber und setzten uns dazu. Es wurde immer später, aber da der Wirt ein alter Trinkfreund von McConald senior war, sah er das mit der Sperrstunde nicht so eng. Ich erreichte einen angenehmen Zustand der Alkoholisierung, in dem alles mehr oder weniger an mir vorbeiwaberte, und schaltete mich völlig willkürlich in diese oder jene Unterhaltung ein, um mich ganz nach Lust und Laune auch wieder auszuklinken. Irgendwann bekam ich mit, dass Angus und einer von den schottischen Jungs sich ungewöhnlich ernsthaft unterhielten.

»Du sollst einfach nur mit ihm *reden*«, sagte Angus gerade.

»Hör zu, ich habe sie nur einmal getroffen. Da schien sie ganz in Ordnung zu sein.«

»Sie ist nicht in Ordnung. Sie ist eine bescheuerte Zicke und wird ihm das Leben zur Hölle machen. Was meinst du, warum ich euch alle hierher beordert habe? Damit ihr ihm die ganze Sache ausredet!«

»Worüber redet ihr beiden denn?«, mischte ich mich fröhlich ein.

»Nichts«, sagte Angus knapp und wandte sich wieder seinem Bier zu.

»Kennst du diese ›Amanda‹, die Frase heiratet?«, fragte der andere Typ.

»Natürlich kenne ich die. Mein ganzes Leben schon.« Angus sah zu mir auf.

»Und, wie ist sie?«, fragte der Typ.

Ich zögerte, da ich mir nicht sicher war, was ich sagen sollte. Blödsinnigerweise hatte ich plötzlich das Gefühl, sie verteidigen zu müssen. Ich meine, dass Fran und ich ab und zu darüber sprachen, dass ein paar Geier ihr die Gedärme rausreißen sollten, war ja noch okay, aber gegenüber anderen Leuten war das wohl nicht die feine englische Art.

»Na ja, sie ist … richtig hübsch – und stinkreich. Sie ist nett.«

»Da siehst du's«, sagte der Typ zu Angus. »Ich sage nichts.

In solche Sachen mischt man sich besser gar nicht ein. Meine Schwester hat auch so ein Arschloch geheiratet und wollte sich partout nicht reinreden lassen.«

»Und was ist passiert?«, fragte ich.

»Na ja, er hat sich später als richtiges Arschloch entpuppt. Hat sie mit den Kindern sitzen lassen und alles.«

»Herrgott noch mal, Mel!«, platzte Angus heraus. »Sie ist eine verdammte Schlampe, und du weißt das!«

Ich seufzte.

»Entschuldige bitte, dass ich vielleicht etwas schwer von Begriff bin, aber du redest nonstop von ihr. Ich meine, *warum* hasst du sie denn eigentlich so? Und Alex und Charlie – na, gut, dass man Charlie hasst, kann ich verstehen –, aber ich meine, als ich dich kennen gelernt habe, dachte ich, du wärst ein totaler Blödmann, weil du keinen von uns ausstehen kannst. Aber jetzt weiß ich, dass du das nicht bist, dass du sogar ziemlich nett bist, und darum verstehe ich das alles gar nicht. Bist du ein verkappter Kommunist, oder was? Hasst du einfach die gehobene Gesellschaft? Aber zu der gehörst du doch selbst. Und dein Bruder ist ein richtig feiner Pinkel – hoppla, das war jetzt nicht böse gemeint.«

»Bist du jetzt fertig?«, fragte Angus.

Ich dachte einen Moment nach.

»Ähm … ja.«

Mit dem Handballen rieb er sich die Augen.

»Hör zu«, sagte er. »Wenn ich dir jetzt etwas erzähle, versprichst du mir dann, dass du Fraser nichts davon verrätst?«

Der Dritte im Bunde war immer noch da und steckte in der Zwickmühle, dass er einerseits nicht unsere Aufmerksamkeit auf sich ziehen wollte, indem er sich erhob und entfernte, aber andererseits furchtbar peinlich berührt war, dass er unfreiwilliger Ohrenzeuge einer privaten Offenbarung wurde. Sein ungeteiltes Interesse galt jetzt dem Aschenbecher.

»Okay, gut, ich versprech's.«

Er sah woandershin. »Ich habe da etwas mitbekommen, als sie mal zu uns gekommen war, um meine Mutter zu besuchen und wie ein Stück Scheiße zu behandeln. Sie musste sich zum Telefonieren mit ihrem Handy aus dem Fenster lehnen, weil der Empfang so schlecht war, und ich war im Zimmer nebenan.«

»Und hattest ein Ohr an der Wand?«

»Und hatte das Fenster auf. Soll ich's dir jetzt erzählen oder nicht?«

»Ja, bitte«, sagte ich demütig.

»Tja, also, sie telefonierte mit jemandem von der *Hello*.«

Er legte eine dramatische Pause ein. Ich sah ihn an, als hätte er sie nicht alle.

»*Mit jemandem von der Hello*? Ist *das* die Story? Du versuchst, eine Ehe kaputtzumachen, bevor sie überhaupt geschlossen wurde, wegen der *Hello* und ihren dämlichen Fotos von unglücklichen Prominenten?«

Er ignorierte meinen Einwand und fuhr fort.

»Sie hat ihnen die Rechte an der Hochzeit angeboten. Ich habe es gehört. Sie hat ihnen versprochen, dass ›enge Vertraute des Königshauses‹ da sein würden. Du weißt ja, die lieben diesen ganzen Halbaristokratenmist. ›Sind die Reichen nicht toll? Auf diesem Bild steht einer neben einem Pferd.‹ So ein Kram halt. Die Schlampe.«

Er brummelte in sein Bier.

»Ich versteh nicht ganz«, sagte ich. »Sie hat doch bloß versucht, selbst per Bild in die Zeitung zu kommen.«

»Nein«, sagte er ganz langsam, als hätte er es mit einem Vollidioten zu tun. »Sie wollte 15.000 Pfund von ihnen haben. Dafür, dass sie Fotos machen dürfen, und für ein …« – er imitierte ihre schrille Stimme – »exklusives Interview mit mir über das neue Schloss … mit dem Blaublüter brauchen Sie sich ja gar nicht erst zu unterhalten, Sie wissen ja, was die zwischen den Ohren haben, hiihii.«

»Oh, Gott. Und, hat sie das Geld gekriegt?«

Er sah mich finster an.

»Weiß ich nicht. Fraser hat es jedenfalls bestimmt nicht erfahren, wenn sie es gekriegt hat.«

»Da könntest du Recht haben. Und du meinst nicht, dass das alles nur Bluff ist?«

»Du sprichst von …« Er wandte sich ab. »Du sprichst von der Frau, die *ganz zufällig* einen Monat, nachdem unser Vater gestorben ist, im Leben meines Bruders auftaucht, während wir alle noch völlig verstört sind, und was passiert? Er blinzelt einmal mit den Augen, und schon sind sie verlobt. Damit sie auf die verdammte Titelseite der *Hello* kommt. Wahrscheinlich ist sie jeden einzelnen echten kleinen Lord auf der ganzen Insel durchgegangen. Ich würde ihr das zutrauen – du nicht?«

»Ich bin mir sicher, dass du ihr Unrecht tust«, sagte ich und war mir gar nicht sicher. »Ich bin sicher, dass sie ihn liebt.«

»Ach, ja? Und was meinst du – ganz ehrlich! –, was jemand wie sie an jemandem wie ihm mag – abgesehen von der mittelalterlichen Ruine in Kirkudbrightshire?«

Ich sah zu Fraser hinüber. Er sah verschwitzt aus, und seine Locken hingen ihm in die Augen. Den einen Arm hatte er um seinen Kumpel Nash gelegt, den anderen um Amanda, die Gummipuppe, und alle zusammen sangen sie (die Puppe tat natürlich nur so) völlig schief und mit neu ausgedachtem Text ›Danny Boy‹.

»Ich finde, der Verlust *eines* Familienmitglieds in diesem

Jahr ist durchaus genug für meine Mutter, oder? Dieser verdammte Titel. Nur, weil ihr alle moderne Frauen seid, die alles selbst können, glaubt ihr, dass solche Sachen nicht mehr passieren. Tun sie aber.«

Er starrte wieder sein Glas an. Sein Gesicht war rot. Ich starrte den Tisch an.

»Ich glaube, wir brauchen noch was zu trinken«, sagte ich.

»Ich hol was!«, rief der dritte Mann, sprang auf und eilte quer durch den Pub. Etwas verdutzt sahen wir ihm hinterher. Als wir uns umdrehten, unternahmen Fraser und Nash gerade den meisterlichen Versuch, den hohen Ton am Ende von ›Danny Boy‹ zu treffen, verstummten aber in dem Moment, als der *sehr* blasse, sehr schmutzige Johnny McLauchlin als Silhouette in der Tür erschien und so aussah, als hätte ihn tatsächlich eine Löwin in den Klauen gehabt. Ein Raunen ging durch die Menge, als Johnny mit weit aufgerissenen Augen zu den Tischen zurückkehrte. Von Fran war weit und breit nichts zu sehen. Schwerfällig und mit roten Augen setzte er sich an die Bar.

»Einen Doppelten, bitte.«

Es tat einen Schlag, als Nash und die Puppe lachend zu Boden gingen. Alle miteinander lachten sie und klopften Johnny auf die Schulter. Auf einmal fühlte ich mich ziemlich einsam als einzige Frau.

Ich nahm mein Glas, machte mich auf den Weg zum Klo und wollte Fran suchen. Es war fast wie in einem Agatha-Christie-Krimi, wo die Partygäste einer nach dem anderen verschwinden. Inzwischen waren alle ganz schön betrunken, und die ganze Angelegenheit wurde immer verwirrender. Ich saß eine ganze Weile vollständig angezogen auf der Keramik, glotzte die dreckigen Fliesen an und bemühte mich, nicht von der Toilette zu fallen.

Ich hatte keine Ahnung, wie lange ich schon da gesessen hatte, als ich hörte, wie jemand in die Kabine neben mir ging.

»Fran!«, flüsterte ich eindringlich.

Lange Pause.

»Äh … nein. Ich bin's.«

Einer von den Brüdern, aber ich war mir nicht sicher, welcher. Aber ich glaubte, es war Angus.

»Was machst du denn *hier*, du Idiot?«

»Ach, die Herrenklos sehen ziemlich … eklig aus. Blut. Und …«

»Schon okay, darüber will ich im Moment gar nicht nachdenken.«

»Tut mir Leid.«

»Schon gut. Bist du das, Angus?«

Schon wieder Pause.

»Ähm … ja.«

»Oh. Hör zu, es tut mir Leid, was ich gesagt habe. Wirklich. Mir war nicht klar …«

»Schon okay. Ich kann manchmal etwas knatschig werden. Liegt wahrscheinlich daran, dass alle meinen Bruder so toll finden.«

Ich meinte, eine Art würgendes Kichern zu hören, beschloss aber, das zu ignorieren.

»Hör mal, wir sind uns ja einig«, sagte ich. »*Ich* finde, dass Amanda eine blöde Kuh ist, und *du* findest, dass Amanda eine blöde Kuh ist, aber dein Kumpel hat trotzdem Recht, es hat keinen Zweck, sich da reinzuhängen. Man macht doch sowieso, was man will, ob es den anderen nun passt oder nicht. Und wer weiß, vielleicht ist sie zu ihm ja ganz anders als zu allen anderen auf diesem Planeten.«

Da ging nebenan die Toilettenspülung, und die Tür flog

auf. Ich setzte mich langsam gerade auf und ließ das Blut wieder aus meinem Kopf laufen. Zitternd öffnete ich meine Klotür. Arrgh.

»Du Sacksaft!«, schrie ich ihn an. »Du hast mich angelogen!« Ich war außer mir.

Fraser wurde hochrot. »Ich wollte bloß hören, was du sagen würdest. Was tut dir Leid?«

»Das geht dich einen verdammten Scheißdreck an, was ich sagen wollte! Ich habe mit Angus geredet, nicht mit dir! Wie bescheuert!«

»Richtig, und das nur, weil du zu betrunken bist, um unsere Stimmen auseinander zu halten.«

Ich starrte ihn an. »Ach, so, *ich* bin schuld! Soll ich dir mal was sagen? Vergiss es! Ich weiß nicht mal, wieso ich mich überhaupt mit dir unterhalte.« Ich wollte gehen. Er hielt mich fest.

»Hör zu, es tut mir Leid. Bitte bleib hier.« Seine Stimme klang unerwartet dringlich.

»Gut!« Jetzt saß ich auf dem hohen Ross. »Ich kann bleiben, ich kann gehen, es ist mir komplett egal.«

»Pssst, nun sei doch mal eine Minute still. Bitte. Es tut mir Leid.«

Eine Weile standen wir schweigend so da. Dann setzte er sich auf ein Waschbecken und ließ die Beine baumeln. Er kriegte einen nassen Arsch, aber das merkte er anscheinend gar nicht.

»Stimmt es …«, seine Stimme erstarb. »Ich meine, dass du … dass alle …? Ach, verdammt noch mal!«

Er atmete tief durch und fing noch einmal von vorn an.

»Hör zu, ich meine Amanda und alles. Ich dachte, sie und Angus könnten halt einfach nicht miteinander. Sie war kategorisch dagegen, dass er mein Trauzeuge wird, nachdem er sie gefragt hatte, warum sie so viele Leute einlädt, die sie kaum kennt, bloß weil sie berühmt sind.«

»Aber nicht Sean Connerys Sohn?«

»Ja, genau solche Leute. Aber das gehört doch nun mal zu ihrem Job, oder?«

Das kannte ich irgendwoher.

»Ich meine«, sagte er leise. »Du bist doch praktisch ihre beste Freundin. Magst du sie denn auch nicht?«

Er hörte sich so traurig an, und ich brachte es nicht übers Herz, ihm wehzutun.

»Fraser, alter Kumpel, sie ist nicht meine beste Freundin. Ich sehe sie ja kaum noch. Ich kenne sie kaum noch ...«

Ich sah ihm an, dass diese Taktik nicht zog. »Ich meine, sie ist nett. Wirklich, ich kenne sie ja schon ewig. Kannst du dich noch daran erinnern, wie ich in der Unizeit hinter Flattypuss Malloy her war? Und du konntest ihn nicht ausstehen, weil er eine Geschwulst am Hals hatte?«

»Die war gigantisch! Wirklich, vor allem aus meinem Blickwinkel.«

Er war mindestens einen Kopf größer als ich.

»Und dann war er doch ganz nett?«, machte ich weiter.

»Er war ein schwulstiger Arsch.«

»Na ja, manchmal mögen eben manche Leute andere Leute nicht, ohne dass wir das verstehen können.«

»Was ist denn eigentlich aus ihm geworden?«

»Ich hab gehört, er hat sich noch ein zweites Gesicht draufgemalt und lässt sich für Partys engagieren.«

»Wow.«

Wir ließen uns das eine Weile durch den Kopf gehen. Ich sah mich im Spiegel. Entweder war mir eine Maus übers Gesicht gerannt, oder meine Wimperntusche hatte sich selbstständig gemacht.

Ich beschloss, noch einen letzten Versuch zu unternehmen.

»Hör zu, wenn Amanda etwas will«, berichtete ich wahrheitsgemäß, »dann kriegt sie es auch. Dann arbeitet sie zielstrebig darauf hin, und nichts und niemand kann sie bremsen.«

Zärtlich – und völlig unüblich für mich – berührte ich sein Gesicht. Seine Wimpern warfen einen Schatten auf seine Wangen.

»Das heißt, dass sie dich *wirklich* will.«

Mit einem leicht verletzten Blick sah er zu mir herunter.

»Meinst du wirklich?«

»Ja.«

Er seufzte.

»Liebst du sie schrecklich, unsterblich, für immer und ewig?«, fragte ich aus dem plötzlichen Bedürfnis heraus, etwas hochdramatische Romantik in mein Leben zu bringen.

»Sie ist, na ja, hübsch und selbstbewusst und, ja, sie kennt eine Menge Leute und ... so.«

Fraser sah nach unten. »Und sie wollte mich wirklich unbedingt heiraten, weißt du.«

»Und, fällt dir das so schwer, das zu glauben?«

Er grinste. »Ich weiß nicht.«

Als wir gemeinsam die Damentoilette verließen, ernteten wir einige »Hohohos!«, die aber eher lahm ausfielen, da die gesamte Kompanie anfing zu schwächeln und mehr nach einer erschöpften Partygesellschaft kurz vor Enterung der Taxis aussah. Fran war immer noch nicht wieder aufgetaucht, also beschloss ich, mich allein auf den Weg zu machen. Ich verabschiedete mich fröhlich winkend von Nash und fand Angus in irgendeiner Ecke, wo er nachdenklich einen Whisky trank.

»Ich bin weg«, verkündete ich.

»Und tschüss.«

»Hör mal, es tut mir Leid«, sagte ich nun schon zum zweiten Mal an diesem Abend.

»Was?« Er lächelte traurig. »Wir hatten nur eine kleine Diskussion, nichts weiter.«

»Ja, wahrscheinlich.« Ich wollte ihm jetzt nicht auf die Nase binden, was auf der Damentoilette vorgefallen war.

»Du hast mir noch gar nicht erzählt …«

»Was?«

»Du hast mir noch gar nicht von Alex erzählt.«

»Das ist eine lange Geschichte.«

»Das hast du schon mal gesagt. Ich habe Zeit.«

»Ja, ein anderes Mal. Jetzt ist es nicht so günstig. Mir bleiben exakt achtundzwanzig Minuten, bis ich ins Koma falle, egal, wo ich bin.«

Ich beugte mich zu ihm und gab ihm einen Gutenachtkuss. Ich war überrascht, als er die Arme um mich legte und mich drückte.

»Soll ich mitkommen und ein Taxi organisieren?«

»Danke, es geht schon so«, sagte ich dankbar. »Mein Gott, wir sind hier in Holborn – meinst du, einer von den dreizehntausend Anwälten hier wird mich wegen Vagabundiererei anzeigen, oder was?«

»Na, dann gute Nacht.«

Ich grinste, drehte mich um und ging, bevor ich irgendetwas Ungeschicktes tun konnte und damit den Augenblick zerstörte.

Als ich draußen war, entdeckte ich ein Taxi und wollte gerade nach ihm winken, als ich aus dem Dunkel einer Seitengasse ein schwaches Stimmchen meinen Namen rufen hörte. Da mir das Nächstliegende nicht in den Sinn kam, ging ich davon aus, dass es sich um einen bösen Geist handelte, und erschrak zu Tode. Als ich einen Arm matt winken sah, erkannte ich, dass der Geist irdisch sein musste. Das hoffte ich zumindest. Ich ging zu dem Arm hinüber und kauerte mich neben das dazugehörige bedauernswerte Wesen.

»Oh, Alex. Ich hab dich vorhin gesucht. Ich dachte, du wärst gegangen.«

»Mir ging's nicht so gut.«

»Was, zum Teufel, ist denn mit dir passiert?«

»Em, er hat mich geschlagen. Dann war ich ein bisschen müde und hab geschlafen. Dann bin ich aufgewacht und wusste nicht, was ich machen sollte. Und dann bist du gekommen.«

»Das kommt daher, dass ich eigentlich ein von Gott gesandter Engel bin«, sagte ich bierernst. »Meinst du, du kannst aufstehen?« Auf diese Weise wollte ich herausfinden, wie schlimm sein Zustand war. Er war immer noch sturzbetrunken und entwickelte ein Prachtexemplar von einem blauen Auge. Aber seine schöne Patriziernase war noch immer in einwandfrei patrizischem Zustand, und auch sonst sah er nicht so aus, als wäre größerer Schaden angerichtet worden. Ich half ihm auf die Beine.

»Und gekotzt hab ich auch.«

»Ja, so was!«, sagte ich in dem Moment, in dem ich diese Tatsache selbst bemerkte. Fast hätte ich ihn wie einen Sack Mehl fallen gelassen.

»Charlie?«

»Weiß nich.«

»Fran?«

»Weiß nich.«

Ich seufzte.

»Komm jetzt.«

Das Taxi, das ich gesehen hatte, verlangsamte das Tempo, sah, dass ich ein blut- und kotzebeschmiertes Kriegsopfer mit mir herumschleppte, und brauste schnellstens davon.

»Idiot!«, schrie ich ihm hinterher. »Du blöder verdammter Idiot!«

Eine eiskalte Novemberstunde später war meine angenehm beduselte Stimmung verflogen, und ich verfluchte London, Partys und Taxifahrer im Allgemeinen sowie den nervigen, stinkenden Riesensack Kartoffeln, den ich nach Hause schleppen durfte, im Besonderen.

Irgendwann erbarmte sich dann ein Minicabfahrer unserer, der viel zu stoned war, als dass ihm das Erbrochene auf Alex' Klamotten etwas ausgemacht hätte. Genau genommen konnte man bei dem in seinem Wagen herrschenden Geruch davon ausgehen, dass er auf solche Fahrten spezialisiert war. Um halb vier waren wir dann in Kennington. Das ganze Haus lag in absoluter Stille und Dunkelheit. Alex wollte nur noch ins Bett, aber in diesem Zustand wollte ich ihn ganz bestimmt nicht in meiner Nähe haben, also lud ich ihn in voller Montur in der Dusche ab und drehte den Hahn auf.

Er fing unverzüglich an, wie ein Hund zu jaulen. Entsetzt stürzte ich mich auf ihn und brachte ihn tatsächlich dazu, mit der Jaulerei aufzuhören, allerdings nicht ohne den Duschvorhang zu Boden zu reißen. Während das Wasser ohrenbetäubend auf den Vorhang prasselte, der sich wie eine riesige Gespensterverkleidung auf uns gelegt hatte, stand ich in denkbar unbequemer Stellung da, hielt ihm den Mund zu, wurde klatschnass und wartete darauf, dass die gesamte Nachbarschaft aufkreuzte und mit Schuhen nach mir warf. Alex sah mich aus großen Augen etwas verloren an, während ich mir das Hirn verrenkte, wo ich nur hinziehen könnte, wenn ich fristlos aus der Wohnung geworfen würde.

Aber es passierte nichts. Ich kroch unter dem Vorhang hervor und spitzte die Ohren. Nichts zu hören. Ich zerrte Alex aus der Dusche, nachdem ich ihm einen Großteil des getrockneten Blutes aus dem Gesicht gewischt hatte. Er stand einfach nur stumm da, während ich schweigend versuchte, den Duschvorhang wieder hinzukriegen, letztendlich aber beschloss, die Angelegenheit zu ignorieren und zu hoffen, dass sie sich bis zum nächsten Morgen irgendwie von selbst erledigte.

Der halbe Sonntag war schon vorbei, bis ich auf der verzweifelten Suche nach etwas Trinkbarem endlich die Küche aufsuchte. Ich trank ein Glas Milch – IGITT –, weil nichts anderes da war, und danach begab ich mich todesmutig in das Badezimmer, um die dortige Lage zu checken. Es war so picobello sauber, als wären wir nie dagewesen. Der Vorhang hing wieder, das Blut war weg. Einen Moment lang dachte ich ernsthaft darüber nach, ob ich das Ganze vielleicht nur geträumt hatte, doch dann schüttelte ich den Kopf, um wieder Ordnung in meine grauen Zellen zu kriegen.

»Ähm, Linda?«

Vorsichtig klopfte ich an ihre Tür. Sie machte genau so vorsichtig auf wie die Frauen in diesen billigen Polizeistreifen, wenn ihre Männer gerade über den Zaun hinterm Haus türmen.

»Ja?« Sie beäugte mich durch ihre dicken Brillengläser.

»Es … es tut mir Leid, das mit dem Duschvorhang.«

»Schon okay.«

»Im Ernst … Ich kauf dir einen neuen oder so.«

»Schon okay.«

Um ihrem bohrenden Blick zu entgehen, zog ich mich langsam wieder zurück und verkroch mich demütig mit einem zweiten Glas Milch in meinem Zimmer. Alex dämmerte noch immer in einem komaähnlichem Zustand dahin; sein Auge schillerte nun in schickem Veilchenblau.

»Alex«, zischte ich und ließ mich neben ihn aufs Bett plumpsen. »Alex! Wach auf! Ich habe Angst vor meiner asozialen Mitbewohnerin! Ich glaube, sie will mich in Stücke hacken! Und mich dann hier liegen lassen, wo man mich erst in drei Wochen findet!«

»Pfnat.« Alex versuchte, die Augen aufzumachen, stellte allerdings fest, dass er das nicht konnte, weil sie jemand zum Schwellen gebracht hatte. Durch den Chinesenschlitz erkannte er das Glas Milch, woraufhin er die Augen doch noch einen Millimeter aufriss und seine Haut eine ungesunde grüne Farbe annahm.

»NEIN! Nicht kotzen!« Hektisch stellte ich das Glas weg. »Nicht schon wieder!«

Langsam schloss er die Augen, dann wurde er ohnmächtig.

»Super«, dachte ich mir. »Gefangen zwischen der heimlichen Psychopathin und dem ohnmächtigen Phlegmatikus.«

Ich musste raus aus dieser Wohnung. Und ich musste natürlich herausfinden, was mit Fran passiert war. Also beschloss ich, bei ihr vorbeizugehen, statt sie anzurufen, da ich auf diese Weise ein bisschen an die frische Luft kam und Anti-Kater-Artikel besorgen konnte. Ich zog mir eine Jeans und zwei herumliegende Pullover an und wagte mich hinaus in den kalten Nachmittag.

Fran wohnte einen knappen Kilometer die Straße hinunter in einem kahlen Wohnklo: weiß, blitzsauber und leer. Allerdings nicht aufgrund irgendwelcher Designprinzipien, sondern wegen ihrer Fantasielosigkeit und ihrer Abneigung gegenüber dieser Bude, weswegen sie ja auch praktisch bei mir wohnte – da stieß man zwar alle Nase lang auf Psychopathen, aber wenigstens war man nicht allein. Forschen Schrittes marschierte ich los und genehmigte mir auf dem Weg eine Diätcola-Notinfusion, um mich nicht wegen der Überdosis Milch zu übergeben. Und von einer Überdosis Bier, so gesehen. Die Haustür stand wie immer offen, also machte ich mich auf den Weg nach oben.

»Juuhuu!«, schrie ich vor ihrer Wohnungstür und trommelte lautstark dagegen.

»Guten Morgen! Zeit zum Aufstehen! Wir haben eine MENGE zu erzählen, VOR ALLEM du, Madame Jojo-Slip!«

Drinnen rührte sich etwas, ich konnte hören, dass jemand herumlief.

»Komm schon!«, rief ich ungeduldig. »Ich will hören, was zwischen dir und der kleinen Dumpfbacke abgegangen ist, und dir von Angus und Fraser und überhaupt *alles* erzählen!«

Jenseits der Tür nahmen die Geräusche zu – es hörte sich an, als versuchte jemand, sich eine Jeans anzuziehen, wobei er das Gleichgewicht verlor, unsicher herumhopste und dann krachend zu Boden ging.

Erst da fiel mir ein, dass sie möglicherweise nicht allein war. Ich versuchte mich zu entsinnen, was mit Johnny McLaughlin passiert war, nachdem er wieder in den Pub gekommen war. Verdammt! Wahrscheinlich hatte er sich wieder abgesetzt und war hierher gekommen! Argh! Hoffentlich hatte er nicht gehört, dass ich ihn Dumpfbacke genannt hatte! Und sie wusste nicht mal, dass er verheiratet war! Oder ... oje! – wir wussten ja gar nicht, was mit Charlie passiert war. Vielleicht hatte sie ihr Zu-Tode-fick-Programm wieder aufgenommen – wow, dann war sie aber stinkig. Oh, nein, entweder der brave Ehemann oder die Mistkröte! Das war zu viel.

Ich lehnte mich an die Tür.

»Ähm ... wenn du willst, geh ich erst mal und komme später wieder ...«

Zu spät: Fran hatte die Tür bereits aufgerissen und stand in einem Herrenhemd und einem Handtuch um die Hüften vor mir. Sie sah ziemlich erschöpft aus. Ich grinste.

»Ich kann auch wieder gehen, ehrlich, gar kein Problem.«

»Hallo, Mel«, sagte sie matt. »Nein, ich glaub, das geht schon klar.«

Sie machte den Weg frei, und ich betrat den miefigen, verdunkelten Raum, wo ich ausgerechnet Angus erblickte, der wirklich ausgesprochen schafsköpfig aussah und verlegen überprüfte, ob sein Reißverschluss richtig zu war.

»!«, gab ich zu verstehen.

Wir glotzten einander an. Er wurde puterrot, während ich versuchte, mich zu fangen.

»Hi!«, begrüßte ich ihn munter und warf Fran einen grimmigen Blick zu.

»Hallo«, sagte Angus und studierte das Teppichmuster. Dann tat er, als würde er auf die Uhr gucken. »Ähmmmm ... ich muss dann wohl ... Ich hab Fraser versprochen, dass ich ... äh, ihm helfen würde, eine Krawatte auszusuchen.«

Ich nickte langsam. Wir standen alle da wie angewurzelt, bis Fran kapierte, dass sie wohl besser sein Hemd ausziehen sollte. Er riss es ihr förmlich aus der Hand und knöpfte es mit Lichtgeschwindigkeit zu. Fran weigerte sich, irgendwie verlegen auszusehen, und stand ganz lässig da in ihrem BH. Einen Moment lang dachte ich, sie würde ihm die Hand geben und sich für seinen Besuch bedanken. Stotternd und deutlich betreten verließ Angus den Ort des Geschehens. Ich ließ eine komplette halbe Sekunde verstreichen, bevor ich mich umdrehte.

»WAS zum TEUFEL war das?«

»Meine Güte, Melanie, nun reg dich mal nicht künstlich auf.«

»Künstlich aufregen? Ich? Wer von uns hat denn wohl innerhalb von acht Stunden zwei Männer gefickt!«

»Ich jedenfalls nicht, mein Schatz. Soll ich Kaffee machen?«

»Was? Sag mal, was ist denn los mit dir?«

Fran ging von Fenster zu Fenster, zog die Jalousien hoch und sorgte für frische Luft, bevor sie die Kaffeemaschine anmachte. Ich stand mitten in dieser Winzwohnung und knetete mir frustriert die Hände.

»Erzähl schon!«, flehte ich. »Ich dachte, *ich* wäre diejenige, die sich regelmäßig betrinkt und danebenbenimmt!«

Fran sah verträumt aus dem Fenster, bis ich ihr vor Ungeduld und Neugier am liebsten an den Hals gesprungen wäre. Ihr Verhalten gegenüber dem anderen Geschlecht war schon immer von Gewinnsucht geprägt gewesen, aber das hier war einfach zu bizarr: erst Charlie, dann Johnny und jetzt Angus, ausgerechnet mein neuer Freund Angus, von dem ich offen gestanden geglaubt hatte, er würde eher mich mögen – das zum einen –, und den ich zum anderen für einen korrekten Edelmann gehalten hatte.

Endlich war der Kaffee fertig, und Fran setzte sich in ihrem »Frankie Says Relax«-T-Shirt, das ihr ungerechterweise immer noch passte, neben mich.

»Bitte, Fran«, sagte ich und bemühte mich, ruhig zu klingen. »Sag mir einfach nur, was hier abgeht. Bist du auf irgendeiner geheimen Mission aus dem All und musst mit allen Männern schlafen, die wir kennen?«

Sie tätschelte mir die Hand. »Es ist nicht so, wie du denkst.«

»Ach, es waren auch Tiere dabei?«

»Nein.«

»Was denn?«

»Na ja, du weißt doch, dass ich gestern Abend eine Löwin war?«

»Und wie. Also *doch* Tiere ...«

»Johnny war nicht gerade in Löwenform.«

»Das wundert mich nicht. Du hast ihm ja quasi den Kopf abgerissen.«

»Das ist nicht wahr.« Sie sah mich scharf an. »Wir waren nach draußen gegangen ...«

»Ja, um festgenommen zu werden.«

»... um ein bisschen frische Luft zu schnappen ...«

Ich schnaubte.

»... und als wir gerade mal zwei Schritte gegangen waren, brach er in Tränen aus.«

»Das wundert mich überhaupt nicht, Frannie, im Ernst.«

»Mel, hat dir eigentlich schon mal jemand gesagt, dass du zu viel redest?«

»Ähm, ja. Einige sogar. Komisch, Alex hat das gerade erst kürzlich gesagt, dass ich immer anfange, wie ein Wasserfall zu plappern, wenn ...« Sie sah mich an wie vom Donner gerührt. »... ich nervös bin.«

Fran räusperte sich ausgiebig. »Egal. Er ist also in Tränen ausgebrochen und hat mir erzählt, dass er seine Frau hasst, und nicht nur die, sondern auch sein Leben und seinen Job, und dass ich das Netteste bin, was ihm je passiert ist, und wie deprimierend das alles ist und dass das seit acht Jahren die erste Party ist, zu der er geht, und dass ich ja keine Ahnung hätte, was es bedeutet, Tag für Tag vor einem Haufen hirnloser Affen zu stehen und denen was von Geographie zu erzählen.«

Sie hielt inne, um meinen Kommentar abzuwarten, aber ich sagte nichts.

»Wir sind in der Bar ein Stockwerk tiefer gelandet, wo ich die langweiligsten, nüchternsten drei Stunden meines Lebens verbracht habe, weil mir jemand anders die Ohren vollheulen musste über sein eigenes beschissenes Leben.«

»Warum hast du dich denn nicht losgeeist und hast mich gesucht? Ich hab richtig Spaß gehabt.«

»Jedes Mal, wenn ich auch nur die leiseste Bewegung gemacht habe, fing er wieder an, in sein Glas zu heulen und mir zu erzählen, dass er noch nie mit jemandem so gut reden konnte wie mit mir.«

»Oh, nein.«

»Wirklich, Mel«, sie sah mich abgehärmt an. »Hast du eine *Ahnung*, wie viel ich über den Papierkram weiß, den die Erstellung des nationalen Lehrplans mit sich bringt?«

»Na ja, vielleicht nützt es dir ja mal, wenn du jemals eine Rolle als Lehrerin bekommen solltest«, ermutigte ich sie.

»Aber dann habe ich beschlossen, dass ich unbedingt gehen sollte, bevor ich mir eine Gabel ins Bein rammte. Und *dann* wollte er mich abschleppen!«

»Das kann man von seinem Standpunkt aus schon verstehen.«

»So ein dreister Mistkerl. Wenn er den blassen, interessanten Fremden spielen will, gut. Aber wenn er mir drei endlose Stunden lang die Ohren vollheulen will über seine dämliche Frau, dann muss er hinterher nicht den Gigolo spielen!«

»Ich glaube, du bist so ziemlich der netteste Mensch, den ich kenne.«

Sie seufzte. »Ich *weiß*. Ich habe ihm dann jedenfalls ordentlich Bescheid gestoßen.«

»Hast du ihn geschlagen?«

»Nicht fest. Mann, was für eine Wimmerkröte. Dann habe ich mir erst mal ein oder zwei Drinks genehmigt. Und dann bin ich wieder hochgegangen und hab dich gesucht.«

»Ich war bis zum Schluss da, ich muss also gerade erst gegangen sein.«

»Ja, warst du auch – ich hab aus dem Fenster geschaut und gesehen, wie du Alex die Straße entlanggeschleppt hast.«

»Und warum bist du nicht rausgekommen und hast mir geholfen?«

»Hör mal, es war *arschkalt* draußen.«

»Richtig, schönen Dank auch.«

»Und es war so gut wie niemand mehr da, außer Angus, der hat Trost bei ein paar doppelten Whiskys gesucht.«

»Ich weiß, ich hab ihn gesehen, als ich gegangen bin.«

»Er sah ziemlich fertig aus, also hab ich mich ein bisschen mit ihm unterhalten.«

»Hat er mich zufällig erwähnt?«

»Ähm, nein, zufällig nicht.«

»Oh. Okay.«

»Warum?«

»Nur so.«

»Hm.« Sie sah mich wieder scharf an. »Egal, er war ziemlich breit, also habe ich ihn hier übernachten lassen. Und das war's.«

Mann, war ich erleichtert.

»Du hast also nicht mit ihm geschlafen?«

»Doch, natürlich habe ich mit ihm ge*schlafen.*«

»Du bist *ätzend*!«

»*Ich* bin ätzend? Wer ist denn bitte schlimmer, Angus oder Nicholas?«

»Darum geht's nicht.«

»Natürlich, genau darum geht's. Aber abgesehen davon ist es eh nichts Ernstes.«

»Du magst ihn nicht mal besonders. Du findest, dass er wie ein Hund aussieht.«

»Das hast du gesagt, nicht ich.«

»Wirklich?« Daran konnte mich gar nicht erinnern. Und selbst wenn ich so etwas gesagt haben sollte, dann höchstens in dem Sinne, dass Hunde stark und lieb waren, oder? Moment mal, Hunde waren doch gar nicht stark und lieb. Was bastelte ich mir da eigentlich zusammen …?

»Wie geht's Alex?«, fragte Fran und nippte an ihrem Kaffee.

»Wer? Ach so, ich glaube, er wird durchkommen.« Ich erzählte ihr von der Dusche.

»Hoffentlich hat er keine Gehirnerschütterung oder so«, fiel mir plötzlich ein. »Oh, Gott! Was, wenn er jetzt jahrelang im Koma liegt, nur weil ich ihn nicht ins Krankenhaus gebracht habe?«

»Dann könnte ich endlich mal meinen ganz besonderen kleinen Freudentanz aufführen«, sagte Fran. »Jetzt trink endlich deinen Kaffee, und ich erzähl dir, wie Angus im Bett ist.«

Was sie auch tat.

Nach etwa einer Stunde ging ich mit starkem Schwindelgefühl nach Hause, damit Fran den dringend benötigten Schlaf aufholen konnte. Ich kaufte Schinken und Eier und schlich mich in die Wohnung. Nichts zu hören. Ich wollte gerade auf Zehenspitzen in die Küche gehen, als jemand elend aufstöhnte.

»Mel … bist du das?«

Ich streckte die Nase in mein Zimmer, das erbärmlich nach Alkohol stank.

»Alex?«

»Ja …«, sagte er schwach.

Ich setzte mich neben ihm aufs Bett. Sein Auge war jetzt rot, lila und grün, aber nicht mehr zugeschwollen.

»Wie fühlst du dich?«, fragte ich zärtlich.

»Als wäre der Todesstern über mich hinweggetobt.«

»Ach, Liebling. Willst du irgendwas essen oder trinken?«

»Jedenfalls keine Milch, bitte.« Er schaffte ein kleines Lächeln. »Waren wir sehr schlimm?«

»Du warst ungezogen, dein Freund war unmöglich.«

Er lachte und zuckte zusammen.

»Das war alles gar nicht so gedacht. Wir sind bloß zum Rugby gegangen und haben ein paar Bierchen getrunken …«

»Und dann nahm das Unheil seinen Lauf. Wer hätte das gedacht.«

Er zwang sich zu einem mittleren Grinsen. »Wie schlimm?«

»Du hast für alles bezahlt, was du angestellt hast.«

»Ich hätte ihn fertig machen können.«

»Natürlich hättest du das, Liebling.«

»Wenn ich den noch mal treffe, dann packe ich ihn …« Schlaftrunken streckte er die Arme nach mir aus, und ich ließ mich packen.

»Ich bin die toleranteste Freundin auf der ganzen Welt, weißt du das eigentlich?«

»Ich weiß«, sagte er und schlief schon wieder. »Ich weiß.«

9

Montag bei der Arbeit musste ich unbedingt mit jemandem reden, aber es sah zunächst gar nicht gut aus. Der Cockneyjunge, der übrigens – wie sollte es anders sein – Steve hieß, erkundigte sich, wie der Junggesellenabend gewesen war.

»Super«, sagte ich. »Die Stripperin war nämlich lesbisch, also hab ich sie gleich abgeschleppt.«

»Echt?«, grunzte er mit weit aufgerissenen Augen.

»*Nein.*«

»Blöde Lesbe. Hast wahrscheinlich niemanden abschleppen können«, murmelte er ziemlich leise.

»Stimmt nicht ganz. Und außerdem lasse ich normalerweise die Jungs zugucken. Aber nur die, die ich mag – Pech für dich!«

Er schnitt eine Grimasse und wandte sich wieder seiner Arbeit zu, die, soweit ich das erkennen konnte, hauptsächlich darin bestand, etwas auszumalen.

»Wie geht's dir, Janie?«, fragte ich meine Nachbarin auf der anderen Seite in dem sanften, unverbindlichen Ton, den ich mir für Leute mit Liebeskummer aufsparte.

»Na ja«, hob sie tapfer an, »er hatte ein Ticket fürs Rugby am Samstag, aber er ist stattdessen mit mir zu Ikea gefahren.«

»Na, siehst du! Er liebt dich. Ich war ja übrigens auf dieser Party am Samstag …«

»Aber dann wollte er nicht mitgehen zur Heim-und-

Handwerk-Messe ...«, jetzt fing sie leicht an zu schnüffeln, »und kam erst nach *Football Focus* vorbei! Als es schon *viel zu spät war*!«

Entgeistert starrte ich sie an. »Bist du total bescheuert? Du kannst ihn doch nach zwei Monaten noch nicht auf die Heim-und-Handwerk-Messe schleppen! Du kannst ihn *niemals* auf die Heim-und-Handwerk-Messe schleppen! Herrje! Hör endlich auf, die verdammte *Daily Mail* zu lesen! Aber jetzt hör mal, da war dieser Typ auf der Party, von dem ich dachte, dass er mich ganz gern mag, ja, aber der hat sich mit meiner besten Freundin abgesetzt. Eigentlich ist das ja egal, was soll ich mit dem schon wollen, schließlich ist mein Freund klasse, und ich liebe ihn wirklich. Aber er – also, der erste Typ, nicht mein Freund –, er versucht, die Hochzeit von seinem Bruder zu sabotieren, und er will, dass ich ihm dabei helfe. Abgesehen davon ist er wirklich total nett. Aber ich liebe natürlich meinen Freund. Trotzdem finde ich es ziemlich übel, dass dieser erste Typ mit meiner Freundin gepennt hat. Fast so, als wäre ich eifersüchtig, so fühle ich mich, wenn ich eifersüchtig bin, aber das bin ich natürlich nicht. Also, was meinst du, was ich tun soll?«

Sie starrte mich mit offenem Mund an.

»Außer die beiden zur Heim-und-Handwerk-Messe zu schleppen, um zu sehen, wer mir den robustesten Teppich aussucht?«

Ich konnte es nicht fassen, sie kriegte schon wieder feuchte Augen.

»Ich wollte mir bloß *Kissen* angucken. Kissen sind doch nicht *zu* bindend, oder?«

Arrgh. Das war's. Ich musste also doch bei der Telefonseelsorge anrufen. Obwohl, bei meinem Glück würden die bestimmt unverschämt werden oder hatten keine Zeit. Ich setzte mein Märtyrergesicht auf und drehte mich mit pseudo-geistlicher Miene zu ihr um.

»Oookay. Also, dann erklär mir mal als Erstes, warum du ihn nicht zum Rugby gehen lassen wolltest? Er ist ein Junge. Jungs brauchen Rugby. Glaub mir, ich weiß Bescheid.«

Sie sah mich verständnislos an. »Lässt du deinen Freund hingehen?«

»Natürlich!«

»Und das ist okay?«

Ich dachte ein wenig darüber nach. Ich wollte ja nicht sagen: »Klar! Weniger okay ist allerdings, dass er sich prügelt und Stripperinnen beleidigt und mich vollkotzt und quasi ins Koma fällt.«

»Natürlich!«, sagte ich. Mein Gott, konnte dieser James sich nicht mal beeilen und endlich mit ihr *Schluss machen*, dann könnte ich zur Abwechslung mal über meine Probleme reden.

»Wisst ihr, was ihr machen müsstet, ihr Süßen«, sagte der Cockneyjunge, der es offenbar fertig gebracht hatte, unserem Gespräch zu folgen, *während* er seinen Kram ausmalte! »Ihr müsstet beide Rugby spielen lernen, klar? Dann könntet ihr selbst übers Feld rennen und euch im Schlamm wälzen und so. Dann wären doch alle zufrieden – eure Kerle können zum Rugby gehen, und ihr würdet halt spielen.«

Wir drehten uns um und starrten ihn an.

»Du hast viel Zeit allein in deinem Zimmer verbracht als Teenager, stimmt's?«, fragte ich ihn.

»Nein«, schmollte er. »Nein, hab ich nicht.«

»Tagein, tagaus hast du die Wände angestarrt, dir deine Pickel ausgedrückt und Phil Collins gehört …«

»Ach, halt's Maul.«

»… und hast davon geträumt, dass Kate Moss vorbeikommt und ausgerechnet vor eurem kleinen Cockneyhaus eine Reifenpanne hat.«

Er hob abwehrend die Arme hoch und ging weg. »Das muss ich mir nicht anhören.«

»Och, Steve, Steve, danke, dass du mein Auto repariert hast … wie kann ich, Kate Moss, dir nur jemals dafür danken?«

An der Tür drehte er sich um und zeigte mir den Stinkefinger. Aber er lächelte ein klein wenig dabei. Hoffte ich.

Drei Leute hatten für mich angerufen. Die eine war Fran, die wissen wollte, was wir zu Amandas Jungfernabend anziehen. Die wollte doch wohl nicht im Ernst da hingehen? Ich jedenfalls ganz bestimmt nicht, ich fand meine Augen ganz schön so, wie sie waren, danke.

Die zweite Nachricht war von Alex, der nur angerufen hatte, um »Guten Morgen, mein Schatz«, zu sagen. Er war unglaublich lieb zu mir seit Samstag. Was natürlich sehr schön war, wenn auch ziemlich ungewöhnlich. Genau genommen hatte es das noch nie gegeben. Er hörte sich geradezu kleinlaut an.

Die dritte klang etwas merkwürdig. Erst sagte jemand lange gar nichts, dann konnte man so was wie »äääh« hören. Dann räusperte sich jemand lautstark und entschuldigte sich hierfür. Dann wusste ich, wer's war.

»Angus«, sprach ich in die Muschel, obwohl es ja bloß eine Nachricht war. »Kein Problem. Ich bin's bloß. Ja, natürlich finde ich, dass du ein Idiot bist, aber das ist schon okay. Macht nichts.«

»Ähm, hallo auch, ähm, ich bin's, Angus. Em, Angus McConald.«

Ach, *der* Angus!

»Also, äh, ich wollt wirklich bloß wissen, wie's dir so ging nach Samstag und, äähm, ob du vielleicht mit mir Mittag essen würdest, nur so ein bisschen reden, ich verspreche auch, dass wir uns nicht über die Hochzeit unterhalten …« Es folgte eine kurze Pause. »Na gut, vielleicht reden wir doch über die Hochzeit, aber nur … oh, Gott, sie dürfen einfach nicht – Ach, was soll's. Ruf mich doch mal an. 555 2127. Ach, tschuldigung, 0171, 555 2127. Verdammte englische Vorwahlen. Okay. Tut mir Leid. Bis dann. Bye.«

Er konnte das mit der Heirat nicht hinnehmen. Und Fran auch nicht. Ich wünschte nur, sie würden mich aus der Sache rauslassen – andererseits wurde ich nicht gerne übergangen. Und außerdem wollte ich ihn tatsächlich gerne wieder sehen. Ich rief ihn zwar nicht gleich zurück, notierte mir aber seine Nummer in meinem Adressbuch. Mit Kugelschreiber.

»Wir sind eingeladen«, beharrte Fran. »Also gehen wir da auch hin und sorgen für Stimmung. Spielen Jungfernterminator.«

»Das ist überhaupt nicht komisch.«

»Vielleicht könnten wir ja die Stripperin fürs *Quagis* engagieren.«

Wir hatten uns zu einem Kriegsrat getroffen. Beziehungsweise, Fran war zu mir gekommen, um zu proben und mich als Statistin zu missbrauchen, und Alex war sowieso bei mir. Ich hatte Fran erzählt, was Angus mir bei dem Junggesellenabschied erzählt hatte, und sie war ganz aufgeregt bei der Aussicht, mal richtig fies sein zu dürfen. Immerhin war sie jetzt mehr denn je davon überzeugt, dass wir im Dienste des Guten handelten, wenn wir für ein bisschen Unruhe sorgten. Ich war mir da nicht so sicher. Alex las die *Sunday Times,* ihn ließ das alles komplett kalt.

Das Telefon klingelte. Ich ging dran, legte dann die Hand über die Muschel und steckte den Kopf ins Wohnzimmer.

»*Das ist Angus!*«, zischte ich Fran zu. Zwei Anrufe in zwei Tagen!, dachte ich. Vielleicht war er doch in Fran verknallt. Oder …

Fran zuckte mit den Schultern.

»Was ist?«, fragte ich. »Soll ich ihm sagen, dass er vorbeikommen soll?«

»Warum fragst du mich denn das?«

»Weiß nicht … ähm, weil er dich von innen gesehen hat?«

Mit hochgezogenen Augenbrauen sah Alex vom Sportteil auf, aber dann fiel ihm ein, dass er Fran ja schon eine ganze Weile kannte.

»Im Ernst, wo ist das Problem?«, sagte sie. »Ich würde ihn gerne sehen. Er ist nett. Und er kann bei unseren Störmanövern mitmachen.«

»Hmmm.« Ich war mir nicht ganz sicher, wie eng ich die beiden zusammenarbeiten sehen wollte.

»Hey!«, wandte ich mich so überbetont heiter wieder dem Anrufer zu, dass dieser sofort wusste, was in der Zwischenzeit abgegangen war. »Komm doch vorbei! Wir sitzen hier rum und trinken Wein und lästern über gemeinsame Bekannte.«

»Aye, okay.«

Ich gab ihm meine Adresse und ging davon aus, dass er Stunden brauchen würde, um herzufinden, und dass er das blöde Straßensystem hier in England verfluchen würde, aber er tauchte bereits nach einer halben Stunde auf und war mit ein paar sehr hilfreichen Flaschen Wein bewaffnet. Er und Alex lächelten sich leicht gezwungen an und gaben sich die Hand, woraufhin Alex sagte: »Ich glaube, ich lass euch drei mit der Zerfleischerei Abwesender allein« und sich wieder in die Zeitung vertiefte.

»Huuu«, machte Fran. »Mr. Perfect schlägt wieder zu.«

»Mann, jetzt hört endlich auf, aufeinander rumzuhacken, ihr zwei.«

Fran warf ihm einen letzten abschätzigen Blick zu und gesellte sich dann auf Kissen zu uns auf den Boden.

»Ja, dann!«, sagte Angus leicht verkrampft. Er wusste offensichtlich nicht recht, was er sagen sollte. »Das hier ist ja zum Glück nicht irgendwie peinlich, oder?«

»Wovon redest du?«, sagte Fran.

Ich trat ihr gegen das Fußgelenk. »Nein, ist es nicht«, versicherte ich ihm. Fran lächelte zuckersüß und ließ Angus noch verlegener aussehen.

»Wie geht's Fraser?«, fragte ich.

»Gut. Hat sich erholt. Sie« – die Intonation war glasklar: genauso hatte es sich früher angehört, wenn man von Margaret Thatcher sprach – »lässt ihn ständig neue Speisenfolgen auswählen. Und hinterher sagt sie ihm jedes Mal, dass er etwas falsch gemacht hat.«

»Ich *liebe* dieses Spiel«, sagte ich.

Fran machte sich auf dem Boden lang, verschränkte die Arme hinterm Kopf und sah zur Decke.

»Sag mal, warum *sagst* du ihm das nicht einfach? Geh zu ihm und sag ihm, Fraser, heirate sie nicht, sie ist eine Hexe. Sie ist eine flachärschige blondierte Gewitterhexe. Sie ist die fieseste, gemeinste Hexe im Hexenuniversum. Wenn sie Präsidentin wäre, dann würde sie Hexaham Lincoln heißen.«

»Worauf willst du hinaus?«

»Wenn sie ein Cowboy wäre, würde sie Hex Cassidy heißen.«

»Fran, deine Einfälle sind natürlich unschlagbar. Aber ich könnte mir vorstellen, dass Angus schon das eine oder andere versucht hat.«

Angus legte den Kopf schief.

»Sozusagen. Das mit der Hexe hab ich allerdings nicht so vertieft.«

»Ja, und, wie hat er reagiert?«

»Er hat mich mit Hundeaugen angesehen und gesagt« – ernste Stimme – »›Angus, ihr beiden vertragt euch einfach nicht. Glaub mir, sie ist wirklich süß. Es wird schon gut gehen.‹«

»Argh!«, sagte Fran. »Ich fasse es nicht, es gibt nichts Schlimmeres als Frauen, die von Männern für süß gehalten werden, in Wirklichkeit aber hinterhältige HEXEN sind!«

Alex raschelte mit der Zeitung und sah über den Rand. »Ach, ja? Und was ist mit Frauen, die den ganzen Tag geifern und rumkeifen?«

»Und was ist mit Männern, die sich nach Amerika verpissen und sich durch die Gegend vögeln?«

Ich erstarrte.

Fran meinte immer, was sie sagte, und als ich das hörte, na ja, ich schätze, ich hatte es schon geahnt oder angenommen, dass Alex alles Mögliche angestellt hatte, als er weg war, aber ich war eben nie ganz sicher gewesen, und ich hatte gedacht … ich sah ihn an und wusste, dass mir schon wieder Tränen in den Augen standen, die ich zu unterdrücken versuchte, bis es wehtat. Fran beugte sich zu mir. Sie bereute offensichtlich, was sie gerade gesagt hatte.

»Melanie …«

Alex warf die Zeitung zur Seite und stürmte hinaus. Ich dachte, jetzt würde er gehen – für immer wahrscheinlich. Es schnürte mir die Kehle zu.

Alex wusste offensichtlich nicht recht, was er tun sollte, er stürmte wieder ins Wohnzimmer und gab mir mit einem Nicken zu verstehen, dass ich ihm folgen sollte, aber ich war wie gelähmt.

»Komm jetzt«, befahl er. Ich stand auf und ging mit ihm in den Flur. Er zog mich an sich und nahm mich fest in den Arm, dann lehnte er seine Stirn an meine und versuchte, sich zu beruhigen.

»Deine Freundin kann mich wirklich auf den Tod nicht ausstehen, was?«

»Ja«, sagte ich und biss mir auf die Unterlippe. Ich brachte die Frage kaum heraus.

»Ha-hast du?«, stammelte ich.

»Mel, du weißt, dass ich zu mir selbst finden musste. Neue Sachen ausprobieren und so. Um herauszufinden, wohin ich gehöre. Nämlich hierher. Zu dir.«

Ich wich seinem eindringlichen Blick aus und starrte zu Boden.

»Amerika ... das kommt mir vor, als wär's in einem anderen Leben gewesen. Ich hab da massenweise Sachen gemacht, die ich hier nie tun würde. Richtig bescheuertes, bedeutungsloses Zeug. Das musst du mir glauben.«

Nichts, was ich lieber täte.

»Du bist wirklich etwas Besonderes – ich sag dir das ja immer wieder, aber du glaubst nicht an dich selbst. Sieh mal, ich bin schließlich den ganzen langen Weg wieder zurückgekommen zu dir, oder nicht? Du weißt doch, was ich manchmal für Mist mache. Aber ich bin hier, bei dir!«

Ich sah ihm wieder in die Augen. Er wirkte so aufrichtig, ihm schien so viel daran zu liegen, alles wieder in Ordnung zu bringen. Er sah fast so aus, als würde er selbst gleich losheulen.

»*Bitte*, Mel.«

Wir starrten einander ziemlich lange an.

»Schon gut«, sagte ich. »Schon gut. Ist schließlich lange her.«

»Meinst du das im Ernst? Du – du fantastisches Prachtweib?«

»Ja«, sagte ich leise.

»Ich hab die ganze Zeit an dich gedacht«, sagte er.

»Echt? Ich überhaupt nicht an dich.« Ich rang mir ein Lachen ab.

»Dieser ganze Mist ist vorbei, versprochen. Von jetzt an gibt es nur noch dich und mich. Wenn du jetzt noch diese dämliche Fran loswerden könntest, wäre es echt perfekt.«

»Lex, sie ist meine beste Freundin.«

»Und was ist mit mir?«

»Du bist mein Seelenkumpel, schon vergessen?«

»Ach, ja.«

Ich musste ihn fragen.

»Alex, liebst du mich?«

Er lächelte und küsste mich direkt auf den Mund.

»Ich bums dich doch, oder?«, sagte er in breitem Cockney.

»Dann sag's mir doch einfach.«

»Süße, ich liebe meine Nächsten wie mich selbst, also lieb ich dich natürlich.«

Und dann ging er. Ich blieb im Flur stehen, weil ich gar keine rechte Lust hatte, jetzt schon wieder ins Wohnzimmer zu gehen. Auf dem potthässlichen Beistelltisch entdeckte ich einen Stapel Post. Normalerweise befasste ich mich gar nicht damit – die Rechnungen überließ ich Linda, und wenn was für mich dabei war, schob sie es einfach unter meiner Tür durch. Aber ich sah den Stapel gleichgültig durch und fragte mich, wie viele Tierschutzvereine es wohl auf der Welt gab. Plötzlich fiel mir ein an Alex (c/o Melanie Pepper) adressierter Umschlag auf. Harter, weißer Karton. Seltsam. Direkt darunter lag auch einer für mich. Und dann wurde mir klar, dass dies die Hochzeitseinladungen sein mussten! Ich meine, wie viele solcher Kartonumschläge bekam ich schon normalerweise? (Das war mein erster.) Den konnte ich auf den Kaminsims stellen! Ach, nein, den okkupierte Linda ja schon mit ihren Miniatur-Glaskatzen.

Ich ging zurück ins Wohnzimmer. Angus und Fran sahen mich ernsthaft besorgt an.

»Es tut mir Leid!«, rief Fran sofort, damit ich es auch ja glaubte.

»Alles in Ordnung«, sagte ich und setzte mich, um mir noch ein Glas Wein einzuschenken.

»Das war nur so ein Schuss ins Blaue, Mel, echt, ich wusste das nicht. Ich hätte wirklich nicht gedacht …« Fran sah ehrlich betroffen aus. Ich tätschelte ihr die Hand.

»Komm mal mit raus. Ich muss dir was sagen.«

Sie folgte mir.

»Fran, mach dir keinen Kopf. Ich glaube, es hat mehr genützt als geschadet. Er …« Ich kam mir schon ein bisschen blöd vor. »Ich wollte das jetzt nicht vor Angus sagen, aber … er hat gesagt, dass er mich liebt. Zum ersten Mal.«

»Dieser Wichsfrosch!« Fran war sofort wieder auf hundertachtzig. »Der liebt doch niemanden außer sich selbst!«

Ich bedachte sie mit einem Blick, der ihr verriet, dass ich ihr noch nicht verziehen hatte.

»Okay, okay, ich hör schon auf. Ich freue mich für dich. Wirklich.«

»Hör mal, Fran, im Ernst: Würdest du bitte aufhören, dich so aufzuführen, wenn er in der Nähe ist?«

Fran maulte.

»Würdest du das bitte tun? Ich meine, es geht ihm tierisch auf die Nerven – und mir auch.«

»Okay, okay. Wenn du das wirklich willst, werde ich meine natürlichen Instinkte gegenüber diesem Schleimscheißer zügeln.«

Ich drückte sie liebevoll an mich. »Fran, ich könnte deine tierischen Instinkte echt klasse finden. Wenn sie nicht die eines in die Enge getriebenen Pumas wären.«

Sie knurrte mich freundlich an. Dann gingen wir wieder ins Wohnzimmer.

»Geht's bei euch beiden immer so hochdramatisch zu?«, fragte Angus, der sich still und leise mit dem Wein vergnügte.

»Ja, sicher – wer war das doch gleich, der eine ganze Hochzeit sabotieren wollte? Ach, das warst doch du, oder?«, erinnerte ich ihn. »Wobei mir einfällt – tätää!«

Ich zauberte die Umschläge hervor.

»Einladungen?« Fran wollte sie gleich an sich reißen. »Wieso hast du denn zwei einzelne bekommen?«

»Wahrscheinlich einfach, weil sie sich das leisten konnten«, flötete ich vornehm und machte meine auf.

Entsetzt starrte ich auf die goldgerahmte Karte.

»Diese *Hexe*!«

»Was?«

»Sieh dir das an!«

Fran nahm mir die Karte ab.

»Zwanzig verdammte Jahre, und jetzt das! Dieses Miststück!«

›*Joan und Kenneth Phillips*‹, stand auf der Karte, ›*laden anlässlich der Hochzeit ihrer Tochter Amanda Serena Phillips mit Fraser Alasdair McConald ein zum abendlichen Empfang im*

Pyrford House am 21. Dezember. Ein Bus wird um 16:30 Uhr am Trafalgar Square bereitstehen. Abendgarderobe ist nicht erforderlich.‹

Fran und ich starrten uns an. Dann riss sie Alex' Umschlag auf. Und da stand natürlich ›*Joan und Kenneth Phillips laden zur Hochzeit ihrer Tochter Amanda Serena Phillips mit Fraser Alasdair McConald am 21. Dezember um 10 Uhr in der Dorfkirche zu Pyrford und zum Lunch im Le Coq Fantastique ein. Anschließend Tanz im Pyrford House. Cut.*‹

Beiden Einladungen lag eine Liste erwünschter Hochzeitsgeschenke von Heals bei. Unter 400 Pfund war da nichts zu haben.

Fran und ich starrten uns an.

»Okay«, sagte ich zu Angus. »Was müssen wir tun, um diese Hochzeit gründlich zu vermasseln?«

»Das ist die gerechte Strafe«, ergänzte Fran. »Für die Gemeinheiten, sie uns jahrelang in der Schule angetan hat.«

Ich zuckte zusammen, als ich daran zurückdachte. »Dafür, dass sie die Jungs dazu gebracht, uns festzuhalten, während sie uns an den Haaren gezogen hat.«

»Dafür, dass sie uns unser Pausengeld abgeknöpft und der Wohlfahrt gespendet hat!«, zischte Fran.

»Dafür, dass sie nicht zugegeben hat, dass sie das Lineal vom Lehrerpult geklaut hat, und ich die Schuld auf mich genommen habe.«

»Dafür, dass sie Colleen Sweeney erzählt hat, dass ich mich mit ihr kloppen wollte.«

Angus beobachtete uns mit offenem Mund.

»Dafür, dass sie dich verpetzt hat, als du bei Woolworth einen Lippenstift geklaut hast!«

»Oh, ja!« Fran erinnerte sich nur zu gut. »Dafür, dass sie so getan hat, als wenn ihr schlecht wäre, nur, weil sie nicht ins Kino gehen wollte, obwohl wir das geplant hatten – und dann war's zu spät.«

»Aargh!«, sagte ich. »Dafür, dass sie in die Disco reingelassen wurde, ich aber nicht, und sie nicht wieder rausgekommen ist, um mich zu holen!«

»Dafür, dass sie Legsy Forters angegraben hat, bloß, weil du ihn mochtest!«

Ich vergrub meinen Kopf unter dem Kissen. »Legsy! Legsy!« Langsam wurden wir hysterisch.

»Komm, wir tun's!«, rief Fran. »Für jede kleine Gemeinheit, die dieses Miststück uns angetan hat! Wir tun's!«

Ich war Feuer und Flamme. »Ja!«

Wir wandten uns wieder Angus zu, der mit abwehrend ausgestreckten Armen zurückwich.

»Wisst ihr, Mädels, wir müssen uns eigentlich nur vernünftig mit ihnen unterhalten, wir brauchen sie nicht in die Luft jagen oder so.«

Ich machte die dritte Flasche Wein auf.

»Okay, wir brauchen einen Plan.«

»Ja, klar, wir gehen zum Jungfernabend«, sagte Fran.

»Wir gehen nicht.« Ich sah sie böse an.

»Okay. Wenn du zu Hause bleiben und mit der Liebe deines Lebens knutschen willst, kein Thema. Ich gehe zu Erkundungszwecken hin. Und ich gehe verkabelt da hin.«

Verwundertes Schweigen.

»Du machst was?«

»Hast du doch gehört. Ich werde mich verkabeln. Ich hör mir an, was sie so von sich gibt, und wenn das bösartig genug ist, spielen wir es Fraser vor. Tut weh, hilft aber.«

Erneutes Schweigen.

»Das ist ja total genial!«, sagte Angus.

»Na ja, gut, wenn das so ist, komme ich wohl doch besser

mit«, meldete ich mich freiwillig. »Em – die würden dich sonst bestimmt nicht reinlassen.«

»Natürlich würden sie das – wetten?«

»Hört jetzt auf, ihr zwei. Das hier ist jetzt wichtiger. Also, Francesca, die Idee ist super.«

Ich fuhr alle meinen Antennen aus, um irgendeinen Hinweis auf sexuelle Spannungen zwischen ihnen einzufangen, aber ohne Ergebnis.

»Du musst irgend etwas Weites anziehen, damit man's nicht sieht.«

»Ich hab nichts Weites. Wie machen das denn diese smarten Fernsehtanten?«

»Egal. Wir lassen uns was einfallen.«

»Moment«, warf ich ein. »Was ist, wenn sie nicht nebeneinander sitzen? Da kommen doch wohl Hunderte von Leuten zu der Sause.«

»Ihr beiden müsst nur einfach wirklich freundlich sein.«

»Ja, klar, und das fällt uns besonders leicht, weil sie uns zuerst gar nicht eingeladen hatte«, höhnte Fran.

Dann hatte ich einen Geistesblitz. »Ich weiß was! Du tust so, als wärst du komplett betrunken und brichst unter dem Tisch genau vor ihren Füßen zusammen! Dann kriegst du bestimmt alles mit.«

Die beiden anderen sahen mich überrascht an. »Vielleicht könntest du ja den Part übernehmen«, schlug Fran vor. »Dann bräuchte sich niemand zu verstellen.«

»Hahaha«, machte ich und schmollte.

»Okay, du versuchst eben einfach, immer schön in ihrer Nähe zu bleiben und sie dazu zu bringen, eine kleine Ansprache zu halten«, sagte Angus und war ganz aufgeregt. »Dann spielen wir das Ganze Frase vor, und er kommt endlich zur Vernunft!«

»Und woher soll er wissen, dass wir nicht einfach nur die Weihnachtsansprache der Queen aufgenommen haben? Hört sich doch genauso an«, gab ich zu bedenken.

»Egal. Ganz egal.«

Die ganze folgende Woche war ich ziemlich aufgeregt. Wir hatten eine Mission zu erfüllen! Und Alex und ich gingen sehr romantisch zu Abend essen. Er fand den Plan total kindisch, aber das war mir einigermaßen egal. Und er hatte ein Vorstellungsgespräch bei einer Plattenfirma, das hieß, es ging bergauf. Obwohl er ja mietfrei bei Charlie wohnen konnte und von beiden Eltern regelmäßig schuldmotivierte Finanzspritzen erhielt, also niemals verhungern würde. Ich stocherte in meinen Muscheln und sah aus dem Fenster des *Café Rouge* – na ja, es war nicht gerade das *Ritz*, aber für den Moment war das schon in Ordnung.

Am langen Donnerstag machten Fran und ich uns auf die Suche nach einem Mikrofon. Das war allerdings leichter gesagt als getan, vor allem in den Elektrogeschäften auf der High Street.

»Haben Sie ein kleines Mikro?«, fragte ich das Pickelgesicht mit den glasigen Augen am Eingang. Er sah blicklos zu den CD-Regalen und tat nervös so, als würde er nach etwas suchen, das ganz offensichtlich nicht da war.

»Äh, öm, nee.«

»Und was ist das?«, fragte Fran, lächelte zuckersüß und hielt ein Mikrofon hoch.

»Ja, das ist ein Mikro, ja.« Der Junge kratzte sich nervös. Wo wurden diese Kretins eigentlich gezüchtet?

»Haben Sie die auch *in klein*?« Fran bemühte sich weiter, die erwünschte Information aus ihm herauszukitzeln.

»Nee, also, äh, das ist wohl so das kleinste, äh.« Ich bemerkte die feuchten Flecken unter seinen Armen.

»Ach, und was ist das hier?«, fragte Fran und hob ein kleineres Mikrofon hoch. Mimisch bedeutete ich ihr aufzuhören.

Der Junge stand da und glotzte in katatoner Starre geradeaus, um ihre Frage nicht beantworten zu müssen. Er schien jeden Moment damit zu rechnen, eine Ohrfeige zu bekommen.

»Sieh mal«, sagte ich zu dem Jungen. »Es ist ganz einfach. Wir wollen ein klitzekleines Mikrofon, so eins, wie sie im Fernsehen haben – du weißt schon, *Fernsehen* –, das wir in einen Walkman stöpseln können, um damit was aufzunehmen.«

Er bekam wieder einen klareren Blick und löste sich aus der geduckten Gleich-werd-ich-geschlagen-Haltung. »Ich ... ich schau eben im Lager nach.«

Und damit verschwand er. Für immer. Schließlich knurrte Fran einen stellvertretenden Geschäftsführer so lange an, bis der uns eins verkaufte.

In der nächsten Kneipe musste das Ding dann ausprobiert werden; Fran schob den Recorder unter den Bund ihrer Jeans und das Mikro unter ihr Hemd. Dann verschwanden wir zusammen in eine Klokabine, um zu hören, ob es funktioniert hatte.

»Mann, machen deine Titten einen Lärm«, posaunte ich durch die Damentoilette.

»Pssst! Herrgott noch mal. Jetzt warte mal.« Sie spulte die Kassette zurück und drückte auf Play. Und siehe da, wir hörten – wenn auch etwas gedämpft – das Gespräch der beiden langweiligen Banker, die neben uns gesessen hatten. Jedes einzelne Wort ihrer unendlichen Unterhaltung über Versicherungsprämiensätze war zu verstehen. Wir grinsten uns über das Klo an.

»Schon wieder ’ne Party?«, fragte der Cockneyjunge. »Du wirst noch zur echten Alkoholikerin, wenn das so weitergeht.«

»Ach, du meinst, deswegen ist mir morgens immer schlecht? Und ich dachte, das kommt von deinem Anblick.«

»Du findest dich wohl ganz schön komisch, was?«

»Eigentlich nicht, aber solange ich dich ärgern kann, ist mir das egal.«

Er ging sich selbst und Janie einen Kaffee holen. Ich kriegte keinen. Mistkerl.

Ich machte mir Sorgen wegen heute Abend. Was, wenn Amanda für uns nicht reserviert hatte? Was, wenn sie uns gar nicht reinließ? Was, wenn die ganze Show hundert Pfund kostete und wir uns das nicht leisten konnten? Und was, zum Teufel, machten wir da eigentlich? Ich meine, prinzipiell hatte sie das ja verdient, aber so nachhaltig konnten wir uns doch sowieso nicht in das Leben anderer Leute einmischen. Sie würden ohnehin das tun, was sie tun wollten, nur, dass ich es mir obendrein auch noch mit ihnen verdorben haben würde.

Ich seufzte tief. Ich wünschte mir wirklich, mein Leben einen Moment lang anhalten zu können, auszusteigen, Luft zu holen und dann noch mal neu anzufangen, anstatt Hals über Kopf weiterzurasen. Ich versuchte es mit ein paar Atemübungen, langweilte mich aber nach dreißig Sekunden zu Tode. Wahrscheinlich würde ich, wenn ich wirklich mal in Ruhe über alles nachdachte, in katatone Starre verfallen und könnte hören, wie andere Leute mich bemitleideten, während ich in den Rettungswagen geschoben wurde. Ich rief Fran an, um mit ihr auszumachen, wann wir uns trafen.

10

Trotz der klirrenden Kälte war am Freitag Abend um acht eine Menge los im Westend. Die Leute sahen alle wild entschlossen aus, sich so richtig gut zu amüsieren. Ein paar Studenten rannten mit zusammengebundenen Beinen im Rahmen irgendeiner lästigen Jazzwoche mit Eimern und Gläsern herum und nervten die Leute.

Fran war ungewöhnlich nervös.

»Es wird doch *bestimmt* lustig, oder?«

Ich wollte meine Zweifel nicht mit ihr teilen. Mich in eine Gesellschaft von Menschen zu begeben, die mich aller Wahrscheinlichkeit nach liebend gerne hassen würden, war schon schlimm genug. Mich dann aber auch noch mutwillig unbeliebt zu machen, um das sich daran entzündende Gespräch heimlich auf Kassette aufzunehmen, entsprach nun wirklich nicht meiner Vorstellung von einem netten Freitagabend.

»Natürlich«, sagte ich. »Denk dir einfach, das wäre irgendeine tolle Rolle. Dein Debüt im Westend.«

Sie grinste.

»Wenn was schief läuft, türmen wir, okay?«

»Auf geht's, Mulder.«

»Okay, Scully.«

Wir öffneten die schweren Türen zum Restaurant. Steifes Tischleinen und endlose Spiegel, so weit das Auge reichte. Das Licht schimmerte teuer und golden.

»Gott, nicht schon wieder McDonalds!«, flüsterte ich

Fran zu. Sie lächelte, hob das Kinn an, schritt gebieterisch auf den Oberkellner zu, lächelte und sagte in geschliffenstem Schauspielschulenenglisch:

»Zur Phillips-Party, bitte.«

»Selbstverständlich, meine Damen. Bitte, folgen Sie mir.«

Er führte uns an Tischen mit eleganten Gemahlinnen und fülligen alten Herren vorbei. Alles glitzerte und blinkte, und es drehten sich einige Köpfe nach Fran um, die so aussah, als würde ihr der ganze Laden gehören.

Auf einer Lederbank in der Ecke reihten sich mehrere glatte blonde Mähnen aneinander. Ich verkrampfte mich.

»Amanda, Darling!« Fran ging zu ihr und gab ihr einen Kuss, achtete aber darauf, Amanda nicht zu nahe zu kommen, damit diese auf keinen Fall das Mikrofon bemerkte. Außerdem wollte sie nichts von Amandas sorgfältigst aufgetragenem Lipgloss abkriegen.

Aufmerksam studierte ich Amandas Gesicht. Falls sie verärgert gewesen sein sollte, weil wir tatsächlich aufgetaucht waren, verstand sie es meisterhaft, das zu verbergen.

»Hallo, ihr Süßen!« Da fiel mir auf, dass sie etwas angespannt wirkte. Als ich mich umsah, wurde mir klar, warum.

Wir waren ungefähr eine halbe Stunde zu spät dran, weil wir nicht die Ersten sein wollten. Aber an dem für dreißig Leute gedeckten Tisch saßen außer Amanda gerade noch fünf Personen, alle Typ Blondchen.

»Wo ist denn der Rest?«, fragte ich und biss mir im selben Moment auf die Zunge.

Amanda lächelte mich säuerlich an. »Ach, die meisten kommen erst etwas später – die *meisten* haben an einem Wochenende in London ja *so* viel vor!«

»Oh, ja, klar, natürlich.« Ich nahm Platz und brachte mich mit ein paar Grissini vorsichtshalber selbst zum Schweigen.

Fran setzte sich neben Amanda. Inmitten dieser Rauschgoldengel fiel sie mit ihren braunen Haaren direkt auf.

»Dann stell uns doch bitte kurz vor.« Sie gab sich tatsächlich Mühe.

»Also, das ist Jacintha, Araminta, Veronica, Larissa und Mookie.«

»Guten Abend zusammen!«, sagte Fran höflich.

»Emm … hallo, Mookie«, sagte ich.

Peinliches Schweigen.

»Gut«, sagte Amanda, »und jetzt zum Festmahl.«

Fran und ich warfen uns einen nervösen Blick zu, als wir die Karte zur Hand nahmen. Natürlich sah alles wahnsinnig kompliziert und teuer aus. Ich hatte mir gerade etwas ausgesucht, das ich gerade noch bezahlen konnte, als mir auffiel, dass das eine Gemüsebeilage war. Ich mochte gar nicht daran denken, was ich mir für das Geld alles Schickes hätte kaufen können.

Fachmännisch winkte Amanda den Kellner heran.

»Wir fangen mit vier Flaschen Bollinger an«, sagte sie steif. »Und eine Flasche Perrier für mich.«

Fran und ich warfen uns einen entsetzten Blick zu – wir würden wochenlang Spüldienst machen müssen, um unsere Schulden hier abzuarbeiten. Amanda entging unsere Reaktion nicht. »Keine Angst, ihr Süßen, geht alles auf mich«, verkündete sie. »Es ist so schön, meine *wahren* Freundinnen zu sehen.«

Eine gewisse Enttäuschung war da herauszuhören, und sie tat mir fast schon Leid, vor allem, wenn sie Fran und mich in diese Feststellung tatsächlich einschloss. Dazu kam, dass die anderen so langweilig waren und sich so ähnlich sahen, dass sie eigentlich nur als ein Gast gezählt werden konnten. Was die Angelegenheit natürlich noch trauriger machte. Ich wandte mich noch einmal hochkonzentriert der Karte zu und kostete ein Schlückchen Bollinger. Was soll's, dachte ich. Freunde waren nun mal Freunde, egal wo man sie fand. Und Champagner war Champagner, und Gourmetdinner war Gourmetdinner, also würde ich mir, verdammt noch mal, auch einen schönen Abend machen.

»Auf Amanda!«, toastete ich gegen meinen inneren Widerwillen. »Und ihren großartigen Gatten in spe!«

»Lady Amanda Phillips McConald«, krächzte eine der Blondinen – Jacintha, glaube ich. »Einfach bezaubernd!«

»Und vergesst den Göttergatten!«, quietschte eine andere, und alle fingen an zu lachen und stießen fröhlich an.

Als Vorspeise bestellte ich mir sündhaft teure Gänseleberpastete, als Hauptgericht Fleisch. Die verlockenden Desserts auf dem Dessertwagen waren mir selbstverständlich auch nicht entgangen, auf die freute ich mich besonders. Fran entschied sich für irgendeinen extrem seltenen Fisch – dem Preis nach zu urteilen, war er das einzige Exemplar seiner Art – und junges Lamm. Die anderen sechs bestellten Salat mit Zitronendressing.

»Nun mal los, Mädels!«, sagte ich fröhlich. »Ich dachte, wir hätten was zu feiern! Was esst ihr?«

Sie sahen mich an und kicherten, als ob ich gerade einen wahnsinnig komischen Witz gerissen hätte.

»Gott, wenn ihr letzte Woche meine *Oberschenkel* gesehen hättet!«, versuchte eine, sich wichtig zu machen.

»Ja, ja, ich kenne das. Ich hatte schon Angst, ich würde die Fünfzig-Kilo-Marke überschreiten!«

Sie schnappten unisono nach Luft.

»Ich esse bis zur Hochzeit höchstens fünf Milligramm Fett pro Woche«, berichtete Amanda.

»Fünf Milligramm? Bist du verrückt?«, rief ich entsetzt.

»Du wirst aussehen wie eine wandelnde Leiche! Neben Frase siehst du doch sowieso schon nur zweidimensional aus.«

Sie lächelte geziert, als der Name ihres Zukünftigen fiel, und vertiefte sich dann wieder in die pikanten Einzelheiten darüber, wer im Dienste der nationalen Berühmtheiten Tag für Tag sein Äußerstes gab und wer nicht.

»Wusstet ihr, dass sie jeden Tag vor der Kamera steht? Sie muss *nonstop* dünn aussehen. Ich habe gehört, dass sie sich von Diätcola und Abführmitteln ernährt!«

Die blonde Brigade lachte sich dusselig, als der Kellner uns die Vorspeisen brachte. Auf einmal spürte ich ganz deutlich, wie meine Oberschenkel aneinander rieben, und hatte gar keinen Appetit mehr. Ich trank noch einen Schluck Champagner. Fran sah mich fragend an und machte sich dann über ihren Teller her. In ihrem Wohnklo gab es nur eine Herdplatte, sie kam also nicht so oft in den Genuss eines Cordon bleu.

Die Blondinen blickten interessiert auf mein *Foie gras* – gleich würden sie anfangen zu sabbern. Allein der kalte Toast hätte ihnen schon genügt. Um mich abzulenken, wandte ich mich der mir am nächsten sitzenden Blondine zu.

»Und, was machst du so?«

»Ach, bloß Fernsehen, du weißt schon.« Ich wusste nicht.

»Wirklich, für wen denn?«

»Ach, Dokumentationen. Furchtbar langweilig, wirklich.«

»Hört sich gar nicht langweilig an. Woran hast du denn bisher gearbeitet?«

»Eigentlich … bin ich mehr für die Recherche zuständig.«

Amanda knuffte mich von der anderen Seite.

»Araminta rekrutiert die Gäste für ›Trisha‹«, soufflierte sie mir. »Sie redet nicht so gern darüber.«

»Oh, okay.«

Araminta tupfte sich die Lippen mit einer Serviette ab, obwohl sie gar nichts gegessen hatte. Ich war ihr wohl auf den Schlips getreten. Aber das Ablenkungsmanöver tat seine Wirkung – ich fing an, meine absolut köstliche Vorspeise zu verputzen.

Ich war der guten Araminta ganz offensichtlich wirklich auf den Schlips getreten, denn sie zündete sich sofort eine Marlboro Light an und zog ausgiebig daran. Die anderen fünf spielten das Gesellschaftsspiel mit und zündeten sich auch je eine Zigarette an. Meine Pastete verschwand unter Rauchschwaden.

»Und«, sagte sie und zuckte mit den Schultern. »Was machst du?«

»Ich leite biochemische Expeditionen in die Arktis.«

»Wirklich?«

Damit war das Gespräch beendet, und sie wandte sich wieder der Blondine auf der anderen Seite zu. Ich murmelte ein paarmal »verdammt«.

»Übrigens war ich letztens bei Gucci«, hob eine an, »und hab's ihm einfach *gesagt*; ich habe gesagt, wenn Meg Matthews das trägt, will ich es auf keinen Fall haben, okay? Das hat gesessen.«

»Ja!« Alle Köpfe rund um den Tisch nickten. Erstaunt musste ich feststellen, dass Fran eifrig mitnickte. Was, zum Teufel, hatte sie vor?

»Ich meine, sie ist doch im Grunde so was wie der Antichrist, oder? Man muss nur das Gegenteil von dem tun, das sie tut, dann kann einem nichts passieren.«

»Und Kate kann sie anscheinend *überhaupt* nicht leiden«, trug eine andere bei.

»Ich finde, sie ist fett«, sagte eine.

»Machst du Witze? Die sieht aus, als hätte man ihr die Haut abgezogen!«, sagte ich.

Schweigen im Walde. Ich hatte es hier mit wohlerzogenen Mädchen zu tun, die sich uns Untermenschen gegenüber betont höflich verhielten.

»Habt ihr schon gehört, dass ich endlich eine Filmrolle habe?«, kreischte eine. Fran spitzte die Ohren. »Ja, Daddy hat ein bisschen was springen lassen. Das Geld sieht er natürlich nie wieder, aber der Regisseur ist *so* sexy, und Rufus ist anscheinend auch interessiert.«

›Leg die Gabel hin‹, versuchte ich Fran telepathisch zu übermitteln. ›Leg einfach die Gabel hin, dann wird niemand verletzt.‹

Sie hielt sich wacker, sah aber doch sehr angespannt aus. Ich war noch gar nicht dazu gekommen, sie zu fragen, ob sie und Angus sich noch einmal … Nicht, dass mir das was ausmachen würde. Aber normalerweise erzählte sie mir alles, und über dieses Thema hatte sie fast gar nicht gesprochen. Vielleicht war es ja wirklich nur eine kurze rauschbedingte Affäre gewesen, die jetzt vorbei war.

Während Amanda über die Blumendekoration in der Kirche parlierte, bekam Fran einen leicht irren Blick. Da ich mich um Amandas Sicherheit sorgte, beschloss ich, sie abzulenken.

»Und was trägt Fraser an eurem großen Tag?«

»Oh, der Mann hat leider weder Geschmack noch Stil.«

»Mir gefallen seine Turnschuhe«, warf Fran ein.

»Ja, so ist das, Francesca, die einen mögen Bier, und die anderen mögen Champagner.« Fran kratzte ihr hinter ihrem Rücken virtuell die Augen aus.

»Daddy hat ihn mitgenommen zu seinem Schneider, er wird also zumindest halbwegs annehmbar aussehen.«

»Ist er aufgeregt?«

»Wieso? Weil er beim Schneider war?«

»Wegen der Hochzeit, meine ich.«

Amanda betrachtete nachdenklich ihr Glas.

»Ich glaube schon.« Viel zu auffällig sah ich auf einmal zu Fran, die die Augen verdrehte und nickte. Ja, sie nahm auf.

Ich fing an zu schwärmen.

»Hey, ihr werdet so glücklich sein.«

Sie durchbohrte mich mit ihrem Blick.

»Weißt du, ich sage das nur zu deinem Besten, Melanie, aber manchmal kannst du wirklich unglaublich naiv sein.«

Ach. Erzähl mir was Neues.

»Das Ganze … ich meine, gut, das Ganze ist eine prima Gelegenheit, mal eine Party zu geben, aber abgesehen davon ist es auch ganz klar eine rein praktische Angelegenheit. Das Schloss muss hergerichtet werden, und Daddy hat sich gerne bereit erklärt, die Knete dafür zu spenden.«

Ich machte große Augen. Das war ja wohl Beweis genug, nahm ich an. Dann kam mir ein Gedanke: Sie redete so sachlich über die ganze Angelegenheit. Vielleicht sah es Fraser ja genauso? Vielleicht kamen so immer noch massenweise Ehen zustande? Ich meine, die Aristokraten machten es doch seit Jahrhunderten so. Ja, so musste es sein. Der üppig geflossene Champagner tat seine Wirkung – ich war auf einmal traurig.

»Liebst du ihn denn nicht?«

Amanda atmete tief ein.

»Er ist ein netter Kerl. Er ist adlig. Es wird eine tolle Hochzeit.«

»Genau!«, sagte eine der höheren Töchter mit Schweizer Blumensteck-Diplom.

Amanda nippte an ihrem Perrier und machte weiter. »Du

glaubst doch nicht im Ernst an diesen ganzen Hollywood-Quatsch, oder? Mein Gott, Melanie, wie oft musst du denn noch auf die Nase fallen, damit du endlich kapierst, dass Männer komplette Idioten sind. Schau doch mal, was Alex dir angetan hat. Das war ja nun nicht gerade à la Tom Hanks, Süße, oder? Aber so wie Fraser und ich es machen, haben wir beide etwas davon. Wir werden ein wunderschönes Heim haben, wir werden ein angenehmes Leben führen, und unsere Ehe wird genauso glücklich sein wie jede andere Ehe heutzutage, weil wir sie sehenden Auges eingegangen sind. Fraser ist ein netter Kerl, und er wird nichts dagegen haben, dass wir beide unser eigenes Leben führen.« Dann wandte sie sich dem Kellner zu. »Tut mir Leid, aber ich verstehe nicht ganz, wieso Sie Ihre Zeit damit verschwenden, uns überhaupt etwas zu bringen, wenn Sie nicht mal ein ordentliches Zitronendressing hinkriegen.«

Ich sah zu Fran und hoffte auf Unterstützung, aber sie unterstützte nur Amanda, indem sie nickte – wahrscheinlich, damit sie weiterredete, aber irgendetwas stimmte hier nicht. Auf einmal schrillten bei mir die Alarmglocken. Das Blut stieg mir in den Kopf. Etwas unsicher stand ich auf.

»Das ist mir egal«, verkündete ich mit leicht bebender Stimme. Der Kellner dachte, ich würde mit ihm reden, und trat auf mich zu, wich dann aber wieder zurück. »Ich glaube an den Quatsch. Vielleicht nicht an alles. Aber teilweise. Zum Beispiel an die Sache mit dem Verliebtsein. Ähm, ja. Und … und ich bin der Meinung, dass du überhaupt nichts von deinem komischen Arrangement mit Fraser hast, im Gegenteil. Weil du nämlich einen netten Kerl nur verarschst und nur auf das verdammte Schloss scharf bist – das ich übrigens schon mal gesehen habe, eine totale Bruchbude, sag ich dir – und auf den verdammten Titel und weil du keine blasse Ahnung hast, was du an Fraser hast und wie glücklich er dich machen könnte. Eigentlich bist du nämlich zu bedauern.«

Ich wandte mich ab und wollte aus dem Restaurant marschieren. Als mir einfiel, dass meine Tasche noch am Stuhl hing, legte ich eine elegante Rechtskurve in Richtung Toiletten hin, wo ich mich erschöpft auf die Waschbecken lehnte und schwer atmend in den schwach beleuchteten Spiegel sah. Meine Kehle war ausgedörrt.

Was, zum Teufel, machte ich da eigentlich? Wenn ich mich mit Amanda streiten wollte, hätte ich das doch schon vor langer Zeit tun können und sollen. Und wen genau versuchte ich eigentlich zu verteidigen? Andererseits, selbst wenn Fraser sich sehenden Auges auf Amanda einließ, wollte Angus das mit Sicherheit *nicht* sehen. Sein toter Winkel, was Fraser anging, war in etwa so groß wie sein Minderwertigkeitskomplex.

Fran platzte mit zwei vollen Gläsern Champagner herein. Sie war begeistert.

»Gott, *die* hat vielleicht ein Gesicht gemacht! Sag mal, wovon hast du eigentlich *geredet*?«

Ich vergrub den Kopf in den Händen.

»Ich weiß es nicht, wirklich.«

»Du hast dich ja richtig auf sie gestürzt!«

»Ich weiß. Aber ich weiß gar nicht, *warum*!«

»Sie hat es verdient«, sinnierte Fran.

»Nein, hat sie nicht! Wer weiß, vielleicht hat sie ja sogar Recht! Wahrscheinlich ist es tatsächlich am schlausten, so zu heiraten. Sich mit einem netten Kerl zusammentun, mit dem man gut klarkommt, und sich dann die nächsten fünfzig Jahre aus dem Weg gehen.«

»Also, ich habe schon blödere Gründe gehört.«

»Zum Beispiel?«

»Du kennst doch meinen Bruder Brendan?«

»Ja.«

»Der hat geheiratet, weil er immer seine Socken verloren hat.«

»Verarschen kann ich mich selbst.« Ich sah kurz zu ihr auf.

»Im Ernst. Er hat ständig seine Socken verloren, bis er eines Tages gesagt hat: ›Das war's jetzt, ich habe keinen Bock mehr, ständig meine blöden Socken zu verlieren. Ich heirate die nächste Frau, die ich kennen lerne, wenn sie bloß Socken zählen kann.‹ Und das hat er auch gemacht.«

»Wie geht's seinen Socken jetzt?«

»Furchtbar, sie hat sich nämlich von ihm scheiden lassen, weil er ein sexistisches Schwein ist, das den ganzen Tag über von Socken redet.«

Ich kicherte. »Die totale Sockomanie.«

»Aber total.«

Wir lächelten und nippten am Champagner, und es ging mir schon etwas besser. Es half, dass es in den hiesigen Toiletten schöner war als bei mir zu Hause.

»Also, ähm …« Ich spielte mit meinem Glas.

»Was werde ich mit Angus machen?«

»Seit wann kannst du Gedanken lesen?«

Sie lächelte.

»Ich dachte mir schon, dass das früher oder später kommen würde.«

»Ich dachte, er wär schon gekommen.«

»Bist du in ihn verknallt?«

»Nein.«

»Lüg doch nicht!«

»Halt die Klappe!«

»Also, damit du beruhigt bist – obwohl, wenn ich das mal

so sagen darf, ich die glücklichste beste Freundin der Welt wäre, wenn du Mr. Alex Trevelyan vor die Tür setzen und dich mit dem etwas sonderbaren, aber ausgesprochen sympathischen Mr. Angus McConald zusammentun würdest – er hat angerufen und sich entschuldigt.«

»Sich entschuldigt? Wofür?«

»Dafür, dass er mich nicht anruft. Aber ich hab ihm gesagt, das wäre schon in Ordnung und würde mir gar nichts ausmachen.«

»Moment, das verstehe ich nicht. Er hat dich angerufen, um dir zu sagen, dass er dich nicht anruft?«

»Genau. Wenn ich also ewig um das Telefon herumgeschlichen wäre, könnte ich jetzt damit aufhören und mein Leben weiterleben. Natürlich bin ich nicht ums Telefon geschlichen. Also haben wir uns richtig nett unterhalten und uns voneinander verabschiedet. Ich muss schon sagen, ein wahnsinnig zivilisiertes Ende für einen One-Night-Stand.«

»Das gibt's doch gar nicht. Ist das nun einfach extrem höflich oder ein schlagender Beweis für die Dekadenz der heutigen Gesellschaft?«

Fran überprüfte ihr Make-up im Spiegel, und ich tat es ihr nach.

»Was machst du jetzt?«, fragte sie.

Ich zuckte zusammen. »Oh, Gott. Ich werde mich wohl bei Amanda entschuldigen, schätze ich. Ich bin ja wohl kurzzeitig übergeschnappt. Die lachen sich wahrscheinlich alle tot über mich.«

»Mel, die einzige Möglichkeit, diese Weiber zum Lachen zu bringen, ist, ihnen zu erzählen, dass Naomi Campbell zwanzig Kilo zugenommen hat. Willst du noch bleiben?«

Ich überlegte.

»Hast du alles aufgenommen?«

»Wenn die Technik funktioniert hat, ja.«

»Dann besteht eigentlich kein Grund, noch länger zu bleiben.«

»Stimmt.«

Sehnsüchtig dachte ich an den Dessertwagen.

»Aber es gibt bestimmt noch Dessert«, sagte Fran.

Ich klopfte ihr auf die Schulter.

»Gibt es noch Dessert?«, fragte ich bierernst.

»Es gibt noch Dessert, Mel. Versprochen.«

Ich atmete tief durch und verließ die edlen Waschräume. Die Mädels steckten alle die Köpfe zusammen und redeten offensichtlich über uns. Die etwas stachelig aussehenden Salate welkten einsam vor sich hin. Die Hauptgerichte für Fran und mich hatte unser treuer Kellner auf eine Warmhalteplatte gestellt.

Ich ging auf die Versammlung zu und hielt mich an der Rückenlehne meines Stuhls fest.

»Es tut mir Leid«, sagte ich so aufrichtig wie möglich zu Amanda.

»Aaach, mach dir doch deswegen keinen Kopf«, sagte sie und bedeutete mir, mich zu setzen. Ich lächelte dankbar. »Du warst ja schon immer etwas naiv, Schätzchen, nicht? Warum sollte sich das geändert haben, nur weil wir jetzt *angeblich* erwachsen sind?« Sie ließ das übliche glockenhelle Lachen vernehmen. Ich sah, wie Fran neben ihr die Zähne bleckte.

»So, und jetzt noch mal Schampus für alle! Ich bestehe drauf!«

»Hurra«, riefen die anderen Mädchen einmütig – oder war es ein*fältig*?

Der Kellner brachte Fran und mir die Hauptgerichte, auf die wir uns mit Appetit stürzten, während die anderen sich weiter über die Autos ihrer Freunde unterhielten. Dann wurde es plötzlich unruhig im Lokal. Ich sah von meinem Teller auf und drehte mich um. Eine der schönsten Frauen, die ich je im realen Leben gesehen hatte, schritt durch das Restaurant. Sie war fast einen Meter achtzig groß, und ihr glänzendes, echtblondes Haar schimmerte wie Seide. Sie trug blasse, schmal geschnittene, elegant fließende Kleidung und schien mehr zu schweben als zu gehen. Das Verhältnis ihrer Beine zum Rest des Körpers betrug etwa 2 : 1.

»*So* will ich aussehen, wenn ich mal groß bin«, flüsterte ich Fran zu, und sie nickte heftig. Hinter der blonden Schönen tauchte ein wirklich umwerfend aussehender Typ auf, der einen teuren, aber unauffälligen Anzug trug. Er kam mir irgendwie bekannt vor.

Amanda erhob sich, und in ihrer Miene spiegelte sich ein leicht unterwürfiger Jubel, den ich nur selten an ihr sah.

»Lili! *Süße*!«, quietschte sie in ihrer ladyhaften Manier. Es war das emphatischste *Süße*, das ich je von ihr gehört hatte. »Hier drüben!«

Lilis Schwanenhals drehte sich etwa einen halben Millimeter, gerade so weit, dass sie einen prüfenden Blick auf die popelige Gesellschaft werfen konnte. Die unbesetzten Plätze hatten inzwischen ein paar Männer besetzt, die sich lautstark einen lustigen Abend machten. Lilis Blick glitt über mich hinweg, ohne mich überhaupt zur Kenntnis zu nehmen; wahrscheinlich war ich durch ein Wahrnehmungsraster gefallen und gewissermaßen unsichtbar geworden.

Ihre weißen Zähne blitzten den Bruchteil einer Sekunde auf, als sie sich zu dem leisen Anflug eines strahlenden Lächelns herabließ. Amanda hatte sich bei Lilis Auftauchen in ein nervöses Wrack verwandelt und wusste vor Unterwürfigkeit kaum noch aus oder ein.

»Jacintha kennst du natürlich von den Freuds ... Araminta von Carlton TV ... bitte, setz dich doch. Hier, ein Glas Champagner – ach, du hast ja einen Freund mitgebracht, haha.« Ihr gekünstelter Akzent drohte sich aufzulösen.

Lili beugte sich elegant zu Amanda hinunter. »Wir können leider nicht bleiben, wir sind auf dem Weg zu Phillipas Party. Wir wollten nur eben reinschauen und sehen, wer alles da ist« – ihre tiefe Stimme klang etwas spitz –, »und jetzt müssen wir schon wieder weiter.« Sie bedachte Amanda mit fünfzehn Küsschen auf die Wangen, drehte sich um und entschwand in einer Wolke seltenen und teuren Parfüms. Die breiten Schultern des Mannes verschwanden, als er sie sacht am Ellbogen zur Tür führte.

Ich unterdrückte einen unerwarteten Kicherkrampf. So fühlte man sich wohl, wenn man schon ziemlich weit unten in der Nahrungskette war und dann unter sich eine völlig neue Spezies entdeckte, von der man nicht mal geträumt hatte.

»Wer zum Henker war das denn?«, erkundigte sich Fran und kaute genüsslich den letzten Bissen Lamm.

»Ach, ist sie nicht *großartig*?«, sagte Amanda mit großen Augen.

»Also, gut, euer Zusammentreffen eben hatte natürlich emotional wahnsinnigen Tiefgang, aber abgesehen davon scheint die gute Lili eine ziemlich affektierte Kuh zu sein.«

Ich konnte es kaum glauben, aber eine der Blondinen – ich glaube, es war Mookie – fing ganz eigenständig an zu kichern, lief dann puterrot an und starrte auf ihr Carpaccio.

Amanda blies sich auf. »Ja, das kann man wohl sagen von einer der wichtigsten *Modepersönlichkeiten* in London. Und sie war bei *meinem* Jungfernabend.«

Fran und ich sahen uns an. »Sie war nicht bei deinem

Jungfernabend!«, entrüstete Fran sich. »Sie ist im Tiefflug an deinem Jungfernabend vorbeigedonnert!«

Ich trat ihr gegen das Schienbein. Aber Amanda ließ sich gar nicht beirren.

»Schätzchen, sie hat sich gezeigt. Nur das zählt.«

Fran sah mich an, aber ich zuckte bloß mit den Schultern. Egal, was Amanda tat, ich konnte ihr nie recht folgen.

Da die Hauptattraktion des Abends nun offenbar vorbei war, winkte Amanda den Kellner heran. Fran und ich spekulierten auf ein deliziöses Dessert.

»Kein Dessert mehr, danke.« Ich traute meinen Ohren kaum. »Bringen Sie mir einfach die Rechnung.«

Ich ließ die Schultern hängen und trank noch etwas Champagner.

»Können wir *jetzt* gehen?«, flüsterte Fran. Ich nickte.

»... ach, und könnten Sie uns wohl zwei Limousinen bestellen?«, bat Amanda.

Himmel, ich hatte nicht mal gewusst, dass man so etwas *konnte*. Und in einer Limousine gesessen hatte ich auch noch nie ...

Schnell sah ich zu Fran. Sie seufzte, verdrehte die Augen und nickte dann.

»Alles klar?«, rief Amanda fröhlich. »Jetzt geht's richtig los!«

Die Mädels kicherten zustimmend.

»Ich weiß, die Limos sind affig, aber was soll's, schließlich ist das mein Jungfernabend! Wir drehen noch mal so richtig auf!«

Sieben sehr zurückhaltende englische Mädchen gaben sich redlich Mühe, aufgedreht auszusehen, als Amanda schwungvoll unterschrieb und ihre Goldkarte aufblitzen ließ. Dann kämpften wir uns durch die Stühle. Draußen standen wie von Geisterhand zwei absolut groteske, tiefschwarze Limousinen.

»Unsere Wagen! Zum *Yannas*, bitte!«, wies Amanda die Fahrer an.

Yannas war ein megaexklusiver Club in Mayfair. Fran zuckte mit den Schultern und stieg in den vorderen Wagen ein. Ich folgte ihr. Draußen wurde es auf einmal still, weil die Mädels natürlich alle mit Amanda im zweiten Wagen fahren wollten und bloß nicht mit uns, aber sie einigten sich irgendwie, und die, die ich für Mookie hielt, glitt anmutig neben uns auf die Rückbank.

Ich sah mich um. Die Inneneinrichtung der Limousine stammte aus den tiefen Siebzigern: weinrotes Leder, ein weißes Fell auf dem Boden, Telefon (altmodisch, noch mit Kabel), Fernseher und ein kleiner Kühlschrank, in dem sich – Gott sei's getrommelt und gepfiffen – noch mehr Champagner verbarg.

»Mein Gott, von so etwas kann der kleine Mann ja wohl nur träumen«, seufzte Fran, als ich den Champagner aufmachte. »Wie viele widerliche alte Kerle hier hinten wohl schon minderjährige Blondinen vernascht haben?«

»Wollen wir den Fahrer fragen?«, fragte ich übermütig und zeigte auf den Knopf, der die Trennscheibe hochfahren ließ.

»Das willst du wirklich wissen? Pfui!«

»Was – ob Mick Jagger auf diesem Pelz fünfzehn Mädchen entjungfert hat? Natürlich!«

»Die Luxuskarosse ist wahrscheinlich bei hundertfünfzig Jungfernabenden im Jahr im Einsatz und nur bei zwei seriösen Fahrten«, bedauerte Fran düster. »Ich meine, ist doch echt das reinste Bonzenmobil.«

Als hätte Fran sie zu ihrer Bestätigung engagiert, kamen ein paar Studenten ziemlich nah an die geschwärzten Fenster heran, als der Wagen gemächlich die Regents Street runterrollte, machten Drohgebärden und schrien »Scheiß-Bonzen!«

Ungläubig sah ich Fran an. »Wir sind Scheiß-Bonzen!«

»Na, super!«, sagte Fran.

»Hach, wie unglaublich komisch«, sagte Mookie, als sie die Studenten sah, lächelte aber gar nicht dabei. Bis dahin hatte sie schweigend neben uns gesessen, und ich hatte vermutet, dass sie beleidigt war, weil sie nicht im Wagen der Prinzessin mitfahren durfte. »Kanntet ihr die?«

Ich sah sie an. »Ähm, *nein*. Wieso, du?«

Das brachte sie zum Kichern. »Nein! Ich auch nicht!«

Das war ja schon fast ein richtiges Gespräch!

»Okay. Amüsierst du dich gut?«

»Wie, äh ... ja, sicher.« Die Frage irritierte sie offenbar etwas. »Ich meine, das Restaurant war diesen Monat in der *Vogue*, es ist so gut wie unmöglich, einen Tisch zu bekommen.«

»Was du nicht sagst!«, sagte Fran. »Gott, was haben wir für ein Glück!«

»Wie lange kennst du Amanda schon?« Ich versuchte krampfhaft weiter, ein bisschen Small Talk zu betreiben, und stupste Fran nebenbei immer wieder an, damit sie das Band einschaltete. Sie sah mich finster an.

»Also, Jacintha und ich sind Cousinen, und wir sind mit Phillipa zusammen zur Schule gegangen – sie gibt selbst eine Party heute Abend, sie kann Amanda nicht leiden« – meine Augenbrauen wanderten himmelwärts –, »ich glaube, sie hatte selbst ein Auge auf Fraser geworfen. Na ja, die meisten adeligen Söhne sind ja entweder längst versprochen oder gehen nur mit Models aus oder sind schwul. Es bleiben also nicht besonders viele übrig«, resümierte sie traurig.

Oh.

»Aber egal, die Vryker-Lyons sind alte Nachbarn von uns, und als Araminta angefangen hat zu studieren, hat sie Amanda kennen gelernt, und so kam das eben alles.«

»Ah, ja. Verstehe.«

»Das heißt«, sagte Fran, »dass du und Amanda richtig gute Freundinnen seid?«

»Na ja, ich bin eine ihrer Brautjungfern.« Mookie wurde mit jeder unserer bohrenden Fragen röter. Ich fragte mich, ob sie nicht im Grunde ganz nett war.

»Das ist doch toll«, unterstützte ich sie. »Und, was hältst du von Fraser?«

Ich hatte eigentlich erwartet, dass sie jetzt entweder sauer werden würde, weil sie sich an meinen kleinen Ausbruch vorhin erinnerte, oder aber still und defensiv.

Stattdessen stieg ihr verlegene Röte ins Gesicht.

»Na ja«, sagte sie. Fran war so gut, Mookies Glas wieder aufzufüllen.

»Komm schon, uns kannst du's sagen«, drängelte ich. »Wir erzählen's auch bestimmt niemandem weiter.«

Außer Fraser vielleicht, dachte ich.

»Pfadfinderehrenwort«, sagte Fran mit einer Hand hinterm Rücken.

Sie lächelte. »Und ihr sagt es nicht Amanda?«

»Neeeein! Ach, was!«

Leicht angeheitert gab sie ein Bäuerchen von sich und sagte:

»Wisst ihr, eigentlich fand ich das gut, was du vorhin gesagt hast.«

Ich nickte ermutigend.

»Also, als Fraser ins Bild kam, war er völlig unbedarft. Ständig wurde er zu allen möglichen Partys eingeladen und hat gedacht, das läge daran, dass ein paar seiner Unibekanntschaften ihn wirklich mochten, wisst ihr?«

»Wie naiv kann man eigentlich sein?«, murmelte ich lächelnd durch zusammengebissene Zähne.

»Wirklich! Also, zuerst haben wir ihn ein bisschen auf den Arm genommen, vor allem weil Amanda sich so an ihn herangeschmissen hat. Ich meine, sie war ja schließlich immer noch mit dem Typen von ›Les Miserables‹ zusammen.«

»Ach, ja?«

»Wirklich – aber ich glaube, sie hat dann Schluss gemacht. Wegen der Hochzeit und so.«

»Na, das war ja richtig anständig von ihr.«

»Jedenfalls habe ich ihn dann etwas näher kennen gelernt. Und jetzt finde ich ihn wirklich richtig nett.«

»Ist er ja auch.«

»Und Amanda kommandiert ihn nur rum. Natürlich nicht, wenn andere dabei sind, da macht sie einen auf Turteltäubchen, aber im Ernst« – sie senkte die Stimme –, »ich habe mal gehört, wie sie richtig fies zu ihm war.«

»Wer hätte das gedacht, tsass!«, sagte ich.

Fran machte erst nur »Pff«, dann sagte sie: »Wie wäre es, wenn wir sie einfach umbringen?«

Mookie senkte auf einmal den Blick und kicherte. »Das kommt bestimmt vom Champagner«, stöhnte sie. »Bitte, versprecht mir, dass ihr das niemandem erzählt.«

»Ähm … versprochen.«

»Also, irgendwie bin ich ja eurer Meinung. Wirklich, ich finde, die beiden sollten nicht heiraten.«

Ich war gerührt.

Wir stiegen aus dem lächerlichen Wagen aus. Auf dem Bürgersteig vor dem Yannas hatte sich eine ziemlich lange

Schlange gebildet, aber Amanda wusste, wo's langging, und bedeutete uns energisch, ihr zu folgen. Offenbar standen eine Menge Leute da, die sich nicht hatten aufraffen können, zu ihrem Abendessen zu kommen, denn Amanda schritt die Reihe ab, verteilte Küsschen und schüttelte sich vor Lachen. Alle anderen waren wieder mal zweieinhalb Meter größer als ich, trugen Designerklamotten und hatten unglaublich laute Organe. Mookie verschwand in einem Meer blonder Haare. Wir waren umringt von eitlen Pfauen und deren Gekreische, und aus dem Club drang das furchtbare Gestampfe von unerträglichem Achtziger-Jahre-Rock. Unsere investigative Arbeit hatte mich sehr ermüdet. Ich suchte Amanda. Sie stand jetzt ganz vorn neben der Schlange und quietschte gerade: »Aber natürlich, *Lili* war auch da.«

»Gehen wir?«, fragte ich Fran.

»Ich hab schon gedacht, du würdest nie mehr fragen«, sagte sie, und schon saßen wir in einem Taxi auf dem Weg nach Hause.

Wir sagten die ganze Fahrt über nichts, bis wir fast bei mir waren. Abwechselnd ließen wir abgrundtiefe Seufzer vernehmen, allerdings aus verschiedenen Gründen.

»Kommst du mit rauf?«, fragte ich, als wir da waren und ich bezahlte. Aber da war sie schon halb die schimmelige Treppe hinaufgerannt.

11

Kichernd saßen wir bei mir im Wohnzimmer und wollten uns das Band anhören. Linda hatte ein Schild an meine Tür gehängt, auf dem stand »Bitte keinen Lärrm machen!«, so dass ich fürchtete, das Damoklesschwert mit der Aufschrift »endgültig verschissen« würde beim geringsten Geräusch gnadenlos auf mich niedergehen.

Erst knisterte es nur auf der Kassette, dann raschelte und rauschte es, dann hörte man Fran kauen, und dann endlich war das Gespräch zu hören.

»Weißt du, ich sage das nur zu deinem Besten, Melanie, aber manchmal kannst du wirklich unglaublich naiv sein.«

Das bekannte Amanda-Lachen. Ich wand mich.

»Warum lasse ich mir das eigentlich immer wieder gefallen?«

»Weil du kein Selbstwertgefühl hast«, analysierte Fran. »Wenn sie nett zu dir wäre, würdest du annehmen, dass sie nicht gut genug ist für dich, und würdest dich nie mit ihr treffen.«

Ich rätselte, was Fran mir damit sagen wollte, während die Kassette weiterlief und mich schließlich wieder in ihren Bann zog. Es war unerträglich. Als wir dann in den Genuss meiner »Ich glaube an den Quatsch«-Rede kamen, rollte ich mich schon in Peinlichkeitsanfällen auf dem Boden. Ich wusste gar nicht, was mir unangenehmer war: mein Akzent, der meine Lower-class-Kinderstube verriet, oder einfach der Umstand, dass ich gezwungen war, mir noch einmal anzuhören, was ich mit besoffenem Kopf für einen Unsinn geredet hatte (dass sich das noch niemand als Foltermethode ausgedacht hat …).

Ich griff nach dem Kassettenrecorder und drückte auf Stopp.

»Gut, das reicht.«

»Was?« Fran riss den Recorder wieder an sich.

»Das spielst du Angus nicht vor. Oder Fraser. Oder sonst irgendjemandem. Ich schmeiße das Band jetzt weg.«

»Aber Mel«, sagte Fran unschuldig. »Ich glaube!«

»Halt die Klappe!«

»Nein! Nein, wirklich, ich glaube jetzt wirklich und wahrhaftig an die Macht der Liebe. Deine bewegenden Worte haben mich überzeugt.«

»Blöde Kuh!« Ich stürzte mich auf sie, um ihr das Band abzunehmen. Sie packte meine Arme, und wir rollten quer über den Teppich, wobei wir eine Lampe mit Paisley-Lampenschirm ins Wanken brachten. Sie krachte vom Couchtisch.

»Oh, Gott.« Ich setzte mich auf; Fran versteckte weiter die Kassette vor mir. »PSSST!« Aus dem Nebenzimmer war kaum hörbar ein gedehntes Seufzen zu vernehmen. Mir nach, bedeutete ich Fran wortlos, und wir gingen in mein Zimmer, das wenigstens am anderen Ende der Wohnung lag und eine normal verschließbare Tür hatte.

»Diesen Teil spielst du ihnen ganz bestimmt nicht vor«, zischte ich. »Da hör ich mich ja an wie Barbara Cartland! Hinterher denkt Fraser noch, *ich* wäre in *ihn* verliebt.«

Fran hörte mir gar nicht zu, sie summte stattdessen »The Power of Love« vor sich hin. Ich trat sie.

»Spul bitte mal vor. Zu der Stelle, wo wir mit Mookie in der Limousine sitzen.«

Leider waren Mookies Vokale nicht deutlich zu verstehen.

»Was hat sie gesagt?« Ich kam näher. »›Wirklich?‹ Was meint sie wirklich? Gott, das ist ja furchtbar.« Der Straßenverkehr übertönte das Gespräch.

»Das hat keinen Zweck«, sagte ich.

Fran sah mich an. »Natürlich hat es Zweck. Man muss den Jungs doch nur den ersten Teil vorspielen. Sollen sie dich doch für einen romantischen Vollidioten halten, solange es der guten Sache dient!«

»Ich finde, es gibt schon genug Leute, die mich für einen Idioten halten«, brummelte ich eingeschnappt. »Ich will nicht, dass irgendjemandem dieses bescheuerte Band vorgespielt wird. Sollen sie doch heiraten. Ist mir doch egal.«

»Prima. Mir ist es auch egal.«

»Prima.«

»Prima.«

»Oh, Gott.«

Frans Lippen schürzten sich.

»Okay, dann spiel ihnen das verdammte Band eben vor. Kannst du ihnen wenigstens weismachen, dass das nicht ich bin?«

»Gute Idee, ich sag einfach, das war irgendeine andere von meinen Millionen Freundinnen mit Wokinger Akzent, mit denen ich bei dem Jungfernabend war.«

»Ich hab's! Du schaltest einfach kurz vorher ab. Dann hört man nur Amandas unsägliche Ehetheorie, und meine kleine Ansprache wird ausgespart.«

Fran zog die Gästematratze unter meinem Bett hervor und legte sich den Kassettenrecorder unters Kissen.

»Aber das wär doch nur halb so lustig«, protestierte sie.

»Sag mal, wer hat dir eigentlich erzählt, dass das Detektivleben lustig ist, Schweetheart?«

Alex und ich trafen uns am nächsten Tag. Er war mit ein paar von seinen Möchtegern-Rockstarfreunden unterwegs gewesen und dementsprechend fertig. Ich wollte eigentlich einen vorweihnachtlichen Einkaufsbummel machen, wusste aber, dass es nicht viel Sinn haben würde, ihm das vorzuschlagen, also hingen wir einfach nur bei ihm rum und pflegten unsere Kater. Ich hatte ihm von den Einladungen erzählt, und er hatte mir angeboten, bei den Phillips' anzurufen und dafür zu sorgen, dass ich auch zur Trauung kommen konnte, wenn mir so wahnsinnig viel daran lag. Dann hatte ich ihm erst mal erklären müssen, dass das nicht der springende Punkt war. Worauf er gefragt hatte, was denn dann das Problem sei, und ich hatte ihn angesehen, als wäre er ein kompletter Volltrottel. Daraufhin hatte er bloß mit den Schultern gezuckt und gefragt, was er denn tun sollte, *Männer sind vom Mars, Frauen von der Venus* lesen, oder was? Und ich habe gesagt, nein, vergiss es, ich habe meine Tage.

Allzu lange konnte ich allerdings nicht schmollen, weil ich ihm ja unbedingt von dem Abend berichten wollte – ich entschloss mich aber für eine stark überarbeitete Version, die im Grunde um meine potenziellen ethischen Bedenken bezüglich der Hochzeit kreiste. Er konnte gar nicht glauben, dass wir wirklich so weit gegangen waren, uns zu verkabeln, und fand das ganz schön cool.

»Sollen wir zusammen zum FBI gehen, wenn wir groß sind?«, fragte ich ihn verträumt.

»Gute Idee. Aber meinst du nicht, dass da täglich Millionen von Idioten anrufen, die an den X-Akten arbeiten wollen?«

»Keine Ahnung. Komm, wir rufen an, sagen, dass wir auf Fox Moulders Empfehlung hin kommen, und ermitteln dann den Genervtheitsgrad des zuständigen Beamten – als Nachweis unseres kriminologischen Spürsinns.«

Alex nickte weise. »Und was macht ihr jetzt mit der Kassette?«

»Weiß ich nicht. Fran meint, dass wir sie Fraser vorspielen sollen. Ich bin mir da nicht so sicher.«

»Warum nicht? Das war ja wohl der Sinn der Sache.«

»Na ja, so was ist doch illegal, oder nicht?«

»Und du meinst, Fraser würde dich anzeigen?«

»Nein. Obwohl ich mit einer Vorstrafe wohl schlechte Karten beim FBI hätte.«

»Und bei der amerikanischen Einwanderungsbehörde. Komm schon. Du meinst doch nicht im Ernst, dass das kriminell wäre?«

»Neeeeein. Ich finde die ganze Sache im Nachhinein bloß ziemlich peinlich und wünschte, wir hätten das alles nicht gemacht. Ich meine, was, wenn Fraser nur kühl mit den Schultern zuckt und nie wieder mit uns redet?«

»Na ja, du kennst mich ja, mir ist diese Hochzeit sowieso komplett egal … Hochzeiten an sich, so gesehen …«

Verstanden.

»… aber wenn du wirklich meinst, dass die beiden nicht heiraten sollten, warum verhinderst du's dann nicht? Du würdest doch auch einen Betrunkenen daran hindern, Auto zu fahren, oder nicht?«

»Oh, Gott, nicht schon wieder das Krokodil!«

»Was?«

»Schon gut. Ich *will* es ja verhindern. Ich hatte nur nicht damit gerechnet, dass ich zu so drastischen Mitteln greifen müsste.«

»Und genau deswegen hört man immer wieder, dass man sich um seine eigenen Angelegenheiten kümmern soll.«

»Ich *weiß*.«

»Aber wenn man nun mal darauf besteht, sich einzumischen, dann sollte man es auch durchziehen. Kann ich es mal hören?«

»Nein.«

»Warum denn nicht? Was sagt Amanda denn Schlimmes? Dass sie Fraser den Laufpass gibt, weil sie total scharf auf meinen tollen Body ist?«

»Das hättest du wohl gern.«

Alex zuckte mit den Schultern.

»Im Ernst? Das könntest du dir vorstellen?«

»Nein, Darling. Ich steh mehr auf den Typ … Rubens.«

»Mistkerl! Ich fasse es nicht. Wenn sie jetzt, in diesem Moment, nackt hier reinspaziert käme und sich dir anbieten würde – würdest du's tun?«

»Bist du auch noch da?«

»Nein, sagen wir, mich gibt's gar nicht.«

»Dann vielleicht.«

»Vielleicht?«

Er grinste. »Na ja, du weißt doch …«

»Aber sie ist eine Hexe!«

»Das sagst du.«

»Du hast sie doch erlebt!«

»Wann?«

Er hatte Recht. Er hatte sie nie von ihrer schlechten Seite erlebt. Vor Männern verbarg sie die tatsächlich meisterhaft.

»Deine Moral ist ja in einem traurigen Zustand«, brummelte ich.

»Ach, komm schon. Du hast schließlich gefragt.«

»Ja, und du hast gefälligst *›nein‹* zu sagen. *Immer.* Selbst wenn Linda Evangelista, Naomi Campbell und Claudia

Schiffer auf einmal hier auftauchen würden. Du hast immer nein zu sagen, nein, du willst viel lieber mich.«

»Aber dich gibt es doch nicht.«

»Ja, gut, aber davon mal abgesehen.«

Charlie kam rein. Er wurde leicht verlegen, als er mich sah. Ich sagte nichts.

»Hey«, sagte Alex.

»Hey«, sagte Charlie. Dann atmete er tief durch.

»Ähm … Melanie.«

Überrascht sah ich auf.

»Es tut mir tierisch Leid wegen letzter Woche.«

»Ach, das hatte ich schon ganz vergessen«, log ich.

»Hm. Ja – äh. Äähm, wie geht's deiner Freundin?«

»Welcher?«, fragte ich ihn, natürlich nur, um ihn zu ärgern.

»Na ja. Du weißt schon, ähm. Fran.«

Ich lächelte und beschloss, ihn schmoren zu lassen. »Ach, der geht's absolut super! Vor allem, seit sie mit Angus zusammen ist …«

»Sie ist mit Angus zusammen?«, unterbrach Alex mich schroff. »Seit wann denn das?«

»Seit dem Junggesellenabschied.«

Charlie sah völlig geknickt aus. »Verdammt, das habe ich dann wohl total verbockt.«

»Was?«, sagte Alex. »Als wir gegangen sind, hat ihre Zunge aber noch in dem Hals von dem anderen Kerl gesteckt!«

»Na ja, du kennst doch Fran. Immer für ein Abenteuer gut.«

Das baute Charlie wohl etwas auf. »Echt?«

»Allerdings nur mit Schotten«, sagte ich mitfühlend. Er knickte wieder ein, drehte sich um und ging hinaus.

»Verdammte Klassefrau«, murmelte er im Hinausgehen. Oooh – es funktionierte!!

Ich sah zu Alex. »Dass Fran einen Freund hat, scheint dich ja ganz schön mitzunehmen.«

Er setzte seinen Dackelblick auf. »Eigentlich nicht. Ich hätte bloß nie im Leben gedacht, dass ausgerechnet die zwei ... Ich meine, die sind doch beide ganz schön schrill.«

»Nein, sind sie nicht«, widersprach ich beleidigt. »Okay, Fran ist wirklich ganz schön schrill. Aber Angus ist ein großer Teddy. Der ist total süß.«

»Also hält's nicht lange. Tee?« Alex ging in die Küche und setzte Wasser auf.

Im Grunde genommen ist es sogar schon vorbei, dachte ich bei mir und schämte mich ein bisschen dafür, eine so unwichtige Affäre so aufgebauscht zu haben.

»Du hast ihm bitte *WAS* erzählt?«

»Ich dachte, das wär ganz lustig. Wollte Charlie ein bisschen aufziehen.«

»*Ich* bestimme, wann ich Charlie aufziehen will!«

»Oh, yeah, NEUE SPIELREGEL!«

»Ach, vergiss es. Du kannst wohl nie deine Klappe halten, was?«

»Ja, ich glaube, das hattest du schon mal erwähnt.«

Verletzt und beleidigt zog ich mich auf meinen Stuhl zurück. Wir saßen in einem schmierigen Café und warteten auf Angus, der uns bis zum Anschlag genervt hatte wegen der Kassette. Ich befummelte traurig die siffige Ketchupflasche auf dem Tisch und trank meinen leicht suspekt aussehenden Tee.

»Angus!«, rief Fran erfreut, als er zu uns an den Tisch kam und sich wie ein Hund schüttelte (es regnete).

»Angus!«, äffte ich sie ganz leise nach, dann beschloss ich aber, mich zusammenzureißen, und grinste ihn an. Er grins-

te zurück und setzte sich mir gegenüber neben Fran. Sein schwerer grauer Rippenpulli machte ihn breiter, als er war. Er strich sich das schwere, dunkelrote Haar aus dem Gesicht.

»Also?«, sagte er fröhlich.

Ich sah zu Fran. »Erst frühstücken!«, sagte sie, und wir bestellten Bacon, Würstchen, Champignons, Tomaten, Bohnen, Eier, Weißbrot und Butter und rechneten anschließend mit einem Cholesterinschock.

»Ich habe die Ehre zu verkünden«, fing Fran an, als wir alle zu essen hatten, »dass Mel nicht will, dass ich diese Kassette irgendjemandem vorspiele.«

»Warum das denn?«, fragte Angus und sah mich durchdringend an.

»Na ja, weißt du, es gab jede Menge Champagner, und Amanda hat einiges von sich gegeben, das sie belastet, und da habe ich eben ziemlich idiotische Sachen gesagt«, beeilte ich mich zu erklären.

Er lächelte und kniff die Augen zusammen. »Aaach, ich sag nie irgendwas Blödes, wenn ich betrunken bin.«

Ich lächelte zurück. »Ich halte dann ja normalerweise flammende politische Reden zum europäischen Währungssystem. Ich weiß *wirklich* nicht, was an dem Freitag über mich gekommen ist.«

»Wahrscheinlich war der Champagner schlecht.«

»Okay, ihr beiden, darf ich jetzt auch etwas sagen?«

»Ja«, sagte Angus. »Der Mut des Offiziers wurde hiermit zur Kenntnis genommen.«

Fran holte den Recorder raus. Ich wich zurück und beschäftigte mich eingehend mit meinem Würstchen. Angus beobachtete mich leicht befremdet.

Amandas elaborierte Stimme war klar und deutlich.

»Weißt du, ich sage das nur zu deinem Besten, Melanie,

aber manchmal kannst du wirklich unglaublich naiv sein. Das Ganze … ich meine, gut, das Ganze ist eine prima Gelegenheit, mal eine Party zu geben, aber abgesehen davon ist es auch ganz klar eine rein praktische Angelegenheit. Das Schloss muss hergerichtet werden, und Daddy hat sich gerne bereit erklärt, die Knete dafür zu spenden.«

Angus lief rot an. »Dieses hinterhältige Miststück«, stieß er hervor.

»Liebst du ihn denn nicht?« Das war ich, und ich zuckte zusammen.

»Er ist ein netter Kerl. Er ist adlig. Es wird eine tolle Hochzeit.«

Dann faselte sie weiter davon, dass das mit Fraser schon klarginge, und dass er nichts dagegen haben würde, dass sie beide ihr eigenes Leben lebten.

»Stimmt das?«, flüsterte ich Angus zu.

»Natürlich nicht, verdammt noch mal!« Sein Spiegelei hatte er total vergessen.

Und dann kam meine flammende Rede.

»Das ist mir egal«, hörte ich mich gereizt zurückblaffen. »Ich glaube an den Quatsch.« Und so weiter und so weiter. »Eigentlich bist du nämlich zu bedauern.« An der Stelle krachte es auf dem Band, da ich meinen Abgang vorbereitete. Ich wollte im Erdboden versinken.

Danach drückte Fran auf Stopp. »Danke«, sagte ich und verzog das Gesicht. »Du hättest ruhig vorher ausmachen können.«

»Ach, ja?«

Dann saßen wir eine Weile schweigend da. Angus sah ziemlich sauer aus. »Er ist so ein Idiot«, sagte er. »Ich fasse es nicht, dass er ein Jahr älter ist als ich und so ein Idiot!« Dann sah er mich über den schmutzigen Tisch an.

»Siehst du das wirklich alles so, wie du's gesagt hast?«, fragte er auf einmal.

Ich zuckte mit den Schultern. »Vielleicht. Das mit dem Schloss tut mir Leid.«

»Also, ich finde das alles überhaupt nicht peinlich. Und das Schloss *ist* eine Bruchbude. Und ich bin ganz deiner Meinung«, sagte er. »Und das ist Fraser auch. Und deswegen müssen wir verhindern, dass er in sein Unglück rennt.«

»Willst du ihm das vorspielen?«, fragte Fran.

Angus seufzte schwer.

»Ich weiß es nicht.«

»*Gus*!«, beschwor ich ihn. »Nach all dem, was ich durchgemacht habe?«

»Oh, ja, ich hab ja bloß aufgenommen und das Equipment mit mir rumgeschleppt und die Technik unauffällig ein- und ausgeschaltet«, schnaubte Fran.

Angus betrachtete die Reste seines Frühstücks. »Oh, Gott, das ist alles so peinlich. Und so … irgendwie nicht richtig.«

Wir nickten.

»Aber ich werd wohl müssen.«

Wir nickten wieder.

Fran stand auf, um sich Kaffee zu holen.

»Mel«, flüsterte Angus eindringlich. »Kannst du nicht … würdest du wohl mitkommen, wenn ich Fraser das vorspiele?«

Ich war gerührt.

»Na gut. Aber warum fragst du mich das?«

»Nur für den Fall, dass die Angelegenheit doch etwas heikler wird und er versucht, mich zu verprügeln oder so. Und Fran und du, ihr seid die einzigen Frauen, die ich hier kenne.«

»Alles klar. Und warum fragst du nicht Fran?«

»Kann ich auch machen, wenn du willst. Aber du kennst Fraser doch, und mir wäre es eben lieber, wenn du mitkämst.«

»Okay.«

»Was ist okay?«, fragte Fran, als sie wiederkam.

»Okay, das ist bestimmt die schlauste Methode, den Schaum von einer Tasse Tee zu entfernen«, sagte ich und hob meine Tasse.

»Faszinierend«, sagte Fran. »Wisst ihr was, ich finde, ihr zwei seid wie füreinander geschaffen.«

Wir mussten uns einen Abend aussuchen, an dem Amanda ausging. Das tat sie zum Glück jeden Abend, also war das nicht allzu schwierig. Nachdem sie sich immer wieder über seine Männer-WG in Finsbury Park und die dort auf dem Klo für Notfälle herumliegenden, zerknautschten *Playboy*-Exemplare aufgeregt hatte, hatte sie dafür gesorgt, dass Fraser in ihre Zweitwohnung gezogen war. Dort hielten sie sich aber nur vorübergehend auf, da Amandas Vater nach einem großen Stadthaus Ausschau hielt, das seinem edlen Nachwuchs angemessen war.

Die Zweitwohnung entpuppte sich als kleines, aber picobello gepflegtes Apartment in einem Wohnblock gleich neben dem Regent's Park. Angus und ich trafen uns kurz vorher, um einen Schlachtplan zu entwerfen und uns gegenseitig moralisch zu unterstützen. Kalter Novemberwind begleitete uns durch den Park. Aus lauter Nervosität kickte Augus ständig das gefallene Laub zur Seite.

»Okay«, sagte er. »Wie packen wir die Sache an?«

»Hast du die Kassette?«

»Ich meinte eigentlich eine spätere Stelle im Drehbuch.«

»Also, wir sollten einfach reingehen und gar nicht nett zu

ihm sein. Einfach mit todernster Miene an ihm vorbei und sagen: ›Hör mal, Fraser, wir müssen dir was sagen.‹«

»Mit einer tiefen, amerikanischen Stimme?«

»Ja.«

Ich schlang die Arme um mich selbst.

»Ist dir kalt?«

»Ich bin nervös. Und mir ist kalt.«

Er legte kurz den Arm um mich, und das reichte schon, um mir verlegene Röte ins Gesicht steigen zu lassen – mir war sofort warm.

»Wir sind gleich da.«

»Wir müssen richtig rücksichtslos vorgehen, Gus. Wir müssen reingehen, ihm die Wahrheit um die Ohren hauen, die Kassette einlegen und wieder verschwinden. Dann wird er dir auch wieder verzeihen. So in vier oder fünf Jahren.«

Angus sagte nichts.

»Was ist denn jetzt los? Hättest du doch lieber Fran mitgenommen?«

»Nein, ich habe bloß nachgedacht.«

»Worüber?«

Er sah sich um.

»Ich hab gedacht, dass es eigentlich ein richtig schöner Abend für einen Spaziergang ist. Ist doch eine Schande, dass wir … du weißt schon.«

»So gemein sein müssen.«

»Ja.«

Wir gingen weiter.

»Eigentlich ist es ein saukalter und ungemütlicher Abend für einen Spaziergang«, sagte ich.

»Ja. Wahrscheinlich schon.«

»Also, sollen wir unsere gemeine Mission erfüllen?«

»Na, gut.«

Ich konnte das geheimnisvolle FBI-Pokerface etwa zehn Sekunden lang aufrechterhalten, nachdem Fraser uns aufgemacht hatte.

»Hi! Kommt rein, schön, euch zu sehen, hallo, Mel.« Er küsste mich auf die Wange. Er machte es uns nicht gerade leicht.

»Hast du den Jungfernabend gut überstanden? Amanda hat mir erzählt, dass es ganz toll war.«

»Ja … ja, war's auch.«

»Hallo, Gustard.« Er boxte Angus spielerisch in den Bauch. Angus schlug sich besser als ich, er setzte eins seiner Halblächeln auf.

»Kommt rein, kommt rein, schön, euch zu sehen. Was wollt ihr trinken, Bier, Wein …?«

Er setzte sich in die Küche ab, und wir marschierten in das winzige, aber geschmackvoll eingerichtete Wohnzimmer. Teppich und Sofas waren weiß, was mich ausgesprochen nervös machte. In der Ecke waren um einen Leopardenfell-Sitzsack teuer aussehende Kerzenhalter arrangiert. Fraser hatte unseren Besuch offenbar geahnt und ein paar Schälchen Erdnüsse und Chips aufgestellt. Sie lachten mich so verführerisch an, dass ich ein paar knabberte und hoffte, das würde Glück bringen.

»Amanda hat's nicht so gern, wenn Leute zu Besuch kommen – sie hat Angst um den Teppich«, sagte Fraser, als er mit drei Gläsern und einer offenen Flasche Rotwein wieder aus der Küche kam. Ich schluckte.

»Ach, ja? Wo ist sie denn heute Abend?«, fragte ich. Angus warf mir einen Blick zu – Small Talk war jetzt wohl nicht angesagt.

Fraser bedeutete uns, dass wir uns setzen und es uns bequem machen sollten. Das Sofa war weicher, als es aussah, und als ich darin versank, entfleuchte ein Tropfen Wein aus meinem Glas und rann an der Außenseite hinunter. Er landete glücklicherweise auf meiner Hose. Angus blieb stehen.

»Ach, was weiß ich. Sie ist ständig hier und da unterwegs.« Er lachte. »Ich hab da keinen Überblick.«

»Und du gehst nicht mit?«

»Niemals. Todlangweilig.«

Ich nickte und nahm mir noch ein paar Chips. »Also, der Jungfernabend ...«

Angus räusperte sich übertrieben dramatisch, so dass wir beide zu ihm aufsahen. Er zog den Kassettenrecorder hervor und setzte sich neben mich. Ich legte die Hand auf mein Glas.

»Fraser«, sagte er in feierlichem Ernst. »Melanie und ich ...«

Fraser lächelte über den ernsten Ton, lehnte sich aber nach vorne, um zuzuhören.

»Wir müssen dir etwas sagen, wegen der Hochzeit.«

Wir müssen? Ich konnte mich nicht erinnern, so etwas abgesprochen zu haben.

»Also, eigentlich bin ich mehr zur seelischen und moralischen Unterstützung mitgekommen ...«, sagte ich.

Angus ignorierte mich und machte weiter.

»Fraser, es fällt mir wirklich nicht leicht, dir das zu sagen, aber ich finde, du solltest Amanda nicht heiraten.«

Fraser seufzte und trank einen Schluck Wein. »Das glaube ich nicht. Ich meine, das hast du mir doch schon mal gesagt. Genaugenommen fast jeden Tag, seit ich sie kennen gelernt habe. *Bitte*, sag jetzt nicht, dass das der Grund ist, weshalb du hergekommen bist. Ich hatte mich schon so gefreut, dass ihr mich besucht.«

»Ja, schon. Und Mel ist auch meiner Meinung.«

Fraser sah mich verletzt an.

»Aber ich dachte …«

Ich erwiderte seinen Blick, und der leidende Ausdruck in seinem Gesicht bereitete mir ein richtig schlechtes Gewissen. Angus machte rücksichtslos weiter.

»Und wir haben Beweise. Tut mir Leid.« Er knallte den Kassettenrecorder auf den Tisch. Einer der schmiedeeisernen Kerzenhalter fiel um.

»Was ist denn mit euch los?«, fragte Fraser. »Macht ihr eine neue Sekte auf, in der es Brüdern untersagt ist zu heiraten?«

»Nein.«

»Und warum hältst du dich dann nicht mal endlich raus aus der Sache?«

»Weil du mein Bruder bist, verdammt noch mal!«

»Was ist auf der Kassette?«

»Melanie hat mit ihr geredet. Sie liebt dich nicht, du Idiot. Sie will bloß irgendeinen Titel haben und überall angeben und in die *Hello* kommen und mit den oberen Zehntausend befreundet sein, weil sie nämlich im Grunde ihres Wesens eine völlig beschränkte Kuh ist.«

Fraser sah die Kassette an, als wäre sie giftig.

»Und das sagt sie tatsächlich so?«, fragte er mich.

»Nicht ganz so«, flüsterte ich. Meine Stimme bebte. Ich fühlte mich so richtig elend.

Er ging ans andere Ende des Zimmers, was zwei Sekunden dauerte, hielt sich an der Fensterbank fest und glotzte in die Nacht hinaus.

»Dann spiel den Mist halt vor.«

Angus sah mich an, aber ich konnte seinen Blick nicht erwidern. Die Sache war tausendmal schlimmer, als ich befürchtet hatte. Ich hatte mir sogar vorgestellt, dass er uns hinterher danken würde. Angus streckte den Arm aus und drückte auf Play, und da war es wieder:

»Du bist so *naiv*, Melanie.«

Der Satz echote in meinem Kopf wie ein Spezialeffekt.

»Du bist so *naiv*, Melanie.«

Natürlich war ich das, sonst würde ich wohl kaum in diesem winzigen überheizten Zimmer sitzen und Mata Hari spielen.

»Du bist so *naiv*, Melanie.« Was bildete ich mir eigentlich ein? Wollte ich Schicksal spielen, oder was? Warum hatte ich das bloß getan? Ich fing leise an zu weinen.

Fraser stand stocksteif am Fenster und sah weiter hinaus in den Regen. Zum Glück schaffte es Angus, noch vor meiner unsäglichen Rede auf Stopp zu drücken, so dass uns wenigstens das erspart blieb.

Dann sagte erst mal ziemlich lange niemand etwas. Ich versuchte, mir unauffällig die Tränen wegzuwischen. Meine Nase lief natürlich auch, und um den Rotz nicht geräuschvoll hochziehen zu müssen, ließ ich ihn einfach aus der Nase tropfen. Er landete ganz leise auf dem weißen Teppich. Ich wischte vorsichtig mit dem Fuß darüber.

Dann, endlich, drehte Fraser sich um.

»Also hat sie doch in Wirklichkeit nichts von all dem gesagt, wovon du eben geredet hast, vom Titel, von Zeitschriften und dem ganzen Mist.«

Ich spürte, dass Angus mich ansah, aber ich konnte seinen Blick einfach nicht erwidern. Fraser klang fuchsteufelswild.

»Eigentlich hat sie nämlich bloß zehn Sekunden darüber geredet, dass sie nach der Hochzeit ihre Eigenständigkeit bewahren möchte und dass sie die Sache im Vorhinein gründlich durchdacht hat, aber für dich ist das anscheinend Beweis genug dafür, dass sie eine blöde kleine Schlampe ist, die sich gesellschaftlich hochschlafen will. Und du weißt ja auch perfekt Bescheid über meine Hochzeit, meine Freundin und mein ganzes Leben. Aber nicht nur das, du schaffst es sogar noch, Freunde von mir in diese idiotische Geschichte hineinzuziehen … Melanie, weinst du?«

»Neiiiin«, wimmerte ich.

Ohne aufzuhören zu reden, kam er zu mir, blieb neben mir stehen und tätschelte mir den Arm, was die Sache natürlich nur noch schlimmer machte.

»Gus, was, zum Teufel, willst du eigentlich? Was willst du? Bist du auf den Titel scharf? Da du ja so einen Aufstand darum machst, kannst du ihn gern haben. Mir ist er nämlich scheißegal, aber dir anscheinend nicht.«

»Mir ist er genauso scheißegal«, knurrte Angus und sah dabei mürrisch und rot aus.

»Was ist es denn dann? Was zum Teufel ist los? Warum lässt du uns nicht einfach endlich in Ruhe? Du versuchst, unsere Hochzeit zu sabotieren, und ich weiß nicht mal, warum!«

Auf seinem Gesicht mischten sich Wut, Qual und ehrliches Unverständnis.

Angus ließ den Kopf hängen.

»Tut mir Leid, dass wir hergekommen sind.«

»Tut mir Leid, dass ihr hergekommen seid. Warum ziehst du Melanie überhaupt in die ganze Sache rein?«

Ich schniefte.

»Das tut mir auch Leid«, sagte Angus. »Ich hab's nur gut gemeint. Tut mir Leid.«

»Bitte«, sagte Fraser. »Bitte, lass … lass mich doch einfach in Ruhe. Du hast dich da in etwas verrannt. Und nicht zum ersten Mal. Lass die anderen doch einfach in Ruhe.«

»Ich geh dann wohl besser.«

»Ich glaube auch.«

Ich stand etwas unbeholfen auf, um Angus zu folgen.

Fraser hielt mich am Arm fest und sah mich besorgt an.

»Wird's gehen?«

»Hasst du mich jetzt?«, würgte ich hervor.

Er lächelte traurig. »Nein, natürlich nicht. Gus, bringst du sie nach Hause?«

Angus nickte. Fraser wandte sich von uns ab.

»Na, dann – ciao.« Das war deutlich.

Wir marschierten durch den Flur. Gerade, als wir an der Wohnungstür angekommen waren, machte Angus wieder kehrt und ging zurück ins Wohnzimmer. Ich folgte ihm blindlings

»Hast du …«, fing er an; dann blieb er stehen.

Fraser saß da, mit dem Kassettenrecorder in der Hand, und starrte das Corpus Delicti an. Mit feuchten Augen sah er zu seinem Bruder auf.

»Was?«, knurrte er überrumpelt.

Angus wurde rot. »Nichts. Nur wegen des Taxis. Bye.«

Und dann gingen wir wirklich.

Wütend lief Angus durch den Park und den strömenden Regen, von einem Taxi war offenbar keine Rede mehr. Ich trottete neben ihm her, schämte mich vor mir selbst und hatte wahnsinnige Angst davor, was er sagen würde. Ich kam mir vor wie ein dummes kleines Mädchen. Angus blieb stumm. Ich spielte mit dem Gedanken, mich davonzustehlen und eine andere Route einzuschlagen, aber dann traute ich mich doch nicht. Es war so finster, dass ich plötzlich über irgendwas stolperte und einen markerschütternden Schrei ausstieß. Angus schnellte herum, und sein versteinerter Gesichtsausdruck wurde sofort ganz weich.

»Alles in Ordnung?«, brüllte er gegen den Wind an.

»Ja, alles okay«, krächzte ich, obwohl gar nichts okay war. Ich versuchte aufzustehen, als mich ein stechender Schmerz durchzuckte. Angus fing mich auf.

»Was ist denn passiert?«

»Ich glaube, ich hab mir den Fuß verstaucht.« Ich stützte mich mit meinem vollen Gewicht an ihm ab und merkte, wie ich grün wurde.

»Musst du kotzen?«

»Ich würde« – ich versuchte, einen Schritt zu gehen – »diese Möglichkeit nicht ausschließen wollen.«

»Super«, sagte er finster und fasste mir unter den Arm. »Ist das nicht der tollste Abend deines Lebens?«

Ich schaffte es, noch einen Schritt zu gehen, zuckte aber vor Schmerz zusammen. »Na ja, es ist der tollste saukalte Familienfehden-Verstauchungsabend meines Lebens.«

»Das ist doch was, oder?« Er deutete auf eine Parkbank, aber ich sah in der Ferne die Lichter von Camden und deutete auf diese.

»Schaffst du das?«

»Wenn du mich trägst …«

»Okay, ich versuch's …«

Ich kicherte. »War nur Spaß. Ich würde dich ja platt drücken. Ich muss mich nur an dir abstützen.«

Die nächsten zehn Minuten waren eine einzige Qual, aber schließlich ließen wir uns im erstbesten Pub an einen Tisch plumpsen. Schon allein die Tatsache, endlich nicht mehr dem nasskalten Wetter ausgesetzt zu sein, belebte mich enorm. Der Pub war sehr ruhig und ziemlich altmodisch. Im Kamin brannte sogar ein echtes Feuer, an das wir nahe heranrückten, um uns zu wärmen.

Angus stand auf, um mir einen Whisky zu holen. Ich hätte ja eigentlich lieber einen Weißwein getrunken, aber in einer Situation wie dieser verließ ich mich dann doch lieber auf sein Urteilsvermögen.

Er kam mit zwei großen Gläsern zurück. »Die Zivilisation hat uns wieder – Gott sei Dank.«

»Kann ich ein paar Eiswürfel in meinem haben?«

»Nein, kannst du nicht.«

»Das ist aber nicht sehr zivilisiert, anderen vorzuschreiben, was sie zu tun haben.«

Wir starrten beide ein Ründchen ins Feuer.

»Was meinst du, was jetzt passiert?«, wagte ich zu fragen. Angus seufzte schwer.

»Wenn ich das wüsste«, sagte er. »Ich kam mir wirklich wie ein kompletter Volltrottel vor. Sag mir, dass es sein musste, Mel.«

Ich dachte an Frasers gramvolles, trauriges Gesicht.

»Ähm … wahrscheinlich?«

Angus rieb sich die Augen. »Es geht um den Rest seines Lebens. Jeden Morgen muss er neben einer Frau aufwachen, die ihn für einen Idioten hält. Oh, Gott, ich weiß auch nicht. Ich habe so eine Wut auf sie. Und ich habe nun mal nur einen Bruder. Und seit Dad gestorben ist, sind wir uns viel näher gekommen. Na ja, dachte ich zumindest.«

»Habt ihr euch früher auch schon mal gestritten?«

»Nicht so wie jetzt. Abgesehen von der Geschichte mit den Star-Wars-Figuren. Aber das ist schon lange her. Normalerweise, wenn ich mit ihm über die Hochzeit spreche, tut er das als Witz ab, aber jetzt rückt es immer näher.«

»Stimmt, das ist ja schon bald, oder?«

»In drei Wochen. Dorfkirche zu Pyrford. Ein guter, protestantischer Pfarrer und vierhundert Gäste zu einem Fünf-Gänge-Menü.«

»Nur ich nicht.«

»Oh, das tut mir Leid …«

»Nö, Quatsch, ist mir egal.«

»Kann es dir wahrscheinlich auch sein. Hast du gesehen, wie er den Kassettenrecorder festgehalten hat?«

»Ja, weil er so sauer war auf dich.«

»War das dein Eindruck? Ich dachte, weil er sauer auf sie war.«

Ich nippte an meinem Whisky.

»Hmmm«, machte er. »Mel, darf ich dich mal was fragen?«

Ich hasse es, wenn jemand so was sagt. Im Grunde heißt es ja doch nur: ›Mel, darf ich dich mal eben beleidigen und ungeschoren davonkommen, weil ich dich ja vorher gewarnt habe?‹

»Hmhm?«

»Warum hast du angefangen zu weinen?«

»Das ist – ömmm – eine sehr gute Frage.«

»Tut mir Leid. Ich wollte dir nicht zu nahe treten.«

»Schon okay. Es tut mir echt Leid. Mich hat die ganze Sache auf einmal so mitgenommen, mir kam das alles so hundsgemein vor. Warum können denn nicht einfach alle nett zueinander sein und sich mit netten Leuten zusammentun? Ach, verdammt, wie pathetisch.«

»Nein, gar nicht«, sagte er sanft. »Meinst du mit ›alle‹ auch dich selbst?«

»Das ist doch wohl die gängige Definition, oder? Tut mir Leid. Alles.«

»Ach, was, ist doch alles meine Schuld. Aber keine Angst, wir werden das schon überleben. Wir sind ja immer noch Brüder. Du weißt schon, Blut ist dicker als Wasser und so. Ich glaube, ich ruf ihn morgen früh kurz an, wenn sich die Wogen etwas geglättet haben.«

Puh, wenigstens musste ich das nicht tun. Ich trank meinen Whisky aus und war auf einmal sehr müde.

»Wie kommst du nach Hause?«, fragte Angus.

Zu meiner eigenen Überraschung bemerkte ich, dass ich gar nicht nach Hause *wollte*. Ich wollte mich vor dieses knisternde Feuer kuscheln und meinen Kopf an seine Schulter lehnen. Aber das sagte ich nicht.

»Also, ein Taxi kann ich mir nicht leisten«, sagte ich. »Ich glaube, ich rufe Alex an. Er kann mich mit Charlies Auto hier abholen.«

Angus reichte mir sein Handy.

»Funktioniert das auch in Rohren unter Wasser?«, fragte ich, als ich das große Teil mit dem Leuchtstreifen in die Hand nahm.

»Vielleicht«, grinste er.

Charlie ging dran.

»Ist Alex da?«

»Ähm – was?«

»Charlie, ich bin's, Mel.« Matschbirne. »Ist Alex da?«

»Äh, öm, muss mal nachsehen.«

Ich warf Angus einen Blick zu. »Der Junge wird von Tag zu Tag dämlicher.«

»Kommt von der Inzucht.«

Ich nickte. Im Hintergrund wurde es ziemlich lebhaft und viel geflüstert.

»Hallo?«, meldete Alex sich zweifelnd.

»Hi, Alex, ich bin's.«

»Ach, hallo, Mel. Ich – äh – ich dachte, du wärst heute Abend unterwegs.«

»Bin ich ja auch. Oder war. Hör mal, ich hab mir ziemlich übel den Fuß verstaucht. Kannst du mich nicht abholen?«

»Ähm – wo bist du denn?«

»In Camden.«

»In Camden. Herrje, das ist ja eine Weltreise. Kannst du dir kein Taxi nehmen?«

»Wenn ich doppelt so viel verdienen würde wie im Moment, würde ich mir ein Taxi nehmen. Hör mal, ich hab mir wirklich ziemlich wehgetan, mir geht's nicht besonders, und mir wäre es echt lieber, wenn du mich abholen könntest.« Ich regte mich schon wieder langsam auf. »Kannst du nicht herkommen und mich holen?«

»Hör zu, Mel, Sweetheart, ich steck da gerade mittendrin in so 'ner Sache.«

»Was? Was, zum Teufel, ist denn los? Warum muss ich dich anflehen, dass du mich mal wo abholst?«

»Ähm – ein paar von unseren Kumpels sind hier, und ich habe echt schon zu viel getrunken, ich kann nicht mehr fahren.«

»Das glaube ich dir nicht. Du hast doch bloß keinen Bock, mich abzuholen.«

»Mel, ich würd's tun, wenn ich könnte, wirklich. Glaub mir, es ist einfach unmöglich. Nimm dir doch einfach ein Taxi, wir sehen uns dann morgen.«

Pause. Ich wusste nicht, was ich sagen sollte, also legte ich einfach auf.

Angus sah peinlich berührt in eine andere Richtung. Ich wartete ab, bis ich nicht mehr kurz vor dem Losheulen war, und schluckte.

»Mistkerl«, sagte ich.

»Hört sich ganz so an«, kommentierte Angus. »Ich würde dich sogar nach Hause *tragen*.«

Ich sah ihn an. »Ganz bestimmt.«

»Holde Maid in Not. Meine Spezialität.«

Ich lachte. »Führe mich nicht in Versuchung.«

»Lass dich doch versuchen.« Er klang auf einmal ganz ernst. Er sah mir sehr ernst sehr direkt ins Gesicht, und mein Herz fing wie wild an zu klopfen. Wir sahen uns lange an. Unsere Gesichter schienen sich näher zu kommen. Dann bewegte ich mich ein bisschen und geriet wirklich übel fest mit dem Fuß ans Stuhlbein.

»Aaaaauuuuu!«, schrie ich und klappte zusammen wie ein Taschenmesser. Die ganze verschlafene Bar drehte sich um, um zu sehen, wer gerade ermordet wurde. Ich hielt mir das Fußgelenk, in der Hoffnung, dass das den Schmerz lindern würde, aber es war kaum auszuhalten. In stoßartigen Wellen durchzuckte der Schmerz das ganze Bein.

»Au. Au. Au au au au au.«

»Ach, du armes Ding.« Angus stand solidarisch mit mir auf, als ich anfing, auf einem Bein herumzuhüpfen.

»Au au au. Verdammt, dieser verdammte Fuß. Das tut so weh.«

»Willst du dich an mir abstützen? Soll ich dich zum Notarzt bringen?«

»Nein, nein, nein. Herrje. Ist ja nicht das erste Mal. Es ist wohl das Beste, wenn ich nach Hause fahre und ein paar Aspirin nehme.«

Wir warfen uns einen Blick zu, der besagte, dass dieser Moment, dass das, was da passiert war – oder hätte passieren können –, vorbei war.

Angus ging zur Bar und bestellte ein Taxi. Dann eskortierten er und der Barkeeper mich hinaus, und eine Stunde später lag ich eingemummelt im Bett, mit vier Nurofen intus und der tröstlichen Gewissheit, dass mir morgen früh übel sein würde.

12

Meinem Knöchel ging es am nächsten Morgen leider ausgezeichnet. Na, gut, er war etwas steif, und wenn ich wirklich mein ganzes Gewicht darauf verlagerte, tat er auch ein bisschen weh, aber eben nicht genug, um krankzufeiern. Da ich außerdem das Gefühl hatte, mich auf der Weltrangliste der moralisch Minderbemittelten Richtung Platz eins hinaufzuarbeiten, beschloss ich, arbeiten zu gehen.

Mein Hirn fühlte sich so matschig an wie Rührei, was ich als Fingerzeig dafür nahm, welches zum Frühstück zu machen.

»Linda, hast du auch Lust auf Rührei?«

Vollständig angezogen, aber recht schläfrig, kam sie aus ihrem Zimmer. Ihr Blick verriet mir, wie sehr sie diese Einladung verwunderte. Überraschenderweise sagte sie aber ja. Na ja, es ging ja auch um Essen, dachte ich.

Ich ging davon aus, dass es keinen Sinn hatte, sie um Rat zu fragen, also erkundigte ich mich stattdessen nach der Bank.

»Was für eine Bank?«

»Ähm, arbeitest du nicht in einer Bank?«

»Nein.«

Konnte ein Mensch sich gründlicher blamieren?

»Aber – wo arbeitest du denn noch mal?«

»Brimley's.«

»Brimley's …?«

»Versicherung.«

»Richtig! Richtig, und? Wie läuft's?«

»Gut.«

Ich nippte an meinem Tee. Ich hatte einen langen Tag vor mir.

»Ich brauche das Wochenende«, sagte sie auf einmal.

Ich dachte, sie wollte irgendwas zurückhaben, was ich mir von ihr geliehen hatte, und zerbrach mir den Kopf, was es sein könnte, aber es fiel mir partout nicht ein.

»Das was?«

»Das Wochenende«, sagte sie langsam und deutlich, als wäre ich ein Vollidiot.

»Klar … das Wochenende«, sagte ich.

»Vor Weihnachten. Das Wochenende. Da brauche ich die Wohnung.«

»Ach, *so*. Du willst die Wohnung für dich allein?«

Sie nickte. Sah nicht so aus, als gäbe es Diskussionsspielraum.

»Klar, kein Problem«, sagte ich, ohne nachzudenken. »Gar kein Problem. Welches denn?«

»Das ganze.«

»Welches Wochenende?«

»Das vor *Weihnachten*«, wiederholte sie geduldig.

Oh. Dann sprich doch in ganzen Sätzen, dusselige Kuh.

»Okay. Okay, geht klar.«

Das war das Hochzeitswochenende, also waren wir wahrscheinlich sowieso weg. Aber was zum Teufel hatte Linda vor? Dass sie tatsächlich etwas *tun* wollte, brachte mein ohnehin schon instabiles Weltbild noch mehr ins Wanken.

»Was hast du denn vor?«, fragte ich.

Sie glotzte mich an, stand völlig unvermittelt auf und verließ die Küche. Super.

Ich hatte keinen Nerv, die Rühreipfanne abzuwaschen, also ließ ich sie stehen und humpelte zur Arbeit.

»Ey, Tach, Schnuckelchen.« Ich lief natürlich als Erstes Steve über den Weg, als ich reinkam. »Kleine Schlägerei gehabt?«

Ich stöhnte. »Du müsstest erst mal den anderen sehen. Und das war ein Cockney.«

»Ja, klar. Dann wärst du jetzt tot.«

»Da hast du eigentlich Recht, wenn ich drüber nachdenke. Ich würde mich eher umbringen, als Körperkontakt mit einem Cockney zu haben.«

Ich ging ins Büro und hatte ein Déjà-vu: Auf meinem Schreibtisch stand schon wieder ein billiger Blumenstrauß, und meine linke Nachbarin hatte wieder mal einen Heulkrampf.

»Was ist denn jetzt schon wieder?«, fragte ich etwas schroff und pfefferte die Blumen in den Papierkorb.

»Ich hab gedacht, die wären für mich.«

»Willst du sie haben?« Ich sah in den Papierkorb; die Blumen waren jetzt mit Bananenschalen und Plastikkaffeebechern bedeckt.

»Nein. Willst du denn die Karte gar nicht lesen?«

»Ich weiß eh, was darauf steht.« Ich sah sie mir trotzdem kurz an.

»Tut mir Leid wegen deinem Fuß. Würde dich heute Abend gern sehen. Ich hole dich ab«, stand da.

»Verpiss dich«, sagte ich sauer und ließ mich auf den Stuhl plumpsen. Das Telefon klingelte.

»Verpiss dich«, sagte ich noch einmal und nahm die ganzen ungeöffneten Briefe, die sich in meinem Posteingangskörbchen stapelten.

Das Telefon klingelte vierzehnmal an dem Vormittag. Jedes Mal beschimpfte ich es auf übelste Weise, und schließlich lehnte sich Janie zu mir herüber. Sie sagte leise:

»Weißt du was, wenn du die Voicemail einschaltest, müsstest du dir nicht mal das Geklingel anhören.«

Ich fand es ziemlich ärgerlich, dass sie mit einem so eminent vernünftigen Vorschlag gekommen war, sagte bloß »Hm« und schmollte weiter. In der Mittagspause steckte die Empfangsdame ihren Kopf ins Großraumbüro.

»Melanie Pepper!«, kreischte sie.

Zögernd zeigte ich auf.

»Sie gehen nicht ans Telefon!«

Hör auf, mich anzukreischen! Ich stand vorsichtig auf.

»Oben an der Rezeption wartet jemand auf Sie.«

Herrje. »Ein Mann?«

»Ganz eindeutig.«

»Können Sie ... ihm sagen, dass ich auf Geschäftsreise bin?«

»Sie sind auf keiner Geschäftsreise!«

»Nein, aber können Sie ihm das nicht einfach sagen?«

»Sie können mit mir hochgehen und ihm das selbst sagen.«

»Wie kann ich denn ... ach, vergessen Sie's, schon gut.«

Die Empfangsdame war schon wieder die Treppen hinauf verschwunden. Ich folgte ihr langsam und versuchte, mir unterwegs eine Strategie zu überlegen. Der Mistkerl. Diesmal würde er büßen, dieser egoistische Mistkerl.

Fraser stand ziemlich nervös am oberen Treppenabsatz und tat, als würde er unseren Jahresbericht studieren. Er sah angespannt aus. Vor hundert Jahren hätte er mit seinem Zylinder und seinen Handschuhen gespielt. Ich blieb einen Moment stehen und sah ihn an, dann näherte ich mich ihm von hinten.

»Jetzt sag nicht, dass du eigentlich Masochist bist«, sagte

ich ohne Vorwarnung. Überrascht drehte er sich um und lächelte nervös.

»Hallo.«

»Was machst du denn hier?«

»Na ja, Angus hat mir gesagt, wo du arbeitest ...«

»Du hast mit Angus gesprochen? Was hat er gesagt?«

»Erzähl ich dir gleich. Wie wär's, wenn wir zusammen Mittag essen? Ich arbeite ganz in der Nähe. Und gleich um die Ecke gibt's einen Italiener ...«

»Den kenne ich«, sagte ich. »Ja, gerne.«

Steve kam durch die Empfangshalle.

»Hey, Steve. Kannst du Flavi ausrichten, dass ich zum Mittagessen weg bin?«

»Fick dich doch ins Knie.«

»Danke.«

Fraser guckte etwas irritiert. »Ziemlich lockerer Umgangston bei euch, was?«

»Ja, so was in der Art.«

Beim Italiener war viel los, und es duftete herrlich. Mir fiel ein, dass ich gestern Abend gar nichts gegessen hatte, und das Rührei war auch schon ein paar Stunden her, also bestellte ich Spaghetti Carbonara. Und Knoblauchbrot. Mit Käse. Und eine Minestrone. Und ein Glas Wein.

»Wie geht's deinem Fuß? Angus hat's mir erzählt.«

»Viel besser, danke. Und was ist zwischen euch passiert? Erzähl schon.«

Fraser beobachtete mich dabei, wie ich mich durchs Knoblauchbrot futterte. »Na, *dir* scheint es ja gut zu gehen.«

Ich zog ein Gesicht.

»Bist du hergekommen, um nachzusehen, ob ich immer noch ein schniefendes Häufchen Elend bin, oder was?«

»So was in der Art. Angus hat mich gebeten vorbeizuschauen, um zu sehen, ob's dir wieder besser geht. Er hat sich Sorgen um dich gemacht, und er weiß ja, dass ich ganz in der Nähe arbeite – kennst du das Xyler-Gebäude?«

»Das große rosafarbige Ding? Klar kenne ich das, ist doch direkt gegenüber. Und ich hatte schon gedacht, du wärst extra eingeflogen, um mich zu einem richtig noblen Mittagessen zu entführen.«

»Ist das hier nicht nobel?«

Durch den bunten Fliegenschutzvorhang aus unzähligen Plastikstreifen hörten wir zwei Kellner auf Italienisch eine Meinungsverschiedenheit austragen.

»Na ja, also weißt du, für diejenigen unter uns, die mehr die Exklusivität eines *Quagis* gewöhnt sind …«

»Haha.«

Er nahm sich ein Stück Brot und tunkte damit die Reste meiner Suppe auf.

»Jetzt *erzähl* schon«, sagte ich, schließlich war ich gespannt wie ein Flitzebogen, ob die beiden sich wieder versöhnt hatten.

»War gar nicht der Rede wert, wirklich. Dieser Gustard und ich streiten ständig.«

»Das hörte sich bei ihm aber anders an.«

»Ach, so, ja, klar, Star-Wars-Figuren und ähnlicher Kram halt, weißt du.«

»Freundin?«, fragte ich schelmisch.

Er grinste.

»Dir scheint's ja wirklich besser zu gehen. Nein, normalerweise streiten wir uns eigentlich nicht um Mädchen.«

»Nur um dieses.«

Er missverstand mich.

»Um wen – dich?«

»Ähm, nein … Amanda.«

»Ach, so, verstehe, klar.«

Wir waren beide ziemlich verlegen und sahen uns hektisch nach unserem Kellner um.

Ein dampfender Teller voller Nudeln wurde vor mir abgestellt, und ich sog gierig den Duft ein.

»Und, was hast du gesagt?«, drängelte ich.

»Wir haben uns versöhnt. Das kannst du doch nie alleine aufessen.«

»Pass mal auf, Bohnenstange.«

»Er ist gestern Abend noch mal vorbeigekommen, nachdem du nach Hause gefahren warst, und hat sich entschuldigt. Ich glaube, er hat sich mehr Sorgen um dich gemacht als um mich.«

»Das war nur Tarnung. Machen Jungs öfter.«

»So. Na, jedenfalls hat er alles zurückgenommen, blablabla, und versprochen, die Hochzeit nicht mehr zu erwähnen etc. pp.«

»Ah, ja.« Ein bisschen enttäuscht war ich ja schon.

»Du bist ganz schön stinkig auf ihn, oder?«

»Nein.«

»Es ist schon okay, weißt du.« Er lächelte. »Macht mir nichts aus, dass du nicht willst, dass ich heirate.«

»Das ist es nicht«, protestierte ich. »Ich will nur nicht, dass du *sie* heiratest.«

»Ach, du gibst es also zu?«

»Natürlich gebe ich es zu. Tut mir Leid. Bitte, ich will nicht, dass deswegen unsere Freundschaft kaputtgeht.«

»Das wird sie nicht. Mach dir darüber keine Gedanken. Und außerdem hab ich mir den Rest der Kassette auch noch angehört.«

»Oh, Himmel, nein!«

»Keine Sorge. Ich verzeihe dir, was du über mein Schloss gesagt hast.«

»Dein Riesenhaufen Steine.«

»Was auch immer.«

Ich spielte mit meinen Spaghetti.

»Tu's nicht, Fraser. Es geht doch nur um Geld.«

Wie ich merkte, hatte ich wieder mal das Falsche gesagt, aber er trug es mit Fassung.

»Gott, wenn es so rum nicht funktioniert, dann vielleicht andersrum, was? Jetzt bin ich auf einmal der Böse. Sie ist nett und lieb, und ich bin bloß ein geldgeiler Mistkerl, der sie wegen ihrer Kohle heiratet.«

»Es tut mir Leid! Irgendwie sag ich immer das Falsche.«

»Vergiss es. Ich langweile mich zu Tode bei dem Thema Hochzeit. Mel, bitte, wir sind doch alte Freunde. Versprichst du mir, dass du aufhörst, auf mir herumzuhacken wie Angus?«

Ich dachte nach. »Wie, nur weil mich die Sache nichts angeht?«

Er nickte.

»Okay. Weil du's bist. Und weil wir so alte Freunde sind. Die fünf Jahre zwischendurch, in denen wir keinen Kontakt hatten, übersehen wir mal geflissentlich.«

Er hielt mir die Hände entgegen. »Du bist ja einfach verschwunden. Eben warst du noch ein bisschen betrunken auf der Abschlussfeier, und das Nächste, was ich höre, ist ein völlig unerwarteter Anruf nach fünf Jahren.«

Ich hatte mich nie verabschieden können.

»Na gut. Ich versprech's.«

Als er mit seiner Lasagne fertig war, bediente er sich hemmungslos bei meinen Spaghetti.

»Kriegst du zu Hause nichts zu essen?«

»So gut wie nichts. Weniger als fünf Milligramm Fett pro Woche bis zur Hochzeit.«

»Siehst du, jetzt hast du wieder davon angefangen! Keine zwei Sekunden kannst du nicht dran denken. Hochzeit, Hochzeit, Hochzeit. Hier, bedien dich.«

Er lächelte traurig, und ich hatte ein schlechtes Gewissen. Ich meine, was fiel uns eigentlich ein, einen solchen Tanz zu veranstalten mit Kassettenrecordern und dem ganzen Unsinn? Hier ging es schließlich um ein echtes Menschenleben, in das wir hereinpfuschten.

Jedes Mal, wenn ich in eine Diskussion über Veranlagung versus Erziehung gerate – was ehrlich gesagt nicht zu oft vorkommt, weil ich meine genetisch veranlagten Moralistenfreunde nicht mehr so oft sehe –, argumentiere ich mit meinem unwiderstehlichen Drang, Leute, die mir ein bisschen Leid tun, ungeachtet meines nicht vorhandenen kulinarischen Talents durchzufüttern, und muss an meine Mutter denken.

»Hast du Lust, mal zum Abendessen zu mir zu kommen?«, fragte ich ihn. Verdammte Gene.

Fraser kannte mich leider doch schon eine Weile und sah von meinem Teller auf, von dem er meine Pasta verschlang.

»Hast du Mitleid mit mir?«

»Nein, ganz bestimmt nicht. Ganz bestimmt nicht. Eigentlich wollte ich schon ewig ein Abendessen veranstalten.«

»Ach, was? Und wen wolltest du alles einladen?«

»Na ja.« – Mist – »Du bist der Ehrengast – du darfst dir aussuchen, wer kommt.«

»Gott. Das gibt's doch gar nicht. Ein richtig großes Abendessen?«

»JA!«

»Und wir sind alle eingeladen?«

»Wer ist *wir*?«

»Du, ich, Amanda und Angus.«

»Diese Definition von ›wir‹ kann ich nicht so ohne weiteres unterschreiben. Aber gut, warum nicht?«

»Ach, kann ich Nash mitbringen? Der kommt demnächst nach London. McLauchlin hat das Amt des Trauzeugen gewissermaßen niedergelegt, darum wollte ich Nash fragen.«

»Wow. Ja, klar.«

»Und Amanda will bestimmt welche von ihren Brautjungfern mitbringen.«

»Jetzt übertreib mal nicht.«

»Tut mir Leid, ich dachte, du wolltest eine große Sache daraus machen.«

»Will ich ja auch. Ähm, könntest du dann zumindest dafür sorgen, dass sie Mookie mitbringt?«

»Ich kann diese Blondinen beim besten Willen nicht auseinander halten. Warum ausgerechnet die?«

»Nur so.«

»Ist das die am Ende der Kassette, die in der Limousine?«

»Vielleicht.«

»Dacht ich's mir doch.«

Er sah mich an und lächelte.

»Bist du dir sicher, dass du dir das antun willst?«

»Na, was denn? Ich muss doch bloß für acht Leute einkaufen, kochen, Tisch decken und abwaschen. Das kann doch so schlimm nicht sein. Gerade heute Morgen erst habe ich Rührei gemacht.«

»Na, dann – tolle Überraschung! Danke. Das ist echt nett.«

Ich strahlte.

»Ähm, kann ich dich was fragen?«

Oh, nein. Nicht schon wieder so eine Frage!

»Nur rein interessehalber«, er lehnte sich über den Tisch,

»was läuft da eigentlich genau zwischen dir und meinem kleinen Bruder?«

Ich war ehrlich entsetzt.

»Nichts!«

»Das sagt er auch. Das heißt also, einer von euch lügt.«

»Danke, Sokrates.«

»Ach, komm schon. Erzähl's mir doch.«

»Da läuft überhaupt nichts. Ich habe einen Freund.«

»Angus sagt, das ist ein Arschloch.«

»Angus glaubt ja wohl, bei jeder Beziehung im Umkreis von hundert Meilen das letzte Wort zu haben.«

Fraser lächelte. »Stimmt. Aber du magst ihn doch?«

»Deinen kleinen Bruder?«

»Ja.«

»Warum, was sagt er denn?«

»Nichts.«

»Prima. Ich sag auch nichts.«

»Also ja.«

»Ach, halt die Klappe.«

»Oh, Gott. Dann musst du ihn ja *ganz schön* mögen.«

»Quatsch. Der Wahrheit am nächsten kommt nämlich, dass ich überhaupt nicht weiß, wen oder *was* ich im Moment mag. Alles ist total verdreht und bescheuert. Ständig tun sich die falschen Leute zusammen. Nichts klappt zur Zeit. Alex macht mich total fertig, aber im Grunde ist ja ganz egal, ob er oder dein Bruder mich fertig macht, oder? Ich meine, vielleicht hattest du verdammt Recht, als du gesagt hast, dass wir uns alle um unsere eigenen Angelegenheiten kümmern sollten.«

Ich muss mich ernster angehört haben, als ich vorhatte, Fraser ließ nämlich den Kopf hängen und nickte.

»Yes, Ma'am.«

»Recht so. Bezahlst du für uns beide? Du bist doch jetzt bald stinkreich.«

»Ich finde, du solltest bezahlen, weil du versucht hast, meine Hochzeit zu sabotieren.«

»Ich finde, du solltest bezahlen, weil du ohne Voranmeldung aufgetaucht bist.«

»Ich finde, du solltest bezahlen, weil du mich in meiner eigenen Wohnung in einen Hinterhalt gelockt hast.«

»Ich finde, du solltest bezahlen, weil du mir unangebrachte Fragen über deinen Bruder gestellt hast.«

Er lachte.

»Ha! Ich finde, du solltest bezahlen, weil du mir unangebrachte Tonbandaufzeichnungen über meine Verlobte zugespielt hast, oder was meinst du?«

Der Kellner kam mit der Rechnung.

»Also, genau genommen«, meinte ich kleinlaut, »finde ich, du solltest bezahlen, weil ich nämlich mein Geld im Büro vergessen habe.«

Er lachte. »Kleines Biest! Aber ich tu's natürlich gern.«

»Nächstes Mal bezahl ich dann. Aber abgesehen davon möchte ich natürlich auch gern sehen, ob du mit ›Laird‹ unterschreibst.«

»Wie, du meinst, für den Fall, dass irgendjemand hier mich noch nicht für einen aufgeblasenen Idioten hält?«

Wir gingen wieder zurück zum Büro und kämpften uns durch massenweise Menschen, die während ihrer Mittagspause ziellos durch die Straßen irrten.

»Danke für das nette Mittagessen«, sagte ich.

»Bedank dich bei Angus. War seine Idee. Ich finde ihn ja schon überdurchschnittlich aufmerksam dafür, dass zwischen euch angeblich nichts ist ...«

»Klappe.«

»Wie viel Verunglimpfung kann ein Mann eigentlich ertragen?«

»Das wirst du in den nächsten vierzig Jahren schon noch herausfinden. Und jetzt ab mit dir.«

Dann winkte ich ihm nach und fühlte mich schon viel besser als noch vor einer Stunde.

Mit zwölf Nachrichten auf der Voicemail brach ich sämtliche Rekorde. Die meisten waren Schleimereien von Alex und Beleidigungen von der Empfangsdame. Eine Nachricht war von Fran. Kaum dass ich sie gehört hatte, dachte ich auch schon »Verdammt! Fran!« – sie hatte ich bei meinem feudalen Abendessen nämlich ganz vergessen. Aber jetzt waren wir schon acht, und ich hatte doch sowieso bloß fünf Stühle. Vielleicht sollte ich ihr einfach gar nichts davon erzählen. Nein, unvorstellbar. Normalerweise konnte ich mir ja nicht mal eine Socke anziehen, ohne sie deswegen ein paarmal anzurufen. Ich rang ein wenig mit meinem Gewissen – ich würde Linda einladen müssen, schließlich war sie sowieso da und nicht gerade als Stimmungskanone bekannt. Vielleicht konnte ich Amanda dazu bringen, Mookie nicht mitzubringen ... Auf einmal wurde mir klar, auf was ich mich da eingelassen hatte. Gott, wie konnte ich nur? Ich hatte ja nicht mal einen Topf, der groß genug war, um darin Rührei für acht Personen zu machen. Ich hatte überhaupt nichts dagegen, in der Küche rumzuwuseln, wenn ich stundenlang Zeit hatte und es sich bloß um Alex und mich drehte, die wir notfalls auch Kaulquappen essen würden, wenn es nichts anderes gab, aber das hier war der Ernstfall. Warum musste ich auch so angeben, und warum hatte ich das Gefühl, bei Fraser etwas gutmachen zu müssen?

Ich beschloss, Angus anzurufen. Was sollte das denn

überhaupt, jetzt so einen Rückzieher zu machen? Nicht besonders Braveheart-mäßig. Besetzt, leider. Sein Vertrag hier war verlängert worden, also lief es bei ihm zumindest beruflich gut.

Ich schaltete die Voicemail ab für den Fall, dass er anrief. Prompt klingelte das Telefon. Mein Herz machte einen Sprung – das nannte ich prompten Service! Es war aber bloß Alex.

»Tut mir Leid«, sagte er. »Bitte, reg dich nicht so auf. Wir waren halt ziemlich beschickert, ging etwas drunter und drüber. Ich hätte dir ein Taxi schicken sollen.«

»Du miese Kröte. Du hast mich total lächerlich gemacht vor meinen Freunden.«

»Vor wem denn?«

Auf einmal war ich mir gar nicht mehr sicher, ob ich eigentlich wollte, dass er wusste, dass ich allein mit Angus aus gewesen war.

»Ach, bloß Angus und Fran – wir waren bei Fraser.«

»Fran?«

»Ja, warum?«

»Ähm, nur so, ich hatte bloß gedacht, ich hätte sie gestern Abend in der Bahn gesehen.«

»Ähm, ich meinte auch gar nicht Fran, ich meinte Lola.« Lola war eine meiner Freundinnen, die ich so gut wie gar nicht mehr traf.

»Ach, so.«

Es trat eine Pause ein, und ich war mir sicher, dass er wusste, dass ich log. Aber er beschloss ganz offensichtlich, darüber hinwegzusehen.

»Verzeihst du mir, Mel?«

Ich seufzte.

»Wieso habe ich eigentlich das Gefühl, als würde ich mein

ganzes Leben nur damit verbringen, dir zu verzeihen? Ich habe keine Lust mehr.«

»Was willst du denn damit sagen?«

In dem Moment wurde ich mir der aufgestellten Ohren von Steve und Janie bewusst.

»Na ja, weißt du, ich weiß einfach nicht ...«, hörte ich mich sagen, »ich weiß einfach nicht, ob ich mir dieses Verhalten noch länger gefallen lassen will.«

Schweigen. In mir machte sich Eiseskälte breit. Wo kam das denn nun her?

»Hör mal, ich ...« Ich konnte hören, wie Alex sich durch die Haare fuhr, so, wie er es immer tat, wenn er sich über etwas ärgerte. Er atmete tief ein. »Können wir nicht darüber reden?«

»Nicht jetzt.«

»Okay. Jederzeit. Kann ich dich von der Arbeit abholen? Wir könnten doch was trinken gehen. Ich glaube, wir sollten mal reden.«

Ich hatte einen fetten Kloß im Hals. War's das jetzt etwa? Ich meine, so plötzlich? Gerade hatte ich ihn noch ein bisschen zappeln lassen wollen, weil er immer so verdammt egoistisch war, und im nächsten Moment sah's ganz so aus, als hätte ich aus Versehen den ersten Dominostein auf dem Weg zur Trennung angetippt. Es fing *immer* mit »Wir müssen reden« an, immer. Es sei denn, jemand verschwand ganz einfach in ein anderes Land. Gott, ich war mir doch überhaupt nicht *sicher*.

»Klar, kein Problem«, brachte ich lässig hervor. Der zweite Schritt: Bestätigen, dass die Notwendigkeit zum Reden bestand. Er nannte mir ein Lokal, dessen Namen ich zitternd notierte, ich legte auf und starrte ungläubig Löcher in die Luft.

Janie war ausgesprochen feinfühlig. »Oh, mein Gott, hat er mit dir Schluss gemacht?«

»Nein«, sagte ich sauer. »*Ich* habe fast mit *ihm* Schluss gemacht, um genau zu sein. Jetzt bettelt und winselt er um Gnade.«

Sie riss die Augen auf. »Warum willst du denn mit ihm Schluss machen?«

»Weil er ein egoistischer Mistkerl ist?«

Ihr Gesichtsausdruck blieb unverändert.

»Hast du schon mal mit jemandem Schluss gemacht?«, fragte ich. Schweigend schüttelte sie den Kopf.

»Was wäre denn für dich ein Grund, mit jemandem Schluss zu machen?«

Schweigend zuckte sie mit den Schultern. Ich rang mir ein halbes Lächeln ab.

»Keine Sorge. Ich hab schon Ersatz.«

Ihre Augenbrauen verschwanden fast im Haaransatz. Cockney-Steve ignorierte unser Frauengespräch, spätestens seitdem er mitgekriegt hatte, dass ich nicht diejenige war, die einstecken musste.

»Hat mit dir schon mal jemand Schluss gemacht, Steve?«

»'türlich nicht«, er lief bis an die zugegelten Haarwurzeln rot an.

»Hast du schon mal eine Freundin gehabt, Steve?«

»Verpiss dich.«

»Bist du sicher, dass du nicht schwul bist? Das sind nämlich ganz schön viele, die im Marketing arbeiten. Schau dir doch nur mal die Wände an, was für 'ne Farbe.«

Er fummelte an seinen Goldkettchen rum und brummte mich an.

Danach ging es mir etwas besser, aber mein Problem war damit immer noch nicht gelöst. Was zum Teufel ging hier eigentlich ab? Ich wurde das Gefühl nicht los, dass mein Leben in einer echt üblen Phase steckte.

Mann, ich hatte Monate damit verplempert, sehnsüchtig auf Alex zu warten. Dann kam er zurück. Und jetzt, jetzt wusste ich überhaupt nicht mehr, was ich tat, geschweige denn, was ich fühlte. Ich liebte ihn, aber er machte mich wirklich fertig. Was ich mir mehr als alles andere wünschte, war jemand, der mich bei der Hand nahm, in eine bestimmte Richtung zeigte und sagte: »Da lang. Wenn du da lang gehst, wirst du glücklich. Geh *da* lang.«

Aber darauf konnte ich wohl lange warten. Ich rief trotzdem bei Fran an.

»Ich glaube, ich mach mit Alex Schluss«, sagte ich, sobald sie abgenommen hatte.

Sie schnappte nach Luft. »Wieso das denn?«

»Was für eine Frage! Du sagst selbst immer, dass er ein nichtsnutziger Schwachkopf ist. Ist das nicht Grund genug?«

»Aber, wieso jetzt?«

»Ach, tausend Kleinigkeiten. Gestern Abend zum Beispiel, da hatte ich mir den Fuß verknackst, tat höllisch weh, und er hat sich geweigert, mich abzuholen. Hat erzählt, er hätte ein paar Freunde da, aber das glaub ich ihm nicht. Ich glaube, er hat nur mal wieder seinen Hintern nicht hochgekriegt. Ich meine, ich bin ihm doch total scheißegal.«

»Das glaube ich nun nicht.«

»Was ist denn mit dir los? Startest etwa ausgerechnet du Alex-Rehabilitierungsmaßnahmen?«

»Na, gut, okay. Du kennst meine Meinung. Setz ihn sofort auf die Abschussrampe und schnapp dir einen von den netten McConald-Jungs.«

»Was meinst du denn mit *einen* von den netten McConald-Jungs? Ist doch nur einer von beiden zu haben.«

»Du nimmst also bloß, was gerade zur Verfügung steht?«

»Halt die Klappe! Du bist mir gar keine Hilfe.«

»Doch, natürlich. Mach sofort mit Alex Schluss, und tu dich mit jemand Nettem zusammen. Könnte ich dir mehr helfen als mit diesem Rat?«

»Aber Fran! Wir reden hier über *Alex.*«

»Ja, ich weiß, über den Alex, in den du mal total verknallt warst. Aber jetzt, wo er sich wie ein kompletter Idiot aufführt, bist du nicht mehr in ihn verknallt. Also, was kümmert's dich noch? Vergiss ihn!«

»Aber ich bin doch so ein riesiger, unglaublich feiger Feigling!«

»Um so günstiger ist die Gelegenheit, solange du sauer bist auf ihn!«

»Ich weiß nicht, was ich tun soll. Ich glaube, das weiß ich nicht, bis ich ihn sehe. Ich ruf dich wieder an. Verdammt, geht's mir schlecht.«

»Gut, super, dir geht's beschissen, es sei dir zugestanden. Aber bitte, bitte, sorg jetzt endlich für klare Verhältnisse, und schick den Kotzbrocken in die Wüste! Für immer!«

»Hmmm«, sagte ich.

Der Tag schleppte sich noch etwa vierunddreißig Stunden dahin. Ich versuchte mich zu konzentrieren, was aber verdammt schwer war. Die ganze Zeit geisterte mir dieses Mantra durch den Kopf – Leben ohne Alex. Leben ohne Alex. Es war ganz schön lange her, seit ich diese Möglichkeit zum letzten Mal in Betracht gezogen hatte. Genau genommen hatte ich das nie getan. Ich erinnerte mich an seinen Gesichtsausdruck an dem Tag, als wir die Sache mit dem Kassettenrecorder ausgeheckt hatten, als er mir sagte, dass er mich liebte, und bekam Bauchkrämpfe. Aber wenn er mich liebte, warum konnte er sich dann nicht auch so benehmen? Warum machte er ständig einfach nur, was er wollte, und entschuldigte sich hinterher bloß dafür? Ach, wäre doch irgendwo hier genug Platz, um auf und ab zu gehen! Das würde bestimmt helfen.

»Hey, Kopf hoch, vielleicht kommt es ja gar nicht zum Schlimmsten«, zwinkerte Steve.

»Weiß ich auch. Aber wenn doch, soll ich ihn dann wirklich vergessen? Oder soll ich an etwas festhalten und arbeiten, was so schön angefangen hat?«

»Du bist ja wohl voll durchgeknallt, ey«, entgegnete er launisch.

Dann, endlich, war ich frei. Ich rannte selbst für meine Verhältnisse mit Rekordgeschwindigkeit aus dem Büro. Alex und ich waren in einer coolen Bar in Covent Garden verabredet. Als ich ankam, sah ich ihn bereits an einem Tisch sitzen. Er hatte mir den Rücken zugewandt, nuckelte an einem Bier, starrte Löcher in die Luft und machte in seiner Lederjacke einen ziemlich traurigen, geradezu verzweifelten Eindruck. Mir rutschte das Herz in die Hose. Ich wollte auf ihn zurennen, die Arme um ihn legen und ihn an mich ziehen. Er drehte sich um und sah mich in der Tür stehen. Wortlos stand er auf, rannte auf mich zu und zog mich an sich. Ich spürte seinen starken Körper und schloss die Augen. Tränen liefen mir übers Gesicht.

»Bitte, mach nicht Schluss!«, sagte er.

»Dann hör *endlich* auf, immer so einen Mist zu bauen!«

Sein Gesicht war grau und abgehärmt.

»Ich versuch's …«

»So geht's doch nicht weiter, dass wir ständig deinen Blödsinn diskutieren müssen! Wir machen ja fast nichts anderes mehr! Du führst dich auf wie der letzte Mensch, und ich verzeihe dir!«

»Pssst. Komm schon. Setz dich.«

Wir setzten uns.

»Was trinkst du?«

»Einen Kaffee.«

Ich glotzte vor mich hin, während er ihn mir holte, und versuchte mir klarzumachen, was ich sagen wollte.

Er kam zurück und setzte sich mir gegenüber. Schweigen.

Dann, endlich, schluckte ich und sagte es. Ich musste einfach hören, wie er dem widersprach. Ich musste hören, wie er sagte, dass er mich brauchte.

»Alex, ich finde, wir sollten uns mal eine Weile nicht sehen.«

Er blieb ganz ruhig. Dann sagte er zu meiner großen Erleichterung:

»Ich verstehe dich ja, aber bitte tu mir das nicht an, Mel. Bitte.«

»Dann sag mir einen guten Grund, weshalb nicht. Ich meine, sei doch mal ehrlich, seit du zurück bist … kassiere ich doch einen Schlag ins Gesicht nach dem anderen.«

»Du kannst doch nicht Schluss machen, weil ich zu betrunken war, um dich mit dem Auto abzuholen!«

»Ich mache nicht deswegen Schluss. Ich mache Schluss, weil du sturzbetrunken bei mir aufkreuzt, meine Freunde beleidigst, dich mit ihnen anlegst, mich immer wieder hängen lässt und dich nicht binden willst. Sind das genug Gründe?«

Er war immer noch ruhig, nahm meine Hand und sah an die Decke, als müsse er seine Gedanken sortieren.

»Mel, ich muss dir was sagen …« Dann überlegte er es sich anders.

»Ich meine, ich kann es dir nicht sagen. Aber glaub mir, wenn du es wüsstest, würdest du es dir bestimmt anders überlegen.«

»Dann sag schon. Sonst überleg ich's mir nicht anders.«

»Okay. Hör zu, Mel, ich habe diesen Job nicht gekriegt. Den bei der Plattenfirma. Der Typ, der mir helfen wollte, ruft nie zurück, und treffen will er sich auch nicht mit mir.«

Er sah zerknirscht aus.

»Ich glaube nicht, dass ich jemals in die Branche reinkomme – ich meine, ich bin jetzt neunundzwanzig, und so, wie's aussieht, wollen die heutzutage nur Sechzehnjährige haben.«

Ich wartete ab, was jetzt kam.

»Ich weiß nicht, wovon ich in Zukunft leben soll, ich hab ja nie besonders viel getan. Genau genommen ist mein Leben doch eine ganz große Scheiße, finde ich.«

»Danke schön …«

»Außer, was dich angeht«, besänftigte er mich.

»Ich hab viel darüber nachgedacht, weißt du, habe so ein paar Techniken angewandt, die ich damals in Indien aufgeschnappt habe. Habe versucht, die Sache irgendwie klarzukriegen. Und ich glaube, dass ich unterbewusst glaube, ich wäre nicht gut genug für dich. Ich versuche, dich wegzuschubsen, ich benehme mich unmöglich, damit du mir beweist, dass du mich liebst.«

»Was ist das denn für ein Megaschwachsinn? Das ist ja wohl die schlechteste Ausrede, die ich je gehört habe!«

»Tut mir Leid, dass du das so siehst«, sagte er ganz ruhig. »Tut mir Leid, dass du meine momentane Lebenssituation für Megaschwachsinn hältst.« Er starrte in sein leeres Glas.

»Tu ich doch gar nicht«, sagte ich. »Ich versteh bloß nicht, warum du ätzend zu mir sein musst, bloß weil's dir schlecht geht.«

»Ich weiß. Du hast ja Recht. Es ist unverzeihlich. Deswegen versuche ich ja, es zu erklären, es selbst zu verstehen. Du bist die Letzte, der ich wehtun will. Und trotzdem tu ich's, fast jeden Tag. Ich meine, schau doch mal, bei dir klappt alles, du hast einen guten Job ...«

»Ich hab einen beschissenen Job!«

»... und du bist so ausgeglichen ...«

»Ich fühl mich wie Rührei!«

Er sah mich neugierig an. »Na, egal. Du hast dein Leben im Griff, du brauchst mich nicht. Im Ernst, ich glaube, ich versuche bloß, deine Aufmerksamkeit auf mich zu lenken. Und ich versuche, dich vor so einem Versager wie mir zu warnen. Obwohl ich das doch gar nicht will. In Wirklichkeit will ich doch dich.«

»Du verschwendest doch keinen einzigen Gedanken an mich. Als ich mit kaputtem Knöchel in Camden saß, meilenweit weg von zu Hause, hast du ja auch nicht an mich gedacht.«

»Doch, habe ich, ganz bestimmt. Ich habe die ganze Nacht an dich gedacht. Und da ist mir langsam klar geworden, warum unsere Beziehung so ist, wie sie ist.«

»Sie ist so, wie sie ist, weil du ein egoistischer Mistkerl bist.«

»Nein, Mel. Sie ist so, wie sie ist, weil ich Angst habe. Ich habe Angst vor meinen Gefühlen für dich.«

Ruckartig schüttelte er sich die Haare aus den Augen.

»Im Ernst. Und ich will endlich genug an mich glauben können, um mit dir zusammen sein zu können.«

Ich kniff die Augen etwas zusammen.

»Das heißt, ich werde keine Angst mehr haben«, machte er weiter.

»Und das heißt?«

Er befummelte sehr intensiv sein Bier.

»Das heißt, dass ich jetzt endlich mal was konsequent durchziehen werde. Mel, ich hatte mir gedacht …« Er sah kurz zu mir auf, dann wieder auf den Tisch. »… na ja, wenn du mich noch willst … wenn du mich noch magst … also, wenn du mich nicht genauso hasst, wie ich mich selbst hasse im Moment, dann dachte ich, könnten wir – also, wenn du mir verzeihen könntest, wenn du bereit wärst, uns noch eine letzte Chance zu geben, dann könnten wir doch vielleicht – ähm – es doch mal versuchen und zusammenziehen? Nur für eine Weile. Nur, um zu sehen, ob wir dann noch einen Schritt weiter gehen können. Ähm, ich hatte gedacht, so nach Weihnachten vielleicht, da könnten wir doch ein Zimmer oder 'ne Wohnung zusammen suchen, was meinst du?«

Ich war so überrascht wie Koyote Karl, wenn er den Roadrunner über einen Abgrund hinaus verfolgt und feststellt, dass er gar keinen Boden mehr unter den Pfoten hat.

»Ich habe den Eindruck, dass wir überhaupt noch nicht richtig miteinander geredet haben, seit ich wieder da bin«, fuhr Alex fort. »Wir haben immer so viel vor, und ständig dreht sich alles um andere Leute, statt dass wir uns mal um uns selbst kümmern.«

Hoffnungsvoll sah er zu mir auf.

»Seit ich nach Fulham gezogen bin, sehe ich dich kaum noch.«

»Du bist ausgezogen«, erinnerte ich ihn. »Sechshundert Kilometer weit weg.«

»Ja, aber ich war doch gerade erst wiedergekommen. Ich habe versucht, Ordnung in mein Leben zu bringen. Mir über mich selbst ein paar Gedanken zu machen. Ich hab dir doch gesagt, ich wollte nichts überstürzen. Aber jetzt hatte ich genug Zeit, über alles nachzudenken. Und ich glaube, du hattest Recht, die ganze Zeit. Wir sind füreinander bestimmt.«

Ich hatte ganz vergessen, dass das ursprünglich meine Idee gewesen war.

»Ich finde, wir sollten Ernst machen. Lass es uns doch einfach versuchen. Was meinst du?«

Er sah mich unverwandt an, immer noch ganz ruhig, wie ich dachte. Aber dann fiel mein Blick nach unten, und ich sah, dass seine Füße einen kleinen Riverdance aufführten. Dann ergriff mich eine Woge der Zuneigung für ihn.

»Ich weiß gar nicht, was ich sagen soll«, sagte ich. »Habe ich es die ganze letzte Zeit mit deinem bösen Zwillingsbruder zu tun gehabt?«

Er nahm meine Hand. »Na ja, irgendwie schon.«

Ich entzog ihm meine Hand. »Also, jetzt machst du mir aber langsam Angst.«

»Tut mir Leid. Ich hab letzte Nacht lange wach gelegen und eine Menge über alles nachgedacht.«

»Aha.« Mit hochroten Ohren starrte ich die Tischdecke an. Damit hatte ich ja nun gar nicht gerechnet. Für mich hieß »sich treffen, um zu reden«, dass einem gesagt wurde, dass irgendetwas an der beruflichen, freundschaftlichen oder sexuellen Front nicht stimmte und darum Schluss war. Düster fragte ich mich, wie Amandas fantastische Freundin Lili wohl mit solchen Dingen zurechtkam. Sie bekam doch bestimmt pro Tag fünfzehn solcher Angebote. Wahrscheinlich brachte sie die Kerle dazu, ihr erst mal eine Wohnung zu kaufen, machte dann Schluss und behielt die Wohnung.

»Du musst dich jetzt nicht entscheiden«, sagte Alex, der großherzige Hippiekönig.

»Nicht?«

»Nein, natürlich nicht, ich möchte dich nicht unter Druck setzen.«

Dann setzte er sein altbekanntes Alex-Grinsen auf. »Obwohl du mich natürlich total verrückt machst, du mein Prachtweib.«

Das hörte sich schon eher nach Alex an. »Verrückt oder geisteskrank?«, fragte ich.

»Ich übe mich in Verzweiflung, bis du dich entscheidest.«

»Gut. Kann dir gar nicht schaden.« Ich lehnte mich zurück und verschränkte die Arme.

Er stand auf und holte uns ohne ein weiteres Wort noch je einen Kaffee. Leicht verwundert betrachtete ich sein breites Kreuz an der Bar. Und dann machte sich auf einmal die Aufregung in mir breit. Zusammenziehen! Zusammen wohnen! Sonntags lange faul im Bett liegen, ordentliches Essen, gemeinsames Einkaufen, Nächte durchquatschen, zusammen baden. Nie wieder nachts allein nach Hause kommen, nie wieder eine leere Wohnung. Na, gut, wirklich leer war die jetzige zwar auch nie, aber es kam aufs Gleiche raus. Dinner-Partys und Einladungen an uns als Paar. Mann, war das spießig, war das langweilig, aber mir gefiel die Vorstellung! Alex stand immer noch an der Bar und trommelte nervös mit den Fingern auf der Theke herum. Mir wurde ganz warm ums Herz. Es war ihm bestimmt wahnsinnig schwer gefallen, das vorzuschlagen. Bestimmt hatte er sich stundenlang gewunden. Ach, und das musste er ja früher oder später Charlie erzählen! Bingo! Und ich würde es Amanda erzählen, die ja immer sehr deutlich kundgetan hatte, ich sei nicht gut genug für ihn. Und – oh, Gott! – ich würde seine Eltern kennen lernen! Vor meinem geistigen Auge schwirrten die Bilder von Paaren in Möbelwerbungen herum, die sich immer aus irgendwelchen Gründen Kissenschlachten lieferten. Das würden wir auch machen. Aber wo sollten wir hinziehen? Alex würde bestimmt einen Haufen Geld von seinen Eltern zu Weihnachten bekommen, das würde sicher für die Kaution einer richtig netten Wohnung reichen. Wenn wir Glück hatten, würden sie sogar komplett die Miete übernehmen … Als Alex mit zwei Cappuccinos zurückkam, war ich bereits dabei, Vorhangstoffe auszusuchen.

Er setzte sich. »Na, suchst du im Geiste schon Vorhangstoffe aus?«

»Sei nicht albern. Ich versuche, die ganze Sache rational zu durchdenken.«

»Was gibt's denn da zu durchdenken? Ich meine, wir heiraten ja nicht oder so.«

»Nein, wahrscheinlich nicht.«

»Komm schon, Mel, sag ja. Das wird richtig lustig. Ich verspreche auch, dass ich brav bin. Kein Charlie, kein Rugby, vierundzwanzig Stunden kümmer ich mich nur um dich.«

»Wer's glaubt, wird selig.«

»*I'm just a soul whose intentions are good*«, zitierte er die Animals. »*Oh, Lord, please don't let me be misunderstood.*«

Ich sah ihn an.

»Oh, Gott, worauf lasse ich mich da bloß wieder ein?«

»Du hast ja gesagt! Sie hat ja gesagt!«, brüllte er quer durchs Lokal. Da die Gäste keine Amerikaner waren, sondern Engländer, fingen sie nicht spontan an zu applaudieren, sondern sahen uns an, als wären wir ein paar gedankenlose Vollidioten.

Den restlichen Abend besprachen wir aufgeregt das Wo, Wie und Wann. Wir einigten uns auf Nordlondon. Die Chancen standen nicht schlecht, dass seine Eltern die Miete zahlen würden, was natürlich wirklich klasse wäre. Ich würde Linda zwei Monate im Voraus kündigen, und nach Weihnachten würden wir mit der Wohnungssuche anfangen. Wohnungssuche! Ich war so aufgeregt. Dann gingen wir nach Hause und trieben es die ganze Nacht, um diesen Neuanfang gebührend zu begehen.

»Und ich rate dir, bleib so«, raunte ich ihm zu, als wir verschlungen im Bett lagen. »Das ist deine allerallerletzte Chance.«

»Ich weiß«, sagte er schläfrig. »Und ich danke Gott, dass ich sie gekriegt habe.«

13

Fran war außer sich. Völlig außer sich und gar nicht zu beruhigen. Sie war stinksauer und erkundigte sich, warum ich mich nicht gleich irgendwelchen Sklavenhändlern anbot, wenn es das war, was ich mit meinem Leben anfangen wollte. Ich kannte ja ihre Einstellung zu der Sache, aber diese Reaktion hatte ich nun auch wieder nicht erwartet. Ich fand ihren Auftritt ganz schön übertrieben.

»Weißt du, warum?«, fragte sie mich gehässig, als ihr alle anderen Argumente ausgegangen waren. »Charlie hat keinen Bock mehr auf ihn.«

»Woher willst du denn das wissen?«

»Charlie und ich … wir kommen ganz gut miteinander klar«, sagte sie.

»Hast du dich mit ihm getroffen?«

»Vielleicht.«

»Aber … das geht doch nicht! Das ist gegen die Regeln!«

»Manchmal ändern sich die Regeln eben.«

»Verdammt! Du warst also da? Hast du Alex gesehen?«

»Himmelherrgott, Alex ist mir so was von egal.«

»Und weißt du was? Mir ist *Charlie* so was von egal. Von mir aus könntest du auch mit Stephen Hawking ins Bett gehen. Ich würde mich jedenfalls nicht so drüber aufregen. Warum gönnst du mir nicht einfach mal, glücklich zu sein?«

Sie seufzte. »Hör zu, was hältst du davon, das Thema abzuhaken? Wir kriegen uns ja doch nur in die Haare.«

»Ganz im Gegensatz zu jetzt, oder wie?«

»Vergessen wir's. In einem halben Jahr sammel ich dann wie üblich die Scherben auf.«

»Du musst immer das letzte Wort haben, was, Fran?«

»Nein, nur wenn du dein Leben mit einem Flachbrettpisser verbockst.«

Ich legte auf.

Angus hatte angerufen und eine Nachricht hinterlassen, aber ich rief nicht zurück. Ich wollte nicht zu viel über jenen Abend nachdenken. Wir waren uns wahrscheinlich in der Ausnahmesituation etwas zu nahe gekommen, um uns zu trösten, und ich war fest entschlossen, mich an meine neue Politik der Nicht-Einmischung zu halten. Die Würfel waren gefallen: Ich hatte eine Beziehung, auf die ich mich jetzt zu konzentrieren hatte, und dabei würde ich auch bleiben. Seine Nachrichten auf dem Anrufbeantworter klangen immer verwirrter, bis er nach zwei Tagen gar nicht mehr anrief. Ich hatte keine Zeit, ihn zu vermissen.

Alex und ich aßen zusammen zu Mittag, verbrachten jeden Abend gemeinsam – im Kino, mit ein paar Freunden oder einfach nur zu Hause, wo wir die Wohnungsanzeigen studierten und überlegten, was für uns in Frage kam. Wir waren immer bei mir. Leicht paranoid erkundigte ich mich nach Charlie, aber Alex winkte nur ab – ich war diejenige, die morgens früh aufstehen musste, um zur Arbeit zu gehen, und er kümmerte sich vierundzwanzig Stunden nur um mich.

Und ich kündigte mein Zimmer bei Linda. Sie setzte das größte, breiteste Grinsen auf, das ich je an ihr gesehen hatte, und sagte, das sei gar kein Problem. Ein Honigkuchenpferd war ein Trauerkloß gegen sie. Ich wusste nicht, ob ich das gut oder schlecht finden sollte. Unterm Strich schien sich jedenfalls endlich alles einzurenken. Das Leben war auf einmal unglaublich weniger hektisch. Geradezu ruhig. Bis Amanda wieder anrief …

»Süße. Ich finde es ja *so* nett von dir, dass du ein Abendessen für uns veranstaltest.«

Abendessen? Was für ein Abendessen? Oh, Gott, das hatte ich ja total verschwitzt!

»Das ist doch dieses Wochenende, oder?«

War es dieses Wochenende? Herrje, ich hatte keinen blassen Schimmer.

»Ähmmm …«

»Ich habe Mookie dazu eingeladen … Ich fand es ganz erstaunlich, dass ihr beiden euch so gut verstanden habt. Obwohl sie ja schon immer ein bisschen exzentrisch war. Und Nash kommt natürlich auch extra ein paar Tage früher aus Glasgow runter, um dabei sein zu können. Lass mal sehen … weißt du, Fraser hat die Sache ja kaum erwähnt! Gott, der Junge ist manchmal so langsam, er war sich nicht mal sicher, ob wir … uuups! Tut mir Leid! Das hatte ich ja fast vergessen – kein schlechtes Wort über den Guten vor Melanie. Hahaha! Na, egal, ich habe die Adresse hier irgendwo – bist du dir sicher, dass Angus mitkommen soll? Du weißt doch, wie anstrengend er sein kann, vor allem, wenn er eine seiner Launen hat, und das ist ja so gut wie *immer*. Wieso lädst du nicht lieber Charlie ein? Der ist doch klasse. Wusstest du, dass sein Vater einen Rennstall hat? Egal, bist du sicher, dass dir acht Leute nicht zu viele sind, Schätzchen? Ich meine, nimm's mir nicht übel, aber Kochen war ja noch nie deine Stärke, oder? Es sei denn, es gibt Käsetoast! Hahaha! Aber jetzt mal im Ernst, wie formell wird das Ganze denn? Ich gehe mal davon aus, dass es eher locker sein wird, wie es so deine Art ist, aber wenn du möchtest, dass es etwas … na ja, dann sag einfach Bescheid, wir finden schon etwas Passendes …«

»Ähm, kannst du mal eben einen kleinen Moment warten?«

»Aber *natürlich*, Süße, gar kein Problem, hast eine Menge zu tun, ja? Wir sehen uns dann am Samstag. Ich gehe mal davon aus, dass du uns für halb neun erwartest – jedenfalls ist das die übliche Zeit für so ein Abendessen, Schätzchen. Ciao!«

Wie betäubt legte ich auf. Oh, mein Gott! Das hatte ich ja völlig vergessen, bei den dramatischen Entwicklungen meiner Beziehung zu Alex! Mir war schleierhaft, wie ich hier sieben Leute unterbringen sollte. Zumal sich die meisten von ihnen nicht ausstehen konnten. Und eine von den sieben dachte, dass sie meinen Auszug ihren kleinen Mel-Voodoopuppen und den Nadeln darin verdankte. Und einen von den sieben hielt ich für … schluck, ach, egal, jedenfalls reagierte ich jetzt nicht mal auf dessen Anrufe. Und zwei von den sieben kannte ich im Grunde gar nicht.

Alex hielt das Ganze für eine prima Idee. Kleines geselliges Beisammensein, offiziell verkünden, dass wir zusammenzogen – nicht, dass es einer offiziellen Verkündigung bedurft hätte, aber ich hatte seit jenem denkwürdigen Abend außer ihm keinen gesehen –, nett einen trinken mit unseren Freunden, einen schönen Abend haben. Er versprach mir sogar, beim Kochen zu helfen, woraufhin ich ihn ziemlich durchdringend anstarrte, weil ich mich auf einmal fragte, ob diese Akte-X-Geschichten doch stimmten und die Regierung ihn vielleicht vermittels eines manipulierten Asthmainhalators einer Gehirnwäsche unterzogen hatte. Natürlich konnte ich ihm nicht sagen, warum ich Charlie nicht dabeihaben wollte. Dafür schaffte ich es, Linda zu fragen. Sie bedachte mich mit einem ihrer üblichen Blicke, bei denen sie stundenlang nicht blinzelte.

»Samstagabend?«

»Ja, einfach nur Abendessen, mit ein paar Freunden, bisschen was trinken, gar nichts Aufregendes.«

»Aber nächstes Wochenende bist du weg?«

»Ja, versprochen, nächstes Wochenende bin ich weg.«

Das nächste Wochenende war das Hochzeitswochenende – endlich, das große Ereignis, und wir hatten beschlossen, uns in eine Bed & Breakfast-Pension einzumieten. Wir hätten ja auch bei meinen Eltern übernachten können, aber der Tag nach einer Hochzeit war wohl nicht gerade der geeignetste Moment, um ihnen meinen neuen Lebensabschnittsgefährten vorzustellen. Außerdem fand die Hochzeit im pittoresken Pyrford statt, *dem* Ort in der Umgebung von Woking, der der geradezu stereotypischen ländlichen Pracht Englands am nächsten kam.

Sie dachte angestrengt nach.

»Okay.«

»Super! Klasse!«, sagte ich und versuchte, ihr zu vermitteln, wie sehr uns ihre Gegenwart bereichern würde. Als ich später in die Küche kam, stand in Rosa auf ihrem Katzenkalender: »Abendessen. Samstag. 8 um 20:30 h.« Ich fragte mich, wie sie das wohl in ihren prall gefüllten Terminkalender quetschen konnte.

Freitag Abend rief Fran an. Ich hatte die ganze Woche nicht mit ihr gesprochen. Ich ging ihr aus dem Weg. Sie wusste das.

»Hey«, sagte sie betont fröhlich und nervös zugleich, was ein Zeichen dafür war, dass etwas nicht stimmte. Wenn sie geglaubt hätte, dass alles normal war, wäre sie pampig gewesen wie immer.

»Was treibst du denn dieses Wochenende?«

»Ach … ähm, nichts Besonderes, bloß mit Alex abhängen, wie üblich.«

»Ah, ja. Klar. Du veranstaltest also kein Abendessen oder so?«

Mir rutschte das Herz in die Hose. Ich hätte mir denken können, dass es sich zu ihr rumsprechen würde. Fieberhaft suchte ich nach einem Ausweg, der mich nicht allzu schlecht dastehen lassen würde, aber es gab keinen.

»Möchtest du auch kommen?«, fragte ich kleinlaut und wartete auf ihren vernichtenden Kommentar.

Pause.

»Ja!«, sagte sie mit bebender Stimme. Noch eine Pause. Dann fingen wir beide albern an zu lachen. Wir lachten eigentlich ohne Grund, wir lachten, weil wir Freundinnen waren, und ich lachte, weil ich es schaffte, sie zu überreden, früher zu kommen und mir bei den Vorbereitungen zu helfen.

»Dann sind wir ja neun«, sinnierte ich. »Sollen bei solchen Veranstaltungen nicht immer gleich viele Männer und Frauen sein?«

»Du kannst ja Charlie einladen …«, schlug sie vor.

»Vergiss es!«, sagte ich. »Fang du nicht auch noch an. Und überhaupt darfst du sowieso nur unter den folgenden Bedingungen kommen, nämlich erstens, dass du mit Angus sprichst, weil der nämlich glaubt, dass ich ihn nicht leiden kann, und zweitens, dass du mir ALLES über Charlie erzählst, und ich meine wirklich ALLES.«

»Okay«, sagte sie. »Du kannst Angus komplett links liegen lassen, während ich mich mit ihm unterhalte. Und das soll ihm beweisen, dass du ihn doch leiden kannst?«

»Ja.«

»Und ich erzähle dir etwas über eine Person, die ich kaum kenne und selten sehe.«

»Das glaub ich dir nicht.«

»Hm. Bis morgen dann.«

»Was machst *du* denn heute Abend?«

»Geheimnis. Bye!«

Da gab es nichts zu deuteln. Alex und ich mussten einkaufen gehen. Da wir das gemäß unserem neuen Personenstand als Vollzeitlebensgemeinschaft ziemlich oft würden tun müssen, konnten wir genauso gut jetzt schon einen kleinen Probelauf starten. Unsere Einkaufsliste: Essen und Wein für acht, Kerzen, Blumen und den ganzen Kram, obwohl mir nicht ganz klar war, wie dieses ganze Drumherum von der Tatsache ablenken sollte, dass alle Stühle unterschiedlich lackiert waren, dass ein paar vom Nachbarn stammten, ein paar mit geblümtem Stoff überzogen waren und einer eher einem Barhocker aus den Siebzigern glich, von dem aus man das Geschehen an diesem Abend wohl fast wie ein Schiedsrichter beim Tennis beobachten konnte. Dieses Stuhlsammelsurium würde sich um zwei zusammengeschobene Tische unterschiedlicher Höhe gruppieren, die unter einer alten Plastiktischdecke verschwanden. Außerdem mussten wir ein Hochzeitsgeschenk für Amanda und Fraser kaufen, plus einen Hut für mich, plus eine neue Krawatte und ein paar neue Unterhosen für Alex, dessen alte Modelle sich ganz spontan dazu entschlossen hatten, alle auf einmal zu revoltieren und sich aus dem Staub zu machen. (Wir haben sie nie wieder gesehen.)

Keiner von uns hatte Lust, sich das höllische Getümmel in der Londoner Innenstadt am vorletzten Samstag vor Weihnachten anzutun, darum wichen wir auf die nächste

Entsprechung in Südlondon aus. Das Elephant and Castle Shopping Centre war eine furchtbare, knallpinkfarbene Monstrosität, die aussah wie ein Roboter, der einen Erdbeermilchshake auskotzt. Man konnte hier billige Auslandstelefonate bekommen, aber etwas, das die Bezeichnung »Hochzeitsgeschenk« verdient hätte, gab es kaum. Leicht trübsinnig beobachteten wir eine Stunde lang die Leute, gingen dem manischen Weihnachtsmann aus dem Weg und warfen einen Blick in den 99-Pence-Laden, ohne ein Stück weiter zu kommen. Alex langweilte sich offensichtlich zu Tode, bemühte sich aber redlich, das zu verbergen. Er ermunterte mich sogar dazu, ein paar von jenen Hüten aufzuprobieren, die einem auf den ersten Blick einen Riesenschrecken einjagen, weil man sie für mutierte Insekten hält.

Gegen zwei Uhr mittags (wir hatten uns ziemlich lange im Bett herumgelümmelt, was zwar schön gewesen war, den Zeitplan allerdings leicht komprimiert hatte. Vor allem, weil ich Lasagne machen wollte) wurde ich langsam ein wenig panisch.

»Warum gibt es eigentlich keinen ›Alles, was man für ein altes, verfallenes Schloss braucht‹-Laden?«, beklagte ich mich, während ich zum vierten Mal einen Strauß von Zweieinhalb-Meter-Plastiksonnenblumen in die Hand nahm.

»Was brauchen sie denn?«

»Nichts! Absolut nichts! Amanda hat einen Dualit-Toaster, eine Phillipe-Starck-Zitronenpresse und jeden anderen Blödsinn, der jemals in irgendeinem In-Magazin abgedruckt war. Außerdem hat sie ein Konto bei Heals und einen Innenarchitekten. Im Übrigen habe ich natürlich die Hochzeitswunschliste gesehen, aber es tut mir furchtbar Leid, ich bin einfach noch nicht bereit, einige meiner Organe an reiche Amerikaner zu verkaufen.«

»Okay, Mel, jetzt beruhig dich mal wieder. Worüber würde Fraser sich denn freuen?«

Ich dachte einen Moment nach. »Ähm, über einen Gameboy wahrscheinlich.«

Alex klatschte in die Hände. »Hervorragend. Dann kaufen wir ihm einen.«

»Einen Gameboy?«

»Was meinst du, wie viele Gameboys sie kriegen werden?«

»Hmmm. Wahrscheinlich keinen.«

»Na, siehst du. Das perfekte Geschenk.«

Zwei Minuten später kamen wir aus Woolworths und hatten es vollbracht. Tragetasche, Zusatzspiele, alles Drum und Dran. Ich bezahlte, aber gut, es waren ja meine Freunde.

»Kinderspiel«, sagte Alex unbekümmert. »Und jetzt schau mal da.« Er zeigte auf einen Laden, der auf den ersten Blick Waschbecken unterschiedlichster Größen verkaufte, bei genauerem Hinsehen aber auch CDs, Teekannen, Unterhosen und diverse andere Gebrauchsgegenstände im Sortiment hatte.

»Acht Boxershorts für einen Fünfer«, verkündete er stolz.

»Hm, diese knisternde synthetische Qualität …«

»Ist mir egal. Vielleicht werden meine alten Unterhosen ja eifersüchtig auf ihre unwürdigen Nachfolger und kommen wieder.«

»Klar.«

Zwei Punkte abgehakt. Da Alex zwischenzeitlich beschlossen hatte, seine alte Schulkrawatte anzuziehen, was mich zwar nervte, aber nicht allzu sehr, waren wir jetzt schon fast durch. Das mit dem Hut verkniff ich mir. Tesco's war dann noch mal was ganz anderes. Alex sagte, der Dreck und die Massen erinnerten ihn an Indien, aber ich beachtete ihn gar nicht, sondern konzentrierte mich voll auf die Suche nach einer unversehrten Packung Spinatlasagne. Alex belud den Wagen mit billigem Rotwein und einer Flasche Gin.

»Das ist aber viel Wein«, bemerkte ich unschlüssig.

»Es kommen ja auch viele Leute.«

Ich seufzte. »Komm, weiter. Ich weiß nicht, wie ich das schaffen soll mit neun Leuten.«

»Neun? Hattest du nicht acht gesagt?«

»Ja, hatte ich. Aber Fran hat angerufen, und ich hatte so ein schlechtes Gewissen, also hab ich sie auch noch eingeladen. Ist doch nicht so schlimm, dass es eine ungerade Zahl ist.«

Alex guckte sauer.

»Ist es wohl. Mein Gott, Mel, sie wird uns den ganzen Abend versauen. Warum rufst du sie nicht einfach an und lädst sie wieder aus?«

»Nein! Herrgott noch mal, ihr zwei seid wirklich unmöglich. Ich habe ihr schon gesagt, dass sie dir gegenüber nicht so unverschämt sein soll. Sie wird sich schon benehmen. Ich setze sie neben Angus oder so.«

»Ich finde trotzdem, dass es dann zu viele sind. Ruf sie doch an. Sie wird das schon verstehen.«

»Alex, findest du nicht, dass es ein bisschen früh für uns ist, im Supermarkt herumzustehen und wie ein altes Ehepaar zu zanken? Sie kommt, okay? Sie ist der Ausgleich für Linda, die keine eigene Persönlichkeit hat, und für Mookie, die nur eine halbe hat. Und sie wird dafür sorgen, dass Amanda die Klappe hält, falls sie zu viel quatscht.«

»Ach, ja, richtig. Fran ist ja die Einzige, die immer quatschen darf. Dem Vaterland zuliebe.«

»Hör jetzt auf!« Endlich standen wir an der Kasse an, allerdings etwa drei Kilometer von der Kassiererin entfernt. Ein Baby in einer Rückentrage vor mir schlug mir mit seiner keks- und sabberverschmierten Rassel auf den Kopf.

»Ende der Diskussion, okay?«

Einen Moment lang schmollte Alex, dann setzte er sich ab.

»Hey«, sagte ich, »wolltest du dich nicht ein bisschen beteiligen?«

»Würde ich echt gerne«, sagte er, »aber ich bin grad so knapp bei Kasse. Kannst du nicht dieses Mal bezahlen? Ich bezahle dann nächstes Mal.«

»Aber du hast hundert Flaschen Wein in den Wagen gestellt!«

»Ach, jetzt stell dich doch nicht so an. Soll ich welche zurückstellen?«

»Nein, vergiss es. Dann trinken wir sie eben wann anders, wenn wir heute nicht alles trinken.«

»Eben, die kriegen wir heute Abend nie leer.«

»Oh, Gott! Hätte ich mich doch bloß nicht darauf eingelassen!«

Er legte den Arm um mich. »Mach dir mal keine Sorgen. Wird schon schief gehen. Wird klasse. Du mimst die glänzende Gastgeberin, alle werden dich lieben, und hinterher sind wir alle wieder Freunde. Mach dich mal locker.«

Ich versuchte, mich locker zu machen, als ich die horrende VISA-Rechnung unterschrieb, aber es war gar nicht so einfach. Gegen vier erreichten wir mit den ganzen Kisten Lindas Wohnung. Kaum hatte ich sie dankbar auf dem Küchentisch abgestellt, wollte Alex mich auch schon für ein kleines nachmittägliches Schäferstündchen ins Bett zerren. Dafür hatte er sich allerdings nun wirklich den falschen Tag ausgesucht.

»Alex, mir bleiben noch vier Stunden, um einen Haufen Zeug zu kochen, das ich noch nie gemacht habe. Mach dich nützlich und hilf mir schnippeln.«

»Okay.« Er küsste mir verspielt den Nacken. »Ich guck nur eben nach den Fußballergebnissen.«

»Das tust du nicht!«

»Zehn Minuten, beste Mel!«

Er verschwand, tauchte nach zwei Sekunden wieder auf und konfiszierte eine Flasche Wein, ein Glas und einen Korkenzieher.

»Und wehe, du betrinkst dich!«, rief ich. Ich folgte ihm bis ins Wohnzimmer, wo er es sich mit den Füßen auf dem Sofa gemütlich machte. Linda entfernte stillschweigend ihre ›Englischer-Patient‹-Kassette aus dem Recorder. Ich sah, dass sie jetzt noch eine zweite Kassette hatte. ›Titanic‹. Interessant.

»Die nehm ich«, sagte ich lächelnd und schnappte mir die Weinflasche. »Du weißt ja sicher noch, was letztes Mal passiert ist.«

»Ehrlich gesagt, kann ich mich daran so gut wie gar nicht erinnern.« Er zappte mit der Fernbedienung, bis er Fußball gefunden hatte.

»Genau das meine ich. Linda, hast du Lust auf ein Glas Wein?«

Entsetzt sah sie auf die Uhr. »Nein, aber auf einen Sherry vielleicht.«

»Sherry?« Lindas Hausbar war bis zum Anschlag gefüllt, was etwas seltsam war, weil sie so gut wie nie etwas trank. Darum half ich ihr gelegentlich aus.

»Na, dann mal los.« Ich reichte ihr ein Glas. Sie wurde dunkelrot und flüchtete sich wieder in ihr Zimmer.

Des Ausgleichs wegen schenkte ich mir ein Glas ein, bevor ich den Korken wieder in den Flaschenhals drückte. Ich hatte einen langen Abend vor mir. Ich nahm das Küchenmesser zur Hand und seufzte.

Zwei Stunden später stand ein großer Topf Hackfleischsoße auf dem Herd und blubberte beeindruckend vor sich hin. Ich hatte das Fleisch erst gar nicht anfassen wollen, aber jetzt rührte ich – obwohl mir ziemlich heiß war – ganz lässig darin herum, weil ich gar nicht soooo lange gebraucht hatte, wenn man von den vier Versuchen absah, eine genießbare, wenn auch klumpenreiche Béchamelsoße hinzukriegen. Die Küche sah aus, als wäre darin das ›Kettensägenmassaker‹ gedreht worden: Überall klebten kleine Fleischstückchen und Tomatensoße. Als ich ins Wohnzimmer gegangen war, um Alex zum Obstschnippeln zu verpflichten, hatte er geschlafen. Tief und fest, so tief und fest, dass er nicht mal aufwachte, als ich mich unsanft auf ihn setzte. Linda war auch noch nicht wieder aufgetaucht. Ich ging davon aus, dass sie sich Unmengen Schokolade einfuhr, um sich später nicht dadurch zu blamieren, dass sie wie ein Tier über das Fleisch herfiel und das Knoblauchbrot zerfetzte. Punkt sechs schrillte es an der Tür, und ich fuhr zu Tode erschrocken zusammen. Mein Adrenalinspiegel begann erst dann wieder zu sinken, als mir einfiel, dass Fran früher kommen wollte, um mir zu helfen. Ihre dunklen Augen glänzten, und sie hatte ganz rote Backen. Es war endlich richtig bitterkalt geworden, und es sah ganz nach Schnee aus, der dann sicher nächste Woche fallen würde, rechtzeitig zum großen Tag. Wahrscheinlich hatte Amandas Dad das Zeug *en gros* bestellt. Fran war mit zwei Flaschen Wein und einer viertel Flasche Gin bewaffnet.

»Wozu hast du denn so viel Wein mitgebracht?«, fragte ich

sie erstaunt. Die Küche verwandelte sich langsam, aber sicher in einen Weinkeller, und eine halbe Flasche hatte ich auch schon in die Lasagne geschüttet.

Sie sah mich an, als hätte ich sie nicht alle.

»Ach, nur so. Kann ich ein Glas haben, bitte?«

Ich schenkte uns beiden ein und erinnerte mich selbst daran, mich zurückzuhalten. Dann tauchte Alex auf einmal auf, ausgeschlafen und quicklebendig. Fran und er nickten einander kühl zu, als ich ihm nachschenkte, dann verschwand er wieder und faselte aufgeräumt etwas von »zu viele Köche« und »Brei«.

Fran verdrehte die Augen und lehnte sich dann auf die Küchenanrichte. Sie plauderte fröhlich, während ich mich darauf konzentrierte, die Kiwis in einigermaßen gleich große Würfel zu schneiden, ohne zu sehr über die Sinnlosigkeit der ganzen Aktion nachzudenken.

»Jetzt erzähl mir doch endlich von Charlie!«, unterbrach ich ihre Hetzrede gegen eine freche Bedienung in einem Café, nachdem ich mich vergewissert hatte, dass das Mädchen kein Fall für die Notaufnahme geworden war.

Sie seufzte. »Muss das sein?«

»Wenn du heute Abend was essen willst, ja.« Ich entzog ihr das Schälchen mit den besonders teuren Pistazien, das sie schon fast leer gefuttert hatte.

Sie schenkte sich nach. Es war kurz vor sieben.

»Er ist der totale Saftsack.«

»Was du nicht sagst!«

»Alles lief nach Plan, es ging ihm richtig dreckig, er lief mir nach wie ein kleiner Hund. Na ja, und da habe ich … mich wieder mit ihm getroffen.«

»Was! Das machst du doch sonst *nie*!«

»Ich weiß. Ich weiß auch nicht, was mit mir los war.«

»Du MAGST ihn.«

»So ein Quatsch. Er ist ein großkotziger Weiberheld.«

»Auf so was stehst du doch. Oh, Gott, Fran ist verliebt! Fran ist verliebt!«

»Gibst du mir bitte mal eben das Küchenmesser da?«

Ohne weiter nachzudenken, reichte ich es ihr, erst dann erkannte ich meinen verhängnisvollen Fehler.

»Okay, okay, ich hör schon auf!«

»Bestimmt?«

»Ja!«

Fran sträubte sich, mir das Messer zurückzugeben, aber ich brauchte es schließlich, um den Rest der Kiwis zu schneiden. Alex kam wieder in die Küche geschlendert, diesmal auf der Suche nach Nüssen.

»Es ist so verdächtig ruhig hier … wen habt ihr denn gerade zerfleischt … ich meine, durchgehechelt?«

»Niemanden«, sagte ich sofort.

»Aha. Also entweder mich oder …« Er warf Fran einen Blick zu, also war *er* ganz bestimmt im Bilde. »Charlie.«

»Charlie«, sagte ich, da er sich nicht einbilden sollte, ich würde mich mit meinen Freundinnen den ganzen Tag nur über ihn unterhalten.

»Schade.« Im Vorbeigehen streckte er die Hand nach den Nüssen aus. Fran schlug ihm, ohne nachzudenken, auf die Finger, aber das ließ ihn völlig kalt, er grapschte eine Hand voll Pistazien und verzog sich wieder ins Wohnzimmer, wo mittlerweile ›Blind Date‹ lief.

»Wie geht's Alex?«, fragte Fran leicht reumütig. Aus dem Wohnzimmer konnte ich ihn jaulen und buhen hören, als die weniger attraktiven Single-Frauen auftraten.

»Ach, ganz der alte, verantwortungsbewusste, erwachsene Alex«, sagte ich.

»Tut mir Leid, dass ich dich so angebrüllt habe.«

»Schon okay.«

»Kotz, würg, spei«, drang aus dem Wohnzimmer.

»Hilfst du mir eben, die Lachsrouladen zu machen?«

Fran sah mich zweifelnd an und entledigte sich dann ihrer Strickjacke. Darunter kam ein unglaublich zartes, schönes dunkelblaues Kleid im 30er-Jahre-Stil zum Vorschein, das geradezu durchsichtig wirkte, was es bei genauerem Hinsehen aber eben nicht war.

»Oh, Gott! Nein, vergiss es«, winkte ich ab. »Das ist ja ein tolles Kleid. Du siehst super aus.«

»Danke. Hab ich bei ›Madam Elizabeth‹ mitgehen lassen.«

»Nein!«

Fran arbeitete zweimal die Woche bei der High-Budget-Produktion eines Melodrams aus den 30ern mit. Kein Wunder, dass ihr das Kleid so gut passte: es war für sie angefertigt worden. Sie drehte sich langsam um die eigene Achse. Das Kleid war schmal und transparent und wunderschön. Wenn ich doch auch nur so ein Kleid tragen könnte, ohne auszusehen wie eine pausbäckige fünfjährige Ballerina mit Babyspeck, dachte ich bei mir und manschte den Lachs und die Frischkäsefüllung voller Selbstmitleid zusammen.

»Meinst du, das Essen reicht?«, fragte ich finster.

»Wenn nicht noch eine Busladung ausgehungerter Flüchtlinge dazukommt, ja. Amanda und Mookie essen doch sowieso nichts, schon vergessen?«

»Ach, ja.« Ich seufzte erleichtert. »Also geht es eigentlich eh bloß um die Jungs und uns, oder?«

Fran machte eine Bewegung in Richtung Lindas Zimmer.

»Ach, vergiß Linda. Hör mal, kannst du wohl eben noch ein Baguette holen?«

»Und wenn ich überfallen und ermordet werde?«

»Alex kann ja mitgehen.«

»Warum kann Alex nicht alleine gehen?«

»Weil der nach drei Tagen mit einer neuen Angel und massenweise Fisch wiederkommt. Alex!«

Er gehorchte aufs Wort. Und selbst ihn schien Fran in ihrem blauen Kleid umzuhauen.

»Kannst du eben mit Fran runtergehen und ein bisschen Brot holen und Kaffee, richtigen Kaffee, und …« Ich überlegte, was ich vergessen haben könnte. »Ach, ja, und noch ein paar Kerzen.« Ich wollte sie auf alte Weinflaschen stecken, wie damals in der Studentenzeit.

»Ich kann schon allein gehen«, schnauzte Fran.

»Aber wenn du überfallen und ermordet wirst, würde ich mir ein Leben lang Vorwürfe machen. Das wäre doch doof.« Mit diesen Worten schob ich die beiden zur Tür hinaus. Ich hörte sie schweigend abziehen, nachdem die Tür ins Schloss gefallen war. Mein Gott, wenn die beiden sich vertragen würden, wäre alles in Ordnung. Ich fühlte mich sauwohl in meiner Rolle als Hälfte eines Paares und genoss es, die Gastgeberin zu spielen und tatsächlich etwas zu kochen. Ich war unglaublich stolz auf mich. Das würden Alex und ich öfter machen, Abendessen veranstalten. Genau, wir könnten eine Abendessenrunde mit Rotationsprinzip ins Leben rufen! Geniale Idee. Gut gelaunt summend deckte ich die Tische.

Eine halbe Stunde später trat ich einen Schritt zurück, um mein Werk zu betrachten, und war schon wieder stolz auf mich. Jetzt, da alle Lichter aus waren und das Zimmer allein von den bereits vorhandenen Kerzen erhellt wurde, sah es auch gleich viel weniger nach Laura Ashley und viel mehr nach Schauermärchen aus. Die Schleifchen und Rüschen überall wirkten auf einmal so unheimlich, und das ganze Esszimmer erinnerte an ein geisterhaftes Brautboudoir. Ich verteilte geschmackvoll ein paar Schälchen mit Nüssen im Raum. Die Küche sah aus, als hätte eine Bombe eingeschlagen, aber im Esszimmer war es richtig nett, vor allem, nachdem ich die beiden Tische fast auf gleiche Höhe gebracht hatte, indem ich dem einen ein paar von Lindas Celine-Dion-CDs untergeschoben hatte (Bücher hatte sie ja keine). Ich liebäugelte mit der Idee, Tischkärtchen aufzustellen, bis mir zwei Dinge bewusst wurden: Erstens machte ich mich langsam lächerlich, und zweitens – wo, zum Teufel, blieben eigentlich Alex und Fran? Den Laden konnte man doch locker in fünf Minuten zu Fuß erreichen! Na, vielleicht war da das Brot ausgegangen, und die beiden suchten nun notgedrungen weiter.

Und doch beruhigte mich diese rationale Erklärung überhaupt nicht. Was, wenn einer von ihnen über den Haufen gefahren worden war und ins Krankenhaus musste? Was, wenn sie überfallen worden waren? Ich wurde ausgesprochen unruhig. Was, wenn sie sich wieder einmal gestritten hatten, Fran ihn ordentlich verprügelt hatte, er jetzt auf der Intensivstation lag und sie von der Polizei festgehalten wurde? Oh, Gott, das wäre ja schrecklich! Diese Vorstellung faszinierte mich derartig, dass ich beinahe die Türklingel nicht gehört hätte.

Gott sei Dank! Ich raste zur Tür, um die beiden in Empfang zu nehmen. Aber es waren nicht Alex und Fran. Es waren Angus und Nash. Wir standen uns in der Tür gegenüber und sahen uns an, als mir nach und nach dämmerte, dass die beiden eine Dreiviertelstunde zu früh waren und ich noch immer mein Kochoutfit anhatte. Das heißt, da ich natürlich überhaupt kein richtiges Kochoutfit besaß, lief ich in meinem Schlafanzug herum, über den ich Lindas Schürze mit den niedlichen Kätzchen drauf gebunden hatte. Ordentlich frisiert war ich selbstverständlich auch noch nicht – schließlich kochte ich ja –, und überhaupt war ich von oben bis unten bekleckert. Und gebadet hatte ich auch noch nicht. Und meine Fußnägel hatte ich auch noch nicht geschnitten, aber barfuß lief ich schon rum. Verdammter Mist. Die beiden Jungs hatten Anzüge an, und der dunkelhaarige Nash war noch größer als Angus, schlaksig und richtig lecker, mit anderen Worten, sie sahen beide viel zu gut aus, als dass sie in diese Umgebung gepasst hätten.

Nash sah Angus besorgt an.

»Bist du sicher, dass es heute ist?«, flüsterte er.

Als ich das hörte, gewann ich meine Fassung zurück.

»Nash! Angus!«, rief ich ungerührt. »Ihr seid aber GANZ SCHÖN früh dran!«

»Tut mir Leid«, sagte Angus, »wir haben uns verschätzt. Sollen wir uns noch eine Weile in den Pub setzen und später wiederkommen?«

»Mann, es ist eiskalt da draußen«, protestierte Nash. Doch dann, als er meinen Furcht einflößenden, großäugigen Hexenblick sah: »Aber kein Thema, können wir gerne machen.«

»Nein, nein, kommt rein, kommt schon rein. Tut mir Leid, ihr habt mich bloß grad in einem ungünstigen Moment erwischt.«

Ich wusste gar nicht, was ich als Erstes tun sollte, vor allem, als die Herren sich die Mäntel und Schals auszogen und mir gaben. Ich hielt sie einfach mal fest.

»Kommt doch durch«, sagte ich und ging ihnen voran ins Wohnzimmer, wobei ich mich fragte, ob ich überhaupt eine Unterhose anhatte.

Mir fiel auf, dass die beiden Tische fast jeden Quadratzentimeter Platz in Anspruch nahmen.

»Sollen wir uns einfach an den Tisch setzen?«, fragte Angus.

»Nein! Nein!« Ich deutete auf das Sofa, das direkt hinter dem Stuhlsammelsurium stand.

»Da!«

Die beiden kämpften sich zum Sofa durch und quetschten sich darauf.

»Ich muss mich nur eben umziehen und, na ja, fertig machen halt.«

»Och«, sagte Angus, »eigentlich finde ich den Löffel in deinem Haar ganz neckisch.«

Hektisch fasste ich mir an den Kopf und ertastete einen tomatenpüreeverschmierten Teelöffel, der sich in einer meiner widerspenstigen Locken eingenistet hatte. Ich wollte ihn rausziehen, ließ aber stattdessen einen der Mäntel fallen. Nash erhob sich wieder.

»Soll ich dir helfen?«

»Nein, nein, geht schon«, quietschte ich und versuchte, mich nach dem Mantel zu bücken, ohne dass mir der Busen aus dem Schlafanzugausschnitt fiel. Obwohl ich kurz vor einem hysterischen Anfall stand, fiel mir doch tatsächlich ein, was der gute Ton für Gastgeberinnen als Nächstes vorsah.

»Möchtet ihr etwas trinken?«

Die Jungs murmelten etwas von ja, das wäre klasse, und fingen an, die Weinflaschen hervorzukramen, die sie mitgebracht hatten. Angus hatte außerdem ein Flasche Whisky dabei. Sinnigerweise hielten sie mir die Flaschen entgegen, obwohl ich doch immer noch die Mäntel auf dem Arm hatte. Da ich immer noch nicht wusste, was ich tun sollte, bedeutete ich ihnen, die Flaschen auf die Mäntel zu legen. Da die beiden selbst nicht wussten, was sie tun sollten, folgten sie meiner Anweisung, und ich wankte in die Küche. Das heißt, ich versuchte es, leider schaffte ich es nicht ganz und verteilte alles auf dem Boden. Die Jungs kamen sofort angerannt, als sie den Lärm hörten. Sie wirkten ernsthaft besorgt, aber Gott sei Dank war nichts kaputtgegangen, hatte ich ein Glück.

»Alles in Ordnung?« Angus reichte mir die Hand, und ich rappelte mich mit hochrotem Kopf wieder auf.

»Jetzt mal ganz ruhig«, sagte er sanft, ohne meine Hand loszulassen. »Wir sind's doch bloß. Du weißt schon, ich – und ich bin eigentlich ganz nett – und Nash, und der ist bloß ein bisschen gaga.«

»Da hat er leider Recht«, sagte Nash.

»Das Abendessen wird bestimmt hervorragend, und die anderen kommen frühestens in einer halben Stunde. Was hältst du also davon, dass wir uns selbst was zu trinken holen, dann kannst du in der Zwischenzeit verschwinden, dich umziehen und schön machen und dann wie ein frisch entpuppter Schmetterling wieder zu uns stoßen.«

»Und ihr tut dann so, als wäre ich jemand anderes?«

»Wenn du willst. Lass die Mäntel ruhig hier, das machen wir schon. Und jetzt zisch ab.«

Dankbar verzog ich mich unter die Dusche, die ich nach Rekordzeit wieder verließ. Ich zog *wieder* das graue Seidenkleid an und griff in diverse Farbtöpfe. Fünfundzwanzig Minuten später sah ich einigermaßen präsentabel aus. Fran und Alex waren immer noch nicht da.

Ich ging zurück ins Wohnzimmer, wo die Jungs netterweise applaudierten. Ihr gesteigertes Interesse galt dann aber doch meiner Sorge um Fran und Alex.

»Meint ihr, ich soll die Polizei anrufen?«, fragte ich sie.

»Nein die unternehmen ohnehin erst nach achtundvierzig Stunden etwas«, meinte Nash. »Bis dahin wird davon ausgegangen, dass der Vermisste bloß auf Sauftour ist oder so.«

Besonders beruhigend fand ich das nicht.

»Meinst du, die beiden sind irgendwo versackt?«, fragte Nash, als wäre ihm dieser Gedanke gerade erst gekommen. Angus legte die Stirn in Falten.

»Nein, die beiden hassen sich«, erklärte ich. »Deswegen mache ich mir ja solche Sorgen.«

Ich stand auf und werkelte in der Küche herum, schnappte mir mein Glas Wein und ging wieder zurück.

»Die trinken bestimmt nur ein Bier zusammen, damit sie dir nicht helfen müssen«, sagte Angus.

Ich war erleichtert, denn diese Lösung war durchaus einleuchtend, aber gleichzeitig wurde ich sauer.

»Du hast Recht. Die beiden sind manchmal wie verzogene Zwillinge.« In dem Moment klingelte es an der Tür.

»Jesusmariaundjosef, was war denn das?«, fragte Nash, der meine Nebelhorn-Klingel noch nicht kannte.

»Ich geh schon.« Ich hoffte, dass es Fran und Alex waren und ich sie ein bisschen beschimpfen konnte. Tatsächlich stand da aber Mookie, die magere, blonde, frierende Mookie.

»Hallo! Komm rein!«, begrüßte ich sie.

»Danke. Also wirklich! Südlondon. Na ja, weißt du, ich habe ja ein paar Freunde in Chelsea, aber so weit runter komme ich sonst nie!«

»Nein, wie spannend«, sagte ich, als ich ihr die Barbourjacke abnahm. Sie schnaubte ein Lachen. »Ich bin mehr an *Kensington* gewöhnt als an Kennington!«, scherzte sie übermütig.

Ich fiel in ihr Lachen ein. »Weißt du, Mookie, du bist richtig komisch.« Sie wurde sofort ernst.

»Meinst du das im Ernst?«

»Nein!«, sagte ich, und sie lachte sich kaputt, obwohl ich doch ehrlich gewesen war. Ich lotste sie ins Esszimmer. Angus und Nash versanken in dem Sofa hinter dem Tisch und waren gar nicht zu sehen.

»Oh, Gott, bin ich etwa die Erste? Gott, wie peinlich. Ich dachte, Viertel nach acht wäre okay, aber das habe ich ja offensichtlich total vermasselt. In der Schweiz ist mir das auch immer passiert.«

»Mookie«, sagte ich sanft. »Ist schon in Ordnung.«

Die Jungs hinter dem Tisch hoben die Arme und winkten überschwänglich.

»Was möchtest du trinken?«, fragte ich.

»Wodka Martini, bitte.«

Aaaah. Lindas Hausbar war zwar gut ausgestattet, aber den Wodka hatten wir bereits vernichtet, und Martini gehörte nicht zum Sortiment.

»Aha! Du müsstest dein Gesicht jetzt sehen! Du siehst richtig ulkig aus«, sagte Mookie. Ich bereute schon jetzt, sie eingeladen zu haben. Dabei hatte sie in der Limousine so einen netten Eindruck gemacht.

»Hier, bitte schön, Schätzchen.« Und mit diesen Worten zog sie eine Riesenflasche *Absolut Vodka*, irgendeine Martinisorte, von der ich noch nie etwas gehört hatte, und eine Tüte Oliven aus der Tasche.

»Ich bin vorbereitet. Hast Du Bitter Lemon? Und Eiswürfel?«

Ich nickte, halb betäubt von solcher Großzügigkeit. Ich fing an, sie wieder zu mögen.

»Will noch jemand einen?« Die Jungs nickten zustimmend, und ich ging mit den Flaschen zurück in die Küche. Mookie tapste hinter mir her. »Ach, lass mich die doch machen«, gurrte sie. »Ich bin da etwas eigen.«

Also überließ ich das alles ihr und gesellte mich wieder zu den Jungs. Ein sicheres Zeichen für meine steigende Anspannung war, dass ich die Pistazien schon wieder Kette mampfte. Und als Mookie dann mit den köstlichen Martinis kam, saßen wir zwischen den Tischbeinen eingezwängt in nicht so ganz angenehmem Schweigen. Ich spürte, wie Angus mich leicht verletzt ansah, weil ich ihn nicht zurückgerufen hatte.

»Und, was machst du so, Nash?«, erkundigte sich Mookie.

»Na, ich arbeite auf einem Rig.«

»Auf einem Ölrig?«

»Nein, auf einem Runrig«, sagte er und lachte sich halb schlapp. Ich hatte keine Ahnung, wovon er sprach.

»Auf einem Runrig? Wirklich?«, fragte Mookie. »Und was macht man da so?«

Nash erbarmte sich ihrer. »Nein, Quatsch«, sagte er, »ich meinte natürlich Ölrig. Hey, Angus, hast du schon gehört, dass Runrig einen Song von den Stones covern wollen?«

»Nein«, sagte Angus und lächelte.

»Ja, und zwar ›Hey, McLeod, get off of my ewe‹.«

Die Jungs brachen fast zusammen vor Lachen, ich dagegen stand voll auf der Leitung. Mookie aber wohl auch, sie glotzte jedenfalls unbeteiligt Löcher in die Luft.

»Na ja, meinem Vater gehört auch eins«, strahlte sie dann. »Aber ich habe gedacht, du hättest gesagt …«

In dem Moment klingelte es glücklicherweise wieder an der Tür. Amanda und Fraser brachten einen Schwall furchtbar kalter, parfümierter Luft und Schnee auf ihren Mänteln mit hinein.

»Es schneit!«, rief ich. »Klasse!«

»Eher ätzend. Hallo, Schätzchen. Wie geht's dir?«, fragte Amanda und hauchte mir einen Kuss auf die Wange.

»So ungefähr wie Judas«, wollte ich sagen, tat ich aber nicht. Fraser nahm mich in den Arm. »Tut mir Leid, dass ich dir das hier aufgehalst habe«, flüsterte er.

»Ach, was! Meine Schuld! Ganz allein meine Schuld«, widersprach ich heiter, obgleich ich doch besser »Aber was! Es ist mir ein Fest« gesagt hätte.

»Kommt rein, kommt rein.«

»Ich bin ja noch nie in deinem bescheidenen Heim gewesen, Schätzchen.« Amanda hatte ihren Mantel abgelegt und streifte nun durch die Wohnung.

»Das kommt daher, weil du letztes Mal nicht gekommen bist, als du eingeladen warst«, erinnerte ich sie. »Das war zu meinem Geburtstag.«

Amanda überhörte diese Spitze geflissentlich und schritt ins Wohnzimmer. Sie trug ein wunderschönes champagnerfarbenes Kleid, nicht zu ausgefallen, nicht zu schlicht. Es betonte ihr goldenes Haar unglaublich gut. Nash und Angus erhoben sich, um sie zu begrüßen. Sie nickte ihnen huldvoll zu und gab Mookie zur Begrüßung Küsschen. Die gute Mookie watschelte gleich darauf in die Küche, um noch mehr Martinis zu machen.

»Sind wir komplett?«, fragte Amanda.

»Ämmm, nein. Alex und Fran fehlen noch …«

Sie drehte sich um und sah mir direkt ins Gesicht. »Wo sind die denn?«

»Ich hab sie vor zwei Stunden Brot holen geschickt, und jetzt sind sie immer noch nicht zurück. Ich mache mir ziemliche Sorgen.«

»Sorgen? Meine Güte, wo werden sie schon sein, in Amerika wahrscheinlich. Also, wo können wir uns setzen? Gleich schon an den Tisch?«

»Ömmm, nein«, sagte ich, während ich das Verlangen, ihr eine runterzuhauen, unterdrückte. »Ich hab leider nicht so viel Platz, aber wenn es dir nichts ausmachen würde, auf dem Sofa zu sitzen …« Nash rückte auf und machte einen winzigen Platz zwischen sich selbst und Angus frei, den sie verächtlich beäugte. »Und sobald alle beisammen sind, können wir essen.«

»Ich glaube, ich bleibe einfach stehen, Schätzchen. Das Kleid hier knittert einfach unglaublich.«

Sie nahm Mookie einen Drink ab, ohne sich zu bedanken. Und dann mussten natürlich alle anderen auch aufstehen. Also lehnten wir uns an den Tisch, wobei Nash fast eine Kerze umwarf, und Amanda belästigte uns mit den neuesten Neuigkeiten über ihre Hochzeitsvorbereitungen. Ich beobachtete, wie sie Fraser einige sehr bedeutungsvolle Blicke zuwarf, als sie von dem Blumenschmuck erzählte, und dass Fraser den Bruchteil einer Sekunde zu spät höflich nickte. Und wo zum *Teufel* trieben sich die anderen beiden rum? Sie waren bestimmt in irgendeinem Pub versackt. Und lästerten über mich. Wahrscheinlich versuchten sie sich gegenseitig bei einem selbstinszenierten »Warum Melanie so dämlich ist«-Wettbewerb auszustechen. Ich kochte vor Wut.

Da ich die Pistazien aufgefuttert hatte, beschloss ich, die Vorspeise zu servieren, und stahl mich davon, als Amanda detailliert die Kirchenlieder aufzählte, die beim Gottesdienst gesungen werden sollten.

Angus folgte mir in die Küche.

»Sag mal, Melanie, habe ich irgendetwas falsch gemacht, oder warum bist du so komisch?«

»Nein!«, sagte ich. »Nein, ganz bestimmt nicht.«

»Na ja, weißt du, ich hatte gedacht, wir wären Freunde, aber du hast nie zurückgerufen.«

»Tut mir Leid«, sagte ich. »Bei mir war alles ein bisschen hektisch.« Und dann erzählte ich ihm von Alex' und meinem Plan zusammenzuziehen. Er war erstaunt.

»Ich dachte … Ich meine, er ist doch ein richtiger Mistkerl, oder nicht? Tschuldigung.«

»Nein, schon in Ordnung. So schlimm ist er gar nicht. Es ist bloß, er ist so labil, und er macht viel durch zur Zeit.«

»Und du nicht«, sagte er sanft. Auf den Gedanken war ich noch gar nicht gekommen, aber bevor ich dazu kam zu reagieren, hatte er sich schon eine Flasche Wein geschnappt und wollte ins Wohnzimmer gehen.

»Tut mir Leid, wenn ich dich genervt habe«, sagte er.

»Du nervst mich überhaupt nicht.«

Er lächelte reumütig und süß. Als er die Tür aufmachte, hörte ich mich sagen:

»Angus!«

Er drehte sich um und sah mich an, aber ich wusste überhaupt nicht, was ich sagen wollte.

»Ich … äh …«

Langes Schweigen.

»Du hörst dich so an, als würdest du auf die Türklingel warten, weil das jetzt die perfekte Unterbrechung wäre«, sagte er lächelnd.

Ich reckte den Kopf in Richtung Wohnungstür und lauschte. In dem Moment, in dem ich aufgeben wollte, klingelte es tatsächlich.

»Yeah!«, rief ich und boxte in die Luft.

Er lächelte noch einmal und ging dann wieder zu den anderen. Ich schämte mich.

»Wo zum Teufel wart ihr zwei denn?«

Schneebedeckt, rotbackig und kichernd standen Fran und Alex wie ein paar Kinder vor der Tür.

Alex neigte sich zu mir und küsste mich auf die Nase.

»Wir haben uns vertragen!«, verkündete er. »Wir dachten, du würdest dich freuen.«

»Ich würde mich mehr freuen, wenn ihr nicht mitten in der Nacht in die stockdunkle, eisige Kälte verschwunden wärt, wo ihr doch nur fünf Minuten weg sein solltet!«

»Es ist doch erst Viertel vor neun, Mel. Von mitten in der Nacht kann keine Rede sein.«

Kam mir aber so vor.

»Was habt ihr denn die ganze Zeit gemacht?«, fragte ich ungläubig.

Fran setzte ein schüchternes Lächeln auf. Das hatte ich in meinem Leben noch nicht an ihr gesehen.

»Wir haben beschlossen, uns nicht mehr zu streiten. Dir zuliebe, Mel.«

Da stimmte doch was nicht.

»Ihr streitet nicht, ihr beleidigt euch«, widersprach ich.

»Na ja, aber jetzt, wo wir zusammenziehen …«, Alex kam herein und legte mir den Arm um die Schultern, »… haben Fran und ich uns ausgesprochen und beschlossen, dass wir versuchen, uns zu vertragen.«

»Damit wir alle richtige Freunde sind«, fügte Fran hinzu.

Ich starrte sie an. Moonies! Die Moonies hatten sie in einen Wagen gezerrt und einer Gehirnwäsche unterzogen, anders war das nicht zu erklären.

»Wer seid ihr, und was habt ihr mit Fran und Alex gemacht?«, fragte ich. »Habe ich es hier vielleicht mit Vampiren zu tun, die man erst bitten muss reinzukommen, bevor sie einen fressen können?«

»Vampire fressen doch keine Menschen«, sagte Alex. »Das, was zwischen einem Vampir und einem Menschen passiert, ist metaphorischer Sex. So was hat es in vielen alten Kulturen gegeben …«

»BLABLABLA«, riefen Fran und ich wie aus einem Munde. Ich entspannte mich, nahm ihnen die Mäntel ab und ging nach nebenan, um zu sehen, ob meine Gäste sich auch gut amüsierten.

Meine Gäste amüsierten sich überhaupt nicht, so dass ich mich natürlich sofort als komplette Versagerin fühlte, sowohl als Gastgeberin als auch als Mensch.

Amanda lehnte graziös am Sofa, steckte den Kopf mit Mookie zusammen und blies ihr wegen irgendetwas den Marsch. Angus und Nash murmelten leise neben ihnen vor sich hin. Und Fraser saß ganz allein und wusste nicht, wo er hingucken sollte.

»Die Ausreißer sind wieder da!«, verkündete ich laut, um die Anspannung zu lösen. Die anderen sahen mit erschöpften Gesichtern auf und gaben ein kurzes, nicht besonders herzliches Hallo von sich. Oh, Gott, wie schrecklich.

»Mookie!«, quietschte ich. Irgendwie erinnerte mich das hier verdammt an ›Abigails Party‹.

»Wärst du so nett, uns noch ein paar von diesen köstlichen Drinks zu machen? Und wenn sich dann alle an den Tisch setzen würden, könnten wir auch gleich anfangen.«

Ein dunkles Raunen in Basslage verriet, dass die Jungs kurz vorm Verhungern waren. Kaum hatte ich sie um den Tisch verteilt, stürzten sie sich wie ausgehungerte Turmfalken auf das Brot.

»Habt ihr das Brot mitgebracht?«, flüsterte ich Fran zu.

»Nein.«

Amanda saß am Kopfende des Tisches mit Fraser zu ihrer Rechten und Mookie zu seiner Rechten. Amanda beugte sich direkt vor Fraser, um mit Mookie reden zu können. Er saß stoisch da. Meine Sitzordnung sah vor, dass ich zwischen Alex und Nash saß und dass Fran und Angus den Kreis bei Mookie schlossen. Dann tischte ich endlich die Lachsrouladen auf, die tatsächlich fast so schneckenförmig aussahen wie im Kochbuch. Aber nur fast. Und dann saßen wir endlich alle – wenn auch unterschiedlich hoch – und stießen mit einem Glas Weißwein an.

»Auf die Köchin!«, schlug Angus vor, und die anderen schlossen sich seinem Toast an. Nun war das Eis endlich gebrochen, und ich konnte mich entspannen. Alex verwickelte Nash und Angus in ein Gespräch über das Musikgeschäft, in dem sie aber mehr die höflichen Zuhörer spielten. Fran hörte sich mit einem Funkeln in den Augen und einem Glas in der Hand an, was Amanda von sich gab – ich hoffte nur, dass das Glas später nicht noch Probleme verursachen würde.

»Ich schau mal eben nach der Lasagne«, erklärte ich, während die anderen fleißig spachtelten, außer Amanda und Mookie natürlich, die die Lachsrouladen höflich abgelehnt hatten. Obwohl, eigentlich gar nicht höflich. Amanda hatte gerufen: »Mir ist schon bewusst, dass *du* Milchprodukte isst, Melanie, aber ein paar von uns hier wollen ihre Figur gern behalten«, und mir unverschämterweise ihren und Mookies Teller zurückgereicht. Ich war mir zwar nicht sicher, ob Mookie wirklich nicht wollte, aber sie hatte im Grunde keine Chance.

»Willst du das etwa essen?«, zischte Amanda Fraser zu.

Fraser nickte gleichgültig. Es herrschte kurzes Schweigen, während alle abwarteten, was sie jetzt tun würde. Sie setzte aber einfach nur ein Märtyrergesicht auf und verlegte sich wieder darauf, ihn zu ignorieren.

In der Küche packte mich zweifaches Entsetzen. Erstens war die ofenfertige Lasagne nicht im Ofen. Zweitens war der Ofen nicht einmal an.

»Verdammter Mist«, stöhnte ich und betrachtete mein Werk in seiner dunkelroten, kalten Schönheit.

Zweitens befand sich Linda in der Küche und wollte sich gerade möglichst unauffällig ein Glas Sherry einschenken.

»Mist, Mist, Mist!«, rief ich. »Heut klappt aber auch gar nichts! Linda! Wieso bist du nicht im Esszimmer?« Ich schob natürlich sofort *ihr* den schwarzen Peter zu.

Sie glotzte zu Boden und zuckte mit den Schultern.

»Na, komm. Ich mach dir einen Wodka Martini, und dann stell ich dich der ganzen Bande vor.«

»Vielleicht sollte ich besser doch nicht ...«

Ich kam mir so niederträchtig vor, während ich die Lasagne in den Ofen schob, selbigen voll aufdrehte, ihr einen Wodka Martini machte und versuchte, gewinnend zu lächeln – und das alles zur gleichen Zeit.

»Natürlich solltest du«, widersprach ich. »Komm schon, die anderen können's gar nicht abwarten, dich kennen zu lernen«, log ich.

Gesenkten Blickes schlurfte sie mir hinterher ins Wohnzimmer.

»Ähm, hört mal, also das ist Linda«, stellte ich sie vor. Ich hatte nicht mal für sie gedeckt, also drückte ich sie auf meinen Platz, obwohl ich schon von der Roulade abgebissen hatte. Ich schenkte ihr ein großes Glas Weißwein ein und signalisierte Fran, sich *bitte* mit ihr zu unterhalten. Aber Fran schaltete auf Nicht-Empfang. Ich ging zurück in die Küche, um den hohen Hocker zu holen, von dem ich gedacht hatte, dass ich ihn nicht brauchen würde. Ich warf einen Blick in den Ofen, aber die Lasagne war immer noch kalt und hart. Was für ein Abend. Ich seufzte schwer und ging mit zwei Flaschen Rotwein wieder ins Wohnzimmer.

»Das war köstlich«, sagte Angus, was allgemein murmelnd bestätigt wurde, nur von Amanda war ein Schnauben zu hören. »Was gibt's jetzt?«

»Ach«, sagte ich. »Also, das ist eine wirklich komische Geschichte, während ich nämlich in der Küche war, hat die Lasagne einen mysteriösen Kühlprozess durchlaufen, bei dem sie von ihrem fertig gekochten Zustand in den ursprünglichen Rohzustand zurückversetzt wurde. Ich bin mir nicht sicher, ob wir es hier mit einem Zeitsprung oder einer kältetechnischen Störung zu tun haben, aber das FBI ist schon auf dem Weg. Bis das geklärt ist« – und damit stellte ich den Wein auf den Tisch –, »werden wir uns einfach ein bisschen betrinken müssen.«

Dieser Erklärung folgte ein Schweigen, das Alex schließlich brach, indem er eine der Flaschen entkorkte und sagte:

»Diese Aliens sind doch wirklich unglaublich hinterlistig. Ich schlage vor, sie mit diesem Zaubertrank zu bekämpfen.«

»Wie viel Zeit bleibt uns, Captain?«, fragte Fraser in einem Anflug von Heiterkeit.

»Ich habe die Polarität des Neutronenflusses umgekehrt«, erklärte ich ernst. »Wir können damit rechnen, dass die Lasagne in etwa fünfundvierzig Minuten wiederhergestellt ist.«

»Gott, sind die *kindisch*«, hörte ich Amanda Mookie zuflüstern. Und ich war mehrere Meter von ihr entfernt.

»Hast du noch mehr Brot?«, fragte Nash.

»Nein, leider nicht. Aber ich hab Salat.«

Traurig sah er auf seinen leeren Teller.

»Echte Schotten essen keinen Salat.«

Seltsamerweise war die Sache mit dem Essen genau das Richtige gewesen, um das Eis zu brechen. Jetzt ging erst mal niemand irgendwohin, und schon bald erfüllte der verheißungsvolle, köstliche Duft nach Lasagne die ganze Wohnung, die Kerzen brannten vor sich hin, und wir organisierten eine Dose kalte Bohnen für Nash. Der Rest behalf sich mit Rotwein, und der Geräuschpegel der Unterhaltungen stieg proportional zum konsumierten Alkohol an. Nur Fraser saß mitten in diesem Geschnatter und schwieg. Na ja, und Linda natürlich auch, aber um die machte ich mir weniger Sorgen. Ich streckte ihm die Zunge raus. Dann streckte er mir die Zunge raus, also konnte ich davon ausgehen, dass er noch nicht akut suizidgefährdet war. Amanda plauderte über Schlosseinrichtungen, und Fran tat, als würde sie ihr andächtig zuhören, machte aber trotzdem dauernd irgendwelche bissigen sarkastischen Kommentare, die Amanda wohlweislich überhörte. Nash und Alex stritten sich darüber, ob nun Rugby oder Fußball besser sei (mir war allerdings nicht ganz klar, wer für Rugby und wer für Fußball war), und es sah ganz so aus, als würden sie bald ihre Fäuste sprechen lassen. Angus unterhielt sich gepflegt mit Linda, die panisch auf ihren Teller starrte, aber immerhin ab und zu nickte. Dann, auf einmal, rief Alex: »Los, wir spielen was!«

Alle verstummten.

»Was denn?«, fragte Fran.

»Weiß nicht. Irgendwas. Ein Spiel. Ähm – Wahrheit oder Pflicht.«

Allgemeines Stöhnen.

»Wenn wir jetzt alle fünfzehn wären, wäre das vielleicht sogar eine gute Idee«, meinte Fran genervt.

»Ach, kommt schon, Leute, ist doch immer so lustig.«

Fran reichte ihm eine leere Flasche. »Au ja, kommt, wir nehmen die hier zum Drehen!«, schlug sie mit Kleinmädchenstimme begeistert vor.

»Gut, okay.« Alex konnte es nicht ausstehen, wenn jemand ihn auflaufen ließ. »Ich dachte bloß, es wäre eine nette Abwechslung, während wie hier sitzen und verhungern.«

»Vielen Dank auch!«, fuhr ich ihn von meinem hohen Hocker aus an. Aber dann fiel mir ein, dass die Leute hier meine Gäste waren und dass sie tatsächlich fast verhungerten, also hielt ich die Klappe.

»Also, ich hätte gar nichts dagegen, aber wie wäre es, wenn du die erste Frage stellst und wir uns dann überlegen, ob wir spielen wollen oder nicht?«, schlug Mookie leise vor. Das Mädchen war die Diplomatie in Person.

Alex sah immer noch aus, als wenn er schmollen würde. Dann trank er einen Schluck Wein und lehnte sich zurück.

»Na, gut.« Allgemeines Murren am Tisch, aber der Wein war süffig, und wir konnten schließlich nicht den ganzen Abend über Fußball reden. Ich sah zu Angus, der erleichtert schien, vorläufig von seinen Babysitterpflichten entbunden zu sein.

»Okay, los geht's … wer …«, sagte Alex.

»Kleinen Moment noch«, unterbrach Nash. »Was passiert bei Pflicht?«

»Wirst schon sehen.« Alex bleckte die Zähne.

»Eeeeh, das aber nicht fair, Mann. Du kannst doch nicht einfach die Regeln bestimmen.«

»Herrgott noch mal«, echauffierte sich Fran. »Wenn's um Spiele geht, kann man echt keine zwei Typen aufeinander loslassen!«

Nash lehnte sich zurück.

Alex wandte sich an Mookie.

»Wer war das peinlichste Subjekt, in das du je verknallt warst?«

»Moment«, sagte ich. »Berühmt oder nicht?«

»Berühmt. Oder zumindest uns allen bekannt.«

»Okay.«

Mookie dachte eine Weile nach.

»Na ja, wir hatten da mal diesen richtig leckeren Stallburschen, aber das zählt wohl nicht.«

»Männlich oder weiblich?«, fragte Alex neugierig. Ich warf mit meiner Serviette nach ihm.

»Also, wirklich«, entrüstete Mookie sich und errötete. »Nein, also, dann muss ich wohl sagen … Adam Ant.«

»Adam Ant ist nicht peinlich!«, protestierten Fran und ich wie aus einem Munde. Die Jungs bogen sich vor Lachen.

»Oh, Gott, und was hat dich am meisten angemacht?«, fragte Alex lachend. »Der Highwayman oder der Pirat?«

»Halt die Klappe! Damals war das gar nicht peinlich!«

»Ähm, also eigentlich steh ich immer noch auf ihn«, beichtete Mookie und wurde noch röter.

»Ooooh.« Dann sah die Sache natürlich anders aus.

»Wer ist er denn jetzt?«, fragte ich.

»Weiß ich nicht. Wahrscheinlich immer noch ein Highwayman«, sagte sie verträumt. Mir fiel die Kinnlade runter, und Fran und ich sahen uns entsetzt an.

»Also, ich würde sagen, damit liegt Mookie klar in Führung«, entschied Alex.

»Ich dachte, wir spielen Wahrheit oder Pflicht?«, funkte Nash dazwischen. »Seit wann gibt's denn da Punkte?«

»Es gibt Punkte für die peinlichste Wahrheit«, klärte Alex auf.

»Ach, so. Neue Spielregel«, sagte Nash. Und die anderen johlten, er solle die Klappe halten.

»Okay, du bist dran«, sagte Alex.

»Ich spiel nich mit, wenn er mir nich sagt, was bei Pflicht passiert.«

Alex konnte es nicht fassen. »Melanie«, rief er völlig unvermittelt. »Wir ziehen zwar zusammen, aber Kinder kriegen wir keine, ja? Nur für den Fall, dass sie so werden wie der da.«

Ich nickte verständnisvoll.

»Pflicht ist dann, wenn du die Wahrheitsfrage nicht beantworten willst. Ich hänge dich dann höchstpersönlich für zwei Minuten an den Füßen aus dem Fenster.«

»Aber das ist doch Pflicht für dich, ich muss doch gar nichts machen.«

»Wirst schon sehen, wie's dir dabei geht.«

Nash dachte einen Moment nach.

»Okay.«

»Also, wer ist das peinlichste Subjekt, in das du je verknallt warst?«

Nash sah einen Moment schüchtern auf seine Hände, dann lächelte er.

»Gail Tilsley.«

Wir begriffen nicht sofort, wer das war, bis uns dann ›Coronation Street‹ einfiel.

»Nein!«

»Wann?«

»Wie?«

»Na ja, sie hat mir eben irgendwie Leid getan, und dann gab eins das andere.«

»Sie hat dir Leid getan?«, fragte Fran. »Weil sie immer noch nur die Hälfte ihrer Haare in eine Lockenschere steckt?«

Nash grinste verlegen, so peinlich war ihm die Angelegenheit.

»Nein, halt nachdem Brian gestorben ist und so.«

Ich schüttelte mich vor Lachen. Die Idee mit dem Spiel war gar nicht so schlecht gewesen.

»Echt beeindruckend«, sagte Alex.

»Krieg ich mehr Punkte?«

»Nein, tut mir Leid, aber eine zwanzigjährige Schwärmerei für einen Mann, der nach einem Insekt benannt ist, zählt mehr als eine vorübergehende Mitleidsaffäre mit einer Figur aus einer Fernsehserie.«

Dann war Amanda dran.

»Ich finde das Spiel doof«, sagte sie.

»Oh, mein Gott – ihr Pony!«, schrie Fran. Alle brachen in schallendes Gelächter aus. Für die nicht sonderlich fortgeschrittene Stunde war bereits eindeutig zu viel Wein geflossen.

»Sehr witzig, Francesca.« Amanda setzte wieder ihre übliche hochnäsige Miene auf.

»Pfli-hicht! Pfli-hicht! Pfli-hicht!« Alex haute mit seinem Teller auf den Tisch.

»Ach, ihr blöden Idioten. Na, gut, also Gerry Adams. Und jetzt Klappe.«

Erstauntes Schweigen. Fran hielt sich die Hand vor den Mund.

»Nein!«

»Ach, ja, und jetzt glaubt ihr mir nicht, oder was?«

»Nein, äh, doch, aber ich meine …«

»Sag's nicht. Er ist *Politiker*, das ist alles.«

»Er ist kein Politiker! Er ist ein Terr …«

Amanda brachte Fran mit einem sehr, sehr scharfen Blick zum Schweigen. Fran grinste und sah Amanda dann mit schlecht gespielter Zerknirschung an.

»Du, äh … du *kennst* ihn doch nicht, oder?«

»Nein, natürlich nicht. Okay, können wir jetzt weitermachen? Ich hab geantwortet.«

Alex zog die Augenbrauen hoch. »Ich fürchte, der fragwürdige Ire schlägt den Dandy-Highwayman. Tut mir Leid, Mooks.«

Amanda gab sich gurkenkühl, aber als sich das allgemeine Interesse dann auf Fraser richtete, sah ich, wie sie einen riesigen Schluck Wein trank. Nanu, nanu. War Amanda gar nicht so oberflächlich, wie wir alle dachten? Oder stand sie einfach nur auf Bart und bunte Pullis? Wohl doch eher Letzteres.

Fraser dachte nach. »Jetzt sollte ich wohl Amanda sagen«, kalauerte er. Aber keiner lachte. »War nur ein Scherz.« Auch jetzt lachte niemand, aber wir warfen ihm alle aufmunternde Blicke zu.

»Ach, Gott, ich weiß nicht«, seufzte er.

»Ich aber«, sagte Angus mit einem ziemlich fiesen Blick.

»Wer?«, fragte Fraser.

»Du weißt schon.«

»Nein, weiß ich nicht. Hilf mir auf die Sprünge.«

Angus sprang auf und strich sich über imaginäres langes Haar.

»*Don't push too far …*«, sang er.

»*Your dreams are / china in your hands …*«

Fraser lächelte breit. »Nie im Leben!«

»*Don't wait too long because / they may come true …*«

»Die rothaarige Knirpsin von T'pau …?«

»*… and you can't help them / don't wait too far to …*«

»Herrje, ich weiß nicht mal mehr, wie die hieß!«

»*China in your hands …*«, beendete Angus seine Gesangseinlage, wobei er riesige Brüste andeutete, schüchtern guckte und dann hauchte: »I love you, Fraser McConald.«

Wir spendeten stürmischen Beifall – soweit man das mit acht Personen hinbekommen konnte. Sieben, wenn man Amanda abzog, die innerlich zu kochen schien.

Fraser lachte herzlich. »Du hast Recht. Ich fand sie ganz große Klasse, und dann hab ich sie mir eines Tages mal wieder angeschaut und fand sie nur noch peinlich.«

»Sie war peinlich«, stimmte ich zu und nickte heftig.

»Ich weiß. Also, wie sieht's aus? Was sagt der Punktometer, Alex?«

»Nicht viel, Kumpel.«

»Wieso nicht?«

»Ha«, machte Nash.

»Ähm, nur so …«, sagte Alex und lief rot an.

»Warst du …«, hob ich entzückt an. Fran verschluckte sich an ihrem Rotwein und hustete, bis er ihr zur Nase rauskam.

»Carol Decker!«, prustete sie und verteilte damit den Rotwein auf dem Tisch. »Sie hieß Carol Decker!«

Ich machte mir fast in die Hose vor Lachen, als ich sah, wie Fran Rotwein spuckte.

»Aber die war doch bloß einsfünfundzwanzig!«, schrie ich. »Gegen die sah Kylie Minogue ja aus wie ein Kälbchen!«

»Kylie Minogue hat das *Hirn* eines Kälbchens«, sagte Fran.

»Ähm, also Kylie wäre dann eigentlich meine Antwort gewesen«, sagte Angus. »Ihr könnt mich also überspringen.«

»Vergiss es!«, rief ich. »Ich fasse es einfach nicht, was ihr Jungs alle für solche hirnamputierten, magersüchtigen Zwerge übrig habt! Sorry, Amanda.«

Dann fiel mir auf, dass diese Entschuldigung im Grunde erst die Beleidigung gewesen war. Ups. Da hatte ich mich wohl der Länge nach in den größten Fettnapf weit und breit geschmissen.

Amanda sog gebieterisch Luft ein und sah auf die Uhr.

»Ist das Spiel jetzt beendet? Es wird nämlich Zeit, dass wir gehen, Fraser.«

»Amanda, es ist gerade mal zehn Uhr. Wir haben noch gar nicht gegessen.«

»Ich bin aber müde und will nach Hause. Bring mich bitte nach Hause.«

Fraser sah sie direkt an. »Ich will aber noch nicht gehen. Es wäre unhöflich, und außerdem habe ich Hunger und will hier bleiben und mich mit meinen Freunden unterhalten.«

»Ich bitte dich, Fraser. Soll ich etwa allein gehen?«

»Kannst du gerne tun.«

Schweigen.

»Okay, dann geh ich eben.« Ihr Gesicht verdüsterte sich.

»Eigentlich eine gute Idee, dann kann ich noch ein bisschen allein weggehen.«

»Ich dachte, du bist müde.«

»Halt verdammt noch mal die Klappe!« Zitternd griff sie nach ihrem Handy.

»Jacinta? Hallo, Schätzchen, ich bin's, Amanda ... Ja, nein, bloß bei einem wirklich stinklangweiligen Abendessen. Ich dachte, ich könnte eben vorbeikommen. Wo bist du denn? Ach, im *Blinski's, super*. Ich spring eben in ein Taxi und sehe dich dann in einer halben Stunde. Ciao, Schätzchen.«

Sie legte auf und schritt dann wie die Königin von Saba aus dem Esszimmer.

»Ich finde meinen Mantel schon selbst, danke«, rief sie, als sie hörte, dass ich aufstand.

»Mookie, kommst du?«, hörten wir aus dem Flur.

Mookie sah uns mit angstgeweiteten Augen an. Fran schüttelte nachdrücklich den Kopf. »Du musst nicht gehen«, flüsterte sie. Mookie atmete tief ein.

»Ähm … nein«, sagte sie leise. Wir konnten hören, wie Amanda nach Worten rang.

»Und grüß Gerry von uns!«, grölte Fran.

Dann fiel die Tür ins Schloss, und sie war weg.

14

Schweigen. Alle betrachteten hochkonzentriert ihre Teller. Schließlich seufzte Fraser tief auf.

»Tut mir Leid, Leute.«

»Was, deine Zukünftige? Kannst du dich doch schon mal dran gewöhnen«, sagte Fran.

»Pssst«, machte ich zu Fran. »Mach dir keine Gedanken, Frase. Sie ist wahrscheinlich einfach nur angespannt.«

»Angespannt«, wiederholte er. Gequält atmete er ein, sagte dann aber doch nichts mehr.

»Wohl eher überspannt«, sagte Alex, und Nash kicherte.

»Können wir jetzt weiterspielen?« Alex schenkte sich noch ein Glas Wein ein.

»Danke, Mister Taktgefühl«, sagte ich.

»Gott, das ist ja ein richtig lustiger Pärchen-Aufmischabend heute«, kommentierte Fran. Alex bedeutete ihr mimisch etwas, das ich nicht verstand, aber sie hielt daraufhin die Klappe. Aus dem Augenwinkel sah ich, dass Nash ein klitzekleines bisschen Salat riskierte.

»Oh, mein Gott! Die Lasagne!«

Ich raste in die Küche, wohin Angus mir in kurzem Abstand folgte. Als ich den Ofen öffnete und Rauchschwaden daraus hervorquollen, kniete er sich mit sehr ernster Miene neben mich.

»Ich glaube, jetzt ist der richtige Moment, um Fraser zu überzeugen!«, flüsterte er mir zu.

»Verdammt, wie oft muss ich dir eigentlich noch sagen, dass du keine ernsten Gespräche mit mir anfangen sollst, wenn ich mit einer verkohlten Lasagne beschäftigt bin?«

Er grinste. »Du hast mich trotzdem verstanden. Ich sag's Mookie – sie ist auf unserer Seite.«

»Ich *habe* gar keine Seite mehr.«

»Och, komm schon. Natürlich.«

»Nein, habe ich *nicht*.«

Er ignorierte mich.

»Dann lass ihn uns abfüllen und ihm die Hochzeit ausreden.«

Ich stellte die Lasagne auf dem Küchentisch ab. Sie war schwarz und bretthart an den Kanten. Ich fing an, das Schlimmste mit einem Messer abzukratzen.

»Was glaubst du eigentlich, was das hier ist, Mission Impossible?«

»Komm schon. So, wie die sich vorhin aufgeführt hat. Ich wette, er überlegt sich das gerade noch mal sehr reiflich.«

»Gustard, es gibt niemanden, der mit Bestimmtheit sagen kann, was tatsächlich in den Beziehungen anderer Leute vorgeht. Wir wissen es einfach nicht. Ich finde, wir sollten sie einfach in Ruhe lassen. Es scheint ihm doch gut zu gehen.«

»Wem scheint es gut zu gehen?«, fragte Alex, der offenbar geschickt worden war, um Wein zu holen. Er war etwas unsicher auf den Beinen und stützte sich vorsichtshalber am Türgriff ab.

»Äh, also, bei mir sind Lasagnen immer männlich. Dann – äh – gehen die besser.«

Alex glotzte auf die schwarze Masse vor ihm. »Sieht mir verdammt nach Krebs im Endstadium aus.«

»Ja, mag sein, ist doch egal. Geh wieder rüber und setz dich zu den anderen.«

Er krallte sich eine Flasche Wein und torkelte zurück ins Wohnzimmer, von wo sofort schrilles Gelächter zu hören war. Der Idiot hat den anderen bestimmt von der Lasagne erzählt. Ich trat einen Schritt zurück und betrachtete mein Schnitzwerk.

»Vielleicht sollte ich einfach eben Nash abfüttern und dann für den Rest Pizza holen.«

»Das ist eine super Idee«, pflichtete Angus mir netterweise bei.

»Ich habe den ganzen Tag in der Küche gestanden, um diese Lasagne zu machen.«

»Ich weiß.«

»Ich hab sogar Muskatnuss reingetan.«

Ich ging ins Wohnzimmer und räusperte mich. Fraser starrte noch immer unglücklich sein Glas an, während Nash ihm den Arm tätschelte. Alex saß zwischen Mookie und Fran, die wie zwei Starlets lachten, und befragte Linda, deren Gesicht eine bedenkliche Farbe angenommen hatte.

»Komm schon, Kleines«, bohrte er.

»Nun sag schon, wer?«

Lindas Gesicht sah aus, als würde es gleich explodieren.

»Ja, los, erzähl's uns«, spornte auch Mookie sie an. An Lindas Namen konnte sich wohl niemand mehr erinnern.

Dann biss sie die Zähne zusammen. »Ralph Fiennes«, sagte sie kaum hörbar.

Fran schwenkte ihr Glas durch die Luft. »Nein, Linda, es muss schon jemand richtig Peinliches sein, nicht jemand, der reich ist und gut aussieht und klasse ist und lecker und …«

»Einsfünfzig groß«, ergänzte Alex hämisch.

Linda sah mit brennenden Augen zu ihm auf.

»Ihr könnt das doch alle gar nicht verstehen!«, rief sie. Ich hatte sie noch nie laut werden gehört. »Keiner von euch kann verstehen, was er mir bedeutet!« Und damit trampelte sie in ihr Zimmer und schlug die Tür hinter sich zu.

Schweigen. Wieder mal.

»Sind wir hier bei den zehn kleinen Negerlein, oder was?«, war Alex' nicht besonders hilfreiche Bemerkung dazu.

»Soll ich ihr nachgehen?«, bot Mookie tapfer an.

»Danke«, sagte ich, »aber …«

»Ich geh schon«, sagte Angus. Dankbar drehte ich mich zu ihm um. »Wirklich?«

Er nickte. »Dann bin ich wenigstens nicht hier, wenn du ihnen von der Lasagne berichtest.«

»Was ist denn mit der Lasagne?«, fragte Nash beunruhigt.

»Ah.«

Eine halbe Stunde später ging es uns allen schon bedeutend besser. Die Pizzen waren gekommen, und selbst Nash war satt geworden, obwohl er unerbittlich jede Gemüsefaser aus dem Belag gepult hatte. Linda war ins Bett gegangen, Angus versicherte uns aber, dass es ihr gut ging. Zumindest trug sie sich nicht mit Selbstmordgedanken. Wir hatten die Tische aus dem Wohnzimmer geräumt und uns zu siebt um das Sofa gesetzt. Wir mussten aufpassen, dass wir nicht die Kerzen umschmissen, denn wenigstens die waren noch da. Jemand hatte Van Morrison aufgelegt, allerdings sehr leise.

»Du warst noch nicht dran«, sagte Alex zu Fran.

»Ach, hör endlich auf mit dem Blödsinn.«

Er piekste sie in die Seite.

»Du musst aber! Sonst ruft die Pflicht!«

Fran machte es sich auf dem Bauch bequem.

»Ich will nicht antworten. Ich will lieber Pflicht.«

»Huuuuu«, machten wir. »Pfli-hicht! Pfli-hicht!«

»Aber was?«

Alex grinste. »Du könntest uns deine Titten zeigen.«

Ich trat ihn. »Beherrsch dich!«

Fran seufzte. »Die haben doch eh schon alle gesehen.«

»Ich nicht!«, protestierte Mookie.

Aller Augen richteten sich auf sie. »Später«, versprach Fran.

Angus lehnte sich gegen das Sofa.

»Ich weiß was, was du machen könntest, Francesca«, sagte er samtweich. Alle Ohren waren gespitzt.

»Du bist doch Schauspielerin. Kannst du uns nicht was vorspielen? Irgendwas. Was studierst du denn gerade ein?«

Die meisten murmelten was von »Gute Idee«, aber Fran war das offenbar etwas unangenehm. Sie zuckte mit den Schultern. ›Viel Lärm um nichts‹, sagte sie. »Für ein paar Schulaufführungen. Ich will Beatrice spielen.«

»Okay, dann spiel uns doch daraus was vor.«

Wir rückten zusammen, um ihr Platz zu machen. Etwa eine Sekunde lang tat sie so, als wäre sie gar nicht begeistert, aber dann legte sie los.

»Also, Beatrice ist gerade gefragt worden, ob sie heiraten wird«, erklärte sie. Und dann fing sie an.

»Nicht eher, bis der liebe Gott die Männer aus einem anderen Stoff macht als
aus Erde. Soll es ein armes Mädchen nicht verdrießen,
sich von einem Stück gewaltigen Staubes meistern zu lassen?«

»Gewaltiger Staub?«, flüsterte Alex laut. »Huuu … wie unheimlich.«

»Pssst«, sagte ich.

»Einem
nichtsnutzigen Lehmkloß Rechenschaft von ihrem Tun und Lassen abzulegen?
Nein, Onkel, ich nehme keinen. Adams Söhne sind meine Brüder,
und im Ernst, ich halte es für eine Sünde, so nah in meine Verwandtschaft zu heiraten.«

Sie war richtig gut, ihre Stimme war fest, und die Worte erklangen mit kristallener Klarheit.

»Die Schuld wird an der Musik liegen, Muhme, wenn er
nicht zur rechten Zeit um dich anhält. Wenn der Prinz
zu ungestüm wird, so sag ihm, man müsse in jedem Dinge Maß halten;
und so vertanze die Antwort.«

»Nicht noch so eine Männerhasserin!«, stöhnte Alex. Er war wirklich extrem betrunken, und ich kniff ihm ziemlich fest in den Oberschenkel.

»Denn siehst du, Hero,
freien, heiraten und bereuen ist wie eine Kourante,
ein Menuett und eine Pavana: der erste Antrag ist heiß
und rasch wie eine Kourante, und ebenso
fantastisch; die Hochzeit manierlich, sittsam wie
ein Menuett, ganz Staat und Würde; und dann kommt
die Reue, und fällt mit ihren lahmen Beinen in die
Pavana immer schwerer und schwerer, bis sie
hinabsinkt in ihr Grab.«

Alle klatschten, bis Fraser auf einmal vornüberfiel und die Hände vors Gesicht schlug.

»Oh, Gott!«, sagte er. »Ich kann das nicht! Das ist ein viel zu riesiger Schritt!«

Wir redeten auf ihn ein, dass er sich nicht solche Sorgen machen sollte.

»Ich bin mir nur nicht sicher, ob ich diese Tänze tanzen will«, seufzte er und hielt sich an seinem Glas fest. »Jetzt schon.«

»Du hast völlig Recht«, sagte Angus. »Hör auf deinen Instinkt. Tu's nicht. Lasst uns doch einfach abstimmen. Also, wer ist dafür, dass Fraser nicht heiratet?«

»Hört auf, nein, ich will's gar nicht wissen«, wehrte Fraser ab, doch da war es schon zu spät. Angus meldete sich bereits, Fran auch. Alex hob ebenfalls den Arm, »aber nur, weil heiraten an sich bescheuert ist«. Da er auf dem Boden saß, verlor er das Gleichgewicht und kippte nach hinten um. »Ich unterstütze das«, sagte Nash. Mookie wurde klar, dass sich alle außer ihr meldeten, also hob sie ebenfalls zögernd die Hand.

Fraser sah mir direkt ins Gesicht. »Was ist mit dir, Mel? Verweigerst du dich aus Gewissensgründen? Hegst du irgendwelche Zweifel, nachdem meine Verlobte sich so bezaubernd aufgeführt hat heute Abend?«

Da bemerkte ich erst, dass ich vergessen hatte, mich zu melden.

»Oh, nein, ich war nur kurz mit den Gedanken woanders.«

»Aber du bist auch dagegen?«

Ich hob die Hand und sah ihn entschlossen an.

»Ja. Definitiv.«

»Wollt nur sicher sein.«

»Und wie stimmst du?«, fragte Angus seinen Bruder.

Fraser lachte hohl. »Meinst du etwa, nach dieser überwältigenden Mehrheit darf ich noch eine eigene Meinung haben?«

»Ja, los, Fraser, was meinst du?«, fragte Fran.

»Sagt mir, was er macht«, bat Alex, der immer noch wie ein Käfer auf dem Rücken lag und nichts mitbekam.

Fraser sah sein Glas an und lachte. »Ich glaube nicht, dass ich was zu melden habe.«

»Natürlich hast du was zu melden«, sagte Angus. »Nun triff doch verdammt noch mal endlich selbst Entscheidungen!«

Fraser stand wankend auf. »Gegen die Macht und Einflussnahme der Hochzeitsindustrie, der Dorfkirche zu Pyrford, der Earthwork-Blumengesellschaft, der Zeitschrift *Hello*, der PR-Industrie, der Brautausstatterin Charlotte Coleman, der Herrenschneider Hawkes & Gives, der Sloane Catering Inc., Aspreys, der Moët & Chandon Kelterei, der Heals Einrichtungshäuser, der Familien Phillips und McConald sowie meiner großartigen Tante Margaret, die zweiundachtzig ist und extra aus Australien einfliegt«, trug er theatralisch vor, »habe ich leider nichts zu melden.« Er machte einen tiefen Diener. »Überhaupt nichts.«

Wir sahen ihn eine Weile an.

»Das«, sagte er, »wäre ein idealer Zeitpunkt für einen eleganten Abgang gewesen. Wenn ich nicht so gerne hier sitzen bleiben und den Whisky meines kleinen Bruders trinken würde. Aber nur, wenn ihr mir versprecht, kein Wort mehr über diese verdammte Hochzeit zu verlieren.«

Und so kam es, dass Mookie erst dann, als er mal auf Toilette ging, ihre Idee mit der Bombe präsentierte.

Alex saß auf einmal wieder kerzengerade, als er das Wort »Bombe« hörte.

»Waaaa …«, hustete er. »Was für eine Bombe?«

Mookie wurde rot, wie immer, wenn sie im Mittelpunkt stand.

»Na ja, also, ich schätze mal, das war wirklich ein ganz gemeiner Schulstreich.«

»Was denn?«, wollte Alex wissen.

»Als wir lieber mit unseren Ponys ausreiten wollten, statt zur Morgenandacht zu gehen.«

»Ach, Gott, ja, das kennen wir nur zu gut, nicht wahr, Mel?« Ich warf Fran einen Woking-Blick zu.

»Na, egal, jedenfalls haben wir jede Menge Rauchbomben angezündet – Gott, war das eine Schweinerei – und damit den Feueralarm ausgelöst, und bis die dahinter gekommen waren, war es viel zu spät, um noch irgendetwas zu machen. Und mit Hochzeiten ist das doch genauso, da findet doch eine nach der anderen statt, oder nicht, da geht's doch zu wie auf Heathrow. Wenn man seinen Slot verpasst, kommt man nie mehr von der Rollbahn, ganz einfach.«

Wir starrten einander an, sprachlos angesichts dieser kriminellen Raffinesse.

»Nash« – Angus übernahm jetzt das Kommando –, »geh mal raus und lenk Fraser ab.«

»Hey, ich bin Trauzeuge, Mann. Wenn ich an einer Rauchvergiftung eingehen soll, dann will ich wenigstens wissen, wie, wann und wo, okay?«

»Okay. Alex?«

»Wie, was? Ich soll zu deinem Bruder ins Bad gehen? Der denkt doch, ich will ihm an die Wäsche.«

»Jetzt geh schon, Alex«, sagte ich. »Dir ist es doch sowieso egal. Lenk ihn einfach irgendwie ab, mit einem kleinen Stepptanz oder so.«

»Stepptanz. Ja. Klar. Stepptanz.« Äußerst wackelig stand er auf. »Alles fertig machen zum Stepptanz.«

Als Nächstes hörten wir, wie die Badezimmertür geöffnet wurde und jemand sich ausgiebig übergab. Dann Frasers Stimme, die sich erkundigte, ob es Alex gut ging.

»Das ist ja eine geniale Idee«, sagte Angus.

»Ihr tickt doch alle nicht richtig«, warf ich sauer ein.

»Okay«, sagte Angus. »Der Plan ist brillant.«

»Wie der letzte brillante Plan?«, fragte ich.

»Aber sind wir auch in der Lage, das durchzuziehen?«, fuhr Angus unbeirrt fort.

Wir sahen einander an. Sie war zwar mit dieser Idee gekommen, aber jetzt hatte sich Mookie wieder zurückgezogen und studierte den Fußboden. Angus bemerkte unser Schweigen und fuhr fort.

»Woher kriegst du solche Bomben, Mookie?«

»Ähm, na ja, also, einer meiner Cousins ist ein ziemlich hohes Tier bei der Polizei.«

»Machst du Witze? Wir würden die Dinger den Bullen klauen?«

»Nicht richtig klauen, natürlich – er hat ein paar davon zu Hause rumliegen.«

Nash pfiff durch die Zähne.

»Dann brauchen wir zwei Leute, die den Feueralarm auslösen, und zwei, die dafür sorgen, dass die ganzen Omas heil an die frische Luft kommen und so.«

»Können wir nicht dafür sorgen, dass die Omas erst gar nicht in die Kirche kommen?«, fragte jemand.

»Moment mal!«, rief ich. »Und was ist, wenn eine Massenpanik ausbricht und Hunderte von Menschen totgetrampelt werden? Was ist, wenn Amanda einen hysterischen Anfall kriegt und sich umbringt? Was ist, wenn Fraser nie wieder mit uns spricht? Was ist, wenn wir alle eingelocht werden?«

»Vielleicht könnten wir damit ein Zeichen setzen«, sinnierte Angus. »Wir könnten ein Signalfeuer entzünden, um alle zu warnen, die sich unbesonnen in eine Ehe stürzen.«

»Oh, nein! Fang bloß nicht mit so einem Blödsinn an!«, sagte ich und wurde immer aufgeregter. Hinter den Kulissen verebbten die Kotzgeräusche. Wehe, er benutzte meine Zahnbürste!

»Um die Menschen zum Nachdenken anzuregen, warum sie eigentlich heiraten und wen. Wir beschränken uns auf eine kleine Rauchbombe. Wir sorgen dafür, dass keine Panik ausbricht. Und dann nehmen wir die Beine in die Hand. Sag dir einfach, dass das ein Lausbubenstreich ist und keine kriminelle Handlung von Geistesgestörten.«

»Also, ich bin dabei«, sagte Fran.

»Natürlich bist du dabei. Du bist immer dabei, wenn's um Chaos geht!«, sagte ich.

»Ach? Na, wenn du das meinst …«

»Ich weiß, wo man die Dinger am besten hinlegt, damit sie so richtig rauchen«, bemerkte Mookie schüchtern.

»Super, super«, sagte Angus. »Und du, Nash, bleibst ganz vorn und kümmerst dich um die Omas. Fraser kann dir ja dabei helfen.«

»Ich bezweifle, dass wir diesen Plan morgen früh immer noch so toll finden werden«, bemerkte ich wütend.

»Ich sorge für den Feueralarm.«

»Und für die perfekte kriminelle Ausführung«, sagte ich. »Das können wir doch nicht machen!«

»Wir brauchen dich nicht unbedingt dazu«, sagte Fran.

Super. Wir saßen bei mir zu Hause, und mir wurde gesagt, dass man mich nicht brauchte. Ich murmelte was von dringend Kaffee kochen und setzte mich ab in die Küche.

Dort hing Alex am Waschbecken und trank Wasser.

»Mir geht's super!«, sagte er. »Viel besser.«

»Du siehst grün aus.«

»Aber mir geht's … super!« Er sprang zurück ins Wohnzimmer. »Mehr Bier, Myladys!« Gelächter. Fraser stand immer noch neben der Spüle und versuchte, sich nützlich zu machen. Wir lächelten einander verlegen an.

»Danke für das alles hier, Mel«, sagte er artig. »Ich hab dir aber gesagt, dass es nicht nötig war.«

»Ich weiß. Ich hör nie auf das, was vernünftige Leute sagen.«

»Ah, ja. Weil ich ja so wahnsinnig vernünftig bin.«

»Was wirst du Amanda sagen?«

»Ich hatte eigentlich vor, dir die ganze Schuld in die Schuhe zu schieben, ist das okay?« Seine Stimme klang zwar ziemlich sanft, aber doch auch ernst.

»Untersteh dich!«

»Okay.«

»Es war doch richtig nett.«

»Es war schrecklich.«

»Solche Abendessen sind immer schrecklich. Das hier war aber besser als die meisten anderen.«

Nebenan wurde wieder ausgiebig gelacht.

»Siehst du? Die amüsieren sich prachtvoll.«

»Willst du gar nicht wissen, worüber sie so lachen?«, fragte ich.

»Ach, ich glaub, ich weiß schon.«

Er reichte mir ein Glas Wasser. Ich nahm es ihm ab.

»Tut mir Leid, dass du in das alles hier reingezogen worden bist«, sagte er plötzlich.

»Schon okay«, sagte ich fröhlich. »Sonst hätte ich doch nie deinen Bruder kennen gelernt.«

»Ach, ja … ähm, ist ein netter Kerl.«

»Allerdings. Hey, schau mal!« Ich stürmte ans Fenster. »Der Schnee bleibt liegen!«

»Tatsächlich.« Fraser sah mir über die Schulter. »Ich liebe Schnee.«

»Ich auch. Wollen wir rausgehen und Engel machen?«

Er sah mich an und lächelte. »Okay.«

Ich sah ihn an. »Meinst du das ernst?«

»Vielleicht. Bist du dabei?«

Ich zögerte nur eine Sekunde. »Ja!« Dann schlichen wir uns auf Zehenspitzen zur Wohnungstür, damit die anderen nicht mitkriegten, was wir vorhatten. Wir stahlen uns hinaus, ließen die Wohnungstür angelehnt, rannten die Treppe hinunter und lachten uns fast tot. Die Straße war einsam und verlassen, bis auf die hohen, zerfallenden viktorianischen Häuser, die traurig herumstanden. Ich legte mich als Erste in den Schnee, dann legte sich Fraser Kopf an Kopf an mich, damit wir symmetrische Engel machen konnten. Sehr hoch lag der Schnee nicht, so dass wir schon bald auf dem Asphalt herumruderten. Wir lagen auf dem Rücken, wurden nass und froren, lachten uns kaputt und sahen hinauf zu den kalten Sternen.

»Ist doch alles Mist, oder, Mel?«, rief Fraser in den Nachthimmel.

»Ja, genau wie der Schnee«, rief ich zurück. »Sieht klasse aus, aber wenn man an der Oberfläche kratzt, kommen nur Hundescheiße und Asphalt zum Vorschein.«

Er lachte. »Und wenn man erst mal drinsteckt, wird man nass und friert.«

»Aber wenn man nicht drinstecken würde …«

»Würde man auch keine Engel kriegen!«, riefen wir im Chor.

So lagen wir eine Weile da, bis wir fürchteten, die anderen würden uns langsam vermissen, und wir unsere Arme und Beine nicht mehr spürten. Wir beschlossen, wieder raufzugehen, bevor wir bei einem tragischen Unfall ums Leben kamen.

Fraser trug einen von meinen – ihm viel zu kleinen – Pullovern, als er mir half, den Kaffee zu servieren. Der Einzige, der aufsah, war Angus, alle anderen waren viel zu betrunken, um bemerkt zu haben, wie lange wir weg gewesen waren. Die Atmosphäre war jetzt eine ganz andere – jeder erläuterte in feierlichem Ernst seine ganz persönlichen Theorien zum Zustand der Welt. Endlich konnte ich mich entspannen. Ich benebelte mich mit Angus' Whisky und ließ meinen Gedanken freien Lauf, bis Alex vorschlug, Flaschendrehen zu spielen. Ab und zu hörte ich mal, dass jemand den Begriff ›Hochzeit‹ erwähnte oder ›Rauch‹ oder irgendetwas anderes, worauf die anderen unauffällig »Pssst!« machten und kicherten. Und dann – endlich!, endlich! – sah Nash auf die Uhr und verkündete:

»Herrje, ich kann nicht mal mehr erkennen, wie spät es ist. Das heißt, es ist Zeit zu gehen.«

Schwerfällig stand er auf und rief bei der Taxizentrale an. Ich kriegte gar nicht richtig mit, wie ich mich winkend und küssend von meinen Gästen verabschiedete, ich ließ mich nur so treiben. Angus nahm mich herzlich in den Arm. Fraser versuchte, sich zu weigern, die Berge von Pizza mitzunehmen, die Alex ihm für seine Verlobte aufdrängen wollte, die ja schließlich gar nichts gegessen hatte. Er nahm sie dann doch mit. Ein Schwall bitterkalter Nachtluft drang in die Wohnung, als ich seine Hand berührte und ihm gute Nacht wünschte. Seine Locken waren immer noch feucht vom Schnee.

Ich schlenderte zurück ins Wohnzimmer und begutachtete das Schlachtfeld. Aschenbecher und leere Flaschen lagen auf dem Boden herum, es sah ganz so aus, als hätten wir alles getrunken, was uns in die Finger gekommen war. Leicht verträumt schlenderte ich in die Küche, um mit den Aufräumungsarbeiten anzufangen.

Der erste Schock war: Ich lief nicht in die Küche, ich lief in den Besenschrank.

Der zweite: Ich musste echt tierisch betrunken sein, ich wusste nämlich gar nicht, dass wir einen Besenschrank hatten.

Der dritte: Alex und Fran knutschten darin.

15

Ich taumelte rückwärts und suchte Halt an der Wand. Alex sah mich nicht, aber Fran. Ihre dunklen Augen weiteten sich vor Entsetzen, und sie schubste Alex an der Schulter.

»Waaa?«, sagte er und kuschelte sich an sie.

Sie zeigte auf mich, und er drehte sich um. Dann sahen wir uns alle an. Mir war, als würde sich ein eiskalter Wasserfall durch meinen Körper ergießen, mir die Kehle zuschnüren, fast mein Herz erdrücken. Ich wich immer weiter zurück. Ich wusste, dass ich etwas sagen musste, aber ich wusste einfach nicht, was. Das Einzige, was mir durch den Kopf ging, war diese Standard-Situation in billigen Komödien, wo der Ehemann früher nach Hause kommt und der Liebhaber sich im Kleiderschrank versteckt. Aber das hier war überhaupt nicht lustig. Endlich presste ich in einer für mich völlig untypischen, unglaublich hohen Tonlage hervor:

»Raus!«

Alex torkelte aus dem Schrank und schien mit einem Mal ziemlich nüchtern.

»Ja, Fran, ich finde auch, du solltest jetzt gehen. Melanie …« Er stürzte mir mit ausgestreckten Armen entgegen.

»Melanie, was soll ich sagen? Ich bin … Ich kann das gar nicht glauben … ist ja noch nie passiert … zu viel Wein …«

Ich hörte gar nicht, was er eigentlich sagte.

»Raus!«, quietschte ich noch einmal. »Raus hier! Alle beide! Raus! Raus!«

Dann drehte ich mich um, rannte in mein Zimmer und warf mich aufs Bett. Eigentlich hatte ich mich ja in den Schlaf weinen oder zumindest über die Situation nachdenken wollen, aber der Wein und der Schock waren übermächtig und sorgten dafür, dass ich bei der Landung auf dem Bett praktisch schon schlief.

Um fünf Uhr morgens wachte ich auf und zitterte am ganzen Körper. Ich lag auf meiner Bettdecke und, wie ich undeutlich wahrnahm, zwei Mänteln. Im selben Moment hatte mich die Realität wieder, die düstere, bleierne Realität. Ich kroch unter die Decke und versuchte, mich aufzuwärmen, bis mir auffiel, dass meine Zähne aus einem anderen Grund klapperten. Ich versuchte, darüber nachzudenken, merkte aber, dass ich das gar nicht wollte. Mein einziger Gedanke war, dass sie zwei Stunden lang verschwunden gewesen waren. Wahrscheinlich hatten sie sich schiefgelacht über mich. Ich sah auf die Bettdecke. Immerhin hatte ich sie dazu gebracht, ohne ihre Mäntel zu gehen. Dann fing ich an zu weinen. Und hörte nicht mehr auf.

Ich weinte den ganzen nächsten Tag durch, während ich Linda unter Androhung von Gewalt davon abhielt abzuwaschen. Da hingen doch tatsächlich verbrannte Lasagnestückchen an der Decke. Darüber hätte ich direkt lachen können, wenn ich mir nicht gerade die Augen aus dem Kopf geheult hätte. Ich weinte, während ich die Aschenbecher ausleerte, ich weinte, während ich die Flaschen zum Altglascontainer brachte, weinte jedes Mal, wenn das Telefon klingelte, und konnte nicht drangehen, darum nahm Linda die diversen Dankeschöns entgegen – allerdings keins von Fran. Ich weinte, als ich an die Hochzeit dachte, ich weinte, als ich an unsere gemeinsame Wohnung dachte, ich weinte, als ich an die kleine Bed & Breakfast-Pension dachte, in die wir uns für nächste Woche eingemietet hatten, ich weinte, als mir klar wurde, dass ich trotz allem die Wohnung verlassen musste, weil Linda etwas Geheimnisvolles vorhatte, und dass ich nicht wusste, wohin ich sollte. Ich weinte, als ich daran dachte, wie viel Geld ich ausgegeben hatte, nur damit Alex sich genug besaufen konnte, um sich an meine beste Freundin ranzuschmeißen.

Alex tauchte gegen Mittag auf. Die Mistkröte hatte nicht mal die ganze Nacht vor meiner Tür verbracht. Ich drohte ihm mit der Polizei, falls er nicht aufhören würde, uns mit der ohrenbetäubenden Türklingel zu terrorisieren.

»Dann gib mir wenigstens meinen Mantel«, rief er Mitleid erregend.

»Hab ich verbrannt.«

»Bitte, Mel. Bitte.«

»Geh doch zu Fran. Die hält dich bestimmt warm.«

»Oh, wow, immerhin reden wir jetzt miteinander.«

Ich stampfte von der Tür weg und ignorierte ihn. Dieser Part, der Part, in dem ich ihn anschreien musste, war seltsamerweise gar nicht so schlecht. Erst der nächste Part, der ohne ihn, würde richtig schwer zu ertragen sein.

Er saß stundenlang vor unserer Wohnungstür. Er hatte zwei Rugbyshirts übereinander an, aber eine Thermoskanne hatte er nicht dabei. Als ihm dann endlich klar wurde, dass ich nicht die Absicht hatte, mich in seine Nähe zu begeben, hörte ich, wie er aufstand.

»Ich gehe«, rief er.

»Meinst du, das interessiert mich?«

»Wenn du nicht bereit bist, über die Angelegenheit wie ein erwachsener Mensch zu reden …«

»Du knutschst mit der Freundin – *Ex*-Freundin – deiner

Freundin in deren Besenschrank rum und willst dich auf einen *Reife*wettbewerb einlassen?«

»Hör dir doch wenigstens meine Seite der Geschichte an.«

»Du hast keine Seite. Du fragst mich, ob wir nicht zusammenziehen wollen, und achtundvierzig Stunden später machst du mit einer anderen rum. Ende der Seite. Wie wär's mit einer neuen Platte, Alex?«

Jenseits der Tür wurde tief geseufzt. Dann bückte er sich zum Briefschlitz und sagte ganz zärtlich:

»Nur, weil ich betrunken war, heißt das doch nicht, dass wir nicht zusammenziehen können.«

»Ganz im Gegenteil: Ich glaube, sogar der Europäische Gerichtshof für Menschenrechte sagt, dass es das heißt.«

»Herrgott noch mal, Melanie, verstehst du das denn wirklich nicht? Mein Benehmen, das war doch alles nur eine Reaktion auf den großen Schritt, den wir zwei jetzt machen. Meine Angst davor zeigt doch nur, wie sehr ich dich liebe; und wie viel ich zu opfern bereit bin. Ich schwöre dir, dass so etwas nie wieder passiert.«

»Natürlich passiert das wieder«, schrie ich. »Aber nicht mir. Und jetzt verpiss dich.«

»Ruf mich an«, sagte er. »Ruf mich an, wenn du bereit bist, dich zu binden. Ich glaube, deine Überreaktion zeigt nur, dass du genauso viel Angst hast wie ich.«

Ich bückte mich und klemmte seine Finger im Briefschlitz ein. Er jaulte, und mir ging's besser. Er drehte sich um, hielt eine Sekunde inne und ging dann wirklich endlich.

Völlig fertig zog ich mich wieder in mein Zimmer zurück. Nach all der gespielten Tapferkeit fühlte ich mich komplett leer. Draußen regnete es, der ganze Schnee war verschwunden – das Wetter war ein perfekter Spiegel meiner Seele.

»Und jetzt?«, fragte ich mich. Ich hatte keine Ahnung. Ich konnte nicht klar denken. Ich hatte das Bedürfnis, irgendwohin zu gehen, aber ich brachte es nicht fertig, mich zu bewegen. Ich hätte gern mit jemandem geredet, aber es gab auf der ganzen Welt keinen, mit dem ich reden wollte. Ich wollte mich ablenken, aber jede Ablenkung hätte mir nur vor Augen geführt, wie glücklich und aufgekratzt andere waren und wie glücklich und aufgekratzt sie waren, weil sie alles gemeinsam machten – während ich todunglücklich war. Todsterbensunglücklich. Ich war wieder solo. Solo im Dezember. Ich hätte wenigstens noch so lange durchhalten sollen, bis ich mein Weihnachtsgeschenk gekriegt hätte. Obwohl Alex Geschenke ja spießig fand. Oh, Gott, was für ein Sackgesicht. Ich legte mich hin und wünschte mir, ich hätte einen Teddy oder irgendetwas anderes, woran ich mich in dieser Stunde der Verzweiflung festhalten konnte. Ich überlegte, die Telefonseelsorge anzurufen. Obwohl ich ja nun nicht gerade daran dachte, mir einen Strick zu nehmen. Die Telefonseelsorge war doch eigentlich nur für richtig bedauernswerte und deprimierte Menschen da. Nicht für solche wie mich. Gott, wie er mir fehlte. Nein, tat er nicht. Doch, tat er. Nein, tat er nicht. Während das wie ein Mantra durch meinen Kopf surrte, fing ich wieder an zu heulen, obwohl ich absolut keine Tränen mehr hatte und mein Gesicht trocken blieb. Ich wiegte mich vor und zurück, sank dann nach vorne in mich zusammen und schlief schließlich und endlich ein. Das war also mein Wochenende.

Da ich so früh eingeschlafen war, wachte ich am nächsten Morgen sogar rechtzeitig auf. Meine Alternativen für den heutigen Tag waren: ihn heulend im Bett zu verbringen oder arbeiten zu gehen. Ich beschloss, arbeiten zu gehen. Riesige

Krokodilstränen liefen mir die Wangen herunter, als ich meine Strumpfhosen anzog. Ich sah in den Spiegel. Ich sah aus wie eine von den traurigen Gestalten, mit denen das Gesundheitsministerium vor den Gefahren des Heroinmissbrauchs warnt. Ich marschierte ins Büro und erwartete, dass alle sofort vor mir auf die Knie fallen würden, wenn sie mich erblickten und das Ausmaß meiner persönlichen Tragödie erfassten, aber ärgerlicherweise verhielten sich alle genauso wie immer.

»Hey, Mel, hast wohl wieder ein hartes Wochenende gehabt, was? Du siehst ja aus wie von der Katze gekotzt«, begrüßte mich Steve, als ich mich an meinen Platz schleppte. Ich hatte eigentlich gedacht, ich würde wie Maria Magdalena aussehen.

»So fühl ich mich auch«, entgegnete ich verzagt.

Er fixierte mich auf ungewohnte Weise. »Was ist denn mit dir los, hey?«

»Ach, alles. Ich hab mit meinen Freund Schluss gemacht.«

»Wieso das denn? Jetzt sag nicht, er hat sich mit einer anderen vergnügt, und du hast ihn zum Teufel geschickt, um dein Gesicht zu wahren.«

»Herrje, Steve, wann entwickelst du eigentlich endlich ein Hirn? Verpiss dich, ich will nicht darüber reden.«

Janie schob schweigend ihre Schachtel Riesenkleenex rüber. Ich griff dankbar zu, da ich mich entschlossen hatte, die Tränen einfach laufen zu lassen, wenn sie denn kamen, statt sie ständig zu unterdrücken und mir eine Migräne zuzuziehen.

»Wie geht's James?«, fragte ich sie, um die Ironie des Schicksals herauszufordern. Wahrscheinlich wollten sie demnächst heiraten.

»Ach, Gott«, fing sie an und holte sich die Kleenexschachtel zurück. »Am Samstag waren wir auf einer Party, und seine Exfreundin war auch da.«

»Das ist legal.«

»Also bin ich natürlich *sofort* wieder gegangen. Und er wollte nicht mitkommen!«

»Wo war denn die Party?«

»In Kent.«

»Du bist den ganzen Weg aus Kent wieder hergekommen, weil seine Ex auf der gleichen Party war?«

»Herrgott noch mal! Das war so *unsensibel*!«

»Wusste er denn, dass sie da sein würde?«

»Tja, er sagt natürlich nein, aber ich weiß nicht, ob ich ihm das glauben soll. Es war halt an der Uni.« Als ob das jetzt alles erklären würde.

»Oooh. Was für eine Party war das denn?«

»Ach, bloß so eine Art Klassentreffen, nur eben für Studenten …« Auf einmal machte sie ein langes Gesicht.

Ich sah sie an. Diese Frau war ganz eindeutig durchgeknallt.

»Das heißt, es war zu erwarten, dass sie da sein würde …«

»Daran hatte ich gar nicht gedacht«, sagte sie und wurde ganz grau.

»Das liegt daran, dass du ein Torfkopf bist.«

»Oh, mein Gott. Der arme James. Wir konnte ich nur?«

»Weil du ein Torfkopf bist. Darf ich noch mal eben die Kleenex haben?«

»Dieses Mal macht er ganz bestimmt Schluss!« Ihre Stimme nahm eine hysterische Färbung an. Sie klammerte sich an die Kleenexschachtel, als wäre sie ein Rettungsring.

»Herrje«, sagte Steve. »Das war's. Ich werde um Versetzung bitten, bevor ich noch gleichzeitig mit euch beiden bekloppten Schnallen meine Tage kriege.«

Ich nickte. »Flieh, solange du kannst.«

Ich verbrachte die Mittagspause in untröstlicher Zweisamkeit mit meinem Sandwich und dachte wehmütig an den Tag zurück, an dem Fraser mich überraschend abgeholt hatte. Das hätte ich jetzt gut gebrauchen können. Wenn ich mich nicht bald bei jemandem ausheulen konnte, würde ich explodieren. Dann fiel mir ein, dass Fraser wohl selbst genug Probleme hatte (noch sechs Tage) und dass er zur Zeit sicher Wichtigeres zu tun hatte, als sich von einer dämlichen Ex-Kommilitonin als seelischen Mülleimer missbrauchen zu lassen.

An Angus dachte ich auch, aber das gestaltete sich schwieriger. Es war alles so kompliziert. Obwohl der Gedanke an die Rauchbomben mir zu meinem einzigen Lächeln an dem Tag verhalf. Wenn die das wirklich durchzogen, war es zwar verrückt, aber wahrscheinlich auch einigermaßen lustig. Vielleicht funktionierte es ja sogar. Aber wahrscheinlich eher nicht. Die Pfarrer heutzutage konnten die Zeremonie doch überall durchführen. Notfalls im nächstgelegenen Pub. Jedenfalls würde ich ganz bestimmt nicht zur Hochzeit gehen. Ich war viel zu beschäftigt damit, mich von Alex zu trennen. Ich sagte mir zwar schon die ganze Zeit, dass Fran eine fiese Schlampe war, aber das half nicht. Schließlich kannte ich sie schon mein ganzes Leben. Und jetzt war das alles so unwiederbringlich vorbei, als wäre sie gestorben. Sie hatte mich nicht mal angerufen. Schämte sich wahrscheinlich ausnahmsweise doch mal. Aber vielleicht war's ihr auch einfach nur egal. Diese Vorstellung fand ich ziemlich traurig. Vielleicht war sie gerade bei ihm. Alex kam zu dem Schluss, dass es ein großer Fehler gewesen war, mit mir zusammen zu sein. Was sollte er auch mit mir – wo Fran doch so großartig und schlank war. Wahrscheinlich würde sie ihm endlich zu einem

Job bei seinen Popstarfreunden verhelfen, ganz einfach, weil sie schlank und selbstbewusst und bezaubernd war. Mich beschlich der entsetzliche Gedanke, dass er nur auf eine Gelegenheit gewartet hatte, mich gegen etwas Besseres einzutauschen. Und der nächste, genauso entsetzliche Gedanke schob sich direkt hinterher: dass ich es eigentlich immer schon gewusst hatte. Ich hatte einfach nur abgewartet, bis es passierte. Ich hatte gedacht, ich wäre nicht gut genug für diesen Mistkerl, was so viel hieß wie, dass ich der kleine Käfer unter diesem Mistkerl war. Ich fing wieder an zu heulen. Ich hatte nur einfach nicht erwartet, dass er sich eine von meinen Freundinnen aussuchen würde, das war alles.

Dieses Mal schickte er keine Blumen. Wusste wohl, dass es nicht mehr funktionieren würde. Wahrscheinlich war er außerdem gerade viel zu sehr mit Fran beschäftigt. Bestimmt lachten sie über irgendetwas Blödes, das ich gesagt hatte. »Mann, ist das ein tolles Gefühl, FREI zu sein«, sagte Alex sicher. »Ja, dieses Mal hatte sie dich ja fast endgültig eingefangen«, war Frans Antwort. Vielleicht stimmte das ja alles gar nicht, dass sie ihn hasste und so. Vielleicht hatte sie ihn die ganze Zeit nur deswegen Schwanzlutscher genannt, weil sie in Wirklichkeit in ihn verliebt war, so, wie sie früher die Jungs, die sie mochte, gegen die Schulmauer gedonnert hatte. Vielleicht hatte sie bloß versucht, seine Aufmerksamkeit zu erregen. Na ja, erregt hatte sie ihn ja jetzt, dachte ich düster und versuchte, mich auf *irgend*etwas anderes zu konzentrieren. Und dann auf einmal – als hätte ich sie telepathisch herbestellt – schlängelte sich eine waschechte Polonäse ins Büro, so richtig mit Partyhüten und Fähnchen und falschem Gesang. Aus einem Kassettenrecorder plärrten Weihnachtslieder. Ich war so überrascht, dass ich doch tatsächlich einen Moment aufhörte zu weinen.

»Was ist denn hier los?«, fragte ich Steve, als eine ganz besonders korpulente Dame den Locher von meinem Tisch schubste.

»Heute Abend ist doch Weihnachtsfeier. Die wollen uns ein bisschen einstimmen. Ziehst du mich denn dann unter den Mistelzweig, Sweetheart?«

»Lieber würde ich meinen eigenen Hintern küssen. Wer veranstaltet denn schon an einem Montagabend eine Party?«

»Wenn ich in der Nähe bin, kann man jeden Abend Partys feiern«, grinste Steve. »Kommst du?«

Dann packte er mich am Arm und zerrte mich mit. Während ich also in dieser Polonäse mitmarschierte und versuchte, einigermaßen würdevoll zu gucken, ohne Freunde, ohne Karriere und ohne Geliebten, wurde mir klar, dass ich den absoluten Tiefpunkt erreicht hatte. Als dann zehn Sekunden später ein neues Lied anfing und »Do they know it's Christmas?« ertönte, merkte ich, dass es doch noch tiefer ging.

»Das ist doch ekelhaft!«, sagte ich zu Steve. »Ich weigere mich, zu Musik über verhungernde Menschen zu tanzen! Lass mich hier raus!«

Janie sah mich gleichmütig an.

»Kommst du zur Weihnachtsfeier heute Abend?«, fragte sie.

»Ganz bestimmt nicht«, sagte ich.

»Ach, komm schon. Nur für ein Stündchen oder so. Bis sieben sind die Getränke frei.«

»Die könnten mir genauso gut ein Haus schenken, und ich würde trotzdem nicht zu dieser blöden Feier gehen. Ich gehe nach Hause, esse Chips und versinke in Selbstmitleid. Kommt James denn? Und bitte, egal, was die Antwort ist, fang nicht an zu heulen!«

Ihre Unterlippe bebte. »Er hat Training.«

»Oh, was trainiert er denn? Seine Beine, damit er sie in die Hand nehmen kann?«

Sie sah mich verdutzt an. »Ja … woher weißt du das?«

»Glückspilz.«

»Ach, bitte, komm doch auch auf ein Stündchen«, sagte sie. »Ich glaube, ich sollte schon aus rein beruflichen Gründen hingehen. Kontakte knüpfen ist so wichtig heutzutage.«

»Steve kümmert sich um dich«, sagte ich. In dem Moment tauchte Steve wieder auf. Seine pseudo-seidene Billigkrawatte saß nicht mehr ganz akkurat, und er trug einen riesigen Ballon mit sich herum, der die Form eines Penis hatte. Janie sah mich an.

»Bitte. Nur ein Stündchen.«

Gott weiß, warum ich ja gesagt habe. Wahrscheinlich nur, um mich abzulenken. Der Tag zog sich ewig. Kein Mensch rief mich an, um zu hören, wie es mir ging. Niemand liebte mich. Um fünf Uhr klatschte Flavi in die Hände und hielt eine kleine Weihnachtsansprache zum Thema, wie SUPER es in der Marketingabteilung im letzten Jahr gelaufen sei und wie SUPER wir uns alle auch im nächsten Jahr verstehen würden, wenn wir weiter als diese große, flexible, werbetextende Maschine oder so zusammenarbeiteten. Ich stand ganz hinten und machte Blök-Geräusche, als alle anderen klatschten.

Dann wurde ein billiger – *sehr* billiger, und ich war nun wirklich kein Weinexperte – Vino in Plastikbechern gereicht, und wir standen alle wahnsinnig selbstbewusst herum und sprachen über die Arbeit, wie immer.

»Hach, ist das super!«, sagte Flavi in die Runde. Mir war nicht ganz klar, wie sie den Begriff »super« überhaupt definierte. Steve tippte mir auf die Schulter.

»Komm«, sagte er, »wir gehen zur Party in der Buchhaltung. Die ist immer um Klassen besser.«

»Es fällt mir gleichzeitig sehr leicht und sehr schwer, das zu glauben.«

Steve nahm zwei Flaschen Vino an sich, und dann setzten wir uns mit Janie im Schlepptau ans andere Ende des Gebäudes ab. Die Party in der Buchhaltung konnte man schon auf einen Kilometer Entfernung hören. Die Leute tobten ausgelassen durch ihre Büros, und der Fotokopierer war auch schon im Einsatz. Zwischen den Tischen tanzten Buchhalter Jive – muss man gesehen haben –, rannten kreuz und quer, spielten Bockspringen und ließen einem Typen, der auf dem Boden lag, aus zwei Metern Höhe Wein in den Mund laufen.

»Wow, wer hätte gedacht, dass es so einen Spaß machen kann, Buchhalter zu sein?«, bemerkte ich.

»Na ja, ist ja nur einmal im Jahr«, sagte Steve. »Sie hauen das Geld aus der Kaffeekasse auf den Kopf und drehen total durch.« Ein älterer Geschäftsmann mit einer Zeitarbeits-Sekretärin auf dem Arm rauschte Walzer tanzend an uns vorbei. »Die fangen schon um zehn Uhr morgens an.«

»Im Ernst?« Nach dem letzten Wochenende stand mir der Sinn überhaupt nicht danach, mich zu betrinken, aber ein kleines Glas Sekt nahm ich dann doch an. Ich beglückwünschte mich zu meiner erfolgreichen Ablenkungsstrategie. Jedes Mal, wenn ich mich auch nur ansatzweise entspannte, tat sich wieder der tosende Abgrund unter mir auf, also schärfte ich mir noch einmal ein, nicht zu viel zu trinken. Ich versuchte, ganz die unbeteiligte Beobachterin zu spielen, was mir nicht leicht fiel, als irgendjemand aus Versehen meinen Rock hochhob und ich wie eine Furie herumwirbelte, um ihn totzuschlagen. In der einen Ecke hatte einer der Buchhalter gerade ausführlich erklärt, warum er eigentlich gar kein Buchhalter war und dass er eigentlich Drummer hätte werden wollen und dass er sogar mal bei Motörhead vorgespielt hatte. Um das zu veranschaulichen, nahm er sich zwei Lineale und haute damit wild in der Gegend herum, wobei er ab und zu auf die Tasten der Telefonanlage schlug, um authentisch zu klingen. Die Kakophonie dröhnte in meinem Kopf, und auf einmal merkte ich, dass ich da raus musste. Ich rannte aus dem Büro, riss auf dem verlassenen Flur ein Fenster auf und atmete gierig die kalte Luft ein. Die Buchhaltung lag im zwölften Stock, ich konnte also alle anderen Gebäude im Umkreis sehen. Über die Dächer hinweg konnte ich Frasers ausmachen. Ich wusste, dass es der lustige alte Ziegelsteinbau mit den eingravierten Vögeln am Dachgesims war.

Ich musste mit ihm reden. Ich musste mit jemandem reden, und dieser Jemand war er. Sonst würde ich durchdrehen, ganz einfach. So spät war es noch nicht, wahrscheinlich war er sogar noch da. Ich würde einfach so tun, als käme ich zufällig vorbei, und dann könnten wir irgendwo einen Kaffee trinken gehen. Obwohl er bestimmt tausend andere Sachen zu tun hatte. Wahrscheinlich musste er pünktlich nach Hause, um die fünfzehn Brautjungfernkleider zu begutachten, die Mieder zusammenzubinden und Madam die Füße zu küssen. Ich überlegte es mir mindestens zehnmal innerhalb einer Sekunde immer wieder anders, bis mir klar war, dass ich so oder so hingehen würde, also genauso gut jetzt endlich abhauen konnte. Und wenn wir uns einfach nur Hallo sagten, das würde mir schon reichen.

In der Höhle der Buchhalter-Partylöwen ging es immer wilder zu. Ich nahm meine Tasche und wollte mich von Steve und Janie verabschieden. Zu meiner Überraschung fummelten die beiden auf dem Aktenschrank. Es sah ganz so aus, als wäre Janie das Kleid von den Schultern gerutscht. Allmächtiger. Na ja, trotzdem schön für sie. Ich wollte mich schon wortlos davonschleichen, als sie mich über seine Schulter hinweg erspähte, mir ihre Faust mit dem ausgestreckten Daumen nach oben entgegenstreckte und lachend den Kopf in den Nacken warf. So, so. Na, hoffentlich würde sie das heilen. Immerhin sah sie glücklicher aus, als ich sie je gesehen hatte. Aber warum das nun ausgerechnet mit Steve sein musste …

Ich war schon etwas optimistischer gestimmt, als ich aus dem Gebäude in die kalte Abendluft trat.

Zwanzig Minuten ging ich vor Frasers Büro auf und ab und bemühte mich, so lässig wie möglich auszusehen, so, als wäre ich nur zufällig gerade hier vorbeigekommen. Ich fror wie ein Schneider, und meine Nase war schon ganz taub vor Kälte. Dann, endlich, so gegen halb sieben, kam er raus. Oh, Gott, das war eine ganz blöde Idee gewesen. Ich wusste nicht, wie ich lässig an ihm vorbeigehen sollte. Ich würde mich komplett lächerlich machen. Ich drehte mich um und wollte wegrennen.

»Wartest du auf mich?«, fragte mich die sanfte schottische Stimme.

Ich sah mich um. »Nein! Obwohl, eigentlich doch.«

Er lächelte. »Ist es was Schlimmes?«

»Warum? Musst du irgendwohin? Eigentlich ist gar nichts, wirklich, tut mir Leid, weißt du, ich war bloß zufällig in der Nähe, aber ich muss jetzt auch weiter …«

Zu meinem Glück zog er mich in eine nahe gelegene Patisserie von der Sorte, die völlig überteuerten Kaffee an Rechtsanwälte und Touristen verkauft.

»Komm schon. Du siehst total durchgefroren aus.«

»Nein, gar nicht, ich war nur gerade zufällig in der Gegend«, murmelte ich. »Und so weiter und so weiter.« Ich schwieg betreten.

»Ich habe am Sonntag bei dir angerufen, um mich zu bedanken, aber du warst nicht zu Hause.«

»Ich war zu Hause. Aber ich war nicht gerade in der Stimmung, mit irgendjemandem zu sprechen.«

»Aber doch nicht wegen Amanda, oder?«

»Nein ...«

Und dann erzählte ich ihm alles. Ich erzählte ihm von unseren Plänen zusammenzuziehen, ich erzählte ihm vom Besenschrank, ich erzählte ihm von Amerika, ich erzählte ihm von Charlie, ich erzählte ihm von Fran. Ich legte dramatische, verlegene Pausen ein, wenn die Kellnerin mit Kaffee und Kuchen kam – die natürlich mitbekommen hatte, dass wir ein sehr wichtiges, sehr dramatisches Gespräch führten, und die sich Mühe gab, die Aufmerksamkeit unter keinen Umständen auf sich zu lenken, was die Aufmerksamkeit natürlich ganz besonders auf sie lenkte –, und kotzte mich so richtig aus. Endlich.

Auf meiner Vanilleschnitte landeten ein paar Tränen – wo zum Teufel kamen die denn noch her? Ich zwang mich, zu lächeln und das Thema zu wechseln, bevor ich komplett zusammenbrach.

»Na, du isst ja wieder Kuchen«, bemerkte ich.

Fraser grinste. »Ich habe beschlossen, dass Kuchen essen wichtiger ist, als bei der Hochzeit zweidimensional auszusehen.«

»Du willst es also immer noch durchziehen?«

»Jetzt bin ich schon so weit. Und außerdem reden wir über dich. Was hast du jetzt vor?«

Ich seufzte. »Ich glaube nicht, dass ich irgendetwas tun kann. Ich meine, ich will ihn nie mehr wieder sehen ... Eigentlich glaub ich aber, dass ich Fran mehr vermissen werde.«

Er nickte mitfühlend.

»Ich glaube, du wirst ihr verzeihen«, sagte er.

»Wie soll ich ihr denn verzeihen? Ich werde ihr nie verzeihen!«

»Jetzt wirst du aber melodramatisch. Sie war betrunken. Ich meine, ihr seid seit Jahren beste Freundinnen, und sie ist doch schon immer ein ziemliches Flittchen gewesen, nach allem, was ich so mitgekriegt hab. Ich find's nur komisch, dass es nicht schon früher passiert ist. Du kommst bestimmt drüber weg.«

Ich dachte ein bisschen über das nach, was er gesagt hatte.

»Vergiss Alex«, machte er weiter. »Der ist der komplette Verlierer. Das wusste ich schon, als ich ihn zum ersten Mal gesehen habe. Der totale, hoffnungslose egoistische Oberverlierer. Sei froh, dass du den endlich los bist. Aber klar, Fran hat eine Menge versaut. Sie kann sich keinen Typen ansehen, ohne ihm im Geist die Hose auszuziehen. Allerdings hat sie sich dieses Mal den Falschen ausgesucht. Ich wette, sie versinkt in Selbstvorwürfen und schämt sich so sehr, dass sie es nicht mal über sich bringt, dich anzurufen.«

»Oder sie ist bei Alex und amüsiert sich prächtig.«

»Nein.« Er löste seine Krawatte ein wenig. »Wie ist dein Kuchen?«

»Willst du versuchen, mich abzulenken?«

»Ja.«

»Langweile ich dich?«

Er seufzte. »Nein, jetzt sei doch nicht albern. Ich finde

nur, du solltest mal ein bisschen an etwas anderes denken. Sonst – ich weiß nicht, aber ich gerate dann normalerweise wie in einen Strudel und komme aus dem Grübeln und Nachdenken nicht mehr heraus, und dann liege ich die ganze Nacht wach und mache mir Sorgen. Ich will nicht, dass du das auch machst.«

»Worüber machst du dir denn Sorgen?«

Er dachte einen Moment nach.

»Welcher Kuchen der beste ist. Was hast du da noch mal?«

Ich gab auf. »Vanille.«

»Ist das der beste?«

»Kann sein, obwohl Ananasbaumkuchen auch ziemlich gut ist. Und Geburtstagskuchen. Und Erdbeerkuchen.«

»Siehst du? Gar nicht so einfach.«

Und dann konnten wir uns endlich normal unterhalten – ganz ruhig und gelassen, und zwischendurch kicherten wir sogar. Die Patisserie war leer und wollte schließen, aber draußen war es so finster, und hier drin, in dieser kleinen Oase des Lichts, fühlten wir uns so gut und sicher aufgehoben, dass wir gar nicht gehen wollten. Da draußen lauerte ja doch nur die böse, feindliche Welt.

Als ich nach Hause kam, war ich innerlich etwas zur Ruhe gekommen. Linda saß im Wohnzimmer und sah sich ihr ›Titanic‹-Video an. Die Tränen tropften ihr von der dicken Nase. Wortlos setzte ich mich neben sie aufs Sofa. Sie hielt mir ihre Hand hin – zum allerersten Mal. Ich nahm sie und rutschte näher an sie heran. Als das Schiff dann unterging, lehnte ich den Kopf an ihre Schulter.

»Aber du kannst dieses Wochenende trotzdem nicht hier bleiben«, sagte sie steif.

Das hatte ich wieder mal vergessen. Mist. Wo sollte ich

denn bloß hin? Zu meinen Eltern wohl. Ich konnte nicht sagen, dass ich mich auf die Fragestunde freute: »Und, Schatz, was macht dein Liebesleben?«

»Bis Samstagvormittag kannst du aber bleiben.«

Ich dankte ihr für diesen Edelmut und verzog mich ins Bett, wo ich stundenlang wach lag und tödliche Rachepläne gegen Alex und Fran schmiedete, bevor ich in einen unruhigen Schlaf sank.

Am nächsten Morgen war so gut wie niemand im Büro. Die einen waren schon im Weihnachtsurlaub, und die meisten anderen erholten sich von der Weihnachtsfeier. Die meisten von diesen meisten hatte ich am Vorabend in der Buchhaltung gesehen, wie ich wenig überrascht zur Kenntnis nahm. Auch von Janie und Steve war nichts zu sehen, aber immerhin hatte Steve eine Nachricht auf meiner Voicemail hinterlassen, ich solle »Flavi sagen, dass wir nicht kommen, weil wir mit BUMSEN beschäftigt sind.« Im Hintergrund hörte ich Janie kreischend lachen, und dann rief sie: »Und wenn James anruft, sag ihm, er soll sich VERPISSEN!« Der arme James hatte schon eine Menge durchgemacht, fand ich. Die zwei armen Irren. Obwohl ich sie ja trotzdem irgendwie vermisste. Merkwürdig. Je weniger Leute um mich herum waren, desto mehr Zeit hatte ich, an meine eigene Situation zu denken, und das war gar nicht lustig.

Weder Fran noch Alex hatten angerufen. Alex musste ja nun langsam begriffen haben, dass Schluss war. Aber er hatte doch ein bisschen sehr schnell aufgegeben. Nicht, dass das was an der Lage geändert hätte, redete ich mir ein. Vielleicht sah ich die beiden ja nie wieder. War mir auch recht. Ich rief meine Mutter an, die natürlich wusste, dass Samstag der große Tag war – die ganze Stadt wusste es, schließlich wurde sie durch diese Hochzeit endlich mal vom gesellschaftlichen Leben gestreift –, und nicht verstehen konnte, warum ich nicht hinging. Ich erzählte ihr natürlich nicht die ganze Wahrheit. Ich erzählte ihr, dass Fran, Amanda und ich uns gestritten hatten, so quasi im gegenseitigen Einvernehmen.

»Ach, weißt du noch, als du dein Portemonnaie verloren hattest und ihr euch darüber gestritten habt, wer es verlegt hat? Da habt ihr drei euch in null Komma nichts geeinigt.«

»Mum, Amanda hatte das Portemonnaie und hat gesagt, wenn wir uns nicht wieder mit ihr vertragen, sorgt sie dafür, dass einer aus der fünften Klasse uns verprügelt.«

Sie ignorierte mich. »Ich bin sicher, ihr werdet das wieder hinkriegen, ganz egal, was es ist. Ach, Amanda wird eine so wundervolle Braut! Sie war schon immer so hübsch und so zierlich!«

»Und eine Hexe.«

»Bitte? Ach, komm doch her, wir freuen uns so, dich zu sehen. Dann kannst du uns erzählen, was es Neues gibt! Wie läuft's mit deinem aufregenden neuen Job? Du kannst natürlich auch bei uns übernachten. Aber geh doch bitte zu der Hochzeit, du wirst es später bestimmt bereuen, wenn du es nicht tust. Derek Phillips war ja noch nie knauserig, wenn es um seine Tochter ging. Ich wette, das wird ein grandioses Fest.«

»Danke, Mum. Ich werde trotzdem nicht hingehen, und damit basta. Aber ich bin am Samstag so gegen Mittag bei euch, ja?«

»Gut, fein, bis dann.«

Und dann bemerkte sie noch einmal ganz bekümmert, dass ich mir eine solche festliche Angelegenheit nicht entgehen lassen sollte.

16

Samstag Morgen wachte ich früh auf. Mir brummte der Schädel, und ich hatte ein unbestimmtes ungutes Gefühl in der Magengrube. Als ich langsam zu Bewusstsein kam, wurde mir klar, was für ein Tag dieser Samstag war, und das Herz rutschte mir in die Schlafanzughose. Ich mummelte mich in meine Decke ein und versuchte, mir selbst gut zuzureden. Es war ein ganz normaler Tag, ich würde aufstehen, zu meinen Eltern fahren und richtig nett zu meiner Mutter sein, statt immer so bockig. Ich könnte ein bisschen einkaufen gehen und fernsehen. Gar kein Thema. Aber ich hätte mich am liebsten bäuchlings auf den Boden gelegt, geschrien und um mich geschlagen. Aber nein. Ich würde aufstehen, mich waschen, mich brav anziehen, dann die Wohnung verlassen und mich der Welt ganz gelassen und entspannt stellen. Es konnte gut sein, dass Alex und Fran zusammen bei der Hochzeit auftauchten. Na, wie schön für sie. Ich wünschte ihnen allen einen wundervollen Tag. Und selbst der Rauchalarm würde den Lauf der Dinge nicht aufhalten, da war ich mir sicher. Und ach, wie würden sie sich über diesen Streich amüsieren, wenn sie in den nächsten Jahren zu einem großen, harmonischen Freundeskreis zusammengewachsen waren. Vielleicht würden Alex' und Frans und Amandas und Frasers Kinder ja miteinander spielen. Wahrscheinlich würden sie sogar gemeinsam in den Urlaub fahren. Wie wunderwunderschön.

Ich konnte hören, wie nebenan im Wohnzimmer Möbel gerückt wurden. Was, zum *Teufel*, machte Linda denn da? Ich gähnte und schüttelte den Kopf, um wach zu werden.

BRRRRRINNG!!, machte die Türklingel mit markerschütternder Intensität. BRRING! BRIING! BRRING! Das hörte sich aber gar nicht nach dem fetten Postboten an. Wehe, das war Alex. Missmutig zog ich mir was über und ging zur Tür. Linda steckte ihr glänzendes Gesicht durch den Spalt der Wohnzimmertür und machte sich ganz offensichtlich Sorgen, dass ich ihr Geheiß missachten könnte. Ich winkte ihr zu und linste durch den Briefschlitz. Draußen stand Angus.

»Was ist?«, rief ich.

»Kann ich reinkommen?«

Ich dachte kurz nach.

»Warum?«

»Lass mich rein, dann sag ich's dir.«

»Und wer sagt mir, dass du nicht bluffst?«

»Sag mal, wovon redest du eigentlich?«

Das wusste ich selbst nicht, also machte ich auf und ließ ihn rein. Sein schelmisches Lächeln erstarb, als er mich sah.

»Meine Güte, was ist denn mit dir los? Du siehst ja aus, als hättest du die ganze Woche nur geflennt!«

»Großartige Beobachtungsgabe. Was machst du hier? Solltest du nicht bei einer Hochzeit sein?« Plötzlich wurde mir ganz kalt. »Oder ist die abgesagt worden?«

»Soweit ich weiß, nicht.«

»Oh.« Ich sah ihn leicht benebelt an.

»Hab ich dich aus dem Bett geholt?«

»Ähm, ja. Tut mir Leid. Schöner Kilt. Möchtest du eine Tasse Kaffee?«

Er sah auf die Uhr. »Okay. Hi, Linda!«

Linda quietschte wie eine erschrockene Maus und verschwand.

»Ich dürfte gar nicht hier sein«, flüsterte ich. »Ich habe ihr versprochen, dass ich ihr heute die Wohnung allein überlasse.«

»Weil du zur Hochzeit gehst.«

»Natürlich gehe ich nicht zu der gottverdammten Hochzeit.«

Er folgte mir in die Küche. »Ach, ja, öm, doch, doch, du gehst da hin. Deswegen bin ich ja hier. Um dich abzuholen. Du musst mit mir mitkommen.«

Ich schaufelte Kaffee in den Filter und wandte mich dann ihm zu.

»Tut mir Leid. Ich würde dir wirklich gern helfen bei deiner guten Tat, aber erstens gehe ich da ganz bestimmt nicht hin, und zweitens bin ich gar nicht *eingeladen.*«

Angus hörte mir gar nicht zu. Er holte Tassen aus dem Schrank, und er pfiff sogar eine fröhliche Melodie dazu. Dann setzten wir uns. Der Küchentisch war verschwunden. Ich achtete nicht weiter drauf, schließlich war mein Leben schon seltsam genug – ich frühstückte mit einem Mann im Rock. Angus pfiff leise weiter, bis mir die Pfeiferei richtig auf den Keks ging.

»Hör auf«, befahl ich. »Ich komme nicht mit zu der Hochzeit, da kannst du pfeifen, so viel du willst.«

Er pfiff weiter. »Ich brauche aber eine Begleitung.«

»Nimm doch Kylie Minogue.«

Er fing wieder an zu pfeifen.

»Ich wette, Alex kommt gar nicht«, sagte er zwischen zwei Takten und nachdenklichen Schlucken Kaffee.

»Ist mir egal.«

»Und Fran auch nicht.« Er pfiff jetzt »Over the Sea to Skye«.

»Ist mir doppelt egal.«

»Komm schon. Zieh dich an. Ich habe ein Auto gemietet, damit dauert es gar nicht so lang, bis wir da draußen sind.«

»Nein, es dauert gar nicht lang, bis *du* da draußen bist. Wenn du jetzt fährst und mich in Ruhe lässt.« Schützend hob ich die Hände vor die Brust. »Und hör auf zu pfeifen.«

Gehorsam hörte er auf und saß dann da und wartete.

»Warum willst du denn überhaupt, dass ich mitkomme? Ich will mit euren dämlichen Rauchbomben sowieso nichts zu tun haben.«

Er zuckte mit den Schultern. »Ich möcht's halt gern. Und ich finde, du solltest dabei sein. Also solltest du mit mir da hingehen.«

Mein Herz schlug etwas schneller. »Es wird schrecklich. Bestimmt wissen alle, dass sich mein Freund mit meiner besten Freundin eingelassen hat.«

»Erstens wissen das nicht alle, und zweitens interessiert das niemanden.«

»Amanda lacht sich tot.«

»Ich glaube, Amanda hat anderes im Kopf, meinst du nicht?«

»Kann sein … ach, ich *kann nicht*, Angus. Ich kann nicht dabeisitzen und zusehen, wie zwei Menschen sich ewige Liebe und Treue schwören, oder was auch immer da genau geschworen wird, und den schönsten Tag ihres Lebens zelebrieren, während es mir total obergrottenschlecht geht. Ich werde die ganze Zeit nur heulen. Und das kann ich genauso gut allein machen, danke. Ich würde mir wahrscheinlich genau in dem Moment die Nase putzen, in dem sie ihr ›Ja‹ hauchen, und den ganzen Rotz auf der Hochzeitstorte verteilen.«

»Das würde doch gut passen«, sagte Angus.

»Ärger mich nicht. Ich komme nicht mit, und damit basta. Ich werde meine Mutter besuchen, mich mit ihr über selbst gebackene Kuchen unterhalten und dann hoffentlich welchen essen.«

Er nickte. »Du kommst mit.«

»Was hast du denn vor, willst du mich entführen?«

»Du musst mitkommen. Und zwar aus zwei Gründen. Erstens, um eine gewisse Würde zu bewahren, um zu sagen, okay, den Mist habe ich hinter mir, seht mich an, ich hab's überlebt, blablabla. Du musst. Das verlangt deine Selbstachtung. Du wirst jahrelang stolz auf dich sein.«

Hmm. »Und zweitens?«

Er sah mich an.

»Ich möchte so gerne und unbedingt, dass du mitkommst. Ich möchte, dass du mit *mir* mitkommst. Das weißt du doch. Aber du fragst trotzdem. Das heißt, du willst mich nur ärgern. Das heißt, so schlecht kann es dir gar nicht gehen. Das heißt, du kommst mit.«

Wir sahen einander ganz schön lange an. Ich senkte als Erste den Blick. Seine blauen Augen blieben standhaft. Mein Herz schlug immer schneller.

»Ich … äh …« Ich räusperte mich. »Ich glaube nicht, dass ich was Passendes zum Anziehen habe.«

Er quittierte meine Kapitulation mit einem breiten Grinsen. »Von mir aus kannst du ruhig den Schlafanzug anlassen.«

»Aber sogar *du* hast einen Rock an.«

»Zieh an, was du willst. Ist mir egal. Ich finde dich so oder so hübsch.«

›Er findet mich hübsch!‹, jubilierte ich innerlich. Dann dachte ich: Wie naiv bin ich eigentlich, dass ich darauf hereinfalle? Und dann: Und wenn schon.

»Ähm, okay, ich schau mal eben, ob ich was finde.«

Er nickte, als hätte er es die ganze Zeit gewusst. Hatte er wahrscheinlich auch.

»Gut. Ich setz mal Wasser auf. Linda, möchtest du einen Tee? Wir sind auch gleich weg.«

»Nein, danke«, kam die gedämpfte Antwort, bevor Hammergeräusche ertönten. Was *machte* sie denn bloß da drin?

Ich setzte mich auf meinen Futon und dachte nach. Ich war plötzlich unglaublich aufgeregt. Das Verlangen, etwas zu tun, etwas zu erleben, stieg mit der Macht einer Flutwelle in mir auf. Mein Magen schlug nervöse Purzelbäume. Ich hatte gelogen, als ich gesagt hatte, ich hätte nichts Passendes anzuziehen. Ich hatte ein altes Brokatkleid in dunklem Purpur, das ich letzte Woche, als Alex und ich so viele Pläne geschmiedet hatten – ha! –, zur Reinigung gebracht hatte. Ich schlüpfte hinein und zog meine geknöpften Schuhe im 20er-Jahre-Stil dazu an. Keinen Hut, aber ich hatte ein Band in der gleichen Farbe, mit dem ich meine Locken bändigen konnte. Während ich mich anzog, warf ich einen Blick in den Spiegel. Ich war tatsächlich ausnahmsweise mal hübsch. Gut. Meine Wangen waren gerötet, und meine Augen glänzten. Ich war so aufgeregt, dass ich zuerst die Knöpfe am Ärmel gar nicht zukriegte, aber dann war ich endlich fertig.

Angus wartete schon auf mich. »Hey, du siehst super aus«, sagte er.

»Danke. Du aber auch«, antwortete ich. Er machte wirklich eine ausgesprochen gute und eindrucksvolle Figur in seinem Kilt.

»Soll ich deine Mutter anrufen und ihr sagen, dass du nicht kommst?«

Himmel, die hatte ich ja fast vergessen.

»Ähm, also, wenn du nicht unbedingt scharf auf ein Verhör à la spanische Inquisition bist, von wegen, wer zum Teufel sind Sie, und warum entführen Sie mein jüngstes Kind, würde ich davon abraten.«

Ich rief sie an. Sie hatte massenweise Backzutaten gekauft, klang aber fast erleichtert, dass ich nun doch zur Hochzeit ging und dass wir uns alle wieder versöhnt hatten.

»Wer weiß – vielleicht lernst du da ja einen netten jungen Mann kennen«, sagte sie.

Ich sah zu Angus, der die Kaffeetassen abwusch.

»Wer weiß«, sagte ich.

Er wandte sich mir zu, als ich aufgelegt hatte.

»Bereit zum Aufbruch?«, fragte er und bot mir seinen Arm an.

»Auf geht's«, sagte ich nervös und hakte mich unter.

»Bye, Linda!«

Wir hörten nur etwas schniefen und überließen sie dann sich selbst.

Während der Fahrt nach Pyrford brachten wir kaum ein Wort raus. Ich war viel zu nervös. Ich trommelte mit den Fingern auf meinem Knie herum. Angus nahm meine Hand und drückte sie ganz sacht. Seine Hand war viel größer als meine.

»Keine Panik«, sagte er. »Immer schön Kopf hoch. Denen zeigen wir's.«

Da fiel mir etwas ein.

»Ihr wollt doch nicht immer noch die Rauchbomben hochgehen lassen, oder?«

»Weiß ich gar nicht. Mookie war nicht sicher, ob sie welche kriegen konnte, und Francesca fällt nun ja wohl als Infantristin aus. Vielleicht klappt es gar nicht.«

»Aber wollt ihr es denn trotzdem versuchen?«

»Wenn wir müssen.«

Ich nickte und starrte geradeaus.

»Du weißt, dass sie das nicht abhalten wird?«

»Ja. Aber es wird sie ärgern.«

Ich sah ihn an. Um seine Augen bildeten sich Fältchen. Er lächelte. Ich lächelte zurück.

»Du kannst mit mir rechnen.«

»Im Ernst?«

»Klar. Wenn er so blöd ist, sie nach all dem immer noch zu heiraten, kann eine Dosis Rauch seinem Gehirn ohnehin nicht weiter schaden.«

»Ganz genau. Dann kümmerst du dich um die Omas.«

Ich lachte und fühlte mich allmählich wirklich zu jeder Schandtat bereit. Nach all den Tagen der Verzweiflung lockte plötzlich ein Abenteuer – und ich freute mich richtig darauf.

»Ich bin total übermütig«, verkündete ich.

»Echt?« Er sah mich neugierig an.

»Wollte dich bloß gewarnt haben.«

»Okay.«

Die Sonne hing hinter einem Dunstschleier am Himmel und machte nicht gerade einen verbindlichen Eindruck. Kleine Wolken jagten an ihr vorbei, als wären sie nur die Vorboten ihrer größeren Brüder. Die Kirche war allerdings atemberaubend. Die perfekte viktorianische Bilderbuchkulisse. Stechpalmenblätter lagen überall verstreut, um das kleine Törchen herum und bis zu den Kirchentüren, die außerdem geschmückt waren mit Weißdorn-, Efeu- und Mistelblättern. Mir sah das zwar alles etwas heidnisch aus, aber hübsch war es trotzdem. Eine Menge Leute stand so verlegen vor der Kirche herum, wie es vor Hochzeiten üblich war – man sah ziellos in die Ferne oder bereitete sich seelisch darauf vor, dass man stundenlang Konversation mit Fremden machen musste. Einige der Paare waren von weit her gekommen, hatten sich offensichtlich verfahren, gestritten und redeten jetzt nicht mehr miteinander. Dann war da auch noch ein Kontingent ältlicher Verwandter, die sich jeden krallten, der ihnen in die Quere kam, und ihn zwangen, detailliert über sein Leben Auskunft zu geben.

Wer zu Amandas Gästen gehörte und wer zu Frasers, war relativ einfach auszumachen. Amandas Gäste waren laut und teuer gekleidet, viele junge Frauen und Rugby spielende Männer, die in den besseren Kreisen etwas darstellten oder einem das mit ihren klobigen Manschettenknöpfen zumindest zu suggerieren versuchten. Es waren diverse offene Cabriolets vor der Kirche geparkt, obwohl es gerade mal vier Grad über null hatte, und einige der Herren trugen Zylinder und Cuts, was mir, wie ich gestehen muss, ganz gut gefiel.

Frasers Gäste dagegen sahen eher normal aus, wenn man davon absah, dass die meisten Männer Röcke trugen. Ich entdeckte die Frau, die seine Mutter sein musste (ich hatte sie mal an der Uni getroffen), als Angus mich auch schon zu ihr schob, um mich ihr vorzustellen. Sie wusste offenbar, wer ich war, was ich etwas seltsam fand, und lächelte mich irgendwie wissend an. Sie wirkte sehr sympathisch und warmherzig. Ein paar Jungs vom Junggesellenabend waren auch da, und es war nett, sie wieder zu sehen. Dann sah ich Nash, der ganz allein unter einem Baum stand. Ich winkte ihm, er solle zu uns kommen.

»Hallo, Nash, wie geht's?«

Seine dunkle Haut schimmerte grün.

»Äh, ganz okay, Mann.«

»Bist du nervös?«

»Äh, könnte man, äh, ja, schon ein bisschen, ja.«

»Was macht deine Rede?«

Der grüne Schimmer wurde intensiver, als Nash sich von oben bis unten abtastete. »Ähm, die ist hier irgendwo, wo war sie denn ...«

»Keine Panik, wird schon schief gehen. Aber sag mal, sollte Fraser nicht mit dir herkommen? Das ist doch wohl deine Aufgabe, dafür zu sorgen, dass er pünktlich hier ist. Wo ist er?«

Nash sah aus, als würde er sich gleich übergeben. »Äh, also, er hat gesagt, wir sehen uns dann hier irgendwie.«

Einige der anderen Gäste hatten sich inzwischen zu uns gesellt, um sich ebenfalls nach dem Verbleib des Bräutigams zu erkundigen. Die ersten Witze wurden gerissen, und ich sah Angus an, der betont mit den Schultern zuckte. Es war zehn vor zwölf, und der Gottesdienst sollte um zwölf anfangen. Das war nun aber doch hart an der Grenze. Ich hielt Ausschau nach einem Hochzeitsauto, konnte aber keines sehen. Es kamen immer mehr Gäste, und die Kunde vom fehlenden Bräutigam machte die Runde. Ein Fotograf knipste, was das Zeug hielt, und kam dann, eine Liste studierend, auf uns zu.

»Also«, sagte er zu Angus, »Sie sind der zweite Laird?«

Angus sah ihn verblüfft an und bedeutete ihm, die Kamera vor seinem Gesicht wegzunehmen. »Und wer sind Sie?«

»Jof de Beauvoir. Fotograf bei *Hello*. Und meine Mutter ist die Tochter des Earl of Suffolk.«

»Ach, wenn das *so* ist«, sagte Angus und drängte sich an ihm vorbei, wobei er mich mit sich zog.

Drüben am Kirchentor stand eine schnatternde Schar Brautjungfern – sechs ausgewachsene Blondinen, zwei kleine. Die kleinen zupften an ihren cremefarbenen Schärpen herum, schoben die Unterlippen nach vorn und traten sich gegenseitig, wenn sie sich unbeobachtet fühlten. Ich konnte mich gut in sie hineinversetzen. Keine der älteren Brautjungfern kümmerte sich um die Kinder, sie fragten sich stattdessen ständig untereinander, ob sie auch gut aussahen, und wischten sich gegenseitig imaginäre Flecken aus dem Make-up.

Neben ihnen stand ein Mann in einer abgenutzten Barbourjacke, der gar nicht recht hierher passte. Ich wollte ihn schon gerade sympathisch finden, als mir auffiel, dass er acht Leinen in der Hand hielt, an deren Enden sich jeweils eine weiße Gans befand. Aber damit nicht genug, die Gänse trugen cremefarbene Fliegen.

»Oh, Gott!«, riefen Angus und ich gleichzeitig.

»Hoffentlich kommen die bei der Explosion nicht ums Leben«, sagte Angus düster.

»Na ja, dann wäre mein Mittagessenproblem wenigstens gelöst, schließlich bin ich ja nicht zum Empfang geladen.«

Angus sah auf die Uhr, was ich bemerkte.

»Himmel«, sagte ich und zog mich an Angus' Seite zurück. »Bestimmt zieht er diese Last-Minute-Show nur ab, um uns einen Schrecken einzujagen.«

»Hmm«, machte Angus nachdenklich. Mookie stand plötzlich neben uns.

»Hallo!« Ich gab ihr einen Kuss. »Ich hab sie«, flüsterte sie.

»Schon okay, kein Feind in der Nähe, du brauchst nicht zu flüstern.«

Sie klappte ihre Chanel-Tasche auf, in der zwei kleine, zylinderförmige Objekte lagen.

»Obwohl ich mir ja nicht sicher bin, ob ihr sie jetzt noch braucht, was meint ihr? Ach, habt ihr die Gänse gesehen?«

Wir standen immer noch alle vor der Kirche herum, als

der Pfarrer herauskam und anfing, die Leute hineinzuscheuchen. »Es tut mir wirklich furchtbar Leid, es wird ihm sehr peinlich sein, wenn er kommt, aber ich habe um zwei Uhr schon die nächste Trauung, wenn es Ihnen also nicht allzu viel ausmacht …«

Mir machte es gar nichts aus. Draußen war es schließlich eiskalt. Angus krallte sich Nash und sagte irgendetwas mit »Schick das Auto hin«, was ich nicht ganz mitkriegte. Dann folgten wir der Masse in die Kirche, die im Übrigen innen genauso schön geschmückt war wie von außen, nur etwas, na ja, *überladen*. Noch der letzte Winkel war mit Bändern und Girlanden geschmückt und wurde von etwa fünftausend Kerzen erleuchtet. Rosenblütenblätter bedeckten den Boden, und als ganz spezielle Dekoration hing an jeder Bankreihe ein Gesteck, das die Initialen des Brautpaares kunstvoll miteinander verschlang. Diese Originalität wiederholte sich auf dem vollendet gestalteten Gottesdienst-Fahrplan, der mir am Eingang überreicht wurde. Ich war so überrascht, dass ich die einfachste Frage nicht beantworten konnte: »Braut oder Bräutigam?«

»Was?«

»Sind Sie eine Freundin der Braut oder des Bräutigams?«

Hilflos sah ich zu Angus. »Das weiß ich nicht«, sagte ich.

»Bräutigam«, sagte Angus. »Dann kannst du neben mir sitzen«, fügte er hinzu, als wir hineingingen.

Der Organist spielte etwas extrem Vollendetes, und wir setzten uns ganz nach vorne – Angus neben seine Mutter, ich neben Angus. Ich fand es ziemlich seltsam und irgendwie unpassend, in der ersten Reihe zu sitzen, aber ich wollte keinen Streit anfangen. Ich warf einen Blick in den Fahrplan. Nach allem, was da aufgelistet war, würde der Gottesdienst vier Stunden dauern.

»Kahlil Gibran! Wie originell!«, flüsterte ich Angus zu. Er verdrehte die Augen.

»Ich glaube, *sie* hat den Gottesdienst geplant.«

Ich bewunderte den Fuchsienkranz, der den Altar zierte. Selbst auf der großen Bibel verschlangen sich die Initialen.

»Du machst Witze.«

Am anderen Ende der Kirche stand Mookie, winkte uns und deutete auf den Feueralarm. Wir nickten ihr zu. Ganz tief drin in meinem Bauch rumorte immer noch die Aufregung. Die Kirche wurde immer voller, und Jof, der Fotograf, kam in Ermangelung der gewünschten Motive herein und machte Fotos von der Gemeinde. Vorher vergewisserte er sich aber stets entweder in seinem kleinen schwarzen Büchlein oder bei einer hübschen Blonden, wen er denn da gerade ablichtete. Immer wieder wandten sich die Köpfe in Richtung Tür, und der Pfarrer ging beklommen den Mittelgang auf und ab. Nash war nirgends zu sehen.

»Was geht hier eigentlich vor?«, wisperte ich Angus zu. Er zuckte wieder mit den Schultern. Ich sah an ihm vorbei zu seiner Mutter, die allerdings nicht besonders beunruhigt aussah; das Gesangbuch ruhte stoisch in ihrer Hand. Ich wusste nicht, worüber ich mit ihr hätte reden können, also ließ ich den Blick weiter durch die Kirche schweifen. Keiner, der nicht flüsterte und kicherte. Zehn nach, Viertel nach. Ich entdeckte Amandas Mutter. Ich war mir nicht so sicher, ob diese exklusive Entzugsklinik ihr so gut tat. Sie sah aus, als wäre sie betrunken. Sie zupfte sich Blütenblätter aus ihrem Ansteckbukett und schwankte.

Ich fragte mich, ob Fraser vielleicht noch am Abend zuvor noch einen zweiten Junggesellenabschied gefeiert hatte und in diesem Augenblick in einem Zug aus Aberdeen saß. »Hast du ihn irgendwo gefesselt und geknebelt in einem Keller versteckt?«, flüsterte ich Angus zu. »Das war keine gute Idee.«

»Ich schwöre dir, ich habe keine Ahnung, wo er ist«, flüsterte er zurück. Die gesamte Gemeinde wurde unruhig und sah auf die Uhr. Zwanzig nach. Fünf vor halb.

Dann flogen auf einmal krachend die Türen auf, und wie auf Kommando drehten sich alle Köpfe um. In der Tür stand Amanda. Sie war wunderschön. Das weiße Kleid schien mit Gold überzogen zu sein. Die kurzen Ärmel betonten ihre zierlichen Arme und schmalen Schultern, und der Rock aus hauchdünnem Stoff folgte jeder ihrer Bewegungen. Sie trug eine schneeweiße Stola, die mir aussah wie Pelz – aber das konnte doch nicht …? Das war doch wohl nicht etwa Eisbär, oder? Na ja, den gewünschten Effekt hatte es jedenfalls.

Ihr Gesicht fügte sich allerdings nicht ganz in diese makellose Erscheinung. Sie war kalkweiß und sah ziemlich wütend aus. Die Gäste schwiegen. Sie schritt langsam den Mittelgang entlang – wenn auch nicht ganz so elegant, wie man erwartet hätte. Einige der Brautjungfern hatten in ihrem Gefolge die Kirche betreten, waren dann aber bei den hintersten Reihen stehen geblieben. Der Organist spielte die ersten Akkorde von »Here Comes the Bride«, aber irgendjemand schien ihm sofort auf die Finger zu schlagen, da die Pfeifen gleich wieder mit einem ersterbenden Sausen verstummten. Amanda schritt bleich und stur weiter. Dann blieb sie vor uns stehen.

»Wo ist er, verdammt?«, zischte sie Angus an.

Angus sah ihr ins Gesicht.

»Ich schwöre dir, ich weiß es nicht.«

Da erhob sie die Stimme, die durch die ganze Kirche hallte.

»Du dämlicher Hinterwäldler, das hast du doch von Anfang an eingefädelt. Du weißt verdammt genau, wo er ist. Also, wo *ist* er?«

Angus' Stimme war ganz sanft, als er antwortete, gar nicht triumphierend. »Es tut mir Leid, Amanda. Er hat mir nichts gesagt. Wirklich. Meinst du im Ernst, ich würde hier sitzen, wenn ich etwas damit zu tun hätte? Er ist einfach nur spät dran.«

»Ist er nicht, du Wichser«, spuckte sie aus. »Ihr seid doch alle hirnlose Idioten, euer ganzer Scheißhaufen.« Dann wandte sie sich mir zu.

»Ach, die Komplizin. Du arme blöde Kuh. Ich hab schon alles gehört. Na, ich hab es ja wenigstens bis hierher geschafft.«

Ich bebte nach diesem Angriff, war aber nicht in der Lage, etwas zu sagen. Peinlich berührt sah ich um mich.

Amanda wandte sich bereits wieder Angus zu. Da entdeckte ich etwas, was mir den Atem stocken ließ: ganz hinten im Mittelgang, hinter den Brautjungfern und im dunklen Kontrast zum winterlichen Kirchhof stand Fraser. Er trug seinen Jagd-Tartan, dazu ein frisches, ziemlich weites weißes Hemd und sah aus, als käme er schnurstracks aus dem schottischen Moor. Seine Lippen bildeten eine harte, gerade Linie, und er hörte sehr aufmerksam zu. Niemand außer mir hatte ihn bemerkt. Amanda war noch immer voll in Fahrt und zog alle Aufmerksamkeit auf sich.

»Du kannst deinem hirnverbrannten, bescheuerten, unfähigen Trottel von Bruder ausrichten, dass wir uns das nächste Mal vor Gericht wieder sehen, wenn ich die Kosten für die Hochzeit einklage. Wenn du dir das merken kannst, du schaffickender Torfkopf. Gott, wenn ich daran denke, dass ich mich beinahe auf diese idiotische Familie eingelassen hätte!«

Die Gäste murmelten sich entsetzt Kommentare zu. Angus sagte gar nichts, sondern sah sie nur mit festem Blick an. Außer sich vor Wut, hob sie ihren riesigen Brautstrauß und schleuderte ihn auf Angus – traf allerdings aus Versehen mich. Na ja, zumindest glaube ich, dass es aus Versehen war. Die Gemeinde schnappte kollektiv nach Luft, als ich rückwärts taumelte und dann wieder auf sicheren Füßen stand. Ich fasste mir an den Kopf und entdeckte Blut – von den Dornen. Mir wurde schwindelig. Amanda schnaubte verächtlich und wandte sich ab, um zu gehen, ganz wie die böse Fee bei der Feier. Dann hatte sie der Gemeinde auch noch etwas zu sagen.

»Ihr Haufen Arschlöcher!«, schrie sie verbittert. Ihr Wokinger Akzent erstrahlte in neuem Glanz. »Ihr findet das wohl ganz toll … ihr seid …«

Dann passierte zweierlei. Erstens erstarb ihre Stimme, und ihre Augen verengten sich, als sie etwas am hinteren Ende der Kirche fixierte. Die ganze Gemeinde folgte ihrem Blick, außer mir, denn ich wusste ja schon, wen sie da sah. Zweitens quietschte Amanda auf, und dieses Quietschen verwandelte sich plötzlich in einen Hustenanfall. Von der anderen Seite des Kirchenschiffs hörten man nun ebenfalls Keuch- und Würgegeräusche, und da sahen wir auch schon dichten Rauch aufsteigen.

Ich sah zu Angus. Seine Augen glänzten. »Komm«, flüsterte er. »Wir bringen die Omas in Sicherheit …«

Dann brach Chaos aus. Alles stürzte zur Tür. Die Leute schrien und jaulten, als liebende Pärchen einander überrannten, um nach draußen zu gelangen. Eine der großen Kerzen fiel um und setzte einen gigantischen Barbara-Cartland-Hut in Brand, so dass es einen Moment so aussah, als wäre in der Kirche tatsächlich ein Feuer ausgebrochen. Mit ohrenbetäubendem Geschnatter hoben die Gänse ab, und der Mann in der Barbourjacke rannte *in* die Kirche, um seine Vögel zu retten. Ich hatte bereits den Seiteneingang erspäht und kämpfte mich dahin durch, wobei ich so viele Leute wie möglich in die gleiche Richtung drückte. Jetzt gingen die Blumen – die bestimmt mit leicht brennbarem Parfum eingesprüht waren – in Flammen auf, und während ich Horden von Menschen hinauslotste, sah ich, wie Angus gekonnt mit einem Feuerlöscher zum Einsatz schritt. Amandas Mutter stand mitten in dem Gedränge und schien nicht recht zu wissen, wo sie eigentlich war. Ich war sehr erleichtert, als Mookie sie am Arm hinausbegleitete.

Draußen führte der Pfarrer einen Trauertanz um seine Kirche auf.

»Gott, wie gern wäre ich jetzt Katholik«, sagte er.

»Dann könnte ich den Abendmahlswein trinken.«

»Es ist bestimmt alles nur halb so schlimm ... Sir« (Ich wusste nicht genau, wie man einen Pfarrer offiziell anredete.) »Ich bin sicher, das Feuer ist unter Kontrolle.«

»Also, ich finde, das ist eine richtig nette Abwechslung. Hochzeiten sind doch sonst immer so langweilig«, sagte Nash, der ganz in der Nähe die Schäfchen durchzählte.

Die anderen fanden das wohl nicht, sie kamen aufgeregt und verwirrt aus der Kirche und liefen hustend draußen herum. Ich hörte die Feuerwehr. Oh, Gott – wenn wir jetzt für das alles verantwortlich gemacht wurden und ins Gefängnis mussten? Gerade, als ich das so dachte, entwich ein letzter Schwall Rauch der Kirche, dem ein heftig hustender Angus folgte.

»Das Feuer ist aus«, sagte er. »Alles in Ordnung.« Er sah aus, als würde er gleich ohnmächtig werden, und ich rannte auf ihn zu.

In der Zwischenzeit schritt Amanda durch die aufgeregt flüsternde Menge, ohne mit jemandem zu reden. Jof roch die Story seines (bisherigen) Lebens und knipste wie ein Verrückter, bis sie ihm drohte, ihn zu verprügeln, was er zu seinem Glück ernst nahm. Die acht Brautjungfern – einige davon mit Gänsekacke auf den schönen Kleidern – hatten sich kreisförmig im Kirchhof versammelt, nachdem Amanda sie wenig feierlich darüber informiert hatte, sie könnten sich »verpissen, ihr werdet nicht mehr gebraucht«.

Fraser war wieder verschwunden – dabei hatte man kein Auto wegfahren sehen. Als hätte er sich in Rauch aufgelöst. Niemand wagte es, sich Amanda zu nähern. Sie drehte sich um, betrachtete das Schlachtfeld – es waberten noch immer Rauchschwaden über den Boden, und die kleinen Grüppchen blickten ziemlich feindselig drein – und stieg dann in die glänzende Limousine. Ihr Vater rannte ihr hinterher. »Sweetheart, Sweetheart, ich renke das schon wieder ein, keine Sorge. Wir können einen Auftragskiller engagieren, wenn du willst – Geld spielt keine Rolle!«

Aber sie hörte gar nicht hin, schlug die Autotür zu und wies den Fahrer an, sofort loszufahren. Die Limousine glitt am Löschwagen vorbei, der gerade ankam. Ich kratzte mir den Schorf von der Stirn. Das hier war doch total verrückt.

»Freust du dich, dass du gekommen bist?«, murmelte Angus und nahm mich beim Arm.

»Na ja, es ist ganz anders …«, sagte ich. Meine Stimme erstarb. Am anderen Ende des Kirchhofs standen mit dem Blick in meine Richtung zwei offensichtlich nervöse, mir sehr vertraute Gestalten.

Sie kamen langsam in meine Richtung, als sie merkten, dass ich sie erkannt hatte. Erstarrt sah ich zu Angus.

»Keine Panik«, sagte er. »Du *musst* sowieso mit ihnen darüber reden. Früher oder später.«

Und damit schob er mich sanft vorwärts.

Fran sah müde und fertig aus. Sie lächelte mich zurückhaltend an. Ich lächelte nicht zurück. Alex bemühte sich um jene pseudo-selbstbewusste Miene, wie immer, wenn ihm was auf der Seele lag.

Dann standen wir einander gegenüber. Ich verschränkte die Arme vor der Brust.

»Hi«, sagte Fran.

»Hi«, erwiderte ich.

»Wir ... also, ich dachte, am Telefon würdest du wohl ohnehin nicht mit uns reden.«

»Richtig.«

»Aber wir wussten, dass du zur Hochzeit kommen würdest.«

»Von Hochzeit konnte ja wohl kaum die Rede sein«, sagte ich.

»Das haben wir auch gesehen.«

»Ach, ihr seid schon ein ›wir‹. Gut zu wissen.«

Fran schluckte.

»Das sind wir natürlich nicht, Mel ... Ich meine, ich bin nicht ... und er ist auch nicht ... und es ist alles ...«

Ich zwang mich, die entscheidende Frage zu stellen.

»Seit wann? Schon bevor er nach Amerika gegangen ist?«

Jetzt sagte Alex mal was. »Nein, natürlich nicht.«

»Ach, also nur bei meiner kleinen Party, oder was?«

Er ließ den Kopf hängen.

Und da, auf einmal, fügten sich alle Puzzleteile ineinander. Wie hatte ich nur so *blöd* sein können?

»Seit dem Abend, an dem ich mir den Knöchel verknackst hatte, stimmt's?«

Fran sah gequält drein.

»Jetzt sagt schon.«

»Ich hatte eigentlich Charlie besuchen wollen, aber der war nicht da …«, fing Fran an, aber mehr brauchte sie mir gar nicht zu erzählen. Charlie war nicht dagewesen, aber dafür Alex, und der lehnte nie etwas ab, das ihm auf dem Silbertablett serviert wurde.

Ich schnaubte und rieb mir noch etwas Schorf von der Stirn.

»Oh, Gott, das … wie *konntet* ihr nur? Und was, zum Teufel, ist letzten Samstag abgegangen?«

»Tut mir Leid«, sagte Fran. »Aber ich wusste doch, dass ihr irgendwie nur wegen mir zusammenzieht. Wir mussten darüber reden, und dann …«

Ungläubig schüttelte ich den Kopf.

»Aber du bist … du warst meine beste Freundin.«

»Ich weiß. Ich weiß nicht …«

Ich trat einen Schritt zurück und sah Alex an.

»Okay – du kannst ihn haben.«

Alex wirkte zerknirscht und ziemlich angeschlagen. Er wusste, dass ihm die Entscheidung abgenommen worden war. Er hatte in dieser Angelegenheit nichts mehr zu melden.

Fran sah auch nicht gerade glücklich aus. Sie blickte kurz zu Alex, der zu Boden starrte, und dann kurz zu mir.

»Aber eigentlich möchte ich viel lieber dich haben«, sagte sie zu mir. »Es tut mir wirklich verdammt Leid.«

»Bisschen späte Erkenntnis, oder?«

»Bitte!«

Sie sah mich so flehentlich an, so todunglücklich. Besonders glücklich war ich auch nicht, aber wenigstens wusste ich jetzt Bescheid. Fran schüttelte traurig den Kopf. Jetzt, wo sie Alex für sich haben konnte, wollte sie ihn wohl nicht mehr.

Ich zuckte mit den Schultern und zog mich zurück. Angus wartete auf der anderen Seite des Kirchhofs auf mich. Amandas Vater hatte sich vor der Gemeinde aufgebaut und laut verkündet, dass er für das tolle Essen ja nun sowieso bezahlt hätte und dass wir es dann auch genauso gut genießen könnten. Und die Leute stiegen tatsächlich in ihre Wagen und fuhren zum Empfang. Ich kapierte überhaupt nicht, warum, aber vielleicht war ich auch zu beschäftigt mit meinem eigenen kleinen Skandal, als dass ich Kapazitäten für die Skandale anderer Leute frei hatte.

Ich sah, wie Alex Fran beim Arm nahm. Sie schüttelte ihn mit schmerzverzerrtem Gesicht ab. Ich konnte mir die beiden einfach nicht zusammen vorstellen. Zum ersten Mal tat sie mir Leid.

Gegen den Strom der zum Empfang rollenden Wagen preschte ein Sportauto heran und hielt mit quietschenden Reifen direkt vor unserer Nase. Was war denn nun los? Fast noch, bevor es zum Stillstand gekommen war, sprang eine Gestalt mit zerzausten Haaren aus dem Auto und rannte zu Fran. Ich reckte den Hals, um besser sehen zu können. Allmächtiger – das war ja Charlie.

»Ich wusste, dass du hier sein würdest«, schrie er. Er kniete vor ihr nieder. »Bitte, hör auf, mich zu quälen – du liebst den Idioten da doch nicht« – er zeigte auf Alex.

»Stimmt«, sagte Fran. Ich war überrascht, dass Alex dieses Statement offensichtlich überraschte.

»Ich hab das nicht ausgehalten, zu wissen, dass du hier bist – mit ihm! Es zerreißt mir das Herz! Seit der Nacht damals … Ich bete dich an, Fran. Du bist für mich gemacht!«

»Aber du bist ein gewalttätiger, hochnäsiger, idiotischer Suffkopf!«

»Ja, ich weiß! Und du bist eine gewalttätige, hinterlistige, trinkende Schlampe! Wir sind füreinander *geschaffen*! Komm schon! Komm mit mir, lass uns irgendwo hinfahren, wo wir uns gewalttätig, idiotisch, betrunken lieben können, bis wir … platzen!«

Ich sah zu Angus, der ungläubig den Kopf schüttelte. Fran sah zu Charlie, zu Alex, und dann zu mir.

»Ah«, sagte sie. Sie wandte sich noch einmal Alex zu.

»Ich bin dann weg. Ciao, Darling … es war sehr interessant mit dir.«

»Was?«, sagte Alex. »Wo willst du denn hin, zum Teufel?«

»Das weiß ich noch nicht genau. Ciao, Melanie. Es tut mir Leid. Wirklich. Vielleicht können wir ja eines Tages wieder Freundinnen sein.«

»Vielleicht«, sagte ich. Und musste lächeln.

»Und vergiss nicht, was ich dir über diese netten McConalds gesagt habe. Bye, Angus!«

Sie winkte ihm, und er winkte freudig zurück. Dann sprangen Charlie und Fran in den kleinen Sportwagen. Fran schlang sich ihren Schal um den Kopf wie Audrey Hepburn und setzte eine große dunkle Sonnenbrille auf.

»Und tschüss!«, rief sie und winkte huldvoll wie die Queen. Das Auto brauste vom Parkplatz und die Straße entlang, wobei der Auspuff einen Höllenlärm machte.

Wir übrigen starrten einander an. Ich konnte nicht an mich halten. Ich fing auf einmal an zu lachen, weinte aber auch ein bisschen dabei, so dass ich wenig appetitliche nasale Laute von mir gab.

Instinktgeleitet kam Alex auf mich zu und wollte den Arm um mich legen. Dazu kam es aber nicht, weil Angus schneller war.

»Entschuldige bitte«, sagte er ziemlich steif zu Alex.

Alex war deutlich verwirrt und trat zurück.

»Tut mir Leid.«

Angus legte mir seinen warmen Mantel über die Schultern und führte mich zum Auto. Alex sah uns hinterher, dann drehte er sich um und ging.

»Geht's dir gut?«

»Ja! – *schnief* – Ich bin nur etwas hysterisch! Tut mir Leid. Geht gleich wieder.«

Er schloss die Autotür auf und setzte mich seitwärts auf den Beifahrersitz.

»Hier«, sagte er, griff in seine Felltasche und zog einen kleinen Flachmann hervor. »Die habe ich eigentlich für Fraser mitgebracht, für den Fall, dass er es brauchen könnte. Aber nur einen winzigen Schluck. Dann geht's dir gleich besser.«

Ich nahm die Flasche unter heftigem Schniefen und trank einen Schluck. Die warme Flüssigkeit schien durch meinen ganzen Körper zu strömen und mich zu beruhigen. Angus setzte sich auf den Fahrersitz, und wir schwiegen eine Weile vor uns hin.

»Was machen wir jetzt?«, fragte er schließlich.

»Hm?«

»Na ja, woran denkst du?«

»Fraser«, antwortete ich wahrheitsgemäß. »Ich meine, wo steckt er denn? Was macht er? Das heißt doch jetzt wohl, dass er nicht heiratet, oder?«

Mein unberechenbares Herz fing wieder an, schneller zu schlagen.

Angus drehte sich zu mir um.

»Du denkst an *Fraser*?«

»Äh, ja.«

»Nicht vielleicht an Alex, oder äh – mich?«

Ich sah ihm in sein liebes Gesicht. Aus seinem Blick sprach echte Sorge.

»Na ja, also weißt du, Fraser hat da gerade etwas ziemlich Schreckliches erlebt … Gott, es muss furchtbar gewesen sein für ihn, ich frage mich wirklich, wie es ihm geht …«

Angus seufzte sehr, sehr tief.

»Ich denke die ganze Zeit nur an dich«, sagte er ganz einfach.

Ich unterbrach meine wirre Rede und sah ihn wieder an. Ich wusste nicht, was ich sagen sollte. Ich wusste, was ich sagen wollte – dass er der süßeste, anständigste, netteste, liebste Mann war, den ich kannte, aber dass ich … ich konnte nicht …

»Aber«, sagte er, »du bist in meinen Bruder verliebt.«

»Das ist doch lächerlich«, widersprach ich sofort.

»Kann sein, aber so ist es leider. Ich dachte, du magst mich, aber das tust du wohl nur, weil ich dich an ihn erinnere.«

»Das ist nicht *wahr*!«, entrüstete ich mich.

»Kann scin.«

»Ist so. Es gibt tausend Gründe, warum ich dich mag, aber das ist keiner davon.«

»Mag. Ist das alles?«

»Nein, ich liebe dich. Nur halt nicht … du weißt schon. Halt nicht *so*.«

»Nicht so, wie du meinen Bruder liebst.«

Darauf sagte ich nichts. Ich konnte nicht mehr klar denken.

»Ich hab's gewusst – wahrscheinlich, bevor du es selbst gewusst hast«, sagte Angus. »Du fängst an zu strahlen wie ein Honigkuchenpferd, wenn er nur im Umkreis von dreißig Kilometern ist. Aber ich hatte die ganze Zeit gehofft, dass ich vielleicht doch eine Chance hätte, nur eine winzige Chance. Ich wusste ja, dass Frase wild entschlossen war, diesen lächerlichen Krampf durchzuziehen, und deswegen – Gott, wie egoistisch, ich weiß. Aber ich musste es einfach versuchen. Ich mochte dich so gern, und ich hatte gehofft …«

»Was meinst du mit ›du wusstest es‹?«, unterbrach ich ihn. »Da gibt es nichts zu wissen.«

Aber ich war neugierig geworden.

»Es lag doch auf der Hand. Weißt du noch, als wir ihm die Kassette vorgespielt haben? Ich glaube, ich weiß, warum du an dem Abend so traurig warst.«

»Das stimmt nicht …« Es stimmte.

»Du hast es nicht fertig gebracht, an ihn zu denken, darum hast du dich mit mir angefreundet.«

»Das stimmt nicht, Gustard.«

»Du benutzt sogar seinen Namen für mich.« Er fummelte am Armaturenbrett herum. Seine Ohren waren knallrot.

»*Angus*, egal, was von dem anderen Kram nun vielleicht stimmt, ich habe mich mit dir angefreundet, weil ich dich wirklich mag. Weil du lustig bist und klug und interessant und attraktiv und freundlich. Und überhaupt … Ich habe dich nie benutzt oder belogen, das glaube ich zumindest nicht. Es tut mir Leid … Ich meine, ich glaube nicht, dass ich dir jemals etwas vorgemacht habe.«

»Hast du auch nicht. Tut mir Leid. Ich bin ein schlechter Verlierer.«

»Also, hör mal, wer ist denn hier der Verlierer? Doch wohl ich. Ich habe alle verloren. Und Fraser wird mich auch nie wieder sehen wollen. Schau doch mal, was dem alles Schreckliches passiert ist in der letzten Zeit. Der wird sich hüten, sich auch nur in die Nähe von einer von Amandas

Freundinnen zu begeben. Wahrscheinlich ist er gerade bei Amanda und entschuldigt sich, und die beiden planen die ganze Sache noch mal von vorn.«

»Das glaube ich kaum.«

»Also bitte, jetzt will ich nicht auch noch dich verlieren, weil du meinst, dass ich dich benutzt habe. Denn das habe ich nicht, ehrlich. Oder wenn ich es getan habe, dann war es nicht mit Absicht. Es tut mir Leid.«

Dann sah er mich auf einmal wieder an. Das Funkeln in seinen Augen war wieder da, wenn auch etwas schwächer als sonst.

»Hast du …«, fing er an. »Hast du's denn mal in Betracht gezogen?«

»Täglich«, sagte ich fast wahrheitsgetreu.

Er lächelte.

»Komm her«, sagte er und zog mich über den Schaltknüppel an sich. Und dann lagen wir uns ziemlich lange in den Armen.

17

Irgendwann ließen wir wieder los.

»Was machst du jetzt?«, fragte er.

»Ich will nach Hause. Fährst du zurück nach London?«

»Also, meine Mutter ist zum Empfang gegangen. Ich schätze, ich sollte mich da auch blicken lassen, damit wenigstens ein männlicher Vertreter der McConalds da ist, wenn der Gegner das Feuer auf uns eröffnet.«

»Meinst du, deine Mutter hat sich gefreut?«

»Gefreut? Die ist entzückt! Und sie wird noch entzückter sein, jetzt da drüben auf Kosten von Amandas Daddy Champagner zu trinken und Kaviar zu essen.«

»Er hat's ja. Könntest du mich noch eben zum Bahnhof fahren?«

»Nichts täte ich lieber.«

Angus setzte mich in den Bummelzug nach London. Er stand winkend auf dem Bahnsteig, bis der Zug losfuhr, sein Haar strahlte in der Sonne. Ich sah aus dem Fenster, bis er ganz klein geworden und schließlich verschwunden war, dann setzte ich mich mit einem schweren Seufzer hin. Die Frau mir gegenüber starrte mich etwas merkwürdig an. Ich bemühte mich, in dem dreckigen Zugfenster etwas zu sehen, und stellte fest, dass meine Stirn natürlich immer noch blutverschmiert und mir die Wimperntusche über die Wangen gelaufen war. Hübsch. Und dann fiel mir auf einmal siedend heiß ein, dass ich ja gar nicht nach Hause konnte, weil die

Wohnung wegen Lindas geheimer Mission für mich tabu war. Herrje. Ach, was. War mir jetzt auch egal, ob sie nun die Palastwache zu Gast hatte oder sonst jemanden, das war mein Zuhause, und da wollte ich jetzt hin. Ich konnte schließlich auch nichts dafür, dass die Hochzeit, bei der ich gerade war, implodiert war. Ich würde mich auch den ganzen Tag in meinem Zimmer verkriechen. Das würde Linda schon verkraften.

Ich suchte nach einem Taschentuch, als mir auffiel, dass ich immer noch Angus' Mantel anhatte. Gott, wie süß. Er roch richtig männlich, und in der Tasche war natürlich auch ein Taschentuch. Es war mit den Buchstaben F. A. M. bestickt. Das war Frasers Taschentuch, nicht Angus'. Es durchzuckte mich wie ein Stromschlag. Seins! Ich umklammerte es wie ein kostbares Kleinod. Ich hielt es mir an die Nase, es roch aber bloß frisch gewaschen, was sicher in gewisser Hinsicht eine Erleichterung war. Ich betupfte ein wenig das Blut und die Wimperntusche.

Die Frau mir gegenüber beugte sich nach vorn. Sie war etwa fünfzig und hatte eine leichte Müsli-Aura – sie war in mehrere Lagen Tücher gehüllt, trug klobige Holzschuhe und hatte dickes, störrisches Haar. Sie war attraktiv, für ihr Alter.

»Ich habe übersinnliche Kräfte.«

Oh, Gott. Durchgeknallte Alte im Zug. Das hatte mir jetzt gerade noch gefehlt. Ich sah mich nach Hilfe um, aber alle anderen Fahrgäste im Umkreis waren vollauf damit beschäftigt, uns zu ignorieren – selbstverständlich! Das hier war schließlich ein englischer Zug, was hatte *ich* denn gedacht?

Ich nickte kurz und wünschte, ich hätte eine Zeitung, hinter der ich mich verstecken konnte.

»Ich empfange sehr intensive Schwingungen von Ihnen.«

»Ach, und die sagen Ihnen, dass ich nicht an Übersinnliches glaube?«, antwortete ich mit einem höflichen Lächeln und hoffte, sie damit zum Schweigen zu bringen.

Sie lächelte. »Wissen Sie, das macht gar nichts. Es gibt viele Leute, die nicht daran glauben. Ich habe selbst manchmal meine Schwierigkeiten.«

Ich starrte standhaft aus dem Fenster.

»Sie haben Probleme.«

»Ja, klar, wer hat die wohl nicht? Mit dem Spruch landen sie doch fast immer einen Treffer.«

»Es wird alles gut«, sagte sie. »Alexander liebt sie. Entscheiden Sie sich für ihn.«

Ich sprang fast von meinem Sitz auf.

»*Was* haben Sie gesagt?«

»Ich habe gesagt, er liebt sie. Entscheiden Sie sich für ihn.«

»Nein, nein, nein. Das verstehen Sie nicht. Haben Sie Alex gesagt? Er ist ein Mistkerl. Sind Ihre medialen Fähigkeiten vielleicht verkehrt herum gepolt? Kommen Sie aus Australien?«

»Nein«, sagte sie. »Manchmal empfange ich eine Nachricht und muss sie einfach weitergeben. Ich kann sehen, dass sie Ihnen etwas bedeutet. Also, bitte, so lautet die Nachricht.«

»Sie bedeutet einen feuchten Käse.«

»Na ja, das kann schon vorkommen, wenn einem der Kopf etwas anderes sagt als das Herz.«

»Nein, das kommt viel eher vor, wenn man Verrückte im Zug trifft«, murmelte ich traurig. Das Medium lehnte sich zurück, zufrieden mit seiner Arbeit, und ich sah aus dem Fenster und dachte wütend nach.

Woher, zum Teufel, wusste sie von Alex? Dem würde ich es sogar zutrauen, dass er das Ganze inszeniert hatte, diese schleimige kleine Kröte. Aber woher hätte er wissen sollen, dass ich mit diesem Zug fahren würde, dass ich genau in diesem Wagen sitzen würde? Ich schüttelte den Kopf, um wieder klar denken zu können, und versuchte, mich auf etwas anderes zu konzentrieren, egal was.

Fraser zum Beispiel. Als wäre der Damm gebrochen, erfasste es mich wie eine Flutwelle. Mein Schneeengel. Wie er sich wie Mr. Rochester von der Kirche entfernt hatte – ich hatte ihn zwar nicht gesehen, aber so stellte ich mir das vor. Sein schiefes Grinsen, seine sanften Augen, sein offenes Lachen … Wir näherten uns London, klapperten die Bahnhöfe der Vororte ab. Ich konnte doch nicht … eventuell … aber es war doch sein *Hochzeits*tag, Herrgott noch mal. Ich sollte mir wohl keine Hoffnungen machen, dass – ich meine, wahrscheinlich würde er versuchen, alles wieder gutzumachen. Immerhin war er ja doch noch aufgetaucht, nicht? Zwar eine halbe Stunde zu spät, aber er war bereit und willens gewesen, zu heiraten. Wahrscheinlich war das *nicht* der geeignete Zeitpunkt, ihn zum Essen einzuladen.

Ich stieg an der Waterloo-Station aus und kämpfte mich wie ein Taucher durch die Menschenmenge. Mir war klar, dass ich total idiotisch aussah mit meinem feinen Kleid und dem entstellten Gesicht, aber das war mir egal. Ich wollte einfach nur nach Hause, Punkt, aus, Schluss. Ich nahm mir ein Taxi. Auf der Straße war nichts los. Es war bitterkalt, aber Angus' Mantel wärmte mich. Ich stellte mir vor, mich einfach wieder ins Bett zu legen, den ganzen Tag aus Kalender und Gedächtnis zu streichen. Das war wohl das Vernünftigste.

Ich kroch die Treppe hinauf und klopfte zaghaft an unsere Wohnungstür, bevor ich sie aufschloss. Sofort war Linda zur Stelle.

»Es tut mir Leid!«, sagte ich durch die Tür. »Es tut mir

wirklich Leid. Die Hochzeit ist total schief gelaufen, und ich wusste nicht, wo ich sonst hinsollte. Bitte, darf ich reinkommen?«

Linda machte die Tür einen Spalt auf und sah mich argwöhnisch an.

»Hätte ich mir ja denken können, dass es nicht klappen würde«, beklagte sie sich. Aber dann machte sie widerwillig die Tür ganz auf und ließ mich rein.

»Danke!«, sagte ich erleichtert. »Ich komm dir auch nicht in die Quere, ganz egal, was du machst, versprochen. Ich geh sofort ins Bett und bleibe da, bis du mir sagst, dass ich rauskommen kann. Vielleicht sogar länger.«

»Schon okay«, sagte sie. »Du kannst dich genauso gut zu deinem Freund in die Küche setzen. Wir haben uns sehr nett unterhalten.«

Freund? Unterhalten? Ich hatte keine Ahnung, von wem sie sprach. Ich ging zögernd Richtung Küchentür. Vielleicht meinte sie Freund*in*, und es war Fran, die schon von ihrem kleinen Abenteuer zurück war. Trotz allem, was passiert war, hätte ich nichts dagegen, wenn sie jetzt da wäre.

Langsam machte ich die Tür auf – und der Anblick, der sich mir dort bot, überraschte mich so sehr, dass es mir ausnahmsweise mal buchstäblich die Sprache verschlug.

Es war eiskalt in der Küche – das Fenster war auf, und auch die Kühlschranktür samt Eisfach. Überall im Raum verteilt standen unterschiedliche Tierfiguren. Da stand eine Giraffe, da ein Pelikan, da ein Wallaby – alle ziemlich groß und wunderschön. Sie waren braun, und so kunstvoll gemacht und modelliert, dass sie aussahen, als wollten sie gerade losfliegen oder -galoppieren, als seien sie in filigranti mitten in ihrer Bewegung eingefroren worden.

Der Küchentisch stand wieder an seinem Platz. An ihm saß Fraser, der müde und abgespannt aussah, aber lächelte, als er mein Gesicht sah.

»Sind die nicht klasse?«, fragte er. Ich nickte.

»Ich glaube, deine Mitbewohnerin stellt ihr Licht ein bisschen zu sehr unter den Scheffel.«

Ich wandte mich Linda zu.

»Hast du die gemacht?«

Sie errötete aufs Heftigste und zuckte mit den Schultern.

»Woraus sind die denn?«

»Schokolade.«

Verblüfft fuhr ich herum.

»Die sind alle aus *Schokolade*?«

»Ja«, sagte sie schüchtern. »Sie werden nachher abgeholt für eine Ausstellung. Ich mache das nur im kleinen Stil, aber man muss ganz schön schnell arbeiten, weil sonst alles schmilzt. Und jetzt kühlt alles ab und wird hart. Sie werden bald abgeholt.«

»Mann.« Ich sah mich in der essbaren Menagerie um. »Die sind absolute Spitzenklasse.«

Linda lächelte. Das war ein so seltener Anblick, dass ich zurückgrinste. Dann grinste Fraser mich an. Irgendwie entschuldigend und schief. Das hier war das entgegengesetzte Ende von Reservoir Dogs. Dann plumpste mir das Herz in die Hose. Ich ging noch einen Schritt auf Fraser zu. Wir sahen einander wie hypnotisiert an.

Ich setzte mich ihm gegenüber an den Tisch.

»Die Schildkröte könnt ihr essen, wenn ihr wollt«, meinte Linda zurückhaltend. »Die ist nichts geworden.«

»Danke«, sagte ich. »Aber die ist viel zu schön zum Essen. Also, für eine Schildkröte.«

Mein Blick war weiter auf Fraser geheftet. Linda begriff,

dass irgendetwas los war – die arme Linda, warum konnte ich sie in ihrer eigenen Wohnung nie in Ruhe lassen? –, und zog sich zurück.

Schweigen.

»Also?«, fragte ich betont cool.

Er ließ den Kopf hängen.

»Also hattest du von Anfang an Recht?«, sagte er.

»Nein, das meinte ich nicht … das war ein ›Also, was ist passiert?‹ – Also.«

Er sah mich an.

»Weißt du, eigentlich wollte ich nie heiraten.«

Ich zog erstaunt die Augenbrauen hoch.

»Wirklich, im Ernst. Das ist alles so schnell gegangen, und als wir dann verlobt waren, habe ich gemerkt, dass da was hinten und vorn nicht stimmte. Na ja, du und mein Bruder, ihr habt natürlich ein bisschen nachgeholfen.«

Ich senkte den Blick. »Hm.«

»Und dann war die Hochzeit arrangiert und alles, ohne dass ich die geringste Chance hatte … Ich hatte das Gefühl … also, wir waren *verlobt.* Ich hatte ihr ein Versprechen gegeben. Es wäre nicht richtig gewesen, das zu brechen, bloß weil ich es mir anders überlegt hatte.«

»Aber es wäre besser gewesen. Auf lange Sicht.«

»Vielleicht. Jedenfalls, jedes Mal, wenn ich versucht habe, darüber zu reden, hat sie mich gar nicht zu Wort kommen lassen. Und gesagt, alles würde *prima.*«

»Ich glaube nicht, dass es allein deine Person war, die sie wollte.«

»Nein, das glaube ich auch nicht.«

Er seufzte.

»Ich habe die ganze letzte Nacht nicht geschlafen. Ich glaube nicht mal an Gott, aber ich habe fast damit angefangen. Nur, damit ich jemanden habe, der mir sagt, was ich tun soll.«

»Die Ritter im Mittelalter haben das auch gemacht.«

»Ich weiß. Aber die Knie tun ganz schön weh davon.«

»Und? Hat es nicht geholfen?«

»Nein. Ich habe bloß stundenlang dagesessen, bin eingenickt, wieder aufgewacht – die ganze Nacht. Und dann, so gegen elf, dachte ich nur: Jetzt ist es zu spät. Ich bin ein riesiger feiger Trottel, und ich muss die Suppe jetzt auslöffeln. Das war meine Strafe dafür, dass ich nicht schon früher was dagegen unternommen habe.«

»Hm.«

»Aber ich hätte nicht gedacht, dass sie – na ja, das tun würde, was sie getan hat. Ich hätte gedacht, dass sie wartet und mich dann dafür anscheißt, dass ich zu spät bin.«

»Wahrscheinlich hat sie es ganz tief drin auch gewusst.«

»Wahrscheinlich. Au.«

»Was?«

»Nichts. Mir ist bloß jedes Mal so au, wenn ich daran denke, was sie gesagt hat. Ach, und du Arme!«

Er berührte meine Stirn, und mir wurde wieder bewusst, was für einen abschreckenden Anblick ich bieten musste.

»Ach, was, hat gar nicht wehgetan. Sind nur Kratzer von den Dornen.«

»Sie hätte dein Auge verletzen können.«

»Ach, weißt du, wenn das geholfen hätte.«

Er lächelte und strich mir zärtlich über die Kratzwunden. Ich zitterte.

»Aber davon abgesehen«, sagte er, »glaube ich, dass sie mir einen Gefallen getan hat. Ich bin aus der Sache rausgekommen, und niemand hat Schuld.«

»Bis auf die Tatsache, dass es deine Schuld war.«

»Ja, Gott, Mist, du hast Recht. Natürlich bin ich schuld, einzig und allein. Ich glaube, ich wollte sagen, dass ich froh bin, dass ich jetzt nicht als das herzlose Schwein dastehe. Weil ich nämlich keins bin, wirklich. Zumindest halte ich mich nicht dafür.«

»Ich auch nicht.«

Seine Hand lag noch immer an meiner Stirn.

»Warum bist du eigentlich hier?«, fragte ich.

»Um dich zu sehen«, sagte er schlicht.

»Oh.«

Er senkte den Blick und nahm seine Hand weg.

»Du und Angus … tut mir Leid, ich weiß, dass mich das überhaupt nichts angeht, aber ist – war, also, ich meine, da läuft doch nichts, oder? Er hat gesagt, da wäre nichts, aber ich dachte, vielleicht will er mich nur schonen. So ist er manchmal.«

»Ich weiß«, sagte ich. »Und nein. Da war nie etwas, ich war … also, ich hoffe nicht, dass ich ihn verletzt habe. Ich glaube, ein Grund dafür, dass ich ihn so mochte – also, natürlich nicht der einzige Grund, ich mochte ihn dann nämlich wirklich wahnsinnig gerne, und ich finde, er ist total klasse –, aber, also, ich glaube, das war, weil er mich irgendwie an dich erinnert hat.«

Er blinzelte überrascht.

»Im Ernst?«

»Ja«, sagte ich und schluckte den Kloß im Hals herunter.

»Du … also, ich, also, weißt du?«

»Ähm, ja«, sagte ich in der Hoffnung, dass das die richtige Antwort war.

Mit der einen Hand hielt er meine Hand, die andere legte er an meine Wange. Vor dem Fenster tanzten wieder Schneeflocken.

»Irgendwann ist mir dann klar geworden«, fing er an, »also mir ist klar geworden, dass ich Angst hatte, du würdest dich mit ihm zusammentun und ihn glücklich machen, nicht mich. Ich war so eifersüchtig.«

Ich sah zu ihm auf.

»*Du* warst eifersüchtig? Du warst kurz davor zu *heiraten*!«

»Ich weiß. Aber ich fand es ungerecht, dass er dich kriegt, bloß weil sein Timing gestimmt hat und mein Timing so schlecht war, wie es nur irgend sein konnte. Als ob ich nicht schon genug Sorgen gehabt hätte.«

Ich traute meinen Ohren kaum. Ich legte meine Hand auf seine.

»Im Zug habe ich einer Hellseherin gegenüber gesessen«, erzählte ich lächelnd. »Ich habe ihr nicht geglaubt. Völlig durchgeknallt. Hat mir gesagt, ich soll zu Alex zurückgehen.«

»Bist du ja auch«, sagte Fraser.

Ich sah ihn fragend an.

»Alasdair. Mein zweiter Vorname. Das ist die gälische Version von Alexander.«

Ich zog das Taschentuch raus. Oh, nein! F. A. M. Die Frau hatte wahrscheinlich das A gesehen, als ich das Taschentuch angebetet hatte, und gut geraten. Es sei denn … Mit glänzenden Augen sah ich zu ihm auf.

Wie in Zeitlupe berührten wir uns, am Arm, im Gesicht, und lernten uns ganz neu kennen. Ich spürte seine starken Schultern durch das weiße Hemd. Die Härchen auf seinem Unterarm hatten sich in der Kälte aufgerichtet. Unsere plötzliche Nähe verstärkte seine Gänsehaut nur. Vorsichtig berührte ich einen seiner Knöpfe.

»Wenn ich noch mehr weine, werde ich bestimmt blind«, murmelte ich und versuchte, mich zu beherrschen.

»Dann wüsste ich wenigstens, was du in mir siehst.«

»Hohoho.«

Auf einmal schlangen sich seine starken Arme um meine Taille, und er hielt mich ganz fest. Er war so zögerlich, so aufgeregt, nervös und unsicher – obwohl, eigentlich verdammt sicher.

Ich sah ihm direkt in die Augen.

»Weißt du was, wenn das hier ein Buch wäre«, sagte ich, »dann hätte es wirklich mit einer Hochzeit enden sollen.«

»Nicht unbedingt«, sagte er. »Es hätte auch mit einem Kuss enden können.«

Und das tat es auch.

Ende.

Epilog

Wir wollten uns sofort davonstehlen. Wir hatten so viel zu besprechen und zu tun. Wir wollten rausfahren aufs Land, wo wir spazieren gehen und reden und, na ja, das auch konnten. Ich strahlte wie die Weihnachtsbeleuchtung auf der Straße. Ich stopfte ein paar warme Sachen in eine Tasche, und wir steuerten auf die Wohnungstür zu. Auf dem Weg hörte ich das Telefon klingeln. Linda ging dran.

»Oh«, hörte ich sie sagen. »Mel!«

»Ich will nicht drangehen, oder?«, sagte ich zu Fraser.

»Sag denen bloß nicht, dass ich hier bin«, sagte er.

»Oh, Gott. Daran habe ich ja noch gar nicht gedacht, dass wir die ganze Geschichte diversen Leuten erklären müssen!«

»Pssst.« Er legte von hinten die Arme um mich und lehnte sich auf meine Schultern. »Darüber können wir uns später Sorgen machen.«

»Mel!«, rief Linda. Linda rief! Dieser Tag bot Überraschungen ohne Ende. »Da ist jemand, der heißt Nicholas! Er will wissen, ob du Zeit hast heute … Moment … heute Abend oder irgendwann sonst am Wochenende?«

Ich sah zu Fraser und zog die Augenbrauen hoch. Er schüttelte sehr entschieden den Kopf.

»Ich glaube, ich muss nein sagen, Linda«, antwortete ich.

Pause. Dann steckte sie den Kopf zur Tür hinaus.

»Er hat gefragt, ob ich dann stattdessen mit ihm ausgehen will!«, berichtete sie atemlos.

»Oh …« Na ja, so schlimm konnte es doch nicht werden. Er hatte Geld, er hatte ein nettes Auto, er war groß, er war nicht … na ja, er war nicht die Inkarnation des Bösen, und Linda musste mal aus dem Haus kommen.

»Na, dann mach das doch«, schlug ich freundlich vor. »Der ist in Ordnung. Wird bestimmt lustig.«

Linda sah mich verwundert an.

»Dieser Zweieinhalb-Wichsmeter-Steuerberater mit Hundeatem? Sag mal, wofür *hältst* du mich eigentlich?«

Danksagung

Dank an: Robin Colgan, Ian Eylie und Dr. Andrew Teverson für ihre hilfreichen Anmerkungen gleich zu Beginn; an die großartige Ali »don't mess with the« Gunn, Nick Marston, Carol Jackson und alle bei Curtis Brown; an Rachel Hore für ihre brillante Redaktion; an Anne O'Brien, Jennifer Parr, Fiona McIntosh, Yolande Denny, Julie Cass, Yvette Cowles, Alex Young, Dan Moore, Claire Round und an das Team bei HarperCollins; an Salty Sandra McKay, Susan Hoyer, Andy Kennedy und die Westminster Red-Hand-Gang für ihre Unterstützung; an David Bewers und David Knowles für die zwei zusätzlichen Monate; an die schmerzhaft vermisste Fiona Hastings, dafür, dass sie den ersten Anstoß gab; an meine Eltern, weil sie keine Fragen gestellt haben; und an Jill Edwards.

AMELIE FRIED

»Ein Buch, das man nicht aus der Hand legen kann!«
Die Welt

43865

GOLDMANN